마지막 의사는 벚꽃을 바라보며 그대를 그리워한다

마지막 의사는 벚꽃을 바라보며 그대를 그리워한다

니노미야 아츠토 지음

이희정 옮김

소미미디어
Somy Media

후쿠하라 마사카즈
Masakazu Fukuhara

무사시노 시치주지 병원의 부원장이자
천재적인 외과의.
환자의 생명을 살리는 일에 집념을 불태운다.

키리코 슈지
Syuji Kiriko

무사시노 시치주지 병원의 피부과에 근무.
환자는 죽음을 선택할 권리가 있다는 신념을 가지고 있다.
별명은 '사신(死神)'.

목
차

[지은이의 말]
토고 클럽 대표 의사 토고 세이지 님 외 본 작품의 취재에 협력해주신 많은 분들께 진심 어린 감사를 드립니다.

[일러두기]
본 작품은 픽션입니다. 실제 인물이나 단체, 지역과는 아무런 관련이 없습니다.
작중 고유명사는 원문의 발음 표기를 따랐으나 지명의 경우 국립국어원 외래어 표기법을 따랐습니다.

서장(序章)

지역의 기간 종합병원인 무사시노 시치주지 병원. 3개동 9층으로 된 순백의 성 2층 끄트머리에 있는 면담실 문이 반쯤 열려 있었다.

　살풍경한 방이었다. 면담실 안에는 책상과 의자, 그리고 화이트보드가 놓여 있을 뿐이었다. 의자에는 침통한 표정으로 네 사람이 앉아 있었다. 한 사람은 나이 많은 환자. 환자복 위로 가운을 걸치고 있었다. 나머지 세 사람은 그의 가족으로, 늙은 아내와 자식 부부였다.

　그들은 괘종시계처럼 정확한 리듬을 그리며 다가오는 발소리를 듣고 있었다.

　"기다리게 해서 죄송합니다."

　발소리는 면담실 앞에서 멈추었다. 키리코 슈지는 문을 벌컥 열고 면담실 안으로 들어오며 인사했다. 앉을 때 흰 가운의 소매가 살짝 흔들렸다. 작은 체구에 하얀 피부, 색소가 옅은 홍채. 중성적이고 이따금 어쩐지 아련해 보이는 그 의사는 네 사람의 얼굴을 대충 둘러보고 곧바로 용건을 꺼냈다.

"면담을 요청하신 하시다 씨와 가족분들이시죠? 키리코입니다."

"네, 선생님, 그게요······."

"용건은 현재의 병세와 향후의 경과를 확인하고 싶다는 내용이시죠?"

잡담은 한 마디도 없었다. 다짜고짜 핵심으로 들어가자 네 사람은 긴장했다. 키리코는 아무런 망설임도 없이 말했다.

"차트는 봤습니다. 지금보다 좋아질 가능성은 거의 없다고 해도 좋습니다. 하시다 씨는 고령이기도 하시니 여명(餘命)은 반년 전후로 예상됩니다. 남은 문제는 얼마나 더 연장할 수 있을지가 되겠군요."

"네······?"

청천벽력 같은 소식에 말을 잇지 못하는 가족은 아랑곳 않고 키리코는 노인의 눈을 들여다보며 물었다.

"하시다 씨는 어떤 죽음을 맞이하고 싶으세요? 항암제를 쓰면 남은 수명을 몇 개월 더 늘릴 수는 있습니다. 하지만 그 몇 개월 은 입원한 상태로 지내시게 됩니다. 완화 요법으로 완전히 전환 하셔서 남은 시간을 더 의미 있게 사용하시는 것도 한 방법입니다만."

"자, 잠깐만요!"

옆에서 듣고 있던 환자의 아들이 몸을 앞으로 내밀었다.

"지금 항암제 치료를 하고 있고…… 주치의 선생님은 조금씩 수치가 좋아지고 있다고 말씀하셨는데요?"

키리코는 종이로 된 진료 기록을 들여다보았다.

"확실히 나빠지지는 않았습니다. 하지만 이 정도 반응으로 관해*를 기대하기는 어렵습니다. 의학적으로는 이미 손쓸 방도가 없어요. 지금 하고 있는 치료는 기적이 일어나기를 바라며 시간만 벌고 있는 게 본질이라고 할 수 있지요."

"말도 안 돼요! 아버지는 이제야 겨우 꿈이었던 선박 면허를 따고…… 자기 시간도 만들 수 있게 됐는데. 이제부터라고요. 어떻게 해볼 방법이 없을까요?"

"없습니다. 어떻게 된다면 그 방법을 말씀드렸겠지요."

"그래도요! 버섯 엑기스가 좋다든가 양자선 치료라든가, 그리고 그 허브라든가, 뭐 그런 것도 많다고 하던데요……. 뭔가, 뭔가 방법이 없나요? 제대로 검토해보신 거 맞아요?"

"없습니다. 제대로 된 과학적 근거가 있으면서 효과가 입증된 것이 현재 투여 중인 항암제예요. 그리고 그 항암제로는 병의 진행을 막을 수 없어요. 그뿐입니다. 이미 죽느냐 사느냐를 이야기하는 단계가 아니에요. 시간 낭비일 뿐입니다. 죽음은 확정된 사항이나 마찬가지예요. 내년이면 아버지는 안 계실 겁니다. 돌아가시기 전에 얼마 남지 않은 시간을 어떻게 보내실 것인지, 그 부분을 검토해보시지 않겠습니까? 저도 전문의로서 최대한 협력하

---

* 치유가 어려운 질병의 증상이 일시적 또는 영속적으로 줄어들거나 누그러진 상태를 말한다.

겠습니다."

"이봐요, 당신! 듣자 듣자 하니까…… 돌아가신다뇨! 이이한테 어떻게 그런 말을 할 수 있어요? 어떤 난치병이든 다 상담해주는 의사 선생님이 있다고 해서 일부러 여기까지 찾아온 거라고요. 지푸라기라도 잡는 심정이었어요. 그런데, 그런데 어떻게 그런 말을 할 수 있냐고요!"

이번에는 환자의 부인이 눈이 빨개지면서 말했다. 키리코는 의아하다는 표정으로 고개를 갸웃거리며 말했다.

"소중하신 분이지요?"

"당연하죠!"

"소중한 사람이기 때문에 오히려 그 죽음과 진지하게 마주해야 한다고 생각합니다만."

냉정한 말투의 그 말이 가족의 역린을 건드렸다.

가족은 저마다 핏대를 세우고 버럭버럭 소리를 질렀다. 면담실이 떠나갈 듯했다. 키리코는 눈썹 하나 까딱하지 않고 눈앞의 광경을 마치 연극이라도 보듯 바라보았다. 왜 이 사람들이 이렇게까지 소란을 피우는지 전혀 이해가 되지 않는다는 듯이.

그런 가운데 당사자인 환자만이.

창백한 표정으로 고개를 숙이고 잠자코 입을 다물고 있었다.

바깥 날씨는 화창했지만 바람이 세찼다. 흔들리는 플라타너스 나무를 바라보며 후쿠하라 마사카즈는 건물 사이의 구름다리를 성큼성큼 걸어갔다. 건강하게 그을린 피부에 다부지고 탄탄해 보이는 몸집과 훤칠한 키, 단정한 이목구비에 강인한 의지가 엿보이는 눈동자. 그는 이따금 지나치는 직원과 환자들에게 가볍게 목례를 하며 똑바로 나아갔다.

"사람 마음도 헤아릴 줄 모르고! 이런 병원엔 다시는 안 올 거예요!"

느닷없이 버럭거리는 목소리가 울려 퍼졌다. 후쿠하라가 그쪽을 보자 북관 상담실에서 가족들이 나오는 중이었다. 얼굴을 시뻘겋게 붉히며 고래고래 성을 내고 있었다. 한 여자는 울어서 퉁퉁부은 얼굴을 감싸고 남자의 어깨에 기대어 간신히 걸음을 옮겼다.

"무슨 일이신가요?"

후쿠하라는 서둘러 달려갔다.

여자는 자기들 쪽으로 다가온 몸집이 큰 남자를 보고 흠칫 놀랐지만 가슴의 명찰에 '외과의 후쿠하라 마사카즈'라고 적혀 있는 것을 보고 매달리듯이 말했다.

"댁의 병원 의사가 우리 남편한테 자꾸 죽는다고 하잖아요!"

"뭐라고요?"

"몇 번이고 몇 번이고, 자꾸 죽는다고. 그런 식으로 말하면 나을 병도 안 나을 거예요……. 의사가 환자를 포기하면 우린 이제 어떻게 하라고요? 이 병원은 괴로워하는 환자를 그런 식으로 내팽개치나요?"

"진정하세요. 환자분은…… 혈액내과에 입원 중이신 하시다 씨죠? 지금은 IC 요법 1차 치료를 받고 계시지 않나요?"

후쿠하라는 여자를 부축해주며 환자복을 입은 환자를 보고 말했다.

"어떻게 아세요?"

하시다 씨의 아들은 처음 보는 의사가 환자의 상태를 파악하고 있다는 사실에 적잖이 놀란 듯했다.

"부원장이다 보니 병동에 입원해 계신 환자분들은 대충 파악해 두려고 노력하고 있거든요."

"부원장님이세요……?"

후쿠하라는 기껏해야 30대 초반으로밖에 보이지 않았다. 대형 종합병원 부원장치고는 상당히 젊다고 생각했는지 하시다 씨의 아들은 연신 눈을 끔뻑거렸다.

"그러고 보니 들어본 적이 있어요. 시치주지 병원 외과에는 기적의 손이라고 불리는 의사가 있다고. 난치병 환자를 잇달아 살리며 이례적인 속도로 출세해 부원장이 됐다고 하던데."

"아닙니다. 전 아직 배우는 단계예요. 아버지가 이 병원 원장이라 일찌감치 일을 가르치려고 그러신 거겠죠. 그보다 실례가 많았습니다. 금방 다시 면담 일정을 잡겠습니다. 거기 간호사, 이 환자분의 주치의를 불러주겠어? 혈액내과의 아카조노 선생이야."

지나가는 간호사에게 지시하고 후쿠하라는 하시다 씨를 부축하며 휠체어에 앉혔다. 간호사는 알았다며 고개를 끄덕이고 너스 스테이션(nurse station)으로 총총히 들어갔다.

후쿠하라가 일어섰다. 올려다봐야 할 만큼 크고 듬직한 모습이었다.

"면담에는 저도 동석하겠습니다. 전 외과의라 전문 분야는 아니지만 혹시나 도와드릴 일이 있을지도 모르니까요. 병마와의 싸움에 저도 동행하겠습니다."

이글거리는 눈이 하시다를 향했다.

"하시다 씨, 포기하시면 안 돼요. 의사로 일하다 보면 기적을 보게 되는 일이 실제로 있어요. 기적은 반드시 일어납니다. 아니, 같이 일으켜 봐요."

등 뒤에서 문이 열렸다.

키리코 슈지가 면담실에서 나오는 중이었다. 종이로 된 자료를 정리해 옆구리에 끼고 휠체어에 앉은 하시다 씨와 그의 가족, 그리고 후쿠하라를 흘깃 보았다.

"그럼 몸조심하세요."

그 말만 남기고 키리코는 발길을 돌렸다. 괘종시계와 같은 규칙적인 발소리가 멀어져갔다.

하시다 씨의 부인이 그 뒷모습을 가리키며 투덜거렸다.

"저……, 저 사람이에요. 저 사람이 그런 지독한 말을 했어요."

"제가 대신 거듭 사과드리겠습니다."

"저 사람은 대체 뭐예요? 뭐 저런 의사가 다 있어요?"

후쿠하라가 벌레 씹은 표정으로 말했다.

"피부과의 키리코 슈지. 우리 병원의 문제 인물이에요."

제1장
어떤 회사원의 죽음

8월 12일

병원과는 전혀 인연이 없는 삶을 살아온 하마야마 유고에게 종합병원은 완전히 다른 세상이었다. 백화점처럼 드넓은 대기실에는 많은 사람이 앉아 있었다.

너무 오래 기다리긴 싫은데. 빨리 끝내고 일하러 돌아가고 싶다.

혈액내과 외래라는 곳까지 어떻게 가야 되는지도 몰라 몇 번이나 병원 내부 안내도를 확인하며 에스컬레이터를 탔다. 천장에 깔린 레일을 따라 네모나고 하얀 상자가 천천히 움직였다. 진료 기록 차트라도 옮기는 것일까. 모든 것이 다 신기해서 하마야마는 주변을 두리번거렸다. 깨끗하게 빨아서 다림질한 와이셔츠의 옷깃이 목에 닿았다. 풀을 잘 먹인 빳빳한 감촉이 기분 좋았다.

이름이 호명되자 진찰실로 들어갔다.

"안녕하세요?"

침대 하나. 환자용 의자 하나. 어렴풋이 감도는 소독약 냄새. 가운을 입은 젊은 의사가 하마야마를 보며 앉아 있었다. 큼직한 얼굴에 비해 언밸런스할 만큼 작은 눈은 두툼한 검은 뿔테 안경으로 인한 착각일까. 아니면 그 위에서 존재감을 과시하고 있는 굵고 검은 눈썹 때문일까. 가슴의 명찰에는 '아카조노'라는 이름이 보였다.

그다지 잘생겼다고 하긴 어렵지만 성실해 보이기는 하네. 하마야마는 멋대로 그렇게 생각했다.

"검사 결과가 나왔습니다만, 백혈병입니다."

아카조노는 두툼한 입술을 왠지 어색하게 움직이며 작은 목소리로 나직이 말했다.

"……네?"

얼마 동안 침묵이 이어졌다.

병원 바깥은 눈부실 만큼 화창하고 가로수 그림자의 명암이 선명한 대조를 이루고 있었다. 시끄러운 매미 울음소리는 실내까지 파고들어와 듣고만 있어도 땀이 줄줄 흐를 것만 같았다. 하마야마는 그저 멍하니 의사의 얼굴을 보고만 있었다.

"하마야마 씨는 회사에 다니시죠?"

아카조노가 안경을 쓱 추켜올렸다.

"아, 네. 오늘도 이다음에 바로 거래처에서 회의가 있어요."

"죄송하지만 일은 쉬셔야 할 것 같습니다. 바로 입원하시죠. 다행히 병동에 공실이 있다고 하니 그리로 가시죠."

"네? 입원이라뇨? 지금 당장이요?"

아카조노는 고개를 끄덕였다. 하마야마가 몸을 앞으로 내밀며 벌떡 일어나자 의자에서 덜컹하는 소리가 났다.

"하지만 오늘 프레젠테이션은 석 달 전부터 준비해온 거라 제가 갑자기 빠질 수는 없어요. 며칠만이라도, 아니 오늘만이라도 어떻게 안 될까요? 약이나 링거 같은, 뭐 그런 걸로 대체할 수 없나요?"

"이대로 방치하면 며칠 만에 목숨을 잃을 수도 있는 병이에요."

"뭐라고요……?"

"잘 들으세요. 무리해서 일을 하시다 오늘 안에 돌아가실 수도 있어요. 아시겠어요? 과장이나 허풍이 아니에요. 정말로 위험하신 상태예요."

"그럴 수가……! 하지만 그렇게 몸이 안 좋은 느낌은 전혀 없는데요?"

"어쩌나……."

아카조노는 난처한 듯이 자기 앞으로 시선을 떨어뜨렸다. 그리고 종이 한 장을 꺼내어 보여주었다.

"꼭 가셔야 한다면 자기책임으로 일하러 가셔도 상관은 없어요. 하지만 리스크를 숙지하고 계신다는 뜻으로 이 각서에 사인을 해주셔야 하는데, 그래도 괜찮으시겠어요?"

"각서요……?"

하마야마는 각서와 아카조노의 얼굴을 번갈아 보았다.

오늘 죽는다고? 내가? 세상에 그런 병이 있단 말이야?

마치 여우에 홀린 기분이었다. 하지만 자기를 쳐다보고 있는 아카조노의 눈빛이 어디까지나 진지하다는 사실을 깨닫자 무릎이 덜덜 떨렸다.

이게 대체 무슨 일이야…….

그대로 의자에 주저앉으며 매달리듯이 의사를 올려다보았다.

"서, 선생님. 어떻게 하면 좋죠?"

"괜찮습니다. 치료법은 제대로 확립되어 있거든요. 설명을 드리면, 먼저 이 부분에 중심정맥 카테터*라는 관을 넣을 거예요."

아카조노는 목과 쇄골 사이를 가리키며 말했다.

"그 관으로 항암제라는 약을 투여해서 이상 세포를 해치우는 거예요. 그렇게 해서 일단은 관해라는 상태로 끌고 가는 것이 현재로서의 목표입니다. 입원 기간은 두 달 정도가 될 거예요."

"두 달이라고요? 그렇게 오래요?"

"네. 하지만 걱정하지 마세요. 백혈병은 지금은 치료할 수 있는 병이거든요. 완치를 목표로 열심히 싸워봅시다."

아카조노는 힘주어 말하고 기운을 북돋아주려는 듯이 이를 보이며 웃었다. 그다지 자연스러운 미소라고 하기는 어렵다 보니 하마야마는 오히려 더 불길하게 느껴졌다.

"조금 더 자세히 설명하자면, 하마야마 씨의 혈액은……."

종이에 펜으로 그림을 그리는 아카조노의 뒤에서는 간호사가

---

* 가늘고 잘 휘어지는 관으로 몸속에 넣어서 진단과 치료에 필요한 여러 가지 처치를 하기 위해 사용한다.

왔다 갔다 했다. 병상 확보, 엑스레이 예약 같은 말이 들려왔다.

오늘까지 순조롭게 움직이던 톱니바퀴가 갑자기 빠져나간 느낌이었다.

그리고 동시에 전혀 다른 이질적인 무언가가 하마야마를 태우고 움직이기 시작했다.

아주 조용하고 묵직하게.

"진짜요? 선배가 백혈병이요? 그거 암 아니에요?"

전화기 너머에서 부하인 도지마가 놀라서 뒤집어질 듯이 목소리를 높였다.

"그래……, 혈액암이라고 의사가 그러더라."

종합병원의 1층 대기실 로비는 널찍했다. 오가는 사람들도 많고 소란스러웠다. 하마야마는 수화기를 조금 더 귀에 가까이 댔다.

"그쵸? 드라마에서 봤어요. 그런데 이렇게 갑자기 걸리는 병이었어요?"

"내 경우는 급성 골수성 백혈병이라고 해서 진행이 빠르대. 게다가 암세포가 골수 안에서 넘쳐 나와 이미 온몸에 퍼진 상태라더라……."

하마야마는 자기 입으로 말하면서 오싹한 한기를 느꼈다.

내 뼈의 중심부에는 이상한 세포가 잔뜩 들어차 있는 것이다. 그놈들은 증식해서 정상적인 세포를 압박해 자꾸자꾸 줄어들게 한다. 그것만으로도 모자라 골수에서 혈액을 타고 흘러나와 몸

전체를 굼실굼실 기어 다니고 있다. 내 배며 다리며, 손가락에 까지.

상상하니 불쾌해서 참을 수가 없었다.

"알았어요. 오늘 프레젠테이션은 저한테 맡겨주세요. 저희가 알아서 잘 해볼게요."

"뭐?"

"입원하시는 거 아니에요?"

"아, 그렇지. 그러라고 하더라. 미안하다……. 갑자기 연락해서."

"그런 말이 어딨어요, 선배. 백혈병이잖아요. 회사 걱정이나 하고 있을 때가 아니라고요. 괜찮아요. 선배가 없어도 문제없어요. 저랑 니시오로도 충분해요. 입원은 무균실에 하세요?"

"아니, 당분간은 일반 병동이래."

"그럼 문병도 갈 수 있겠네요. 이번 일이 일단락돼서 바쁜 게 좀 가라앉으면 수주 보고를 선물로 들고 팀원들이랑 다 같이 한 번 갈게요. 투병 힘내서 열심히 하세요. 그럼 끊을게요."

"그래, 고맙다."

전화는 끊어졌다. 녹색 공중전화기에 수화기를 돌려놓고 하마야마는 한숨을 푹 내쉬었다.

내가 없어도 괜찮다니. 도지마는 걱정시키지 않으려고 한 말이 겠지만 오히려 슬펐다.

그런데 녀석, 용케 잘 아는구나. TV 드라마에서 본 걸까. 백혈병 발병률은 연간 10만 명당 6.3명이라고 들었다. 확률은 0.0063퍼센트. 나 역시 지금까지는 드라마 속에나 있는 병이라고 생각했다.

옆에 있는 공중전화에서는 한 할머니가 싱글벙글 웃으며 누군 가와 이야기하고 있었다. 마중 나오라고 부르는 듯했다. 돌아가 면 스시가 먹고 싶다고 했다.

조금 마음을 가라앉히고 머리를 정리하고 싶은 기분이었다.

기합을 넣어 졸라맸던 넥타이를 느슨하게 풀었다.

하마야마는 프레젠테이션 자료가 든 가방을 들고 천천히 소파로 걸어가 깊게 기대어 앉았다. 거기에는 4인용짜리 소파가 수없이 늘어서 있었다. 정산이나 안내를 기다리는 환자들이 소파에 앉아 주간지를 읽거나 벽에 걸려 있는 대형 TV를 멍하니 보고 있었다.

팔이 골절된 사람이 있었다. 마스크를 하고 콜록거리는 사람도 있었다. 아이를 데리고 온 엄마가 있고, 안대를 한 청년도 있 었다. 그들은 잠깐 동안 병원을 방문해 진찰을 받고는 이내 밖으 로 나갔다.

나도 그럴 생각이었다.

어깻죽지가 조금 뻐근하고 몸이 나른하고 가끔 숨이 찼다. 대 수롭지 않은 컨디션 난조. 휴일에도 출근하고 연일 야근을 계속 했으니 어쩔 수 없다고 생각했다. 증상은 괜찮아졌다가 다시 나 빠졌다가 하더니 결국 어제는 열이 났다. 아내의 잔소리에 못 이 겨 약이나 받아갈 생각으로 병원을 찾았다······.

그런데 어째서 이렇게 된 걸까.

왜 하필 나일까.

회사원으로 보이는 한 여자가 처방전을 받아 한 손에 들고 손목시계를 보며 병원 밖으로 나갔다. 자동문이 열렸다가 그 여자를 내보내고 다시 닫혔다.

나는 일하러 가지 않는다. 가지 않아도 된다. 이런 대낮에 TV를 보고 있다. 내일도 모레도, 한 달이나 두 달이나.

어찌할 바를 몰랐다. 초등학교 때 휴교일인데 착각해서 학교에 와버린 듯한 그런 불안감이 되살아났다. 세상이 나를 무시하고 움직이는 기분이었다.

가방 안에 든 명함첩이, 도시락이, 손수건이 슬펐다.

하마야마는 가방을 열어 자료를 꺼냈다. 프레젠테이션에 대비해 어제도 몇 번이나 읽고 또 읽은 자료는 빨간 펜으로 빽빽하게 메모가 되어 있고 구겨지고 접혀 흐늘흐늘했다. 의미도 없이 자료를 훑어보았다. 부질없다는 것을 알면서도 페이지를 넘겼다.

아무튼 시간이 필요했다. 조용히 생각하고 싶었다.

거래처 관계자에게는 이미 연락해 두었다. 문제는 아내다.

임신 6개월인 아내에게 어떻게 말하면 좋을까.

조금 더 생각하지 않으면, 도저히 방법이 떠오를 것 같지 않았다.

"백혈병의 치료 방침은 '토털 셀 킬(total cell kill)'이라는 거예요."

주치의 아카조노는 검은 뿔테 안경 너머에서 눈을 깜빡거리며 느릿느릿 일어났다. 그리고 화이트보드에 세포 그림을 몇 개 그리고 그 위에 크게 × 표시를 했다.

"다시 말해 혈액 속의 세포를 전멸시키는 거죠. 정상 세포와 이상 세포를 한꺼번에요."

"저, 전부 다요……?"

"하마야마 씨의 암세포는 지금 혈액 속을 자유롭게 헤엄쳐 다니고 있어요. 작은 암세포를 하나씩 하나씩 선별해서 죽일 수는 없어요. 그리고 암세포는 하나라도 남아 있으면 다시 증식하죠. 그래서 희생을 각오하고 강력한 항암제를 투여합니다. 징싱 세포까지 같이 송두리째 사멸시키는 거예요. 암세포가 완전히 사라질 때까지요."

아카조노는 담담하게 설명을 이어갔다. 그 목소리가 무미건조한 면담실에 나직하게 울려 퍼졌다. 하마야마는 떨리는 몸으로 의사의 설명을 들었다.

"그러면 내 피가 완전히 사라지는 거 아닌가요?"

"없어지지는 않지만 혈구 수는 급감합니다. 그래서 부족해진 만큼은 수혈 등으로 보충해야 해요. 그리고 일시적으로 세균에 대한 저항력을 잃게 됩니다."

"그럼 어떻게 되나요?"

"평소라면 가벼운 감기로 그치는 병도 생명을 위협하는 증상으로 발전해요. 그러니 위생에 충분히 신경을 써야 합니다. 식사 전과 화장실에 다녀온 뒤에 가글을 하고 손을 씻는 것을 절대 걸러서는 안 돼요. 무언가를 만지면 반드시 손을 소독해야 하고요. 혈구 수가 일정량 이하로 떨어지면 무균실이라는 특별히 격리된 방으로 옮기셔야 합니다."

"클린 룸 말이에요?"

"아, 알고 계셨군요. 맞아요. 다만 무균실에서는 가족만 면회할수 있고 하루 한 시간으로 정해져 있으니 양해해주세요."

"……네……."

"그럼 처방할 약 말인데요. 항암제는 안트라카이클린계라고 하는 건데, 뭐, 효과를 인정받은 약이에요……. 그리고 경우에 따라서는 이뇨제와 강심제를 투여하고, 수혈은 혈소판을……."

아카조노는 약에 대한 설명이 한차례 끝나자 이쪽을 보았다.

"궁금하신 점 있으세요?"

하마야마는 우물거렸다. 입안이 모래를 씹은 것처럼 꺼슬꺼슬했다.

"저기요……."

말을 꺼내려 하자 기침이 나왔다. 그 모습을 보고 짐작했는지 아카조노가 입을 열었다.

"아, 부작용에 대한 설명을 아직 안 드렸네요. 항암제는 아주 강력한 약이라 역시 부작용이 있습니다. 들어본 적이 있으실지 모르지만…… 먼저 탈모가 올 거예요. 그리고 구내염, 구토, 설사 등이 나타납니다. 많이 힘드시겠지만…… 하마야마 씨가 고생하신 만큼 암세포도 무찌르고 있다는 뜻이니 힘내봅시다. 저도 구토억제제 등을 처방하면서 최선을 다해 지원할게요."

"아뇨, 그게 아니라요."

"네?"

하마야마는 한 번 더 헛기침을 하고 조심스럽게 물었다.

"저기……, 나을 수 있나요?"

아카조노는 허를 찔린 표정이었다.

"나을 수 있죠? 그, 토털 셀 킬인가…… 그걸 하면 나을 수 있는 거죠? 나는 죽지 않는 거죠?"

아카조노는 웃었다.

"그게, 기본적으로는 낫습니다. 말씀드렸잖아요? 백혈병은 요즘에는 치료할 수 있는 병이에요. 완치된 사람도 많이 있고요."

하마야마도 덩달아 웃었다. 그 모습을 봐서인지 아카조노가 무심코 말을 흘렸다.

"대부분의 사람들이 이 방법으로 관해까지 도달했어요."

"대부분의 사람이라고요……?"

하마야마의 입꼬리가 굳어졌다.

"대부분이라는 게 얼마 정도예요?"

아카조노가 입을 다물고 순간 무표정해졌다. 안경 너머의 눈이 하마야마를 멀거니 보았다. 그러더니 다시 웃음을 지으며 대답했다.

"그건, 약 80퍼센트예요."

다섯 명 중에 네 명.

하마야마는 차갑고 조용하게 등줄기를 타고 땀이 흐르는 것을 느꼈다.

다섯 명 중에 네 명. 다섯 번 중에 네 번. 그것은 과연 헤쳐 나갈 수 있는 확률일까. 혈액내과의 다인실 침대에 누워 하마야마는 천장을 쳐다보았다. 문이 열리더니 링거대를 끌며 수척해진 노인이 병실 안으로 들어왔다.

조금 전에 가볍게 잡담을 나눈 사이이므로 하마야마는 인사를 했다. 그 노인도 AML(급성 골수성 백혈병)이라고 했다.

노인은 숨을 크게 내쉬고 귀찮아 죽겠다는 듯이 자기 침대에 몸을 누였다.

이 다인실에 환자는 여섯 명이다. 다시 말해 이 방에서 한 사람은 낫지 않는다. 낫지 않으면 어떻게 되지? 낫지 않는다는 게 무슨 뜻이지? 그 말은 곧, 죽음…….

두려워서 아카조노에게 확인해볼 수가 없었다.

문득 입구에 불안해 보이는 얼굴이 나타났다. 얼굴이 갸름한 여자가 목을 길게 빼고 들여다보며 병실 안을 살피고 있었다.

"여기야."

하마야마는 손을 흔들었다.

만사 제쳐놓고 부랴부랴 달려왔을, 머리가 부스스한 여자는 하마야마를 보고 안도의 한숨을 내쉬고 눈꼬리가 처진 눈을 가늘게 뜨며 가냘프게 웃었다. 하마야마도 똑같이 웃었다.

여자는 크게 부푼 배를 감싸 안듯이 하며 침대 옆에 있는 의자에 앉았다. 하마야마는 커튼을 치고 부드럽게 미소 지으며 아내의 배를 쓰다듬었다.

"쿄코. 미안한데 내 양복 좀 가지고 가줄래?"

하마야마는 일부러 명랑한 목소리로 말하며 옆의 옷걸이에 걸려 있는 양복과 아침에 입었다가 점심때 막 벗은 와이셔츠를 가리켰다. 쿄코는 얌전히 고개를 끄덕였다.

"당분간 입을 일이 없거든. 세탁소에 좀 맡겨줘. 퇴원할 무렵이면 가을이잖아. 아니지, 배가 그래서 가지고 가기 힘들겠구나. 그럼 택배로 보낼 테니까 좀 받아놔 줘."

"유고, 그런 것보다, 당신······."

"응? 아참, 다음 검진은 언제였지?"

"검진은 다음 주야."

"아, 그렇구나. 다음에는 꼭 같이 가려고 했는데, 미안해. 못 가게 됐어. 초음판가? 그걸로 보는 거 기대하고 있었는데."

"······."

쿄코는 눈썹이 축 처진 표정으로 하마야마를 보고 있었다. 그 비통한 표정을 보고 하마야마는 반사적으로 웃는 얼굴을 만들었다.

"왜 그래? 난 괜찮으니까 그런 표정 짓지 마. 그보다 치료비가 문제야. 보험이라도 들어뒀더라면 좋았을걸. 설마 이런 병에 걸릴 줄은 상상도 못 했으니 어쩌겠어."

"유고······."

"왜 그래? 전화로 말했잖아? 요즘은 치료할 수 있다고 선생님도 그러셨어. 걱정하지 마."

쿄코는 하마야마의 말에는 대답하지 않았다. 하지만 눈도 한 번 깜빡이지 않고 하마야마를 올려다보며 집게손가락을 조용히 들어 뺨에 대었다.

"아······."

차가웠다. 아니, 따뜻했다. 그 신기한 감촉으로 그제야 깨달았다.

"나…… 울고…….."

허둥지둥 고개를 숙이고 환자복으로 눈가를 훔쳤다. 소리도 없이 흐르던 눈물이 옷깃을 적셨다. 손이 떨렸다. 입술이 파리해졌다. 어금니에서 딱딱 소리가 났다.

등 뒤에서 온기가 나를 감쌌다. 쿄코였다. 나를 안아주고 있었다.

"가장 무서워하는 사람은 당신이잖아. 강한 척하지 않아도 돼."

"……시끄러워."

제길. 아내한테는 못 당하겠다.

"이해해. 놀라서 그런 거잖아? 오늘까지 계속 아무 일 없이 살아왔는데…… 갑자기 이렇게 되고 입원까지 하는 바람에 깜짝 놀란 거야. 당신은 그런 사람이니까."

토닥, 토닥. 일정한 리듬으로 천천히 쿄코가 등을 다정하게 다독여주었다. 그러자 신기하게도 마음이 진정되었다. 다독거릴 때마다, 그때마다 나쁜 것이 몸에서 빠져나가는 기분이었다.

"……그렇잖아. 프레젠테이션……, 내가……."

목소리가 제대로 나오지 않았다.

하마야마는 마치 어린아이처럼 오열했다.

"알아. 열심히 한 거. 오래전부터 매일 밤늦게까지 준비했던 거 다 알아. 난 다 알고 있어."

쿄코는 천천히 하마야마에게 맞춰 말했다. 하마야마는 흑흑 느끼며, 일그러지는 시야를 노려보며 필사적으로 말을 이었다.

뜨거운 눈물이 침대 위로 뚝뚝 떨어졌다.

"……그리고 나…….""

"응?"

"나…… 너한테 아기……, 그런데, 이러……, 이러고 있을 때 가…….""

"괜찮아. 전부 다, 괜찮아."

쿄코는 나보다 네 살이나 어린데 이럴 때는 신기하게도 의지가 된다. 이것이 모성이라는 걸까. 기대면 기대는 대로 얼마든지 받아줄 것 같은 온기와 다정함. 그에 비해 나는 얼마나 한심하단 말인가. 아기가 내년이면 태어나는데.

사내아이라는 사실을 겨우 이틀 전에 알았다.

그리고 오늘, 나는…….

"조급해하지 마. 괜찮아. 당신은 혼자가 아니야. 내가 있잖아."

"하지만 난…….""

얼굴이 엉망인 것은 스스로도 알 수 있었다. 본인도 차마 똑바로 보기 힘든 얼굴을 쿄코가 잡고 들어 올렸다. 그리고 정면으로 바라보았다.

"같이 헤쳐 나가자. 지금까지도 줄곧 그래 왔잖아? 당신이 사고를 냈을 때도, 내가 우울증에 걸렸을 때도. 어떻게든 해결하면서 여기까지 왔잖아?"

쿄코의 크고 검은 눈동자 속에서 내가 눈을 깜빡거렸다.

"같이 치료하자. 둘이라면 괜찮아. 혼자 끌어안고 끙끙대지 말고 뭐든 같이 상의하자."

쿄코가 생긋 웃었다. 그 입술이 떨릴 만큼 사랑스러웠다.

감염되지 않도록 주의하라고 했다. 신체적 접촉은 되도록 피하라고 했다. 그래서 하마야마는 손가락을 뻗었다.

쿄코의 입술에 손가락을 댔다. 쿄코는 피하지 않고 그대로 받아들였다. 손가락을 대고 어루만지는 동안 입술은 계속 그 자리에 있었다. 어째선지 만난 지 얼마 되지 않았을 때가 떠올랐다.

떨리던 몸이 아주 조금 가라앉았다.

8월 13일

"후쿠아라, 후쿠하라 선생님, 부, 부다…… 부탁이, 이, 있어요."

회진 중에 초등학교 2학년생인 사와다 하지메가 몇 번이나 고쳐 말하며 후쿠하라에게 말했다. 후쿠하라는 청진기를 다시 목에 걸며 상냥하게 웃었다.

"응? 뭔데? 말해 봐."

"이, 있잖아요. 아, 악, 아니, 흑이."

사와다는 뇌종양을 앓고 있다. 여름방학인데 아무 데도 놀러 가지 못하고 침대 위에서 하루하루를 보내고 있었다. 시트 위에 어질러져 있는 로봇 장난감과 너덜너덜해진 만화책이 애처로웠다.

"악……?"

"아, 아니. 하, 학."

사와다는 말을 더듬거렸다. 뇌종양으로 인한 언어장애가 원인이다. 후쿠하라는 최대한 사와다가 긴장하지 않도록 일부러 천천히 말했다.

"아아, 종이학 말이구나. 학교 친구들이 줬니?"

사와다가 걸고 있는 종이학 다발을 보고 후쿠하라는 웃었다. 알록달록한 색종이로 접은 종이학. 사와다도 이를 드러내며 환하게 미소 지었다. 유치가 몇 개 빠지고 영구치가 돋아나고 있었다.

"그, 그런데 나. 된장둑. 흘려서……. 여기."

"아아, 된장국을 흘렸구나?"

여러 개의 종이학 다발 중 하나가 축 늘어져서 흐물흐물해져 있었다. 몇 개는 찢어져 있었다. 사와다는 미안한 듯이 색종이 다발을 꺼냈다. 그 종이는 마름모꼴로 접혀 있었다.

"뭔데? 접다 만 학이야?"

"네. 나, 이거, 망가뜨린 만큼, 만드고 싶어서……. 그래서, 접었어요. 그런데 여기, 잘 안 돼서 후쿠하라 선생님이, 거기만, 미안해요."

"아아……."

후쿠하라는 색종이를 한 장 집어 들었다. 확실히 그것은 학이었다. 중간까지 접은 학이었다. 손에도 마비가 온 사와다는 여기까지도 아주 힘들게 접었을 것이다. 몇 줄씩 어슷하게 겹쳐져 있는 접힌 자국이 그것을 증명하고 있었다.

날개를 펼치지 못하고 오그라져 있는 종이학이 어쩐지 사와다와 닮아서 후쿠하라는 가슴이 옥죄어왔다.

"미안해요, 선생님. 바쁜데……. 나, 이거, 스술 전에, 만들고 싶어, 요."

사와다가 머뭇거리며 말했다. 그 손에서 색종이를 받아들고 후쿠하라는 쾌활하게 말했다.

"이 색종이, 내가 좀 가져가도 될까?"

"네?"

"의사 선생님들이랑 간호사들이랑 다 같이 모자란 만큼 만들어줄게. 사와다가 직접 만드는 것보다 우리도 같이 마음을 담아서 만들면 훨씬 더 효과가 좋을 거야. 안 그래?"

사와다의 눈이 동그래졌다.

"후쿠아라, 후쿠하라 선생님. 그래도 돼요?"

"당연하지. 수술은 내일모레잖아? 그때까지 다 만들어올게."

"……선생님. 스술. 아파, 아프죠? 나……."

사와다가 하얗게 질린 얼굴로 고개를 숙였다. 후쿠하라는 커다란 손바닥을 펼쳐 체격에 비해 가늘고 긴 손가락으로 사와다의 머리를 쓰다듬어주었다.

"괜찮아."

"선생님."

"수술은 내가 할 거야. 난 절대로 실패하지 않아."

"……정말요?"

"난 거짓말 안 해."

"나……도, 피구 할 수 있어요?"

"할 수 있어. 피구도 축구도 다 할 수 있어."

"하지만…… 이미, 색조이, 색종이도, 못 집는데……."

"집을 수 있게 해줄게. 하지만 선생님 혼자서는 못 해. 하지메도 도와줘야 해. 하지메가 수술이랑 재활 치료를 포기하지 않고 열심히 해주면 선생님이 틀림없이 널 고쳐줄게. 이 손을 걸고, 약속할게."

후쿠하라는 사와다의 어깨를 감싸 안고 눈높이를 맞추어 똑바로 보았다. 사와다는 맑은 눈동자를 마주보았다. TV에 나오는 히어로처럼 이글이글 타오르는 눈동자였다.

사와다는 울상이 되었다. 입술이 떨렸다. 두려운 것이다. 당연하다.

발병한 뒤로 자꾸자꾸 마비되는 몸. 멈추지 않는 구토, 두통. 부모와 친구들과도 떨어져 혼자 입원해 있고 내일모레에는 머리에 메스를 대고 종양을 잘라내야 한다. 여덟 살짜리 아이에게는 지나치게 큰 시련이다.

그래도 사와다는 두려움을 다시 삼켰다.

눈물도 우는소리도 꾹 참고 후쿠하라에게 말했다.

"약속, 할게요. 스술이랑, 재활 치료…… 열심히 할게요. 그러니까……, 그러니까 선생님……."

다음 말이 나오지 않았다. 후쿠하라는 고개를 끄덕였다. 그리고 사와다의 앙상한 등을 탁 두드렸다.

"사나이 대 사나이의 약속이야."

사와다도 눈물이 글썽거리는 눈으로 끄덕였다. 후쿠하라는 색종이를 들고 일어났다.

"이거 가지고 갈게. 수술 전에는 다시 천 마리로 만들어서 돌려줄게."

사와다는 씩씩하게 웃어 보였다. 후쿠하라는 그 모습을 보고 사와다의 병실을 나왔다. 다음 병실로 걸어갔다. 그의 가슴속은 불길을 품은 것처럼 뜨거웠다.

──약속까지 할 것도 없어. 반드시 구해줄게. 나는 절대로 포기하지 않아.

병실로 들어가기 전에 후쿠하라는 간호사에게 종이학과 색종이를 맡겨두었다.

"이거, 다 같이 접으라고 전해줄래?"

"알겠습니다."

"내일까지야. 그리고 나도 한 마리 접을 거니까 하나는 남겨두고."

"네, 선생님."

간호사는 고개를 끄덕이고 종이학을 들고 의국(醫局) 쪽으로 향했다.

덥다.

내과의 오토야마 하루오는 불룩한 배를 뒤뚱거리며 땀을 연신 닦으며 걸어갔다. 안 그래도 동그란데 땀에 살짝 젖은 머리카락이 얼굴 윤곽을 따라 흘러내려 얼굴이 보름달처럼 완벽한 원형으로 보였다. 피부의 혈색도 좋고 뺨은 붉게 상기되어 있었다.

2층 끄트머리까지 오자 휴우 하고 한숨을 내쉬고 한 번 더 이마의 땀을 닦았다. 그러고 나서 병원 안내도를 보았다.

이상하네. 이 근처가 맞는데.

피부과에서 안쪽으로 더 들어가 건강검진센터도 지나쳤다. 하지만 전혀 그럴듯해 보이는 곳이 눈에 띄지 않았다. 이쪽으로 계속 가면 직원용 화장실밖에 없는데……

"혹시 저긴가?"

얼마 전까지 예비 창고였을 문에 '제2의국'이라고 종이가 붙어 있었다. 오토야마는 눈살을 찡그렸다. 종이는 아주 평범한 복사용지였고 글자는 매직으로 직접 쓴 것이었다.

해도 해도 너무하네.

오토야마는 동그란 얼굴을 두리번거리며 만일을 위해 주변을 한 번 더 둘러보고 나서 문을 노크했다.

제2의국.

인원이 늘어나 의국 하나로는 비좁아서 서둘러 마련된 방. 그렇게 말하면 그럴듯하게 들리지만 사실은 어느 문제 의사 하나를 격리하기 위해 만들어진 곳에 지나지 않는다.

"이봐, 안에 있어? 들어간다."

오토야마는 문을 열었다. 반 정도 열리다가 이내 무언가에 문이 열렸다. 어떻게 된 일인가 하고 당황하고 있는데 안에서 목소리가 들렸다.

"그만큼밖에 안 열려. 요령껏 잘 들어와."

키리코 슈지였다. 오토야마는 어이가 없었지만 지방으로 둥실한 몸뚱이를 흔들며 간신히 문틈 사이를 지나 안으로 들어갔다.

"엄청난 방이네."

방에는 창문도 없고 불빛이라고는 작은 전구 하나가 다였다. 무척 답답해 보였다. 방 자체가 작은 탓도 있지만 가장 큰 원인은 빽빽이 쌓여 있는 의약품 상자 때문이었다. 생리식염수와 거즈, 붕대…… . 상자들이 방을 대부분 차지하고 있고 문을 완전히 여는 것조차 방해하고 있었다.

"꼭 이런 곳으로 보낼 필요는 없잖아?"

"오토야마, 어쩔 수 없어. 바로 얼마 전까지 창고였으니까."

키리코는 가운을 걸치고 상자 하나를 테이블 삼고 다른 하나는 의자 삼아 도시락을 먹고 있었다. 언짢아 보이는 얼굴이지만 그것이 그의 평소 표정이라는 것을 오랫동안 친구로 지내온 오토야마는 알고 있다.

"얼마 전까지가 아니라 지금도 창고야. 넌 제2의국으로 이동된 게 아니야. 창고에서 일하게 된 것뿐이지."

"정확한 표현이에요."

쿡쿡쿡 웃는 소리가 들렸다. 오토야마가 돌아보자 클립보드를 들고 있는 키가 큰 간호사가 서 있었다. 진구지 치카다. 시원하게 뻗은 눈매에 도톰한 입술. 곧게 뻗은 검은 머리카락을 뒤에서 하나로 묶었지만 몇 가닥은 옆으로 빠져나와 있었다. 그것이 단정하지 못한 느낌과 섹시한 느낌의 중간 정도에서 독특한 매력을 뿜어냈다.

"창고라도 별로 상관없어. 일은 어디서 하나 똑같으니까. 오히려 혼자 있으니 지내기 편하고 좋아."

키리코는 아무렇지 않은 얼굴로 말하고 갈겨쓴 메모를 진구지에게 건넸다. 진구지는 그 메모를 웃으며 받아들고 클립보드에 끼웠다. 태평하기 짝이 없는 두 사람의 모습에 참지 못하고 오토야마가 말했다.

"알고 있는 거야? 이건 명백한 괴롭힘이라고. 부원장이 꾸민 일이야."

"부원장? 후쿠하라가?"

"그래. 후쿠하라는 자기 권력을 마음대로 휘두르고 있어. 애당초 네가 피부과로 쫓겨난 것부터 이상했어. 넌 줄곧 내과 쪽을 희망해왔는데 억지로 보냈잖아? 그런 인사는 보통이라면 있을 수없는 일이야."

"사람이 부족하다고 하는데 어쩔 수 없잖아? 그리고 피부과 역시 보람도 있고 멋진 곳이야."

"멋져? 대체 어디가?"

"음, 긴급 환자가 적은 점이라든가……."

오토야마는 얼굴을 손으로 감쌌다.

"키리코, 넌 너무 태평해. 잘 들어, 후쿠하라는 너한테 마지막 기회를 줬다고 생각하고 있어. 그런데도 반성하는 기미를 보이지 않고 계속해서 문제를 일으키다간…… 병원에서 쫓겨날 거야."

"그런 거야?"

"그래. 그래도 동기라고 충고해주러 온 거니까 잘 기억해둬."

"그랬구나. 몰랐어……. 마실래?"

키리코가 보온병을 들며 오토야마를 보았다.

"커피야?"

"아니. 따뜻한 물이야."

"……됐어."

"그래? 난 마실 거야."

보온병에서 물을 따랐다. 부드러운 김이 피어올랐다. 키리코는 그것을 아주 맛있게 홀짝였다. 부원장실에 드롱기 커피메이커가 놓여 있는 것과 비교하면 얼마나 큰 차이란 말인가.

"잠깐만……. 키리코. 그게 뭐야?"

"응?"

"그거 말이야, 그거. 젓가락 대신 쓰고 있는 그거."

"아아. 볼펜인데?"

키리코는 무슨 문제가 있느냐고 묻고 싶은 얼굴로 담담하게 도시락의 내용물을 볼펜 두 자루로 집어 입에 넣었다.

"넌 여전하구나……."

"씻으면 아무 문제 없어. 중요한 건 필요한 기능을 다할 수 있는지 아닌지야."

키리코는 전자 차트를 보며 또 메모를 했다. 오토야마는 쓴웃음을 지었다. 대학교에 다닐 때부터 이런 녀석이었다. 가방 대신 비닐 봉투에 교과서를 넣어 온 적도 있었지.

"뭐 됐어. 나도 같이 밥이나 먹어야겠다."

"그래."

오토야마는 매점에서 사온 샌드위치 포장지를 벗겨 입을 크게 벌리고 깊숙이 밀어 넣었다. 우물우물 삼키며 들고 있던 클리어

파일에서 색종이를 한 장 꺼내어 펼쳤다. 키리코가 의아해했다.

"……뭐 해?"

"응? 종이접기지. 학을 접는 중이야. 그렇지, 키리코, 너도 한 장 접어."

"왜 그래야 하지?"

"후쿠하리기 뇌종양 환자랑 약속했대. 천 마리를 다 접어서 수술을 성공시키겠다고."

키리코는 오토야마에게서 색종이를 한 장 건네받고 신기한 듯이 바라보았다.

"왜 사람들은 이런 것에 의지하려고 하지?"

"뭐?"

"종이학을 접어서 종양이 사라진다면 누가 고생을 하겠어? 지금까지 얼마나 많은 학이 병원으로 보내졌고 그리고 덧없이 소각장의 쓰레기로 사라졌는지 몰라."

"키리코, 다들 종이학이 병을 낫게 해준다고 생각하진 않아. 하지만 사람은 그걸 보고 기운을 얻어. 병마와 싸우는 사람을 위해 사람들은 뭐라도 하고 싶은 거야."

"뭔가를 하고 싶으면 의료비에 보태라고 현금을 주는 게 가장 낫다고 생각하는데. 종이학을 접는 건 자유지만…… 종이학 몇 개 접었다고 뭔가를 했다고 착각하는 건 좋지 않아."

오토야마는 키리코의 얼굴을 물끄러미 보았다. 그는 무표정했다.

"우리도 종이학을 접는 것보다 환자를 한 사람이라도 더 많이 보는 게 나아. 그렇지, 앞으로는 쓸모가 없어진 학을 안 버리면 되지 않을까? 죽은 환자가 가지고 있던 학을 놔뒀다가 다른 환자한테 주면 어때? 그럼 종이도 낭비하지 않아도 되잖아?"

키리코는 덤덤하게 말했다. 농담을 하는 분위기는 아니었다. 어디까지나 진심이었다. 진구지가 후훗 하고 웃었다.

"키리코 선생님, 다른 사람들 앞에서 그런 얘길 하면 분위기가 꽁꽁 얼어붙을 거예요."

"그래?"

오토야마가 한숨을 내쉬었다.

"키리코, 넌 정말 여전하구나……."

다른 사람의 감정에 둔감하다고 할까.

"오토야마 선생님은 어떻게 키리코 선생님과 친구로 지내세요?"

"이미 익숙해졌어."

키리코는 종종 사람을 흠칫 놀라게 하는 말을 하지만 악의가 있어서 그러는 것은 아니다. 그 나름대로 진지하게 고민하지만 결과적으로 핀트가 어긋난 대답만 내놓고 만다.

"난 정론을 말했을 뿐인데."

"정론만으로는 헤쳐 나가지 못하는 곳이 병원이야. 그러니까 넌 혼자 이런 곳에 처박혀 있는 거고."

"그렇구나!"

키리코는 깜짝 놀랐다.

그는 자기 말에 가시가 돋아 있어도 알아차리지 못한다. 신나게 미용실에 다녀온 여자에게 "머리를 그렇게 하니 전보다 못생겨 보여" 하고 딱 잘라 말하는 바람에 한 방에 사랑을 날려버린 사건은 동기들 사이에서 유명한 이야기였다.

다만 다른 사람의 괴롭힘에도 무감각했다. '혼자 있으니 지내기 편하고 좋다'는 말은 본심일 것이다. 오히려 기뻐하는 기색마저 있었다.

문득 키리고기 열어놓은 노트북 컴퓨터 화면이 오토야마의 눈에 들어왔다.

"잠깐만. 키리코, 뭘 보고 있는 거야?"

노트북 화면에는 전자 차트가 표시되어 있었다.

"그거 어디 환자 거야? 네 담당이 아니잖아?"

"혈액내과야."

오토야마는 몸을 앞으로 내밀었다.

"……또야? 아무튼 사신도 울고 갈 후각이라니까."

"그렇지. 차트 보는 건 좋아하거든."

빈정대려고 한 말인데. 오토야마는 속으로 중얼거렸다.

등 뒤에서 슬쩍 보기만 해도 알 수 있었다. 아까부터 키리코가 차트를 보며 메모장에 픽업하고 있는 환자들. 모두 죽을병에 걸린 환자들뿐이었다. 더는 손쓸 방도가 없는 병. 죽음이 바로 코앞까지 바짝 다가와 있거나 그에 가까운 상태. 의학을 배운 사람이라면 슬쩍 훑어보기만 해도 짐작할 수 있다. 있다. 죽음의 냄새가 감돌고, 죽을상이 보이고, 대머리독수리가 주변을 배회하는 차트가 있다.

무심코 눈을 돌리고 싶어질 만큼 죽음의 낌새가 짙게 배어 있는 차트를 키리코는 묵묵히 들여다보고 있었다.

"……키리코, 이 환자랑 면담하려고?"

"환자가 의뢰하면."

"그런 식으로 남의 환자 일에 끼어드니까 문제가 생기는 거야. 알고 있어? 이 이상 후쿠하라를 화나게 하면……."

"왜 후쿠하라의 눈치를 봐야 하지? 우리 같은 의사가 마주봐야 하는 상대는 환자뿐이야."

오토야마는 입을 앙다물었다.

키리코, 사람들이 널 뒤에서 뭐라고 부르는지 알아? 그게 의사로서 얼마나 부끄러운 별명인지 알기는 해?

환자를 죽음으로 내모는 의사.

──사신.

8월 19일

쿄코는 옷장을 열었다. 그리고 와이셔츠 숫자를 세어보려는 자신을 깨닫고 한숨을 내쉬었다.

결혼한 뒤로 줄곧 이어져온 습관은 그리 쉽게 사라지지 않았다. 남편은 집에 없는데, 회사에 간 것도 아닌데, 와이셔츠며 넥타이며 양말을 준비해두고 만다.

가족 한 사람이 집에서 사라지는 것은 생각보다도 훨씬 큰 변화였다.

지나치게 많이 만든 음식을 플라스틱 용기에 담을 때의 공허함. 목욕하고 나오면 보온 기능을 끄는 쓸쓸함. 한 사람분의 이불을 깔지 않은 살풍경함.

별다른 생각 없이 하던 모든 일들의 바탕에 유고와의 유대감이 있었음을 깨달았다.

바로 얼마 전까지만 해도 같이 있었는데.

밥을 먹고 나서 나의 배를 쓰다듬으며 가족이 늘어나면 좀 더 넓은 집으로 이사 갈까, 하고 이야기했었는데. 이 상실감 앞에서는 모든 것이 마치 꿈만 같았다.

때때로 두려움이 밀려왔다.

이대로 유고가 돌아오지 않으면 어쩌나 하는 생각이 머리를 스치고 지나갔다.

유고가 없는 하루하루에 익숙해질 때마다 정말로 유고가 이대로 사라질 것 같은 생각도 들었다. 그렇다면 익숙해지고 싶지 않았다. 계속해서 괴로움을 끌어안고 있고 싶었다.

배가 꿈틀 움직였다. 배 안에 있는 아기가 쿄코를 안쪽에서 두드려댔다.

쿄코는 소파에 앉아 자신의 배를 어루만졌다.

그래. 힘내야지. 엄마가 힘을 내야지.

그이도 힘내고 있으니까······.

항암제를 투여하는 모습을 직접 보았을 때가 떠올랐다.

투명한 플라스틱백에 든 선명한 오렌지색 액체가 공중에 떠 있는 것처럼 링거대에 걸려 있었다. 액체가 똑똑 떨어지고 튜브를 가늘게 흔들며 유고의 몸 안으로 스며들어갔다.

마치 청량음료를 연상시키는 액체는 혈관 구석구석까지 파고 들어가 혈중의 세포를 모조리 파괴한다. 유고의 얼굴에서, 손에서, 가슴에서, 배에서, 다리에서, 그 피부 바로 아래에서 그의 세포가 죽어간다.

그때 유고는 아무 말도 하지 않았다.

단지 눈을 부릅뜨고 오렌지색 액체가 자신을 향해 돌진하는 것을 쳐다보고 있었다.

6시. 병원에서는 지금쯤 식사 시간일 것이다. 무엇을 먹고 있을까. 혼자서 쓸쓸하지 않을까. 멀리 떨어져 있는 유고를 생각하며 쿄코는 저녁놀이 지는 하늘을 올려다보았다.

하마야마는 작은 커틀릿을 젓가락으로 집어 베어 물었다.

고기나 생선일 줄 알았는데 먹어보니 채소였다. 안에는 치즈가 들어 있었다. 이거 재밌네 하고 말하려고 고개를 들었다.

맞은편에는 아무도 없었다. 단지 TV의 버라이어티 프로그램이 무음으로 흘러나오고 있었다. 언제나 눈앞에 앉아서 닭튀김을 반씩 나눠 먹고 간장이나 소스를 건네주며 같이 밥을 먹던 아내의 모습은 어디에도 없었다.

한숨을 내쉬었다. 눈물이 흘러나올 것 같았다. 누군지도 모르는 배식 담당자가 가져오는 병원 밥은 여러 가지로 많이 신경을 썼다는 것은 알지만 아무런 맛도 느껴지지 않았다.

혼자서 밥을 먹고, 혼자서 잠자리에 든다.

혼자서 살던 시절에는 아무렇지 않았던 일들이 지금은 가슴을 마구 옥죄었다.

그때 된장국 위로 무언가가 팔랑 떨어졌다. 하마야마는 물끄러미 그것을 보았다. 머리카락이었다. 머뭇머뭇하며 머리에 손을 대고 가볍게 긁어보았다. 푸스스 소리가 나며 마치 먼지라도 털어낸 것처럼 머리카락이 떨어졌다. 머리카락을 움켜쥐고 잡아당기자 손 안에 잡힌 것이 뭉텅 빠졌다.

하마야마는 황급히 일어나 세면실로 들어가 거울에 비친 자신을 보았다.

가마의 오른쪽 아랫부분이 뻐끔하게 빠져 있었다.

손에 쥐고 있던 머리카락을 쓰레기통에 던져 버리고 한 번 더 머리에 손을 댔다. 기름기가 전혀 느껴지지 않는 머리카락을 움켜쥐었다. 잡아당겼다. 거의 아무런 저항도 없이 머리카락이 빠졌다.

항암제의 부작용이다.

머리카락을 손으로 빗어보았다. 손가락에 수두룩하게 감기며 머리카락이 빠졌다. 재미있을 정도였다. 발밑으로, 이발소에 갔을 때처럼 머리카락 뭉치가 떨어졌다.

각오는 하고 있었지만 실제로 보자 충격적이었다.

내가 대머리가 되는 날이 오다니.

한심하고 기가 막혀서 하마야마는 고개를 숙이고 눈만 계속 깜빡였다. 팔랑 하고 세면대에 짧은 털이 빠졌다. 주워서 살펴보니 눈썹이었다.

8월 22일

"오후에 병원으로 올 거야? 그렇구나."

하마야마는 휴게실 구석에 있는 전화 부스에서 휴대폰에 대고 말했다.

"그럼 올 때 모자 좀 사다줘. 응. 그리고…… 그거 뭐라고 하지? 당신이 쓰는 거. 아니, 그거 있잖아. 화장할 때…… 눈썹 그리는 거. 응. 그거 좀 빌려줘. 아니, 조금은 나아 보일까 싶어서."

전화를 끊고 하마야마는 후우 하고 한숨을 내쉬었다.

한번 빠지기 시작하자 진행이 빨랐다.

그토록 풍성했던 머리카락은 뿌리부터 싹둑 잘라낸 것처럼 모조리 빠졌다. 조금 남아 있던 부분은 오히려 보기 흉해서 손으로 뽑아버렸다. 그것만이 아니었다. 눈썹과 속눈썹까지 듬성듬성해지기 시작했다. 굳이 구분하자면 우락부락한 얼굴로 통하던 하마야마도 이렇게 되자 마치 우주인 같아졌다.

거울을 보기가 무서워져 세면대 앞에 서는 빈도가 줄어들었다.

대신 화장실에 가는 횟수가 늘었다.

구역질이 멈추지 않았다. 토하고 또 토해도 여전히 토기가 치밀었다. 속이 메슥메슥하고 복근이 아파올 정도였다. 이미 배 속은 텅 비어서 화장실에 가도 위액밖에 나오지 않았다. 그런데도 침대로 돌아와 몇 분만 있으면 다시 구역질이 치밀어 올랐다.

주치의에게 말하자 구토억제제를 처방해주었지만 아무래도 하마야마의 경우는 약이 잘 듣지 않는 듯했다.

온종일 계속 토하느라 변기만 부여잡고 있는 나날이었다.

식사도 만족스럽게 하지 못하기 때문에 뺨이 눈에 띄게 수척해졌다. 이런 상황이지만 물은 많이 마시라고 했다. 소변을 많이 보지 않으면 안 좋다고 한다. 필사적으로 컵을 입에 대보지만 그 플라스틱이 이에 닿는 느낌이나 물의 감촉조차도 구역질이 났다. 마시면 토하고 마시면 토했다.

구토를 할 때마다 눈물이 흐르고 목이 아팠다.

엎친 데 덮친 격으로 입안의 점막에도 부작용이 나타나기 시작했다. 구내염이 다섯 개 열 개씩 생겼고, 가라앉으면 그 위에 또 생겼다. 목은 따끔따끔하고 언제나 깔깔했다. 입을 움직이는 것조차도 귀찮아졌다.

하지만 감염증을 막기 위해 꼼꼼히 가글을 해야 한다.

다 큰 남자가 구내염 정도로 비명을 지르면 어떡하느냐고 생각할지도 모른다. 하지만 잠깐이라면 괜찮지만 온종일 계속되는 통증을 참아내기란 여간 힘든 일이 아니었다.

따끔따끔, 욱신욱신.

통증과 구토. 그리고 설사에, 탈모.

식사 시간은 즐겁지 않고 몸은 언제나 묵직했다. 자신의 몸이 망가져가는 느낌은 상상 이상으로 정신을 갉아먹었다.

하마야마는 한숨을 쉬고 소파에 앉았다.

나는 무얼 위해 살아 있는 걸까.

그런 생각이 들었다.

죽고 싶은 것은 아니다. 단지 지쳤다. 이 피로를 풀기 위해 잠깐만 이 육체에서 벗어나 자유로워지고 싶다는 그런 느낌이 들었다. 병을 고치기 위해서는 이렇게까지 피곤해지지 않으면 안 되는 걸까…….

하마야마는 자기 뺨을 손바닥으로 때렸다.

약해지지 마.

의사는 말했다. 조금만 고생하면 된다. 항암 치료가 끝나면 머리카락은 다시 자라고 구내염도 낫는다. 걱정할 필요는 없다. 암을 이기기 위한 과정 중에 생기는 일시적인 증상일 뿐이다.

한 번 더 뺨을 때렸다. 뼈가 불거진 뺨을, 가냘프게 때렸다.

그리고 일어나 링거대를 지팡이 삼아 천천히 병실로 향했다.

8월 23일

손바닥에 샤워기의 물줄기가 쏟아졌다. 물은 손바닥에 닿자 부서지며 작은 물방울이 되어 떨어지더니 배수구로 빨려 들어가 사라졌다. 후쿠하라 마사카즈는 건장한 몸을 벽에 기댄 채 위를 올려다보며 샤워를 하고 있었다.

피와 지방과 소독약, 그리고 비누 냄새가 났다. 손에는 희미하게 긴장감이 남아 있었으나 따뜻한 물이 부드럽게 씻어내어 주었다.

어려운 수술이었다. 눈을 감았다. 관상동맥인 좌전하행지*에 우회 혈관을 연결한 순간의 영상이 선명하게 되살아났다. 심장은

---

* 심장 왼쪽 앞쪽에서 아래로 내려오는 동맥.

여전히 움직이고 있었고 혈관은 벌레처럼 꿈틀대며 맥동했다. 그 혈관에 우회 혈관……, 환자의 손목에서 가져온 혈관……을 연결하여 혈액이 지나갈 새로운 길을 만든다. 섬세하고 신속한 손놀림이 필요하다.

조금만 실수하면 대출혈로 이어진다.

죽음은 바로 옆에서 혓바닥을 날름거리고 있다.

후쿠하라는 환자의 심장이 펄떡거리는 움직임을 읽는다. 그리고 그것을 자기 안으로 받아들인다. 자신과 환자가 하나가 되는 감각.

두근, 두근, 두근, 두근…….

환자와 후쿠하라. 두 사람의 심장이 하모니를 연주하기 시작한다.

환자의 리듬을 거스르면 안 된다. 반주에 멜로디를 싣듯이, 어디까지나 자연스럽고 매끄럽게. 가위와 비슷하게 생긴 금속제 도구…… 지침기를 본능적으로 움직인다. 아주 미세한 이상 신호도 놓치지 않도록 눈도 깜빡이지 않고 환자를 응시하며. 뇌는 차갑고 심장은 뜨거웠다. 옆에 서 있는 조수의 숨소리가 사라지고 후쿠하라의 귀에는 서로의 심장 박동만 들렸다. 물 흐르듯 바늘을 움직였다. 무영등(無影燈)의 불빛을 받아 지침기를 쥐고 있는 손이 황금색으로 반짝였다.

심장이 멈춰 있는 것처럼 보였어.

후쿠하라는 머리를 감으며 바로 몇 분 전에 수술실에서 일어난 일을 생각하며 만족스럽게 웃었다.

구했다. 내가, 살렸다. 내가 아니었으면 가망이 없었을 환자를 살려냈다.

샤워기를 잠갔다. 한 손으로 수건을 집어 살짝 곱슬거리는 새카만 머리카락을 누르며 호쾌하게 물기를 털었다.

사신으로부터 환자의 목숨을 돌려받은 만족감을 확인하듯이 후쿠하라는 주먹을 움켜쥐었다.

오토야마 하루오는 남자 탈의실 앞에서 기다리고 있었다. 그러자 커튼이 열리며 가운을 걸친 후쿠하라 마사카즈가 나왔다. 샤워를 하고 나왔는지 혈색이 좋았다. 볕에 그을린 피부에 살짝 밴 땀이 반짝거렸다.

"후쿠하라, 고생했어."

"오토야마."

후쿠하라는 동기생을 보자 하얀 치아를 드러내며 웃었다. 수술 전의 짐승 같은 투지가 사라지고 후쿠하라는 서글서글한 미소가 매력적인 미남으로 돌아와 있었다.

"미드캡*이었지? 대성공이었다던데?"

"그래. 내 손에 걸리면 그 정도는 일도 아니지."

"마치 사람 몸속에서 보틀 십(bottle ship)을 만드는 것이나 다름없는 일을 어떻게 그렇게 할 수 있나 몰라……. 뇌종양 꼬마의 수술도 성공했다며? 뇌외과에 심장외과까지 섭렵하다니 믿을 수가 없어. 이참에 내과도 봐줄래? 가끔씩 장기 휴가도 좀 가게 말이야."

---

* MIDCAB, 최소침습 관상동맥 우회술.

"실없긴. 제대로 일 안 하면 부원장 권한으로 감봉할 거야."

후쿠하라는 장난스럽게 오토야마의 목에 팔을 둘러 조이는 시늉을 했다.

"그건 곤란하지."

오토야마도 히죽거렸다. 의국에서는 이런 식으로 이야기하지 못하지만 둘만 있을 때는 언제든지 친구로 돌아갈 수 있다. 오토야마는 되도록 자연스럽게 보이려고 의식하면서 말을 꺼냈다.

"그런데 후쿠하라, 아직 점심 아직 안 먹었지? 배 안 고파?"

"아, 그러고 보니 배고프다……."

후쿠하라는 배를 손으로 눌렀다. 텅 빈 위장에서 소리가 났다.

"같이 식당으로 갈까?"

"좋지. 난 고기가 당기네. 오늘은 비프스테이크 2인분을 먹어야지."

"수술 후에 고기가 잘도 들어가는구나……."

오토야마는 어이가 없어 웃었다. 후쿠하라는 머리카락을 쓸어 넘기며 웃었다.

"수술 후든 전이든 고기 먹고 힘을 비축해 둬야지."

1층에 있는 식당은 중앙을 칸막이로 나누어 일반 환자용 공간과 병원 관계자용 공간이 철저히 구분되어 있다.

"혹시 수술이 끝날 때까지 날 기다린 거야?"

"뭐, 그런 셈이지."

이야기를 나누며 후쿠하라와 오토야마는 안으로 들어갔다. 점심시간이 조금 지났기 때문에 식당 안에는 사람이 드문드문 있었다. 가지런히 늘어서 있는 하얀 테이블 중 하나에 앉아 있는 사람을 보자 후쿠하라는 얼굴을 찡그렸다.

"오토야마, 설마……?"

언짢은 듯이 돌아본 후쿠하라가 머리 하나만큼 작은 오토야마를 내려다보았다.

"너, 너무 그러지 마. 가끔은 동기끼리 셋이서 같이 밥을 먹어도 좋을 것 같아서. 전처럼 같이 모이는 것도 영 쉽지가 않고. 얼굴을 마주보고 이야기하는 건 중요하잖아?"

스스로도 옹색한 변명이라고 생각하면서도 오토야마는 거의 반쯤 강제로 후쿠하라의 소매를 잡아끌었다. 그 앞에는 테이블에 팔꿈치를 괴고 무표정하게 이쪽을 보고 있는 키리코 슈지가 있었다.

"날 속였구나. 처음부터 나랑 키리코를 만나게 하려는 게 목적이었지?"

후쿠하라의 시선이 오토야마에게 날카롭게 쏟아졌다.

"식사 정도는 같이 좀 하면 어때서 그래? 비프스테이크 먹는다고 했지? 식권 사러 가자."

"……"

후쿠하라는 한동안 벌레 씹은 얼굴이었지만 이윽고 단념했는지 식권기에 5천 엔짜리 지폐를 넣고 스테이크 정식 버튼을 연속해서 눌렀다.

"이렇게 같이 밥을 먹는 게 얼마 만이야? 안 그래, 키리코, 후쿠하라?"

오토야마는 햄버그를 자르며 웃었다. 옆에 앉아 있는 후쿠하라와 맞은편에 있는 키리코의 얼굴을 번갈아 보며 말을 걸고 때로는 부자연스럽게 사레들려 쿨룩거리면서 필사적으로 분위기를 만들었다. 하지만 오토야마의 노력도 허망하게 두 사람은 오직 눈앞에 있는 음식을 입으로 옮기기만 했다. 대화는 전혀 이어지지 않았다.

으적으적 씹으며 고깃덩어리와 샐러드, 수프를 입안에 그러넣는 후쿠하라. 건강해 보이는 턱이 위아래로 움직였다. 순식간에 접시 하나가 비었다. 오도카니 남은 크레송*도 집어 입안에 털어 넣었다.

한편 키리코는 여전히 묘한 방식으로 먹었다. 튀김우동에 파를 듬뿍 올려 후루룩거리는 것까지는 별로 문제가 되지 않았다. 문제는 튀김옷과 꼬리만 먹은 새우튀김이다. 남은 부분이 훨씬 맛있을 텐데. 게다가 우동을 반쯤 먹자 배가 부른지 젓가락을 내려놓고 보온병에서 따뜻한 물을 컵에 따라 마시기 시작했다. 후우, 하고 기분 좋게 숨까지 내쉬었다.

"키리코가 먹는 모습을 보니 학생 때가 생각나네."

오토야마가 말하자 후쿠하라가 흥 하고 코웃음을 쳤다.

"그때는 그냥 우동이었지. 튀김은 없었어."

"그랬지. 그건 그렇고 후쿠하라는 순식간에 외과부장이 되더니 부원장까지 바로 올라갔잖아? 덕분에 편하게 어울리기 힘들어져

---

* 샐러드, 향신료 등으로 사용하는 채소. 물냉이라고도 한다.

서 곤란하다니까."

"그건 내 실력이 아니야. 부모 잘 만난 덕이지."

"아니, 실력이 없었으면 아무리 환경이 좋아도 그렇게까지는 못 올라가지. 키리코도 얼떨떨하지 않아?"

오토야마는 키리코가 대화에 끼어들도록 유도했다. 하지만 키리코는 단 한 마디만 내뱉고 끝이었다.

"아니, 별로."

"그, 그래……? 후, 후쿠하라는 어때? 키리코와 이야기할 기회가 별로 없어서 여러모로…… 그, 오해가 있거나 하지는 않고?"

후쿠하라는 종이 냅킨으로 입가를 닦았다. 그리고 냅킨을 한 장 더 꺼내어 테이블 위를 가볍게 닦았다.

"네 꿍꿍이가 뭔지는 알고 있어. 나와 키리코의 사이를 중재해보려는 거잖아?"

"그건……, 뭐……."

"분명히 말해두지. 그런 배려는 필요 없어. 아니, 솔직히 쓸데 없는 참견이야."

"하지만 너희 둘이 사이가 틀어져 있으면 너무 아깝잖아? 예전처럼 힘을 합치면 훨씬 더……."

"불가능한 일이야."

후쿠하라는 일어났다. 의자가 바닥에 쓸리면서 요란한 소리가 울려 퍼졌다.

"이 녀석과는 근본적인 부분에서 서로 안 맞으니까."

후쿠하라는 키리코를 손가락으로 가리키며 말했다. 키리코는 물이 담긴 컵을 든 채 조용히 자기를 향하고 있는 손가락을 바라보았다.

"의사로서의 네 행동 하나하나가 마음에 안 들어. 아니, 용서할수 없어. 알겠어? 난 널 용서 못 해. 그래, 차라리 잘됐어. 이참에 분명히 말해 두지."

"후쿠하라……."

오토야마의 목소리는 귀에 들어오지도 않는 것처럼 후쿠하라는 키리코만을 뚫어지게 노려보았다.

"넌 병원에 있어선 안 돼. 난 병원을 위해, 아니 환자들을 위해널 반드시 쫓아낼 거야."

후쿠하라의 등 뒤에서 해가 구름 너머로 고개를 내밀었다. 역광을 받아 그림자가 나타나며 키리코에게로 쏟아졌다. 키리코가물을 한 모금 마시고 대답했다.

"후쿠하라. 너한테 의사로서 무엇이 옳은지를 결정할 권리는없어."

키리코는 눈이 부신지 눈을 가늘게 뜨며 대답했다.

"그것을 정할 수 있는 사람은 환자밖에 없지 않을까?"

"……환자를 죽이는 의사가 옳았던 전례는 없어!"

후쿠하라는 단호하게 내뱉고 접시가 놓인 쟁반을 들었다.

"그럼 오토야마, 앞으로 쓸데없는 짓은 하지 마라."

후쿠하라는 그렇게 말하고 오토야마의 어깨를 탁 두드리더니가운을 펄럭이며 식기 반납대 쪽으로 성큼성큼 걸어갔다. 그 뒷모습을 보며 오토야마는 한숨을 내쉬었다.

키리코는 아무 말도 하지 않았다. 단지 입을 한일자로 꾹 다물고 물 위에 흔들리는 자신의 그림자를 보고 있었다.

그때 PHS*가 울렸다. 오토야마는 순간적으로 자기 것인가 싶어 가슴 호주머니를 더듬거렸다. 그 앞에서 키리코가 호주머니에서 PHS를 꺼내어 귀에 댔다.

"키리코입니다."

"선생님, 어디서 농땡이 부리고 있는 거예요? 환자 면담 시간이라고요."

"예약된 환자가 있었나?"

"없었어요. 환자분 요청으로 제가 멋대로 넣었어요."

"알았어. 바로 갈게."

키리코는 짧게 대답하고 PHS를 끊었다. 그러고는 보온병 뚜껑을 닫으며 오토야마에게 말했다.

"미안한데 볼일이 생겼어."

"그래, 아니……, 응. 신경 쓰지 마."

오토야마는 모호하게 끄덕였다.

"먼저 간다."

키리코는 그렇게 말하고 가볍게 머리를 숙이더니 쟁반을 들고 일어났다. 발가벗겨진 새우가 그릇 끄트머리에서 따분한 듯이 흔들렸다.

---

* personal handy-phone system. 1995년 일본에서 개발된 무선통신 시스템으로, 병원 내에서는 휴대폰 사용이 금지되어 있으나 PHS는 전파 출력이 휴대폰에 비해 낮아 의료기기와 인체에 영향이 적어 의사와 간호사의 연락 도구로 도입되었다.

8월 25일

"그 프로젝트, 수주 따냈어요."

"……그래? 잘됐네."

기뻐하는 도지마의 목소리에 하마야마는 힘없이 대답했다.

"어라, 역시 분하세요? 하긴 그렇겠네요. 이 기쁨을 같이 나누지 못하니 당연하죠. 하지만 다들 선배 덕분인 거 알고 있으니까 기운 내세요. 선배답지 않게 왜 그래요?"

도지마도 나쁜 의도는 없겠지만 링거를 달고 있으면 모든 말이 밉살스럽게 들리고 만다. 하마야마는 마음속의 음울한 생각은 되도록 숨기려고 딱 잘라 말했다.

"그래. 일부러 연락도 해주고, 고맙다."

"아니에요. 그보다 선배, 좀처럼 병문안 못 가서 미안해요. 프로젝트가 결정되니까 갑자기 바빠져서요. 나도 이리저리 뛰어다니느라 정신이 없어요. 좀 진정되면 꼭 갈게요."

"괜찮아. 무리할 필요 없어."

"아뇨. 꼭 갈게요."

"안 와도 돼. 괜찮으니까 일에 집중해."

누구를 만날 수 있는 얼굴이 아니다. 안색은 칙칙하고 머리카락은 빠졌다. 무엇보다 기력이 생기지 않았다. 이 전화만으로도 피곤해질 지경이었다. 긴장하고 있지 않으면 금방 토할 것 같았다.

"그럼 끊는다."

아직도 무언가 할 말이 남은 듯한 도지마를 무시하고 탁 하고 멋대로 전화기를 껐다.

그리고 휴대폰 화면을 멀뚱히 바라보았다.

신경 쓰이는 것은 프로젝트가 아니었다. 하마야마가 장기 휴가를 신청한 것을 회사에서 어떻게 판단할지가 마음에 걸렸다. 유급 휴가가 남아 있는 동안은 괜찮지만 그것이 끝나고 나면 어떻게 될까. 휴직 처리를 해줄까? 우리 회사는 작은 편이다. 사장님은 나쁜 사람은 아니지만 동시에 냉정한 면도 있으니 최악의 경우 회사에서 잘릴 수도 있다. 병 때문이니 그렇게까지는 하지 않을 것이라고 믿고 싶지만……

하마야마는 우울한 기분으로 병실로 돌아왔다.

점심은 거의 입에 대지도 못한 채 남기고 침대에서 천장만 멍하니 바라보고 있는데 문이 열리는 소리가 들렸다.

앙상한 노인이 들어오는 것이 보였다. 하마야마와 마찬가지로 급성 골수성 백혈병에 걸린 노인이다.

그 모습을 눈으로 좇았다. 링거대를 밀고 오지 않았다. 빈손이었다.

느릿느릿 옆에 있는 침대로 간 노인에게 하마야마가 말을 걸었다.

"항암제 치료는 끝났어요? 축하드려요."

노인은 입을 꼭 다문 채 하마야마를 빤히 보았다. 그리고 고개를 가로로 저었다.

"끝난 게 아니야. 그만둔 거지."

"그만뒀다고요……?"

"사신한테 상담하길 잘했지. 난 그만 빠질 거야."

노인은 내뱉듯이 말하고 침대에 털썩 앉았다. 그리고 깊은 한숨을 내쉬고 옆 테이블에 놓여 있는 액자를 보았다. 그 액자에는 뚱뚱한 남자가 해안에서 한 여사와 같이 미소를 지으며 서 있는 사진이 들어 있었다.

빠진다니, 그게 대체 무슨 말이지? 하마야마는 노인의 등을 보았다. 몸은 홀쭉해져서 뼈가 앙상하게 드러나 있었다. 머리카락은 거의 다 빠져 솜털 같은 하얀 머리카락이 몇 가닥 솟아나 있을 뿐이었다. 그 모습은 사진 속의 남자와는 전혀 다른 사람 같았지만 하마야마와는 비슷했다.

"이 병원은 지옥이야. 어디에도 출구가 없는 지옥. 자네도 그렇게 생각하지 않나?"

"무슨 말씀이세요?"

"아직 그 정도로 내몰리진 않았구먼. 뭐, 좋아. 한 가지 충고해주지. 도저히 못 견딜 것 같으면 피부과의 키리코라는 의사한테 면담을 신청해 봐. 진구지라는 간호사한테 말하면 연결해줄 거야."

"네? 피부과요? 피부과 의사가 뭘 해줄 수 있는데요?"

"뭐든 상담할 수 있어. 어떤 병이라도. 환자들 사이에서는 유명한 의사야. 나도 소문을 듣고 면담을 신청했지. 시치주지 병원의 사신이라는 무시무시한 별명이 붙어 있기는 하지만……."

노인은 문득 먼 곳을 응시하는 눈빛으로 말했다.

"내가 볼 때는 명의야."

하마야마가 뭐라고 물어보기도 전에 노인은 차르륵 하고 커튼을 쳐버렸다. 시야가 차단되고 세계가 격리되었다.

노인은 그날 안에 병원을 떠났다.

그 뒤에는 텅 빈 침대만이 남았다.

8월 27일

하마야마는 화장실 한 칸을 점거하고 계속 토했다. 토하고 나면 가글을 하고 또 토했다. 입안은 까슬까슬하고 곳곳이 상처투성이였다.

시각은 밤 10시였다. 구토와 입안의 통증 때문에 거의 잘 수가 없었다.

정신이 아찔해질 지경이다.

호주머니에서 휴대폰을 꺼내어 문자를 열었다. 벌써 몇 번째 똑같은 문자를 열어보는 것일까. 「검진 끝났는데 아무 문제 없대」라는 문자. 첨부된 사진. 거기에는 초음파를 통해 흑백으로 촬영된 아들의 모습이 있었다.

쿄코의 배 안에서 몸을 웅크리고 새근새근 자고 있었다.

여전히 믿기지가 않았다. 나에게 자식이 생긴다. 내 피를 이어받은 새로운 인간이 탄생한다. 그렇다. 이 아이를 위해서라면 나는 아직 힘낼 수 있다.

얼마 동안 사진을 바라본 뒤 화면 끄트머리에 표시되어 있는 날짜를 보았다.

8월 27일. 무심코 웃음이 흘러나왔다.

이제 닷새만 더 버티면 항암제 투여가 끝난다.

영원히 이어질 것 같던 이 고문도 마침내 끝이 난다.

나머지는 검사해서 암세포가 사라졌기를 기도할 뿐이다. 이렇게 열심히 노력했으니 하느님, 제발 부탁이에요. 낫게 해주세요. 5분의 4의 행복을 제게도 주세요.

눈을 감고 기도하는데 목이 떨렸다.

구역질이 올라와 하마야마는 변기를 부여잡고 토했다.

20분 정도 화장실에 틀어박혀 있다가 밖으로 나왔다. 발밑이 후들거렸다. 링거대에 의지해 이미 소등된 복도를 걸었다. 무언가의 기계 소리인지 규칙적으로 삣, 삣 하는 소리가 들렸다.

끄으으응, 끄으으으응 하고 낮게 신음하는 소리가 들렸다. 안쪽 병실에서 누군가가 괴로워하고 있는 듯했다. 간호사가 황급히 달려가는 모습이 보였다.

이곳은 싫다.

하마야마는 생각했다.

휘청휘청하며 벽에 기대어 조금 쉬었다.

병원은 정말로 싫은 곳이다. 물론 의사나 간호사가 싫은 것은 아니다. 다만 마음이 울적해진다. 이곳에는 죽음을 눈앞에 둔 사람이, 고통이, 슬픔이 어지럽게 뒤섞여 한 덩어리로 뭉쳐 있다. 매일 어디선가 너스콜(nurse call)이 울려대고 어디선가 사람이 죽는다. 새로운 환자가 실려 오고 새로운 절망과 슬픔이 생겨난다. 그것이 일상이다.

이 세상에 이런 곳이 있으리라고는 상상도 못 했다.

아니, 더 솔직히 말하면, 사람이 죽는다고는 생각도 못 했다.

물론 지식으로는 알고 있었다. 할머니와 할아버지의 임종을 지켜본 적도 있었다. 하지만 평소에 눈앞에서 보지 못하니 잊고 있었다. 회사에서도, 출퇴근 전철에서도, 쿄코와 같이 사는 아파트 단지에서도 끙끙 앓으며 괴로워하는 사람은 본 적이 없다. 화장실에서 계속 토하는 앙상한 남자도 본 적이 없고 한밤중에 비명 소리가 울려 퍼지다가, 그리고 서서히 약해져가는 것도 들어본 적이 없다.

하지만 그렇다고 존재하지 않는 것이 아니었다.

여기에 모여 있기 때문에, 격리되어 있기 때문에 평소에 의식하지 못하는 것뿐이었다.

사람은 죽는다. 괴로워하며 혼자 외로이 죽어간다. 그리고 죽음으로부터는 아무도 벗어나지 못한다.

그 당연한 일을 하마야마는 병원에 와서야 겨우 실감했다.

"키리코 선생님……. 물어볼 게 있어서 좀 오시라고 했어요."

바로 근처에서 목소리가 들려오는 바람에 하마야마는 무심코 화들짝 놀랐다. 링거대가 살짝 흔들렸다.

"무슨 일이야? 아카조노 선생."

"그…… 하시다 씨 일 때문에요."

살짝 열려 있는 문틈에서 어두운 복도로 빛이 새어나오고 있었다. 바로 눈앞의 면담실에서 주치의인 아카조노와 누군가가 이야기를 나누고 있었다.

대체 무엇에 관해 이야기하고 있는 것일까. 엿들으면 안 된다고 생각하면서도 하마야마는 복도에 멈춰 섰다.

"AML로 혈액내과에 입원해 있던 하시다 씨 말이에요. 키리코 선생님, 그분이랑 또 면담하신 거 아니에요?"

AML. 급성 골수성 백혈병이다. 그리고 키리코라는 이름.

보아하니 하마야마의 옆에 누워 있던 노인에 관한 이야기인 듯했다.

"그래, 얼마 전에 면담했지."

"어, 어떻게 된 거예요? 면담했지, 로 끝낼 일이 아니잖아요! 키리코 선생님은 전에도 하시다 씨의 가족을 화나게 만들어서 문제가 됐었잖아요? 후쿠하라 선생님도 앞으로는 하시다 씨와 만나지 말라고 하셨고요. 주치의인 나한테 완전히 일임하는 걸로 결론이 나지 않았나요? 그런데 대체 왜……."

"내가 먼저 연락한 적은 없어. 하지만 그 환자가 만나고 싶다고 했거든."

"설마, 말도 안 돼……. 거짓말이죠?"

"거짓말해서 뭘 어쩌겠어?"

"키리코 선생님. 그 환자가 어떻게 됐는지 아세요? 갑자기 태도가 강경해졌어요. 더는 치료하지 않겠다더군요. 몇 번이나 만류했지만 며칠 전에 결국 퇴원했어요. 모처럼 여기까지 키모테라피(화학요법)를 잘 해왔는데 모든 게 다 헛수고가 됐다고요! 공고요법을 이런 식으로 중단하다니……. 뼈가 아직 다 붙지도 않았는데 깁스를 푼 것이나 마찬가지라 나을 병도 안 낫는다고요. 아니, 합병증으로 오늘내일해도 전혀 이상하지 않아요!"

"환자가 바란 일이야."

"키리코 선생님이 뭔가 요상한 말로 꼬드긴 건 아니고요? 나도 소문은 들었어요. 키리코 선생님, 여러 환자들과 면담하면서 치료를 포기하게 만들거나 적극적으로 죽음을 받아들이라는 식의 제안을 하고 다니신다죠?"

"딱히 환자들을 죽게 하려고 그러는 건 아니야. 하지만 회복될 가망이 없는 환자한테 치료를 계속할 필요는 없다고 이야기해주기는 해. 어차피 살 수도 없는데 투병해봐야 부질없잖아?"

"……부질없다니. 어떻게 그런 말을 할 수가 있어요? 필사적으로 싸우고 있는 환자들과 온 힘을 다해 애쓰고 있는 스태프들 앞에서도 그렇게 말할 수 있어요?"

"응? 말할 수 있지. 부질없는 건 부질없는 거야. 차라리 쓸데없는 건 줄이고 생산적인 활동에 자원을 투입하는 쪽이 나아. 환자도, 의사도."

아카조노가 이를 가는 소리가 들렸다.

"……키리코 선생님이 하시는 말씀은 이해하지 못하겠어요. 조금도. 아니, 이해하고 싶지도 않아요. 그건 사신의 논리예요……."

"이해해달라는 말은 한마디도 한 적이 없는데. 우리가 다가가야 할 상대는 환자지, 의사들끼리 서로 이해할 필요는 없잖아?"

이야기가 전혀 맞물리지 않았다. 키리코의 말은 냉정했지만,

일부러 아니꼬운 소리를 하는 것 같지는 않았다.

왜 그 노인은 이 키리코라는 묘한 의사를 만났을까. 그리고 면담을 하고 그를 명의라고 평가하고 위험을 무릅쓰면서까지 퇴원한 것일까. 아카조노와 마찬가지로 하마야마도 전혀 이해가 되지 않았다.

침묵이 이어지더니 이윽고 키리코의 목소리기 들렸다.

"그만 가도 될까? 할 일이 남아 있어서 말이야."

하마야마는 침대에 누워 눈을 뜨고 있었다.

잠이 오지 않았다.

엿들은 두 의사의 대화가 귓가에 남아 지워지지 않았다. 그 노인과 같은 병으로 괴로워하는 처지다 보니 온갖 생각이 꼬리를 물어 진정이 되지 않았다.

면담실 앞에서 링거대에 매달려 있던 때의 일을 떠올렸다.

이야기가 끝나자 면담실 전등이 꺼지고 가운을 입은 두 남자가 복도로 나왔다.

우연히 마주친 척하며 하마야마는 머리를 꾸벅 숙이며 인사했다.

자기를 알아본 아카조노가 다가오더니 물었다.

"하마야마 씨, 한밤중에 무슨 일이세요? 잠이 오지 않으세요?"

그 목소리와 안경 너머의 눈빛에서도 하마야마를 걱정하는 마음이 전해져왔다.

"아뇨, 그냥, 조금 구역질이 나서……."

"그러셨어요? 구토억제제를 처방해 드릴게요. 조금만 기다리세요."

아카조노의 말에 고개를 끄덕이면서도 하마야마는 복도 끝을 보고 있었다. 이쪽으로 시선을 흘긋 던지고는 가운을 펄럭이며 엘리베이터 쪽으로 멀어져가는 남자. 키리코라는 이름의 의사.

안색은 어둡고, 야위고, 색깔이 모조리 빠져나간 것처럼 하였다. 색소가 엷은 눈동자는 어둠 속에서 빛이 번쩍거리는 것 같았다. 이목구비가 단정하지 않은 것은 아니지만 흔히 말하는 미남이라기보다 마치 인형 같은 음울한 풍모가 느껴졌다.

그 사람이 소문의 사신인가……?

그 인상이 강렬하게 남아 있었다. 눈꺼풀을 감자 얼굴이 떠올랐다.

도저히 잠이 오지 않았다.

어두운 병실에서 옆 침대를 보았다. 한때 노인이 있던 곳에는 새로이 만성 림프구성 백혈병으로 입원한 남자가 자고 있었다.

그 노인의 우렁찬 코 고는 소리도 냄새도 기척도 전혀 남아 있지 않았다.

그는 하마야마의 세계에서 완전히 사라졌다.

8월 31일

3층 회의실. 아침 회의가 끝나고 의사들이 모두 자리를 떴다. 아카조노도 노트북을 덮고 일어나자 뒤에서 누군가가 불렀다.

"아카조노 선생, 잠깐 좀 괜찮겠나?"

혈액내과의 타카사고 부장이 신경질적인 얼굴로 이쪽을 보고 있었다.

"네."

"환자 건으로 후쿠하라 부원장님이 자넬 부르시네."

"……네?"

아카조노의 발이 멈추었다. 바닥부터 천천히 한기가 올라왔다. 무언가 실수라도 했나?

후쿠하라 부원장은 특별한 존재다. 젊은 나이에 이미 외과의 에이스이면서, 시치주지 계열 병원을 통솔하는 후쿠하라 킨이치로 원장의 외아들이기도 하다. 권력을 등에 업고 있어 발언권이 강하고 부장 의사조차도 그의 심기를 살핀다. 아카조노와 같은 젊은 의사들에게는 동경하는 존재인 동시에 두려움의 대상이기도 했다.

그런데 왜 직접 부르는 것일까? 후쿠하라 부원장은 외과라 아카조노의 직속 상사는 아니다. 타카사고 부장을 건너뛰고 직접 하고 싶은 이야기가 대체 무엇일까.

이유를 알 수 없는 불길함에 아카조노의 긴장은 점점 더 고조되었다.

그것은 타카사고 부장도 마찬가지인 듯했다. 그는 뾰족한 턱을 만지작거리며 아카조노에게 못을 박았다.

"무슨 이야기인지는 모르지만 아무쪼록 우리 혈액내과가 눈 밖에 나지 않도록 조심해."

"네……."

실수하면 내 관리 책임이 되니까 말이야, 하고 타카사고 부장의 작은 눈이 말하고 있었다.

"실례합니다. 혈액내과의 아카조노입니다."

"어서 오게. 일부러 불러내서 미안하군."

한쪽 벽면 전체가 유리창으로 되어 있어 부원장실에서 바라보는 전망은 압권이었다. 후쿠하라는 굵직한 팔을 벌리며 상상했던 것보다도 훨씬 친근하게 아카조노를 맞이해주었다. 조금 안심하고 흘러내려온 안경의 위치를 바로잡았다.

"자, 앉지."

"네."

후쿠하라는 생글생글 웃으며 소파에 앉더니 아카조노에게도 앉으라고 권했다. 남자다운 굵직한 목소리. 단정한 이목구비에 사람을 압도하는 오라. 새삼스럽게 바로 옆에서 느껴지는 그 카리스마에 두근두근하면서도 아카조노는 머리를 숙이고 유리 테이블을 사이에 두고 소파에 앉았다.

"하시다 후지오 씨 건인데."

후쿠하라는 지체 없이 용건을 말했다. 그 이름을 듣고 아카조노는 숨을 죽였다.

"오늘 아침에 자택에서 사망이 확인되었다더군."

조심스럽게 후쿠하라의 얼굴을 살폈다. 웃음기가 사라져 있었다.

"……그렇, 군요……."

아카조노는 그렇게 말하는 것이 고작이었다. 하시다 씨. 공고 요법을 중간에 그만두고 퇴원해버린 하시다 환자. 부리부리한 눈과 뼈가 앙상한 턱이 떠올랐다. 일주일도 버티지 못했다. 역시 그때 억지로라도 말렸어야 했다…….

의사로서의 후회가 아카조노를 덮쳐와 무심코 주먹을 움켜쥐고 이를 갈았다. 그러고는 후쿠하라의 안색을 살폈다.

"가족에게서 연락이 왔어. 치료 방침에 문제가 있었던 것 아니냐며…… 화를 내셨지. 당연해. 면담에서 한 번 심기를 거스른 데다 퇴원하고 바로 돌아가셨으니. 이 건은 내가 대응할 걸세. 소송까지 갈지 어떨지는 모르지만 아마 지는 일은 없을 거야. 일단 퇴원 동의서도 있고. 하지만 병원에 대한 안 좋은 소문이 퍼질 가능성은 있어."

"……죄송합니다."

아카조노가 머리를 숙이자 후쿠하라는 고개를 가로저었다.

"자네가 최선을 다해 치료한 것은 알아. 문제는 키리코지. 면담하면서 가족을 화나게 한 것도, 멋대로 환자에게 퇴원을 권한 것도 다 그 녀석이 저지른 짓이야. 이 문제에서 책임을 져야 할 사람은 자네가 아니라 키리코야."

아카조노는 조심스럽게 고개를 들었다. 후쿠하라가 말을 이었다.

"하지만 아카조노 선생, 자네의 일도 완벽했다고는 할 수 없어. 키리코가 옆에서 끼어들건 말건 상관없을 만큼 환자와 신뢰 관계를 쌓아뒀더라면 전혀 문제없었을 거야."

"……네."

"하시다 씨가 퇴원한 이유는 투병 생활에 지쳐서겠지. 하지만 그럴 때일수록 더욱더 의사는 환자를 격려해야 해. 힘을 북돋아 주고 용기를 불어넣어줘서 기운을 차리게 해야 해. 하지만 자네는 그 정도로 하시다 씨를 고무하지는 못했어."

"……."

똑바로 쳐다보는 후쿠하라의 눈빛을 보고 아카조노는 추궁당하는 느낌을 받지는 않았다. 오히려 스스로가 부끄러웠다.

"환자의 마음이 꺾이려 한다 하더라도 의사는 결코 꺾여서는 안 돼. 그랬다가는 기적은 절대 일어나지 않아. 안 그런가?"

커다란 손바닥이 아카조노 앞에서 펼쳐졌다. 메스를 쥐고 수많은 생명을 구해온 그 손. 수도 없는 소독으로 피부는 쩍쩍 갈라진 것처럼 거칠었다. 하지만 그럼에도 생기를 잃지 않는 손. 의심의 여지가 없는 강인한 손이었다.

"네. 정말로 죄송합니다."

아카조노는 다시 한 번 사죄했다.

"아니, 괜찮아. 그보다 앞으로의 일을 자네와 이야기하고 싶어서 불렀어."

"앞으로의 일을요?"

"혈액내과에 하시다 씨와 비슷한 증상을 보이는 환자가 있잖아? 하마야마 씨라고 하던가?"

"아, 네. 하시다 씨와 똑같은 AML M6 환자입니다."

후쿠하라는 고개를 끄덕이더니 몸을 앞으로 내밀었다.

"똑같은 실패를 되풀이해선 안 되네."

나직한 목소리였다.

"……알겠습니다."

"좋아. 힘든 일이 있으면 언제든지 나한테 얘기하고. 절대 잊지 말게. 우리는 병마와 싸워야 해. 누구보다도 앞장서서, 누구보다도 용기를 가지고 싸워야 해. 싸우고 싸우고 또 싸워서 이겨야 해……."

아카조노는 후쿠하라를 보고 무심코 숨을 삼켰다.

수술에 임할 때와 마찬가지로 야만적이고 용맹스러운 투지가 후쿠하라의 온몸에서 뿜어져 나오는 느낌이었다.

9월 6일

오늘은 매미 울음소리가 한층 더 요란스러웠다. 창문이 닫혀 있는데도 실내까지 시끄럽게 울려 퍼졌다.

하마야마는 아내와 함께 진찰실에서 기다리고 있었다. 문득 아내에게 물었다.

"몸은 좀 어때?"

이제 곧 임신 7개월에 접어드는 쿄코의 배는 눈에 띄게 커져 있었다. 쿄코는 놀랐는지 눈이 동그래지더니 조금 웃었다.

"괜찮아."

"왜 웃어?"

"그렇잖아. 당신은 내 걱정 할 여유가 있으면 자기 몸부터 걱정해."

쿄코는 어이없다는 듯이, 하지만 다정하게 웃었다. 그 미소에서 모성을 느끼고 하마야마는 무심코 넋을 잃고 보았다. 옛날부터 이랬던 걸까. 아니면 태내에 깃든 생명이 아내를 이렇게 만들고 있는 것일까.

아내의 뒤쪽에 있는 유리창에는 자신의 모습이 비쳐 있었다. 머리카락이 완전히 빠져버린 머리에 뒤집어쓴 니트 모자. 꺼칠꺼칠한 입술. 뺨은 움푹 꺼지고 낯빛은 칙칙했다. 비참하고 한심한 모습이다.

하지만 쿄코의 미소는 예전과 다름없이 자신을 향하고 있었다.

깊은 안도감을 느끼고 하마야마는 한숨을 내쉬었다. 그때 면담실 문이 열렸다.

"기다리셨죠?"

자료를 들고 들어온 아카조노는 녹색 수술복을 입고 있었다. 분주하게 의자에 앉아 하마야마를 보고 환하게 웃어 보였다.

"골수천자* 결과가 나왔어요. 먼저 축하드립니다. 무사히 관해에 도달했음을 확인할 수 있었어요. 하마야마 씨, 정말로 고생 많으셨어요."

자기도 모르게 웃음이 새어나왔다. 하마야마는 쿄코를 보았다. 쿄코도 휴 하고 가슴을 쓸어내렸다.

그 힘든 항암제 치료를 버텨낸 보람이 있었다. 백혈병 세포를

---

* 혈액이나 골수의 병증을 진단하기 위하여 골수에 침을 꽂아 골수액을 채취하는 방법.

무찌를 수 있었다. 나는 돌아갈 수 있다. 예전 생활로 돌아갈 수 있다.

머리카락과 피부도 전부 원래대로 돌아오고, 쿄코와 함께 사는 그 집으로 돌아갈 수 있다.

"그럼 선생님, 이제 퇴원해도 되는 거죠?"

아카조노는 미소를 지우시 않았지만 고개를 끄덕이지도 않았다.

"아……, 퇴원은 아직 무리예요."

그러더니 종이를 펼쳐 펜으로 그림을 그리며 설명을 시작했다.

"지금 보면, 하마야마 씨의 몸속에 있는 백혈병 세포는 거의 완전히 사멸한 상태예요. 골수액을 현미경으로 살펴보아도 확인이 안 되는 수준이에요."

"……그러니까 백혈병은 다 나은 거죠?"

"그러니까, 채취한 골수액 안에서는 이상 세포가 발견되지 않았어요. 하지만 이건 어디까지나 현미경으로 발견되지 않는다는 것일 뿐 몸속 어딘가에는 아직 남아 있을지도 몰라요. 이상 세포가 단 하나라도 살아 있으면 다시 증식해서 재발할 가능성이 있거든요."

"아……."

쿵 하고, 몸이 묵직해졌다. 의자로 가라앉는 것 같았다.

싸움은 아직 끝난 게 아니었단 말인가?

"관해라는 상태는 완치와는 달라요. 심각한 위기에서 벗어났다고 생각하시면 됩니다. 그럼 향후의 방침에 대해 말씀드릴게요."

아카조노는 당연하다는 듯이 들고 있던 자료를 넘기며 말을 계속했다.

"크게 나누면 두 가지 방법이 있어요. 하나는 공고요법으로 치료한 뒤 퇴원하셔서 상태를 보는 방법이고요. 다른 하나는 조혈 모세포 이식이에요."

"그건…… 어떻게 다른데요?"

"여기서 가장 중요한 건 재발 문제예요. 하마야마 씨의 혈액을 검사해본 결과 백혈병의 유형은 FAB 분류상 M6에 해당돼요. 이건 일반적으로 예후 불량이라고 하는데, 다시 말하면 재발 가능성이 높다는 뜻이에요."

담담하게 설명하는 말이 하마야마의 심장에 비수처럼 날카롭게 꽂혔다.

"그밖에도 염색체 등 몇 가지 검사 결과를 통해 도출된 예후인자를 볼 때 역시 좋다고는 하기 어려워요. 하지만 하마야마 씨는 아직 30대잖아요? 아직 젊으시니까 그런 의미에서는 재발 가능성이 떨어진다고 할 수 있어요."

"선생님. 그럼, 어느 쪽이에요? 나는 재발하는지 안 하는지 어느 쪽인 거죠?"

하마야마는 필사적으로 물었다. 하지만 돌아온 대답은 차가웠다.

"그건, 어느 쪽이라고도 말할 수 없습니다."

"어느 쪽이라고도 말할 수 없다니……."

"개인차가 있기 때문에 분명히 이렇다고는 말씀드릴 수 없어요. 불과 몇 주 만에 재발하는 사람이 있는가 하면, 그 뒤로 아무 일도 일어나지 않는 사람도 있거든요. 그렇다고는 하지만 제 개인적인 의견을 말씀드리면, 하마야마 씨의 재발률은 70퍼센트 정도라고 생각합니다."

70퍼센트라니!

다시 확률이다.

눈앞에 두 갈래의 길이 나타났다. 또다.

"재발 위험성을 얼마나 중요하게 생각하느냐가 관건이에요. 재발하지 않는다고 생각한다면 방침상으로는 공고요법으로 치료한 뒤 퇴원하게 됩니다. 공고요법은 만일을 위해 조금 더 항암제 치료를 계속하고 그 뒤에 퇴원해 상태를 관찰하는 방법이에요."

"만약 그렇게 했다가 재발하면 어떻게 되는데요?"

"이번에 한 치료와 기본적으로는 동일해요. 다시 입원하셔서 화학요법을 실시합니다."

하마야마는 한숨을 내쉬었다.

생각만 해도 울적해졌다. 퇴원한다 하더라도 재발의 공포에 떨며 하루하루를 살아야 한다. 그리고 재발하면 다시 입원 생활로 돌아와야 한다.

"선생님……, 재발하더라도 그때마다 화학요법을 다시 받으면 계속 살 수 있다는 뜻인가요?"

그 질문에도 아카조노는 떨떠름한 표정을 보였다.

"위험성이 높아지는 경우가 많아요. 지난번에는 잘 들었던 항암제가 안 듣게 되기도 하거든요. 재발하면 관해까지 유도할 수 있을지 어떨지는 운에 달려 있다고 보시면 돼요."

"구체적으로는 얼마나 더 살 수 있나요?"

"……하나의 지표에 지나지 않지만, 5년 후의 생존율은 40퍼센트라는 데이터가 있습니다."

고작 40퍼센트라고? 농담하는 거야?

하마야마는 깜짝 놀라 힘없이 고개를 숙였다.

"그러니까 저로서는 공고요법이 아니라 또 다른 방법…… 조혈모세포 이식을 권해드리고 싶습니다."

쿄코가 물었다.

"그건 어떤 거죠?"

"성공하면 재발 가능성을 대폭적으로 낮출 수 있어요. 완치를 목표로 한다면 이 방법이 나아요."

성공하면?

아카조노의 표현에 불안감이 감돌았다.

"성공하지 못하면…… 어떻게 되는데요?"

"조혈모세포 이식에는 위험성이 따릅니다. 자세한 내용은 지금부터 설명드릴 텐데요, 위험이 적은 치료법이라고는 할 수 없어요. 하지만, 아니 그렇기 때문에 효과도 아주 크죠."

질문에 대한 대답이 아니었다. 하마야마는 아카조노의 얼굴을 올려다보았다.

"물론 그 치료를 받을지 안 받을지, 최종적인 판단을 내리는 사람은 하마야마 씨예요. 하지만 자꾸 실패했을 경우만 생각하면 길은 열리지 않아요. 어떠세요? 용기를 가지고 한 걸음 앞으로

나아가보지 않으시겠어요? 하마야마 씨가 병마와 싸우기로 다짐
하신다면 저도 최선을 다해 서포트하겠습니다. 제가 끝까지 같이
가드릴게요."

아카조노의 분위기는 아주 조금이지만 평소와 다른 것 같았다.

조금 더 뒤로 물러난 입장에서 설명하는 의사였던 것으로 기억
한다. 하지만 지금은 눈에 열의가 깃들어 있었다. 그것은 든든하
기도 했지만 한편으로는 만지면 화상을 입을 만큼 뜨거운 위험물
처럼 느껴졌다. 그 투지는 어디서 온 것일까.

마치 무언가에 감염된 것처럼 아카조노는 타오르는 눈으로 설
명을 계속했다.

병원 1층의 카페.

하마야마는 김이 모락모락 피어오르는 핫코코아를 앞에 두고
손으로 얼굴을 감싸고 있었다. 옆에서는 쿄코가 앉아 등을 쓰다
듬어주었다.

"유고. 천천히 생각하자."

쿄코의 목소리는 부드러웠다.

"바로 결론을 낼 수 있는 문제가 아니야. 둘이서 생각해 보자."

"하지만 시간적 여유가 없어. 이식할 거면 빨리 결정해서 움직
여야 해. 선생님이 할 거면 체력이 남아 있는 지금 해야 한다고
말했잖아. 게다가 공여자와 교섭할 시간도 필요해."

하마야마는 얼굴에서 손을 떼고 눈을 떴다. 빛이 온 세상에 흘
러넘쳐 눈을 깜빡거렸다. 큰 유리로 둘러싸인 카페에는 바깥의

빛이 듬뿍 쏟아져 들어왔다. 주변에는 관엽 식물이 줄지어 있어 공기가 상쾌했다. 하마야마의 마음속과는 참으로 대조적이었다.

"유고는 이식하고 싶어?"

쿄코가 내 얼굴을 들여다보고 있었다. 걱정스러워하는 아내의 표정을 보고 하마야마는 고개를 숙였다.

"모르겠어……."

조혈모세포 이식.

조혈모세포란 혈액의 모체가 되는 세포를 말한다. 하마야마는 지금 건강한 피를 스스로 만들어내지 못하는 상태다. 만들어도 암세포로 변해버린다.

그러므로 다른 사람으로부터 혈액의 모체를 나눠받는 것이다. 공여자로부터 골수를―골수에는 마치 딸기잼처럼 신선한 조혈모세포가 들어 있다―제공받아 하마야마에게 이식한다. 이른바 골수이식이다. 그렇게 함으로써 하마야마는 건강한 피를 만들 수 있게 된다. 더는 백혈병 세포가 생겨나는 일이 없어진다.

이렇게 보면 이식에는 좋은 점만 있는 것 같지만 문제는 그리 간단하지 않다.

먼저 이식할 때까지가 큰일이다.

새로운 골수를 이식하는 것이므로 기존의 골수가 살아남아 있으면 안 된다.

따라서 골수 파괴적 전처치라는 것을 한다. 말 그대로 지금 하마야마가 가지고 있는 골수를 파괴하여 안에 아무것도 남아 있지 않게 텅 비우는 것이다. 한없이 치사량에 가까운 대량의 항암제를 투여하고 강렬한 방사선을 쬐어 다시는 피를 만들지 못하게 될 때까지 철저하게 골수를 말살한다. 그 부작용은 지금까지 받은 항암제 치료와는 비교할 수 없는 수준이다.

그리하여 골수를 사멸시키고 나면 마침내 이식수술을 할 수 있게 된다.

여기끼지 설명을 들은 시점에서 하마야마는 무서워서 참을 수가 없었다. 하지만 그것이 다가 아니다.

무사히 수술에 성공했다고 하더라도 모든 문제가 해결된 것은 아니다.

먼저 생착(生着) 실패가 발생할 수 있다. 모처럼 이식한 조혈모세포가 제대로 뿌리를 내리지 못하는 것이다. 발생률은 약 7퍼센트. 생착에 실패하면 하마야마는 여전히 피를 만들어내지 못하는 상태가 된다. 수혈 등으로 보충한다고 하더라도 한계가 있어 생명을 유지하기가 상당히 힘들어진다.

그 확률을 충족하더라도 GVHD 문제가 기다리고 있다.

이식한 골수에서 생겨난 백혈구는 말하자면 다른 사람의 백혈구다. 그것이 하마야마를 새로운 숙주로 인식한다면 괜찮지만 경우에 따라서는 하마야마를 이물질로 인식하고 공격하기도 한다. 그렇게 되면 하마야마는 자기가 만들어낸 백혈구로 자신을 계속 공격하게 된다. 그 공격은 죽을 때까지 계속된다. 그것이 GVHD…… 이식편대숙주병이다.

증상은 무거운 것도 있고 가벼운 것도 있지만 최악의 경우에는 죽음에 이른다.

발생할지 어떨지는 어느 정도 예측이 가능하지만 최종적으로 이식해보기 전까지는 알 수가 없다.

약 20퍼센트의 환자가 이식 후 GVHD를 포함한 합병증으로 고통스러워한다고 한다. 또다시 확률이다. 20퍼센트에 포함되느냐, 그렇지 않느냐다.

그리고.

이렇게까지 하더라도 백혈병이 재발할 가능성이 완전히 사라지지는 않는다. 10퍼센트 정도는 역시나 재발하는 경우가 있다고 한다.

위험성은 여전히 남아 있다.

이식과 GVHD에 관한 처치로 면역 체계가 크게 손상된다. 그것이 회복될 때까지 3년 정도 걸린다. 조심하며 살아야 하는 것은 물론이고 만에 하나 폐렴에라도 걸리면 생명이 위독해진다. 장기 무병 생존율은 5년으로 70퍼센트.

확률, 확률, 확률. 온통 확률뿐이다.

이처럼 수도 없는 확률을 헤치고 나아가야 한다. 단지 살아가는 것뿐인데도. 지금까지는 쉽게 할 수 있었던 일인데.

무수한 갈림길이 눈앞에 있고 어딘가에서 미래의 자신이 탈진해 있다. 시체로 뒤덮인 미래로 나아가는 길. 정답인 길을 찾아낼 수 있을까.

하마야마는 가느다란 목소리로 말했다.

"못 정하겠어……. 이런 결정은 못 내리겠어."

재발할 것인가, 그렇지 않을 것인가. 재발하지 않을 것이라고 믿고 퇴원하여 실제로 아무 일도 없으면 만만세다. 하지만 그렇지 않다면? 반대 결과가 나온다면 골수이식을 하는 편이 낫다는 뜻이 된다. 하지만 골수이식 역시 도박이나 다름없다. 여기서도 또 예상이 틀어질 수 있다. 주사위를 던져 어떤 숫자가 나올지는 아무도 모른다.

경마라면 졌으면 돈만 잃고 끝난다. 하지만 이 도박에서는 목숨을 걸어야 한다. 주치의는 최선을 다해 서포트하겠다고 했다. 하지만 그것이 무슨 의지가 된단 말인가? 실제로 목숨을 베팅하는 사람은 하마야마지 아카조노가 아니다.

미래를 알고 싶었다.

확실한 정보를 원했다.

점이나 기도에 의지하는 사람의 마음을 하마야마는 그제야 이해했다.

"……괜찮지 않을까? 유고, 그렇게 무서우면 골수이식 같은 건 하지 않아도 돼. 틀림없이 괜찮을 거야."

하마야마는 쿄코를 흠칫흠칫 보았다.

"그럼, 쿄코는 재발하지 않을 거라고 생각하는 거야? 70퍼센트인데?"

"난 괜찮을 거라고 생각해."

"정말로?"

"응."

"절대로?"

"응……?"

"절대? 두 번 다시 재발하지 않아? 이식하지 않아도 괜찮다는 거야? 만약 재발하면, 그럼 어떻게 할 건데? 당신이 나한테 뭘 해줄 수 있다는 거야!"

하마야마는 일어났다. 의자가 덜컹 흔들렸다. 주변 사람들의 시선이 일제히 이쪽으로 쏠리며 정적이 감돌았다. 쿄코의 눈이 휘둥그레져 있었다.

자기가 큰 소리를 냈다는 것을 깨닫고 하마야마는 황급히 사과했다.

"미, 미안해……."

"아니야. 괜찮아……. 나야말로 의지가 되지 못해서 미안해."

"내가 잘못했어. 그런 게 아니야. 그럴 생각이…… 아아……."

얼굴을 감쌌다. 쿄코에게 화풀이한들 소용도 없는데.

"이렇게 괴로워할 거라면, 차라리 눈 딱 감고 아무런 생각도 없이 죽는 게 나아……."

"유고, 마음은 이해해. 하지만 그런 말은 하지 마."

"……."

재발할지 어떨지는 아무도 모른다. 의사도 확답하지 못하는 문제다. 그 누구도 목숨을 보증해주지는 않는다. 생각해보면 당연한 일이다.

하지만 그것으로는 부족하다. 무릎의 떨림이 멈추지 않았다…….

그 무릎에 따뜻한 무언가가 닿았다. 쿄코의 손바닥이었다. 그 온기에 조금씩 하마야마의 떨림이 가라앉았다.

"……계속 살 수 있을 줄 알았어."

문득 하마야마의 입에서 말이 흘러나왔다.

"응."

쿄코의 목소리가 어쩐지 멀리서 들려오는 느낌이었다.

"언제까지나 당신이랑 살아갈 수 있다고, 그렇게 생각했어. 근 거도 뭣도 없지만 그렇게 믿었어. 그게 뭐가 됐든 모든 건 더 나 중의 일이라고 생각했어."

"응……."

"자식이 결혼해서 독립하고, 정년을 맞이하고, 할아버지가 돼 서, 동급생들이 하나둘 떠나가고, 이제 충분히 살았구나 하는 생 각이 들면, 그러고 나서…… 생각할 문제인 줄만 알았어."

"유고……."

"하, 하, 한심하지. 초등학교 때 성교육 수업이 있었는데, 이렇 게 저렇게 하면 아기가 생긴다고 배웠거든. 그때 충격을 받았던 기억이 지금도 생생해. 방법 때문에 놀란 건 아니었어. 지금까지 어떻게 하면 아기가 태어나는지 생각해본 적도 없는 나 자신한테 놀란 거야."

하마야마는 머리를 감싸며 더듬었다. 머리카락을 헝클어뜨리 고 싶었지만 그곳에는 수분이라고는 전혀 없는 노인 같은 피부만 있었다.

"멍한 성격이라 그럴 거야. 아기는 어디선가, 어쩐지 그냥 태어 나 있는 존재라고 생각했어. 그런 식으로 인간이 늘어나서 살아 간다고 생각했지. 나, 난, 그때 이후로 전혀 달라지지 않았 어……. 하나도 안 변했어."

쿄코가 이쪽을 보고 있었다. 하마야마는 계속했다.

"늘어난 사람은 줄어들어. 그래, 사람은 언젠가 죽어. 그러니까 이 땅 위에 사람이 넘쳐 나지 않는 거지. 생각해본 적도 없었어. 알고 있었어? 사람은 죽어. 나도, 당신도, 우리 아이도, 저기 있는 누군가도 모두 죽는 거야!"

구토를 하고. 머리카락이 빠지고. 괴로워하고.

두려워하고. 절망하고. 혼자서.

그것이 언젠가 다가온다.

"난 두려워. 이제 와서, 이런 걸 이제야 깨닫고 두려워하다니. 초등학생 어린애처럼……."

쿄코는 하마야마의 손을 움켜쥐며 조심스럽게 말했다.

"그렇지만 죽는 건 모두 똑같아. 빠르거나 늦거나 하는 차이밖에 없어."

그 말을 듣고 하마야마의 가슴속에서 뜨거운 불꽃이 일렁거렸다.

알아.

알고는 있지만.

건강한 당신이 그런 말을 해봐야 무슨 소용이야.

그런 말은 아무런 위로도 되지 않는다고. 내가 듣고 싶은 것은 그런 이야기가 아니야.

하마야마는 이를 악물고 소리를 버럭버럭 지르고 싶은 마음을 억눌렀다.

당신이 최선을 다해 애써주고 있다는 건 알아. 내 마음을 전부

이해해주길 원하는 건 불가능한 바람이라는 것도 알아. 나의 이 불안을 떨쳐내려면 불사의 생명을 손에 넣는 수밖에 없고, 그것이 한심하기 짝이 없는 억지라는 것도 다 알아. 하지만……

아니. 쿄코에게 화풀이를 하고 싶지는 않다. 이 이상 슬프게 할 수는 없다. 하마야마는 있는 힘을 짜내어 웃는 얼굴을 만들어 쿄코에게 보여주었다. 입꼬리가 실룩거렸다.

"그렇지. 감정이 좀 격해져서 그랬어. 미안해."

"유고, 괜찮아?"

"응…….."

"당분간 집으로 돌아가 있을까? 선생님은 그래도 괜찮다고 하셨는데."

하마야마는 고개를 저었다.

"오늘은 병원에 있을게."

"……내 걱정이라면 하지 않아도 돼."

"그런 게 아니야."

쿄코의 머리카락을 쓰다듬으며 말했다.

"혼자서 좀 생각해보고 싶어. 고마워."

스스로도 꼴사납다고 생각하면서 한 번 더 웃어 보였다. 쿄코는 얼마 동안 이쪽을 바라보고 있었지만 이윽고 아무 말 없이 고개를 끄덕였다.

9월 8일

생각할 시간이 부족하다. 결단을 내리라고 독촉한다. 시간이 멈췄으면 좋겠다고 생각했다. 이 마음속의 술렁거림을 어떻게든 해줬으면 했다. 괴로웠다. 하느님이든 누구든 이 괴로움에서 벗어나게 해주면 좋겠다. 밥이 목구멍으로 넘어가지 않았다.

악몽을 꾸었다.

눈을 떠보니 10분도 채 자지 않았다. 눈을 깜빡거리며 자세를 바꾸었다. 또 악몽을 꾸었다. 시간은 조금밖에 지나 있지 않았다. 그것이 몇 번이고 몇 번이고 반복되었다. 아침이 오지 않았다. 그 무한 반복에서 벗어날 수 없었다. 독기가 서려 있는 늪으로 점점 가라앉는 것 같았다.

현실과 악몽이 뒤섞이며 하마야마의 세계를 좀먹어갔다.

문득 옆을 보았다. 커튼이 쳐진 건너편에서 중년 남자의 숨소리가 들려왔다. 예전에 거기에 누워 있던 노인은 이제 없다. 사라져버렸다. 아무런 흔적도 없이.

나도 죽는 걸까?

그 노인처럼, 내가 있던 장소에는 다른 환자가 누워 있게 될까. 그렇게 생각하자 참을 수 없이 공허하고 괴롭고, 절망스러운 기분이었다.

문득 노인의 말이 떠올랐다.

──도저히 못 견딜 것 같으면 피부과의 키리코라는 의사한테 면담을 신청해 봐.

키리코.

사신이라고 불리는 의사.

살려달라고 애원할 마음은 들지 않았다. 아니, 만약 그 사람이 정말로 사신이라면 한바탕 퍼부어주고 싶다. 왜 나를 이런 꼴로 만드느냐고…….

진구지라는 간호사에게 말하면 연결시켜 줄 것이라고 했다.

하마야마는 옆에 놓여 있는, 코드를 통해 벽으로 이어져 있는 버튼을 보았다. 너스콜. 몽롱해진 의식 속에서 그것이 천천히 흔들리는 것 같았다.

얼마만큼의 시간이 흘렀을까.

"안녕하세요…….'

눈을 떴다. 침대 옆에, 불도 켜지 않고 한 여자가 서 있었다. 간호사라는 것은 알았지만 어쩐지 태도가 이상했다. 채혈을 하고 있지도 않았다. 무언가 기구를 조작하는 것도 아니었다. 아무것도 하지 않고 단지 그 자리에 서 있었다. 본 적 없는 얼굴이었다. 가슴의 명찰에는 '진구지'라고 적혀 있었다.

앞머리가 길었다. 눈을 찌를 것 같았다. 그럼에도 길쭉하게 뻗은 눈은 형형하게 빛나고 있었다. 몸의 선은 가느다랗고 존재감이 약했다.

아직도 꿈을 꾸고 있는 걸까.

그녀는 말했다.

"키리코 선생님을 만나고 싶으시다고요?"

하마야마의 머릿속에 그 얼굴이 하얀 의사의 모습이 떠올랐다.

"사신이라는 의사는 이런 시간에도 만나주나요?"

간호사는 여전히 무표정하게 말했다.

"그럼요. 환자분이 원하시면 대체로 언제든지."

어미는 구역질과 함께 지워져서 들리지 않았다. 간호사는 멀뚱히 하마야마를 보고 있었다.

"만나실 거면 따라오세요. 만나지 않으실 거면 다시 눈을 감고 주무세요."

그렇게 말하더니 간호사는 천천히 돌아 등을 돌리고 걸어갔다. 마치 구름이 흘러가는 것 같았다. 조용하고 매끄러웠다.

하마야마는 옆에 놓인 시계를 보았다. 바늘은 새벽 2시 13분을 가리키고 있었다. 초침이 없어서 시계가 멈춰 있는 것처럼 느껴졌다.

한 걸음 옮길 때마다 세 번이나 숨을 몰아쉬며 멀어져가는 하얀 구름을 뒤쫓을 것인가 말 것인가. 이것은 정말로 현실일까 아니면 꿈일까. 하마야마는 잠깐 망설였다. 하지만 이내 결단을 내렸다.

가주지. 이제는 더 무서울 것도 없으니까.

하마야마는 몸을 일으켰다. 담요와 시트가 스치는 소리가 나자 간호사가 돌아보았다. 그리고 익숙한 손놀림으로 보조하며 링거대를 들고 받쳐주었다.

"들키면 여러모로 곤란해지거든요."

간호사는 그렇게 말하고 너스 스테이션 근처를 피해 걷더니 묵직한 금속 문을 열고 계단이 있는 공간으로 들어갔다. 종이라도 치는 것 같은 나직한 소리가 비상계단으로 퍼져 나갔다. 그리고 다른 문을 열고 엘리베이터를 탔다. 2층에서 내렸다.

인적 없는 외래 대기실에는 비상등 불빛만이 켜져 있었다. 무수히 늘어선 소파. 세기만 화면의 TV. 텅 빈 접수대와 멈춰 있는 에스컬레이터.

두 사람의 발소리는 묘하게 높아 누군가가 조율 안 된 피아노를 치는 것처럼 들렸다.

붉은빛이 벽을 내달렸다. 무시무시한 속도로 벽을 가로질렀다.

구급차의 경광등일까. 병동 밖에서 회전 점멸하고 있는 듯했다. 사이렌 소리는 들리지 않았다. 구급구명센터라고 적힌 간판을 빛이 비추며 지나갔다. 유난히 불안을 부추기는 정경이었다.

간호사가 하마야마의 손을 잡았다. 그 온기만이 현실 세계 같았다.

면담실.

단도직입적으로 적혀 있는 방의 문을 열었다. 안에서 쏟아져 나오는 형광등 불빛에 하마야마는 눈살을 찡그렸다.

"안녕하세요?"

그 의사가 있었다. 키리코라는 얼굴이 하얀 의사. 가운을 걸치고 의자에 앉아 하마야마를 올려다보고 있었다.

"한밤중에 호출을 받아 놀랐지만 생각해보면 오히려 잘됐어요. 이렇게 면담실을 쓸 수 있으니까요."

간호사는 미소 짓더니 하마야마를 보고 살짝 웃었다.

"타이밍이 좋았어요, 하마야마 씨. 사실은 완고한 부원장님이 우리를 눈엣가시처럼 여기셔서 결국 낮에는 면담실을 쓰지 못하도록 금지하셨거든요."

그리고 간호사는 슥 돌아서 키리코의 등 뒤로 갔다.

"어서 앉으세요."

키리코의 말에 하마야마는 의자에 앉았다. 파이프 의자가 끼익 하고 소리를 냈다. 좁고 살풍경한 방이었다. 책상 하나에 의자 몇 개가 놓여 있을 뿐이었다. 정면에 마주앉은 키리코와의 거리는 고작해야 수십 센티미터였다.

"……당신이 사신이에요?"

하마야마의 머리보다도 먼저 입이 움직였다.

"솔직히 말하자면, 당신은 비겁해요."

걸어오는 동안 머리는 깨어 있었다. 눈앞에 앉아 있는 남자는 진짜 사신이 아니다. 그것은 알고 있다. 사신 따위는 존재하지 않는다는 것도. 하지만 말하지 않고는 참을 수 없었다. 지금까지 마음속으로 꾹 참고 있던 것이 흘러넘쳤다.

"왜 죽음 같은 걸 만든 거야? 왜 날 이렇게까지 괴롭혀? 애당초 하는 짓이 너무 음습하다고!"

키리코와 진구지는 말없이 하마야마가 버럭버럭 화내는 소리를 듣고 있었다.

"죽이고 싶으면 그냥 조용히 죽여! 내가 알아채기 전에, 불안에 사로잡히기 전에 단숨에 목숨을 빼앗아 가면 되잖아. 그런데 뭐야? 왜 선택지를 수도 없이 남기고 치료법에 확률 같은 것을 만들어놓는 거야? 왜 죽음이 마치 내 선택에 의한 결과인 것처럼 꾸미느냔 말이야. 그거 알아? 덕분에 난 잠도 자지 못해……. 아무리 고민을 하더라도 답이 나오지 않는다고!"

하마야마는 소리쳤다. 마음속에 담아두고 있던 것을 모조리 쏟아냈다. 그러고는 책상에 엎드렸다. 주먹을 쥐었다.

"……제발……, 이런 선택을 나한테 시키지 말아줘……. 죽음이 있어도 괜찮아. 달아나지 못해도 괜찮아. 희망을, 눈앞에 들이대는 짓만은 하지 말아줘. 난 못 해. 완전한 절망의 구렁텅이에 빠지는 편이 차라리 나아. 희망이 눈앞에서 왔다 갔다 하는 건 괴로워. 노력이나 운에 따라 손이 닿는 곳에 놓여 있던 것을 빼앗기는 게 더 괴로워……."

정신을 차리고 보니 하마야마는 이를 악물고 흐느껴 울고 있었다.

"희망을 줄 거면 100퍼센트의 희망을 줘. 100퍼센트로 낫게 해달라고……."

키리코와 진구지는 여전히 아무 말도 하지 않았다. 단지 말없이 하마야마를 보고 있었다.

"낫게 해줘. 제발 부탁이야. 날 좀 놓아줘. 난 결혼한 지 아직 1년도 안 됐단 말이야. 쿄코는 야무진 사람이지만 그래 봬도 무리하는 성격이야. 내가 곁에 있어줘야 해. 곧 아이가 태어날 거야. 아들이야. 같이 하고 싶은 일이 얼마나 많은데……."

나는 무슨 소리를 하고 있는 걸까. 지리멸렬하다. 그래도 멈쳐지지 않았다.

"제발, 부탁이야. 날 죽이지 마……."

하마야마는 고개를 들었다. 따뜻한 것이 얼굴을 타고 흘렀다. 눈앞에서 조용히 이쪽을 보고 있는 사신에게 말했다.

"부탁이야, 병을 낫게 해줘!"

하마야마의 목소리는 덧없이 방 안에 울려 퍼졌다.

두 사람의 얼굴은 여전히 변함없이 무표정했다. 마치 TV라도 보는 듯한 눈빛이었다. 환자의 목숨 구걸에는 이미 익숙한 걸까.

문득 하마야마는 눈을 크게 떴다.

키리코의 눈에서 눈물방울 하나가 뚝 떨어졌다. 표정은 변함이 없었다. 눈빛도 여전히 냉정했다. 하지만 그것은 틀림없이 흘러내렸다. 뭐라고 말하려고 하자 그보다 먼저 키리코가 입을 열었다.

"나는 사신이 아닙니다. 의사예요. 의사로서 소견을 말씀드리겠습니다. 차트를 봤어요. 주치의가 지시한 것 이외의 치료법은 없습니다."

"……어떻게, 방법이 없나요?"

하마야마의 어금니가 딱딱 부딪쳤다.

"없습니다."

"……."

냉랭한 말투에 하마야마의 분노가 다시 끓어올랐다.

"잘난 척하지 마……. 당신은 사신이 아니라 의사라고 했지? 그럼 의사로서 말이야, 아카조노라는 놈이 나한테 뭐라고 했는지 알아? 골수이식을 추천합니다, 마지막까지 같이 싸워나갑시다, 이랬다고! 나한테 또 싸우란 거야? 날더러 여기서 더 싸우라고? 승리가 확실하지도 않은데! 생판 남인 주제에 잘난 척하며 깔보듯이 말하지 마. 같이 싸우자는 말은 같은 병에 걸리고 나서 지껄이란 말이야!"

"이기조노의 견해는 그렇겠지요. 하지만 이식을 하거나 하시지 않는 것은 하마야마 씨의 자유입니다."

"자유? 자유라고? 그런 태도도 짜증 나. 내가 조금만 뭐라고 하면 금방 기계적으로 처리하려고 하지. 당신들은 날마다 환자를 상대하니까 익숙한 거야. 지나치게 익숙해진 거라고. 마치 공업 제품을 상대하듯이 우리를 치료하지. 몇 퍼센트는 낫고 몇 퍼센트는 죽는다며, 그런 식으로 통계로 생각하고 처리하잖아. 하지만 말이야, 그 1퍼센트 1퍼센트는 우리 한 사람 한 사람의 목숨이라고!"

"그렇지요."

"당신들은 몰라! 안다면 그런 태도는 취할 수 있을 리가 없어!"

"태도 같은 건 아무래도 상관없습니다."

"뭐야?"

키리코의 분위기가 달라졌다. 그 눈동자에 빨려 들어갈 것만 같았다.

"태도를 원하시는 게 아니잖아요? 당신의 바람은 병을 완치하는 것입니다. 하지만 그것이 불가능하니까 이런 식으로 트집을 잡는 것 아닙니까?"

"······그건······."

"별로 상관은 없어요. 정중한 태도를 원하시면 그렇게 해드릴 수 있습니다. 하지만 그래도 결국 괴로움은 사라지지 않아요."

하마야마는 입술을 깨물었다. 그의 말이 옳다. 분하고 한심한 마음이 끓어올랐다.

키리코의 말은 완전히 위에서 내려다보는 투로 들렸다. 그것도 당연하다. 결국 의사와 환자는 입장이 다르다. 지식의 양이라든가 누가 손님이라든가 하는 문제가 아니다. 의사는 건강하고 환자는 아프다. 그런 것이다.

키리코는 말을 계속했다.

"나는 의사로서, 그 근본적인 괴로움을 제거해야 한다고 생각해요. 그것이 곧 병을 이겨내는 것. 극복하고 승리하는 거예요. 안 그래요?"

"물론, 그렇지만. 하지만 다른 치료법이 없다면······."

"아뇨. 아직 방법은 있습니다."

"······그게 무슨 말이에요?"

"하마야마 씨. 병을 이기기 위해서는 죽음도 하나의 방법이라고 생각하지 않으세요?"

이 의사가 무슨 소리를 하는 거야.

"조금 전에 공업제품이라고 말씀하셨는데, 그런 면도 있을 거예요."

키리코는 계속했다.

"진단 결과만 나오고 나면 그 뒤에 할 일은 정해져 있어요. 백혈병이라면 먼저 골수천자를 해서 유형에 맞는 화학요법으로 관해를 유도하죠. 동시에 예후 불량 인자를 확인하고 조혈모세포를 이식할지의 여부를 판단합니다. 이 과정은 환자가 누구든 기본적으로는 다르지 않아요. 벨트컨베이어 위의 제품처럼 정해진 라인을 따라 흘러가죠. 그러다 보니 사람에 따라서는 자신이 인간이라는 사실도 잊고 말아요."

"뭐요……?"

"하마야마 씨를 공업제품처럼 다루는 사람은 우리 의사가 아닙니다. 당신 자신이에요. 당신이 인간이라는 사실을 깨닫지 못하면 병원이라는 장소에서는 공업제품으로 전락하고 말아요."

뭐라고? 내 잘못이라는 거야? 머리에 피가 거꾸로 솟았다. 한편 가슴 안쪽이 철렁했다. 무언가를 들킨 것 같은 불쾌한 감각이 배 속으로 퍼져 나갔다.

"하마야마 씨는 벨트컨베이어를 타고 흘러가다 분기점에 도착했어요. 조혈모세포 이식을 할 것인가 말 것인가. 그건 도박이나 마찬가지예요. 정보라고는 과거의 확률뿐. 어디에 걸어야 좋을지 알 수가 없죠."

"마, 맞아요."

"그래서 의학이, 의사가 무책임하다고 느끼는 거죠?"

"네……."

"하지만 그렇지 않아요. 누구보다 목숨에 무책임한 사람은 당신입니다."

키리코는 담담하게 말했다.

"하마야마 씨, 애당초 당신은 어떻게 되고 싶으세요? 무엇을 바라며 병원에 왔죠?"

"그야, 병이 나아 건강하게 퇴원하고 싶죠."

"물론 그것이 가능하다면 이상적이겠죠. 그럼 낫지 않으면요?"

"네?"

"질문을 바꿔보죠. 어느 정도라면 허용할 수 있겠습니까?"

당황한 하마야마의 눈앞에서 키리코가 몸을 앞으로 불쑥 내밀었다.

"예를 들어 말입니다. 시각을 잃는 대신 죽음에서 벗어날 수 있다면 허용할 수 있겠습니까? 거기다 청각과 촉각까지 잃으면? 다리가 없어진다면? 지능지수가 절반으로 줄어든다면요? 지금까지 모아둔 돈을 모조리 잃게 된다면요? 누군가의 목숨과 맞바꾼다고 하면요? 수명이 절반으로 줄어든다면요? 기억이 달라진다면 어떻습니까?"

쉴 새 없이 가정을 제시했다. 하마야마는 눈만 끔뻑거렸다.

"어디까지 받아들일 수 있겠습니까? 구체적으로 어느 정도라면 당신의 목숨의 대가로 내놓을 수 있죠?"

마른침을 꼴깍 삼켰다.

"어디까지 내놓을 수 있느냐는 얼마만큼 목숨에 가치를 부여할 수 있느냐와 똑같은 질문이기도 합니다. 당신에게 목숨이란 뭔가요? 제대로 생각해본 적은 있습니까?"

키리코는 매우 진지한 눈빛으로 하마야마에게 물었다.

그것이 목숨에 대해 책임을 지는 자세라는 말인가? 거기까지 생각했더라면 확률에 달린 치료법의 틈바구니에서 고민할 일도 없었다고?

"그런 건 생각해본 적도……."

"목숨에 대해 진지하게 생각해본 적도 없는데 죽고 싶지 않다고 병원으로 찾아와 의사한테 그 목숨을 내맡기는 건가요?"

기분 나쁜 추궁에 맞서며 하마야마가 말했다.

"다른 사람들은 다 그런 생각을 하며 병원에 온다는 겁니까?"

"아니요. 대부분의 사람들이 아무런 생각도 하지 않고 옵니다. 그저 막연히 다시 건강해져서 퇴원하기만을 바라며 옵니다."

"그렇겠죠."

"그러니까 우리는 그들을 벨트컨베이어에 올릴 수밖에 없는 거예요. 그저 남은 수명을 조금이라도 연장하는 것만이 목적인 라인에 올려 공장처럼 움직이게 할 뿐이에요. 그게 그들의 바람이니까요."

하마야마는 끙 하고 신음했다.

"하지만 그 끝에 있는 건 죽음이에요. 언젠가는 반드시 한계가 찾아와요. 벨트컨베이어를 움직일 방법이 없어져서 더는 손을 쓰지 못하는 때가 옵니다. 그때 여러분들은 다시 건강한 몸으로 돌아가고 싶다는 바람은 환상에 불과했다는 사실을 깨닫는 것 같더군요."

"그 뒤로, 어떻게 되나요……?"

몸이 떨리기 시작했다. 키리코의 말은 묵직했다. 그가 의사로서 보아온 모든 죽음이 그의 등 뒤에 서 있는 것 같았다.

"포기합니다."

귀퉁이에서 진구지가 눈을 내리깔았다.

"죽음의 공포 앞에서 지칠 대로 지쳐서 절망하고 포기하며 죽어갑니다. 패배하는 거죠."

"그런, 그런……."

하마야마는 고개를 숙였다. 자기 가랑이 사이를, 파이프 의자의 다리를, 하얀 바닥을 보고 신음했다.

"그런 건 너무 잔인해요……."

"맞습니다. 잔인한 현실이지요."

키리코가 주먹을 책상 위에 놓았다.

"하지만 하마야마 씨, 난 언제나 면담에서 이렇게 이야기합니다만, 죽음에 이기는 것도 지는 것도 본인이 하기 나름입니다."

하마야마는 고개를 번쩍 치켜들었다.

"마지막에 패배한 채로 끝내고 싶지 않다면 방법은 얼마든지 있습니다."

"……어떻게 하면 되죠?"

"예를 들면 벨트컨베이어에서 내려오면 되지 않을까요? 죽음을 향해 멀뚱히 흘러가기만 하는 삶을 그만두는 겁니다. 그리고 자기 발로 걸어가는 거예요."

"뭐라고요?"

"자기 발로, 죽음을 향해 걸어가는 겁니다."

하마야마는 눈이 휘둥그레졌다. 키리코의 얼굴은 창백하고 허무를 감싸 안고 있는 것처럼 윤기가 없었다.

"스스로 죽음을 받아들일 수 있을 때, 사람은 죽음을 상대로 승리했다고 할 수 있지 않을까요?"

하마야마는 느꼈다.

그는 영락없는 사신이었다.

9월 9일

들새들이 요란하게 울어대고 있었다. 이제 곧 날이 밝는다.

하마야마는 한숨도 자지 못하고 아침을 맞이했다.

키리코와 나누었던 이야기를 몇 번이나 다시 생각해 보았다.

자기 발로 죽음을 향해 걷는다.

그것은 딱히 자살한다는 뜻은 아니다.

키리코는 벨트컨베이어에서 내려온 환자의 사례를 가르쳐주었다. 그 사람은 하마야마와 같은 백혈병 환자였지만 고령이라 치료 효과가 잘 나타나지 않았다고 한다. 하지만 수명을 연장할 여지는 아직 남아 있었다. 화학요법으로 반년 정도는 더 살 수 있었을 것이다.

하지만 그 환자는 치료를 거부하고 퇴원했다.

키리코는 이름을 말하지 않았지만 하마야마는 그 사람이 옆 침대에 누워 있던 그 노인임을 알았다.

그는 키리코와 상담하면서 스스로 결정했다고 한다. 낡은 목조 주택에서 정원의 화분에 물을 주고 아침에는 죽을 끓여 먹고 밤에는 생선을 굽고 책을 읽는다. 그것이 바로 자신의 인생이라고. 비록 병에 걸려 세상을 뜰 수밖에 없다고 하더라도 그것이 인생이라고.

항암제를 투여 받으며 병원에 누워 있는 시간은 살아 있다고 할 수 없다. 그로 인해 수명이 다소 늘어난다고 하더라도 치료하느라 잃은 시간을 생각하면 손해일 뿐이다. 안 그래도 한정되어 있는 얼마 안 되는 마지막 시간을 이런 곳에서 덧없이 낭비하고 싶지는 않았다.

"그는 죽음을 선택했습니다."

키리코는 말했다.

병원에서 목숨을 연장시킨 끝에 맞이하는 죽음이 아니라 짧아도 강렬하게, 자기 집에서 눈을 감는 길을 선택했다. 죽음으로부터 계속 달아나다 결국 붙잡히는 것이 아니라 죽음을 향해 한 걸음 내디딘다.

"잘 생각해 보세요. 우리 의사는 환자를 구할 생각에만 사로잡힌 나머지 때로는 병마와 싸울 것을 강요합니다. 마지막까지 온갖 방법을 총동원해 죽음으로부터 멀리 떨어뜨려 놓으려고 합니다. 환자의 가족도 그것을 바라고요. 하지만 그것이 과연 환자가 진정으로 바라는 삶일까요? 의사와 가족의 자기만족은 아닐까요? 환자가 다른 사람의 자기만족에 끌려다니다 죽음에 굴복하는 일은 있어서는 안 됩니다."

키리코는 마치 선문답 같은 말을 하마야마에게 남겼다.

"죽음에 휘둘리다보면 때때로 살아가는 법을 잊고 맙니다. 살아가는 법을 잊은 삶은 죽음이나 마찬가지가 아닐까요? 반대로 살아가는 법을 유지하며 죽는 것은 삶과 같다고 할 수 있지 않을까요?"

이미 의학이 아니었다. 의사가 할 말이 아니었다. 종교나, 아니면 철학이었다.

하지만 하마야마의 마음에는 남았다.

생각해보면 줄곧 싫었다.

백혈병이라는 선고를 받고 난 뒤로 한 달 동안, 인생은 하마야마의 의사와는 상관없이 흘러갔다. 병이 멋대로 시간을 끌고 가버리고, 확률을 앞세워 계속해서 선택을 강요했다. 하마야마는 그것에 내몰리며 필사적으로 달리기만 할 뿐이었다.

그 느낌이 어떻게 해도 불쾌했다. 자신의 삶을 다시 되찾고 싶었다.

……되찾는다고?

나는 지금, 인생을, 잃고 있는 걸까.

……언제부터……?

문득 천장을 올려다보았다. 하얀 바탕에 작고 검은 반점이 섞여 있는 무늬. 쿄코가 좋아하는 쿠키 앤드 크림 맛 아이스크림이 떠올랐다.

내가 삶을 이 손에 붙잡고 있었던 것은 언제였을까.

옛날에는 틀림없이 그런 감각이 있었을 것이다. 내 의지로 앞으로 나아가고 길을 개척하던 때가 있었다. 하지만 지금은 어떻지? 콩나물시루 같은 전철에 시달리고 회사의 책상 앞에 앉아 있다가 집으로 돌아와서는 잔다. 매일 똑같은 일이 반복된다. 평화롭고 나쁘지는 않지만 출세나 미래는 훨씬 더 큰 무언가에 의해 정해지고, 결코 내 뜻대로 되지는 않는다.

어느 틈엔가 인생이 나를 손아귀 안에 움켜쥐고 있었다.

스스로도 완전히 그것에 익숙해져버렸다.

하마야마는 양손으로 얼굴을 감쌌다. 버석버석한 피부가 손바닥에 닿자 파충류의 비늘을 만지는 것 같은 착각이 들었다. 하반신은 이불에 덮여 있었다. 냉방을 조금 약하게 하는 병원에서는 허벅지 안쪽이 땀으로 축축해졌다. 닦아내야 할 정도는 아니지만 분명히 느껴지는 약간의 점성이 불쾌했다.

이대로 끝내기는 싫다.

벨트컨베이어? 웃기지 마. 회사? 의사? 사신……?

아무한테도 못 줘. 이건 내 목숨이야. 내 생명을 돌려줘.

하마야마는 천천히 숨을 내쉬며 손바닥을 얼굴에서 뗐다.

……결정했어.

눈부신 아침 햇살이 커튼 틈 사이로 쏟아져 들어왔다.

9월 10일

"정말로 괜찮겠어, 유고?"

쿄코는 불안스러운 눈빛을 옆으로 향했다. 그곳에는 뺨이 움푹 꺼지고 앙상하게 여윈 남편이 팔짱을 끼고 앉아 있었다.

"그럼. 말했잖아? 난 결정했어."

"유고가 생각해서 결정한 거니까……. 난 반대하진 않지만……."

그렇다. 반대하지는 않는다고 결정했다. 당사자인 유고의 결심에 참견할 수는 없다. 하지만 가슴속에 맺혀 있는 답답하고 개운하지 않은 감정은 사라지지 않았다.

"유고, 많이 위험한 건 알지?"

"물론이지. 어제 몇 번이나 이야기했잖아?"

"그건 그렇지만……."

"아직도 걱정돼?"

"……아니. 괜찮아."

쿄코는 그렇게 말하고 입을 다물었다. 거짓말이었다.

하지만 가장 불안한 사람은 유고일 것이다. 자신의 불안을 그에게 떠넘기는 짓은 피하고 싶었다.

면담실 문이 열렸다.

"기다리셨죠?"

목소리와 함께 가운을 입은 아카조노가 들어왔다. 일어났다가 다시 앉으려던 쿄코는 깜짝 놀라며 숨을 삼켰다.

"처음 뵙겠습니다. 하마야마 씨죠?"

아카조노의 뒤를 이어 키가 큰 남자가 머리를 꾸벅 숙이며 들어왔다. 가운을 입고 있으니 의사임에는 분명했다. 하지만 처음 보는 얼굴에 쿄코는 긴장감을 느꼈다.

"이 병원의 부원장이자 외과부장인 후쿠하라라고 합니다. 부원장이라고는 해도 실제로는 여러분의 심부름꾼이나 다름없어요. 오늘은 난치병과 싸우고 계시는 하마야마 씨의 상태를 꼭 알고 싶어서 아카조노 선생에게 억지로 부탁해 동석하게 되었습니다. 갑자기 끼어들어서 죄송합니다."

후쿠하라라고 이름을 밝힌 남자는 하얀 치아를 드러내며 상쾌하게 웃었다. 직함보다도 훨씬 부드러운 그의 태도에 쿄코는 안도의 한숨을 내쉬었다. 아카조노가 덧붙였다.

"후쿠하라 부원장님은 하마야마 씨와 같은 난치병 환자분들을 구하기 위해 열정을 쏟고 계세요. 저희 병원으로서도 최대한 뒷받침하고 싶어서 이번 면담에도 동석하게 되었습니다."

"아카조노 선생, 그렇게 딱딱하게 말하면 하마야마 씨가 긴장하시잖아."

후쿠하라가 아카조노를 팔꿈치로 쿡쿡 찔렀다. 그러더니 부드러운 표정으로 하마야마와 쿄코를 보았다.

"아무튼, 어렵게 생각하지는 마세요. 아카조노 선생뿐만 아니라 우리 병원 일동이 하마야마 씨가 건강하게 퇴원하실 수 있도록 최선을 다하겠다는 뜻이니까요."

"……고맙습니다. 부원장 선생님이 일부러 보러 와주시니 정말 든든하네요."

조금 압도되면서도 쿄코가 머리를 숙이자 후쿠하라는 생글생글 웃었다.

문득 아카조노가 무언가를 탐색하는 눈으로 이쪽을 보고 있음을 깨달았다.

쿄코는 순간 자기를 보고 있나 싶었지만 아니었다.

아카조노가 보고 있는 사람은 옆에 있는 유고였다. 쿄코도 그 시선을 따라 유고를 관찰했다.

그는 침착했다. 갑자기 나타난 부원장을 보고도 동요하지 않고 그저 평온하게 앞을 보고 있었다. 마치 영혼이 빠져나가버린 것처럼 보이기도 해 쿄코는 기슴이 철렁했다.

"……하마야마 씨?"

아카조노가 불렀다.

"네. 왜요?"

"아, 아뇨. 죄송합니다. 향후의 치료 방침에 대해…… 결정을 내리셨다고 들었습니다만."

"네."

유고는 고개를 끄덕였다. 쿄코는 목구멍 안쪽이 뜨끔뜨끔 타들어가는 것을 느꼈다. 이 말을 하고 나면 다시는 돌아가지 못한다.

뭔지 모를 기대에 가득 찬 후쿠하라와 아카조노의 눈길을 받으며 하마야마는 말했다.

"조혈모세포 이식을 하고 싶습니다."

후쿠하라는 가슴속이 떨리는 것을 느꼈다. 연료에 불이 붙었다. 피가 부글부글 끓어오르고 근육이 타올랐다.

"……정말로 괜찮겠습니까, 하마야마 씨?"

조금 맥이 빠진 얼굴로 아카조노가 하마야마의 의사를 재차 확인했다. 하마야마는 고개를 끄덕였다.

"네. 조혈모세포 이식을 하겠습니다."

"위험성은 숙지하고 계시죠?"

"네. 잘 알고 있습니다."

후쿠하라는 무심코 벌떡 일어났다.

"정말 잘 결정하셨습니다!"

정면에서 하마야마의 얼굴을 찬찬히 보았다. 아직 관해유도요법의 타격이 남아 있는 거무스름하고 앙상한 얼굴. 하지만 그 눈동자에는 빛이 있었다. 병과 싸우겠다는 의지의 빛이다.

이것이다. 이것을 볼 때마다 그의 안에서는 몇 번이고 투지가 끓어오른다.

후쿠하라는 아카조노를 돌아보았다.

"아카조노 선생, 그 방향으로 진행하게. 만전의 준비를 다하고."

"알고 있습니다."

아카조노도 웃으며 끄덕였다.

"좋아."

후쿠하라는 작게 승리 포즈를 지었다.

후쿠하라는 하마야마 환자가 망설이고 있으며 치료에 지쳐 있다는 이야기를 아카조노에게서 사전에 들었다. 하시다 씨의 전철을 밟아서는 안 된다. 만일의 경우에 대비해 면담에 동석하고 경우에 따라서는 아카조노와 둘이서 설득할 생각이었다. 하지만 기우였다. 하마야마 씨는 스스로 결단을 내렸다. 아카조노는 생각했던 것보다도 훨씬 하마야마 씨와 깊은 신뢰 관계를 쌓아왔는지도 모른다. 제법이잖아, 아카조노.

"하마야마 씨, 형제자매는 있으신가요?"

"남동생이 하나 있습니다."

아카조노는 곧바로 하마야마와 세세한 조정으로 들어갔다.

"그럼 첫 번째 제공자 후보는 일단 동생분이 되십니다. 바로 HLA* 검사를 하고 싶으니 내원해주셨으면 합니다. 그리고 골수 은행 말인데요, 사전에 대조 확인을 해본 결과 완전히 일치하는 경우가 세 건이었습니다."

"그건 많은 편인가요?"

"아뇨. 적은 편입니다. 하마야마 씨의 항원은 조금 드물어요. 이식은 늦어도 연말에는 했으면 합니다. 지금부터 공여자 협상을 한다고 보면 조금 빠듯할지도 몰라요. 교섭에는 1년 이상 걸리는 경우도 흔하거든요."

"그러니까 이식하고 싶어도 이식할 골수가 없다는 뜻인가요?"

"……그렇게 되지 않도록 손을 쓸 겁니다. 먼저 동생분과 항원이 일치할 가능성은 25퍼센트입니다. 동생분과 일치하면 가장 좋아요. 골수은행에서는 완전히 일치하는 세 분과 교섭을 진행할 겁니다. 그리고 다소 위험도가 높은 방법이지만…… 반일치 골수 이식, 다시 말해 부모님으로부터 골수를 공여받는 방법도 있습니다. 항원이 일치할 가능성은 낮지만 검사할 수 있으면 해두는 편이 좋다고 생각합니다."

---

* 조직적합성항원. 동물의 세포 표면에 위치하며 면역반응에서 같은 종류로 인식되는 항원으로 이식 면역, 즉 동종이식의 성패를 결정한다.

하마야마는 순간 움찔했다. 하지만 그는 침을 꼴깍 삼키고 고개를 끄덕였다.

"알겠습니다. 먼저 동생한테 연락을 해보면 되는 거죠?"

"그렇습니다. 이식은 연내를 목표로 진행합시다. 전처치도 포함해 당장 시작하겠습니다."

면담실에 기분 좋은 긴장감이 퍼져 나가는 것을 후쿠하라는 피부로 느꼈다.

아카조노와 하마야마. 의사와 환자가 서로 손을 잡고 병마에 도전한다. 바로 이것이 정상적인 모습이다.

"하마야마 씨, 앞으로도 힘내 봅시다."

후쿠하라는 만족스럽게 미소 지으며 하마야마에게 말했다.

"네."

하마야마는 고개를 끄덕였다.

9월 11일

여전히 비좁고 갑갑한 제2의국에서 간호사 진구지가 말했다.

"키리코 선생님, 하마야마 씨가 골수이식을 받기로 결정하신 모양이에요. 병마와 끝까지 싸우기로 결심하셨나 봐요."

키리코는 대답하지 않고 전자 차트를 들여다보면서 따뜻한 물을 마셨다.

"솔직히 의외였어요. 하마야마 씨는 키리코 선생님의 말씀에 수긍한 것 같았거든요. 영원한 싸움은 포기하고 언젠가는 죽음을 받아들일 거라고 생각했어요. 하시다 씨처럼 말이에요. 키리코 선생님은 어떻게 생각하세요?"

"뭘 어떻게 생각해?"

"선생님의 주장을 부정당했다고 느끼지 않으세요? 하마야마 씨는 여전히 아카조노 선생님, 아니, 그 뒤에 있는 후쿠하라 선생님……, 그가 움직이는 벨트긴베이어에 올라가 있잖아요."

얼마 동안 생각하더니 키리코는 대답했다.

"나는 딱히 벨트컨베이어를 부정하진 않아. 본인의 의지로 벨트컨베이어에 올라간다면 그건 긍정적인 결단이야."

"……자신의 의사인지 아닌지 누가 알아요?"

진구지가 얄밉게 물었다.

"물론 확증은 어디에도 없지만……."

키리코는 허공을 보았다.

"난 하마야마 씨를 믿어."

컵에서 피어오르는 김이 살짝 흔들렸다.

9월 12일

"유고, 있잖아……. 이걸로 정말 괜찮을까?"

짐을 정리하며 쿄코는 물었다.

"아직도 그 소리야? 이미 결정했잖아."

유고는 얼굴을 TV로 향한 채 대답했다. 주부들이 즐겨 보는 드라마 소리가 들렸다.

"하지만 무섭단 말이야."

"어쩌겠어. 무서운 건 나도 마찬가지야."

"그렇지. 나도 알아……."

안다. 당연히 잘 알고 있다.

옷장에서 옷을 꺼내어 가방에 담았다. 칫솔은 버린다. 새 칫솔을 살 것이기 때문이다. 수건을 접어 배낭에 던져 넣고 대신 새것을 꺼내어 놓았다.

"알고는 있지만…… 그래도……."

"여보."

불쾌한 목소리. 돌아보니 유고가 TV를 끄고 쿄코를 보고 있었다.

"그런 식으로 말하면 어쩌라고? 아니면 뭐야? 병에 걸린 게 내탓이라고 하고 싶은 거야?"

"그런 게 아니야. 하지만 불안이 꼬리를 물고 자꾸 생겨나서 멈추질 않아."

쿄코는 눈을 내리깔았다. 각오했을 텐데. 이제 와서 마음이 흔들린다. 끝내 억누르지 못하고 말이 입에서 자꾸 새어나왔다.

"의사 선생님도 최선을 다한다고 하셨잖아?"

"그렇긴 하지만. 그런데 유고는 어떻게 그렇게 아무렇지 않을 수 있는 거야? 이식을 결정했을 때도 생각했지만, 유고가 어쩐지 갑자기 강해진 느낌이 들어."

"아무렇지 않은 건 아니야. 다만 마음이 정해졌다고 할까, 그게 다야."

"하지만 무섭잖아! 무섭지 않다면 그건 거짓말이야. 들었잖아? 골수이식의 전처치가 어떤 건지. 거의 치사량에 가까운 방사선과 항암제로……."

"나도 알아."

"정말로 아는 거 맞아? 더는 아이를 가질 수 없게 되는데?"

입꼬리가 경직되는 것이 느껴졌다.

"……알아."

"유고가 그랬잖아. 아이는 셋은 낳고 싶다고 했잖아. 그건 이제 필요 없어?"

유고의 얼굴이 일그러졌다. 쿄코의 말을 듣고 생각이 난 듯했다.

신혼여행 때였다. 되도록 돈을 절약하고 싶었으므로 두 사람은 해외는 포기하고 국내의 온천 여행지로 갔다. 작고 허름한 료칸. 하지만 방에서 보이는 바다 경치만큼은 비할 바 없이 아름다웠다. 그곳에서 해넘이를 보며 유고는 틀림없이 그렇게 말했다. 꽉 움켜쥔 손의 온기와, 뺨에 닿는 유고의 머리카락도 쿄코는 기억하고 있다.

"나도 괴로워. 오늘은 그냥 넘어가자."

"그래도 돼? 유고, 그걸로 되는 거야? 유고, 나랑 조금 더 제대로 이야기해보자."

말이 나오기 시작하자 멈추지 않았다. 쿄코는 어느새 신경질적인 목소리로 유고를 다그치고 있었다.

"이야기라면 이미 다 했잖아! 게다가 언제든지 할 수 있고."

"그렇지 않아. 유고는 이제 무균실로 들어갈 거잖아! 알고 있어? 유고, 어쩌면…….."

쿄코는 거의 울먹이고 있었다. 그 뒤는 말하지 못했다.

어쩌면 무균실에서 나오지 못한 채 목숨을 잃을지도 모른다.

그런 말을 어떻게 할 수 있겠는가.

"아까부터 왜 그래? 실제로 치료를 받는 사람은 나야. 안 그래도 힘든데 자꾸 일을 복잡하게 만들지 말아줘!"

유고의 말투도 거칠어져 있었다. 쿄코는 초조했다. 이 마음을 어떻게 전해야 좋을지 몰랐다. 서툴기만 한 자신에게 화가 났다. 하지만 유고가 무균실로 옮겨지기까지 이제는 시간이 없다. 뭐든 말해야 한다.

"유고, 난 당신의 아이…….."

"그러니까 아이는 어쩔 수 없잖아? 방사선과 항암제로 생식기능을 잃게 되는 건 이미 피할 수 없어. 정자 동결 보존도 하잖아! 조금은 내 마음도 헤아려주면 안 돼?"

"아니야! 그런 게 아니야."

하고 싶은 이야기는 그런 것이 아니었다.

"그럼 뭐야? 아직도 불만이 있는 거야?"

순간 움찔한 쿄코에게 유고는 벌겋게 달아오른 얼굴로 퍼부었다.

"애는 이미 하나 만들어줬잖아! 그럼 됐지 뭘 더 바라!"

쿄코는 얼굴이 하얗게 질리는 것이 느껴졌다.

커다란 배를 감싸고 굳어버렸다.

눈에서 눈물이 주룩 떨어졌다. 배 안쪽이, 자궁 안쪽이 떨렸다.

쿄코는 황급히 입을 틀어막고 병실을 뛰쳐나왔다.

하마야마가 아차 하고 후회했을 때는 이미 늦은 뒤였다.

쿄코가 화장실로 뛰어가는 소리. 그리고 희미하게 들려오는 토하는 소리.

"쿄코……."

말이 지나쳤다.

하지만 어떻게 했어야 좋았던 걸까? 뭐라고 대답했어야 했던 걸까? 이식이 위험한 것은 사실이다. 쿄코를 안심시켜줄 듣기 좋은 말 따위 생각나지 않았다. 자기도 아직 두려운데, 쿄코의 불안을 지워주는 일이 가능할 리 없었다.

토사물 같은 소리가 들려왔다. 일부러 들으란 듯이 내는 것 같은 거북함.

……지금은 나도 쿄코도 거의 한계에 달해 있어…….

"하마야마 씨."

한 간호사가 병실로 들어왔다.

"무균실 침대 준비가 끝났어요. 이동하시겠어요?"

"아, 네……."

간호사가 침대 옆에 놓여 있는 가방을 보았다.

"준비는 벌써 다 마치셨네요."

조금 전에 쿄코가 정리해준 입원 도구. 준비해준 물품. 그것을 간호사가 들어 올려 옆구리에 꼈다.

"그럼 갈까요?"

하마야마가 말없이 고개를 끄덕이자 간호사는 침대 바퀴의 잠금장치를 풀었다. 그리고는 천천히 하마야마를 태우고 움직이기 시작했다. 병실에서 나와 병동의 더 안쪽으로 옮겨졌다. 무균실.

이중의 유리문으로 격리되어 일반인은 물론 병원 관계자도 출입이 극도로 제한된 공간이다. 소독용 기구가 줄지어 있고 위에서는 CCTV가 하마야마를 내려다보고 있었다.

앞으로 골수를 파괴하게 될 하마야마는 저 안이 아니면 살아가지 못한다. 어항 속의 금붕어처럼.

쿄코에게는 나중에 문자로 사과하자.

그것이 지금 내가 할 수 있는 최선이다.

하마야마는 곁눈으로 쿄코가 안에 있을 여자 화장실 표시를 간신히 보았다.

9월 26일

"그러니까 퇴원하려면 아직 한참 멀었다는 거지?"

"네. 잘해도 내년 1월 정도일 거예요……."

하마야마는 통화가 허가되어 있는 구역에서 휴대폰을 귀에 대고 있었다.

"반년 넘게 걸리는구나."

"네."

인사부 부장은 떨떠름한 목소리로 말했다.

"하마야마, 회사로서는 말이야, 자네가 그런 병에 걸린 건 아주 불행한 일이라고 생각해. 그리고 지금까지 쌓아온 자네의 실적도 높이 평가하고 있고."

"……네."

"하지만 말이야, 미안하지만 우리처럼 영세한 회사는 자금 사정이 상당히 빠듯해. 자네가 자리를 비우면 그런 만큼 바로 전력이 될 수 있는 사람을 확보해야 해."

"휴직 중의 급여는 못 준다는 건가요?"

"……아니. 말하기 힘들지만, 반년 뒤에 자네 자리를 만들어줄 수 없을지도 몰라."

"해고하신단 말씀이세요?"

"아니야. 자네가 돌아와 준다면 그게 가장 좋지."

"하지만 반년 안에는 못 돌아가요. 잘 안 되면 그보다 더 걸릴 수도 있고요. 이식을 하지 말라는 건가요?"

"그렇지 않아. 치료해서 건강해져야지. 하지만 자네를 위해 계속 자리를 비워두기는 힘들단 거야."

하마야마는 한숨을 내쉬었다. 그것은 곧 해고와 같은 말이 아닌가.

"이미 결정된 사항이군요."

"사장님은 이미 결단을 내리셨네."

더는 듣지 않겠다는 단호한 분위기였다. 이 이상은 무슨 말을 해도 소용없을 것이다.

"알겠습니다. 그럼 하다못해 위로금 정도는 보내주세요."

"미안하네, 하마야마. 나도 버틸 만큼 버텨봤지만 잘 안 되더라고. 물론 때를 봐서 병문안은 갈게."

말은 잘하지. 이게 무슨 횡재냐 하면서 무사히 중견 사원을 해고하는 데에 성공했다고 생각하는 주제에.

"병문안은 오지 마세요. 무균실이라 면회는 가족만 가능하거든요."

하마야마는 전화를 끊었다. 그리고 솜털만 나 있는 머리를 벅벅 긁고는 소파에 앉았다.

회사의 냉정함을 느꼈다. 사람의 집합체가 여분의 물체를 잘라내는 특유의 분위기.

아니, 애당초 그곳에 온기 같은 것은 없었다. 빠듯한 경영 상황. 반짝반짝 빛나는 젊은 사원, 자기 몸 하나만 챙기느라 정신없는 고참 사원. 결국 도지마도 한 번도 병문안을 오지 않았다. 들리는 소문으로는 녀석이 영업2팀 팀장이 되었다고 한다. 내가 빠진 뒤에 자기가 쏙 들어간 것이다. 내 공로를 옆에서 고스란히 가로채서는.

병을 발견한 것이 하루만 늦었더라면. 그 프레젠테이션을 내가 했었더라면.

조금은 달랐을까?

……이제는 이미 늦었다. 모든 것이 늦었다.

쿄코에게서 문자가 와 있었다. 「지난번엔 미안했어. 다음에 다시 얘기하자. 응원하고 있으니까 힘내.」 하는 내용이었다. 하마야마는 휴대폰을 조작해 「고마워. 나도 미안했어.」라는 말만 보냈다.

　다시 이야기를 하기는커녕 점점 더 쿄코에게 본심을 털어놓기가 힘들어진다.

　하지만 어쩔 수 없지 않은가.

　이번 달을 마지막으로 회사에서 잘린다는 이야기를 어떻게 하겠느가…….

　"하마야마 씨. 준비가 끝났어요. 통화는 다 하셨어요?"

　젊은 여자 간호사가 물었다.

　"아, 네. 죄송합니다."

　하마야마는 황급히 휴대폰 전원을 끄고 호주머니에 넣었다.

　"이쪽이에요."

　간호사는 무표정했다. 마치 동물을 우리에 넣듯이 하마야마를 '처치실'이라고만 적힌 방으로 안내했다.

　"이 통에 받으시면 돼요. 끝나면 창구에 말씀해 주시고요. 그럼."

　하마야마는 고개를 끄덕였다. 비닐 봉투에 든 시험관과 비슷하게 생긴 용기를 받아들고 방으로 들어가 문을 잠갔다.

　누레진 하얀 벽으로 에워싸인 작은 방.

　강력한 소취제 냄새가 반대로 특유의 냄새가 배어 있었음을 증명하고 있었다.

　그곳에는 작은 TV 한 대가 DVD 플레이어와 연결되어 있었다. 옆에는 성인용 비디오 패키지 몇 개와 성인용 사진집이 가지런히 놓여 있었다.

　하마야마는 통을 옆에 놓고 TV 앞의 의자에 앉았다.

바지를 내리고 하반신을 노출했다.

갑자기 비참해져서 눈물이 나올 것 같았다. 눈꺼풀을 꾹 눌렀다.

그러고는 한숨을 내쉬고 투명한 통을 응시했다.

언젠가 여기서 나온 정자에서 아기가 태어날 때가 올까. 그런 신기한 일이 정말로 일어날까.

어쩐지 난폭한 이야기다. 냉동 보존한 정자를 자궁에 집어넣다니. 생명의 신비와는 거리가 먼 공사 현장의 거친 공기를 마신 느낌이었다.

하지만 그런 일투성이다.

생각해 보면 항암제 역시 아주 원시적인 방법이다. 정상 세포까지 포함해서 나쁜 세포를 한꺼번에 죽이는 것이 전부다. 골수 이식도 그렇다. 빼내고 다시 넣을 뿐. 그렇다. 인간은 마법사가 아니다. 의학은 만능이 아니다.

이것이 현실이다. 꿈이나 꾸고 있을 때가 아니다.

받아들이자.

하마야마는 성인용 비디오를 하나 골라 플레이어에 넣었다.

10월 5일

무균실의 자동문이 열렸다. 쿄코는 천천히 그 문을 지나 고개를 숙인 채 밖으로 나왔다. 한번 돌아보았다. 이중으로 된 문 안쪽에서 CCTV가 이쪽을 보고 있었다.

가슴에 단 면회증을 떼어 면회 접수처에 반납하고 지나가는 간호사에게 인사하며 엘리베이터로 향했다. 배 안에서 아기가 빙글 회전하는 느낌이 났다. 착하지 하고 임부복 위로 쓰다듬어주었다.

병원에서 나와 시계를 보았다.

집에서 웹디자이너로 일하는 쿄코는 그렇게 많지는 않아도 일을 끌어안고 있다. 납기까지는 아직 여유가 있었다. 쿄코는 혼자 고개를 끄덕이고 꽃집 앞을 지나 한 만화 카페로 발걸음을 옮겼다.

한낮의 가게 안은 조용했다. 개별식 룸으로 들어가 문을 닫고 의자에 앉았다.

만화책은 빌리지 않는다. 컴퓨터의 디스플레이도 끈다. 어두워진 부스에서 쿄코는 얼굴을 감쌌다.

"아아……."

신음하는 소리가 나왔다.

"모르겠어. 어떻게 해야 좋을지 전혀 모르겠어. 유고가 무슨 생각을 하는지 도통 모르겠다고."

지난번에 말다툼을 한 뒤로 관계는 계속 삐걱거리고 있다. 서로에게 사과했으니 응어리는 남아 있지 않을 터였다. 하지만 여전히 무언가가 딱 맞물리지는 않았다. 오늘 병문안을 갔을 때도 그랬다. 무균실 유리 너머, 침대에 옆으로 누워 있는 유고와 인터폰을 통해 나눈 대화는 지극히 무던한 내용이었다.

무슨 이야기를 해도 유고는 "괜찮아", "내가 다 알아서 할게"라는 말밖에 하지 않았다.

서로 마음속 깊숙이 불안을 안고 있으면서 서로를 배려해 숨기고 있다. 숨길 수밖에 없는 것이다. 서로 불안을 꺼냈다가는 또 말다툼으로 불거지게 된다.

참는 수밖에 없다.

안 그래도 유고는 힘든 상황이니 쿄코가 참는 수밖에 없다. 그것은 지긋지긋할 만큼 잘 알고 있다.

위 안쪽이 꿈틀거렸다. 토할 정도는 아니지만 메슥거렸다. 임신한 뒤로 체질이 바뀌었는지 심하게 동요하면 구토를 하게 되었다. 천천히 숨을 내쉬며 마음을 진정시켰다.

"하지만 나 혼자 잘못한 거야? 나도 힘들단 말이야······."

쿄코는 누구에게도 할 수 없는 말을 중얼거렸다.

"이렇게 괴로울 줄은 정말 몰랐어."

소중한 사람이 병에 걸려 집에 없는 불안함. 소중한 사람을 잃을지도 모른다는 두려움. 병원에 보러 가면 웃는 얼굴을 보여야 한다. 가장 약한 모습을 드러내고 싶은 상대에게 그러지 못하는, 이러지도 저러지도 못하는 갑갑함.

사랑하기 때문에 괴롭다. 괴롭기 때문에 사랑하는 사람과 삐걱댄다.

환자를 데리고 있는 가족 역시 다른 괴로움을 짊어지게 된다는 사실을 알았다.

눈을 감았다. 양손을 맞잡고 기도했다.

힘을 주세요. 제게 유고의 병과 싸울 힘을 주세요.

여기서 기도하는 수밖에 없었다. 집에서는 불가능했다. 유고의 냄새가 배어 있는 집에서는 마음이 흐트러져 오히려 더 괴로 웠다.

만화 카페의 짧은 시간, 30분 동안, 쿄코는 줄곧 그러고 있 었다.

……좋아.

계산서를 들고 일어났다.

계산을 마치고 회원 카드를 받아들었다.

"언제나 애용해주셔서 감사합니다."

얼굴을 익힌 점원이 쿄코의 얼굴을 보며 웃었다.

"거의 매일같이 오시네요?"

쿄코는 모호하게 웃어 보이며 회원 카드를 지갑에 넣었다.

10월 8일

"안타깝지만 동생분의 HLA는 일치하지 않았습니다."

아카조노가 안경을 번뜩이며 말했다. 하마야마는 기운이 빠 졌다. 25퍼센트의 확률에는 들어가지 못했다.

"……골수은행 쪽은 어떤가요?"

"현재 공여자에게 이식을 타진하고 있는 상황입니다. 하지만 상대가 승낙해줄지 어떨지는 케이스 바이 케이스예요. 세 사람 중 이미 두 사람은 제공하지 못하겠다고 했고요. 나머지 한 사람 의 최종 답변을 기다리는 중이에요."

"최종 답변……. 괜찮을까요?"

아카조노는 미간에 주름을 잡았다.

"반드시 그렇다고는 할 수 없습니다. 마지막의 마지막에 공여자가 제공을 거부하는 일도 있을 수 있어요. 공여라는 시스템은 어디까지나 상대의 호의로 성립되는 것이라 이쪽에서는 믿고 기다리는 수밖에 없어요. 이번에는…… 상대의 반응이 조금 늦는게 신경 쓰이네요. 거부할 가능성도 고려해야 할 겁니다."

"하지만 선생님. 전처치까지 다 해놨는데 안 된다고 하면 어떡해요?"

앞으로 전신 방사선 치료 및 대량 항암제 투여를 해야 한다. 그러면 하마야마의 골수는 죽고 만다. 하마야마의 몸은 피를 만들지 못하게 된다.

피를 만들지 못하는 몸. 이 얼마나 기분 나쁜 말인가.

뇌가 없는 사람과 마찬가지다. 의학의 힘이 없으면 살아갈 수 없다. 자연계에서는 예전에 도태되어 존재할 리가 없는 것. 요괴나 유령 같은 부자연스러운 것.

공여자의 골수를 주입함으로써 피를 만드는 기능은 부활한다. 하지만 공여자가 나타나지 않으면? 혹은 바로 직전에 공여자가 제공을 거부하면?

하마야마는 요괴인 상태로, 사람으로는 돌아가지 못하고 죽게 된다.

"무슨 방법이 없나요? 그…… 보험은요?"

"괜찮습니다. 제대혈 이식이 있거든요."

아카조노는 하마야마를 보았다.

"그게 뭔데요?"

"제대라는 건 아기와 엄마를 연결하는 탯줄이에요. 그 안에는 조혈모세포가 풍부하게 들어 있거든요. 그것을 이식함으로써 골수이식과 동일한 효과를 기대할 수 있습니다."

"그런 게 있어요? 그럼 그걸로 어떻게든 되겠네요?"

하마야마는 안도하며 가슴을 쓸어내렸다.

"맞아요. 물론 완전히 일치하는 골수가 가장 좋으니 지금은 골수은행의 코디네이트가 성공하기를 바랍시다. 그게 안 되면 제대혈을 사용할 거예요. 다만 제대혈에도 스톡이 있어요. 한계가 있다는 뜻입니다."

"스톡은 어느 정도나 되나요?"

"한 자리 불일치가, 하나 있습니다."

아카조노는 진지한 표정으로 말했다.

"하나……, 겨우요?"

"네. 사용할 수 있는 것은 한 번뿐입니다."

"선생님. 그러면, 그렇게 해서 그…… 세포가 잘 자리 잡지 않으면 어떻게 되죠?"

"생착 실패가 발생한 경우에는 제대혈을 더 이상 사용할 수 없습니다."

저릿저릿하며 하마야마의 표정이 굳어졌다.

"다른 방법으로 어떻게 해보는 수밖에 없다는 뜻입니다."

확률. 확률. 확률.

줄타기.

사신은 대체 언제까지 나한테 승부를 강요할 셈일까.

"하마야마 씨. 승산은 충분히 있으니까 괜찮아요. 만약 생착에 실패하더라도 다른 방법을 찾을 거예요."

하마야마는 침을 꼴깍 삼켰다. 그러고 나서 아카조노를 똑바로 쳐다보고 차분한 목소리로 말했다.

"알겠습니다. 그러면 충분합니다. 진행해주세요."

"네. 힘내서 해봅시다, 하마야마 씨."

하마야마와 이야기를 마치고 아카조노는 무균실을 나왔다. 마스크를 빼고 모자를 벗었다. 그리고 복도를 지나 안쪽 문을 열었다. 바람이 들어왔다.

4층 비상계단으로 나가 경치를 내려다보며 후우 하고 한숨을 깊게 내쉬었다.

이마에 맺힌 땀이 바깥 공기에 닿으며 식어갔다. 기온은 하루하루 떨어져갔다. 매미도 완전히 사라지고, 노랗게 물든 은행나무 이파리가 하늘하늘 떨어지고 있었다.

모든 것이 열기를 잃고 천천히 얼어붙어갔다.

제대로 하고 있는 걸까.

아카조노는 조금 전에 자신이 한 말을 돌이켜보았다. 미지근한 공여자의 반응. 하나밖에 없는 제대혈. 희망의 빛은 틀림없이 그곳에 있지만 상황이 결코 순조롭다고는 할 수 없다.

그런 가운데에서도 하마야마에게 기운을 북돋아주어야 한다.

불안을 들키면 안 된다…….

아직 4시도 채 안 됐는데 해는 벌써 저물어가고 있었다. 차갑고 붉은 가을의 저녁놀이 아카조노의 마음을 이유 없이 어지럽혔다.

"괜찮아. 자신감을 가져."

툭, 하고 누군가가 어깨를 두드렸다. 놀라서 돌아보자 후쿠하라가 그 자리에 서 있었다.

"아카조노 선생, 하마야마 씨와 만났지?"

"후쿠하라…… 선생님."

자신을 뒤쫓아 왔는지, 후쿠하라의 머리카락이 아주 살짝 헝클어져 있었다.

"하마야마 씨는 해볼 생각이야. 자네가 주춤거리면 안 돼."

"맞아요."

아카조노는 고개를 끄덕였다.

확실히 하마야마의 태도는 달라졌다. 더 많이 망설이고 두려움에 떨던 그는 지금은 완전히 각오를 다진 것처럼 보였다.

나도 본받아야 해.

"믿어야 해. 반드시 잘될 거라고."

후쿠하라가 주먹을 움켜쥐고 아카조노를 보았다.

"……네."

그 눈동자에서 용기를 받고 아카조노는 대답했다.

10월 19일

조용한 집 거실에서 쿄코는 배를 쓰다듬고 있었다.

유고와의 사이는 여전히 그대로였다.

서로 맞물리지 않는 이유는 알고 있다. 걱정스러워 어쩔 줄 모르는 자신과, 무언가를 깨달은 것처럼 현 상황을 받아들이고 있는 유고. 어느 틈에 불안정한 쪽과 받쳐주는 쪽이 뒤바뀌어버렸다.

그날부터다. 이식을 결정한 날부터다.

어느 쪽도 선택할 수 없다고 울부짖던 유고가 이튿날 아침에는 이식을 결심한 상태였다. 이유는 물어보았지만 "내 인생을 돌려받고 싶어. 그러니까 스스로 결정하고 싶어" 하고 말할 뿐이었다.

쿄코는 그것이 무슨 뜻인지 지금도 여전히 잘 이해되지 않았다.

자기 삶을 되찾겠다는 결심이 왜 이식으로 이어지는 것일까. 그날 밤, 무슨 일이 있었을까. 자세히는 물어보지 못한 채 시간만 흘러갔다.

얼마 전에 들은 주치의의 이야기에 따르면 해결해야 할 문제가 한둘이 아니었다. 결국 공여자는 제공을 거부했다고 한다. 골수은행 코디네이트는 실패. 이식은 제대혈을 사용하기로 했다.

하지만 유고에게서 동요하는 모습은 보이지 않았다. 담담하게 "그래요?" 하고 대꾸할 뿐이었다. 쿄코는 적잖이 충격을 받았는데 유고는 정말로 어떻게 돼버린 걸까?

자포자기한 상태인지도 모른다.

투병 생활에 지쳐 이제 될 대로 되라는 심정이라면 이해는
된다.

"유고……. 무리하는 게 아니면 좋을 텐데……."

쿄코는 자신의 배를 쓰다듬었다. 부풀어 오른 배꼽 뒤쪽에 아
이의 몸이 있다.

마치 쿄코의 말에 대답하듯이 부풀어 오른 배가 빙글 회전
했다. 힘찬 태동이었다.

"……맞아."

쿄코는 중얼거렸다.

"아빠는 틀림없이 힘내고 있을 거야. 그래. 아빠를 믿어야 해."

쿄코는 아랫입술을 깨물며 창밖을 올려다보았다. 어디서 솟아
났는지 먹구름이 하늘을 두껍게 뒤덮고 있었다. 한차례 비가 올
모양이다.

이식 전처치는 이미 시작되었다. 오늘은 예정대로라면 전신 방
사선 치료를 받고 있을 것이다. 얼마나 끔찍할지 상상도 되지 않
았다.

유고.

쿄코는 불안을 떨쳐내려는 것처럼 자신의 몸을 꽉 껴안았다.

여기가 방사선 치료실인가. 살풍경한 곳이군.

크고 휑뎅그렁한 하얀 방에서 하마야마는 차가운 치료대 위에
누워 있었다. 무미건조한 천장이 보였다.

"그럼 시작하겠습니다."

기사의 목소리가 들렸다. 하마야마는 말없이 고개를 끄덕였다.

마치 자신이 도마 위에 놓인 잉어 같았다. 지잉 하는 소리와 함께 치료대가 움직였다. 머리 위쪽에는 우주선 내부를 연상시키는 거대하고 하얀 장치…… 방사선조사기기가 있었다. 벽에 나 있는 작은 창문 비슷한 부분에서 어둠이 이쪽을 노려보고 있었다.

저곳에서 방사선이 나온다.

작은 기계음이 들린 뒤에 삐 하는 소리가 울려 퍼지기 시작했다.

지금, 내 몸에 닿고 있는 걸까…….

빛은 없었다. 몸에 무언가가 닿는 느낌도 없었다. 안구 뒤쪽이 눈부신 듯한 기분은 들지만 틀림없이 기분 탓일 것이다.

세 번에 나누어 12그레이의 방사선을 쏜다고 한다. 만약 그 양을 한 번에 쬐게 되면 치사율은 100퍼센트라고 한다. 총 1,200만 시벨트……. 원전 작업자의 긴급 시 피폭 한도의 족히 50배. 내장이 화상을 입어 문드러지는 정도의 방사선이다.

죽음이 보인다.

하마야마는 생각했다.

눈앞에서 죽음이 느껴졌다. 죽음이 쏟아져 내려오고 있었다. 나는 지금 스스로 원해서 죽음을 온몸에 쬐고 있다.

살아남기 위해.

공포로 어금니가 덜덜 떨리고 눈 표면이 건조해졌다. 그래도 하마야마는 눈을 떴다. 방사선조사기기의 조사구를, 시커멓고 무

감정한 부분을 마치 짐승과 대치하는 심정으로 노려보았다.

10월 24일

최악이다.

방사선과 대량의 항암제가 하마야마에게 미친 부작용은 역시나 어마어마했다.

온몸이 묵직했다. 고열이 났다. 입안이 목구멍 안쪽까지 헐어서 점성이 높고 피가 섞인 침이 계속 나왔다. 입안에서 계속 쇠맛이 나고 통증이 가시지 않았다. 설사는 멈추지 않았고, 혈뇨는 카테터로 계속 뽑아냈다. 전보다도 훨씬 강렬한 구역질에 시달렸다.

그럼에도 물을 마셔야 한다. 약도 먹어야 한다. 토하지 않도록 꾹 참으며. 역류하는 위액을 입을 꽉 다물고 다시 삼켰다. 그럴 때마다 퍼지는 쇠 맛. 바늘을 삼키는 것 같은 입안의 통증.

지옥이다.

이 복합적인 고통. 온몸의 통증.

지금까지 맛보았던 어떤 고통보다도 강렬했다. 그리고 끝이 없었다.

몽롱한 상태로 자고 있으면 이따금 누군가가 다가온다. 유리창 너머에서 이쪽을 보고 있다. 인터폰으로 무언가 말을 건다. 동물원의 우리 안에 있는 기분이다.

아니, 틀림없이 그렇다.

내 골수는 죽었다. 나는 피를 만들지 못하게 되었다. 요괴가 되었다. 그러므로 이곳은 동물원 우리다. 요괴를 보러 손님이 찾아온다…….

"하마야마 씨."

들어본 적이 있는 목소리였다.

"……네."

내키지 않았지만 옆을 돌아보았다. 커다란 검은자위. 하얀 피부. 마스크와 모자를 쓴 남자.

"키리코 선생님……."

"상태가 어떤지 보러 왔어요."

하마야마는 구내염 때문에 잘 움직이지 않는 입을 힘겹게 움직였다.

"밤중에 딱 한 번 잡담 좀 나눈 것 가지고 일부러 와준 거예요?"

유리창 너머에서 키리코가 고개를 끄덕였다.

"아카조노 선생이 이상하게 생각하더라고요. 갑자기 하마야마 씨의 의지가 굳건해졌다고……. 괜찮으세요? 무리하고 계신 건 아닙니까? 무언가 고민이 있으면 또 언제든지 상담하셔도 돼요."

하마야마는 히죽 웃었다.

"사신 선생님. 미안하지만 당신 마음대로는 안 될 거예요. 난 살 거예요."

"……그러세요?"

키리코는 여전히 무표정해 감정을 읽을 수 없었다.

"하지만 선생님과 나눈 잡담이 조금은 참고가 됐어요."

"다행이네요."

"선생님은 오늘 시간이 좀 있으세요?"

"네. 피부과 외래는 비교적 빨리 끝나거든요."

하마야마가 말했다.

"그럼 선생님……. 부탁 하나만 들어주실래요?"

키리코는 말없이 하마야마의 얼굴을 바라보았다.

"좀 맡겨두고 싶은 물건이 있어요."

10월 30일

마침내 이식 당일.

하마야마는 진정되지 않는 기분으로 그때를 기다렸다.

오늘, 요괴인 나에게 제대혈이 이식된다.

병원으로 온 쿄코의 표정은 불안했다. 하마야마는 생긋 웃으며 손을 흔들었다.

속눈썹과 수염, 머리카락은 다시 완전히 없어졌다. 나는 우주인 같은 얼굴을 하고 있을 것이다. 쿄코는 울먹이는 듯한 얼굴로 미소를 지어주었다.

이윽고 아카조노와 간호사가 왔다. 액체가 담긴 봉지를 가지고 왔다.

드디어 시작되는구나.

시곗바늘이 12시를 가리키는 것과 동시에 이식이 시작되었다.

제대혈 이식이라고 해도 대수로울 것은 없었다.

팩에 든 액체를 링거로 흘려 넣는 것뿐이다. 옆에서 보면 평범한 수혈과 다름없었다. 하지만 하마야마는 눈앞의 광경에 넋을 잃었다.

그것은 새빨간, 새빨간 피였다. 믿을 수 없을 만큼, 이토록 순도 높고 아름다운 빨간색이 있을까 하고 눈을 의심할 만큼, 그것은 새빨갰다.

제대혈.

누군가의 어머니가 태아와 연결되어 있던 곳. 생명력이 흘러넘치는 신비로운 탯줄. 그것이 지금 나에게 주어졌다. 성스러움을 느꼈다. 사랑과 힘도. 자신의 몸속에 생명이 흘러 들어온다. 사람이 아니었던 나에게 여신님이 새로운 생명을 부여해주신다.

얼마나 아름다운가.

이것은 빛이다. 희망의 빛이다.

새빨간 제대혈은 보석처럼 반짝반짝 빛나며 한 방울 한 방울 몸속으로 빨려 들어갔다.

쿄코를 보았다.

울고 있었다.

나도, 울고 있었다.

제대혈 이식은 불과 몇십 분 만에 끝났다.

간호사는 상태가 이상한 것 같으면 너스콜을 누르라고 하고 병실에서 나갔다. 몇 시간 뒤에 면역억제제를 투여하기 위해 다시 온다고 했다. 그 뒷모습을 보며 하마야마는 한숨을 내쉬었다.

신비로운 감각이었다.

감동이 북받쳐 오르는 것은 아니었다. 금방 몸에 변화가 나타나는 것도 아니다. 병원 측의 대응은 담담했다. 하지만 오래간만에 식사를 마친 뒤와 같은 깊은 만족감이 있었다.

쿄코가 유리벽 너머에 있다. 인터폰을 통해 목소리가 들렸다.

"이제 괜찮아지겠지, 유고?"

"……그럼."

문득 깨달았다. 쿄코가 외투를 걸치고 머플러를 두르고 있었다. 바깥은 춥구나. 그렇구나, 벌써 10월도 다 갔구나. 이 안에 있으면 그런 것조차 알 수 없게 된다.

……아니, 그렇지 않다.

쿄코는 아까도 그곳에 있었다. 똑같은 차림으로 그곳에 있었다. 보이지 않았던 것은 보려고 하지 않았기 때문이다.

한 고비 넘겼다. 안도하며 가슴을 쓸어내렸다.

쿄코가 이쪽을 보고 있다. 하마야마는 천천히 입을 열었다.

"있잖아, 쿄코."

"……응."

조금 말한 것만으로도 목구멍이, 입안이 아팠다. 거슬거슬한 목소리로 말했다.

"나, 회사 잘렸어."

"알고 있어."

"……뭐?"

"모를 줄 알았어? 통지서 같은 게 집으로 와."

유리창 너머에서 쿄코가 씁쓸하게 웃었다.

"……."

할 말을 잃은 하마야마에게 쿄코가 말했다.

"정말이지, 무리해서 말하지 않아도 돼. 목 아프지? 지금은 천천히 쉬면서 세포가 제대로 생착되길 기다리자."

"응, 그래."

"……퇴원하면 제대로 이야기하자. 그럼 푹 쉬어."

쿄코는 말했다. 그리고 섭섭한 기색조차 보이지 않고 웃으며 떠났다. 그 대수롭지 않은 태도에 얼마나 많은 애정과 배려가 담겨 있을까.

하마야마는 눈물을 꾹 참으며 끄덕거렸다.

복도로 향하는 쿄코의 뒷모습을 침대에 누운 채 배웅했다. 하마야마는 자신의 입술을 만졌다. 링거 카테터가 흔들렸다.

등이 근지러운 느낌이 들었다.

11월 4일

오후 3시.

"하마야마 씨, 숨 쉬기 힘드세요?"

아카조노는 하마야마가 고개를 끄덕이는 것을 확인하고 몸을 일으켜 환자복 앞을 열었다. 그리고 이내 눈살을 찡그렸다.

빨간 습진이 배에서 등까지 은하수처럼 길게 뻗어 있었다. 힘없이 긁은 손톱자국이 애처로웠다.

"조금 만져볼게요."

아카조노는 손을 내밀어 부풀어 오른 배를 가볍게 두드려보고 눌러보면서 꼼꼼히 촉진했다. 배를 가볍게 누를 때마다 입에서 공기 덩어리가 빠져나왔다. 배 주변을 만지자 통증이 있었다.

아카조노의 얼굴이 창백해졌다.

"선생님, 혹시……."

하마야마가 묻자 아카조노는 긴장한 표정으로 고개를 끄덕였다.

"급성 GVHD……로 보입니다."

역시 그렇구나. 하마야마는 눈을 감고 깊은 한숨을 내쉬었다.

20퍼센트의 확률을 극복하지 못한 것이다. 이식된 조혈모세포에서 만들어진 백혈구가, 피를 타고 흐르며 하마야마의 세포를 물어뜯고 찢어발기고 먹어치우고 있었다.

"그런데 선생님, 피부의 발진은 GVHD 증상이라고 들기는 했지만 이 복부의 팽만감은 뭐죠?"

"복수(腹水)가 찬 거예요. 백혈구의 공격은 주로 혈류가 집중되어 있는 장기로 향합니다. 그래서 간이나 위가 공격을 받아 체액을 제대로 컨트롤하지 못해서 배에 물이 차는 거예요."

"……괜찮은 거죠?"

"할 수 있는 방법은 모두 써보겠습니다. 시클로스포린과 스테로이드를 준비해주세요."

아카조노는 간호사에게 지시를 내렸다. 그러고는 하마야마에게 말했다.

"하마야마 씨, 조금만 더 힘을 내세요. GVHD가 나타났다는 건

조혈모세포가 생착했을 가능성이 높다는 뜻이기도 해요. 하나밖에 없는 제대혈이 제대로 하마야마 씨의 몸에 뿌리를 내린 거예요. 이제 거의 다 왔어요!"

"네."

그렇다.

GVHD도 사소한 문제일 뿐이다. 힘들게 이식했는데 생착하지 않는 것보다는 생착해서 GVHD가 나타나는 쪽이 낫다.

나는 아직 할 수 있다. 아무렇지도 않다.

11월 7일

무균실 밖에서 쿄코가 떨고 있었다.

하마야마 유고. 익숙한 이름표가 걸려 있는 방에 주치의인 아카조노와 간호사들이 수도 없이 들락날락했다. 쿄코가 들어갈 여유는 없었다. 모두 땀범벅이 되어 필사적으로 약제를 옮기거나 처치를 하고 있었다. 마치 꿈처럼 현실감이 없었다. 저 안에 있는 사람이 유고라니.

용태가 좋지 않으니 만일의 경우에 대비해야 할 것 같다는 이야기를 들은 뒤로 줄곧 저 상태다.

GVHD의 등급이 지난 사흘 동안에 네 단계 중 3단계까지 올라갔다고 한다. 상태가 급격히 악화되고 있었다. 설사의 양이 2리터를 넘었다고 한다. 피가 대량으로 섞인 혈변이 마치 구멍 뚫린 물주머니를 짤 때처럼 쏟아져 나왔다.

공포에 짓눌릴 것 같은 심정으로 쿄코는 3인용 소파에 앉아 배를 끌어안고 있었다.

다급한 목소리가 여기까지 들려왔다…….

"하마야마 씨. 스테로이드 펄스 2회차를 오늘 하기로 했지만 철회하시겠습니다."

아카조노가 재빠르게 말했다. 하마야마는 가냘프게 끄덕였다.

"병리 검사에서 CMV 염증이 발견됐어요. 거대세포바이러스라는 건데, 일종의 병원체예요. 그게 몸에 침입해 하마야마 씨의 장 내부를 휘젓고 있어요. 설사와 하혈은 그것 때문입니다. GVHD를 억제하기 위해 면역억제제를 투여했는데 그러면 오히려 거대세포바이러스가 침투하기 쉬워지거든요."

밖에서는 병원균. 안에서는 이식 세포. 하마야마는 온몸 구석구석이 위험에 노출되어 있었다. 안쪽의 위험을 억제하면 바깥쪽 위험이 커진다. 한쪽 리스크를 몇 퍼센트 낮추면 다른 쪽 리스크가 몇 퍼센트 높아진다.

말 그대로 운명을 관장하는 확률의 그물코 안에서 지금 하마야마는 발버둥치고 있었다.

"……선생님……."

하마야마는 스스로도 깜짝 놀랐다. 목소리가 나오지 않았다. 정말로 목소리가 안 나왔다. 아무리 힘을 짜내어도 목소리가 나오지를 않았다.

"무리해서 말씀하시지 않아도 괜찮아요. 힘드시죠? 배에 찬 물이 폐를 압박해서 그래요. 경우에 따라서는 천자*를 해서 **빼낼** 거예요. 그리고 혈액 투석을 합시다. 하마야마 씨의 신장은 현재 기능부전 직전의 상태예요. 신장 대신 기계로 혈액을 여과해야 합니다."

"……아……."

알아서 해주세요. 부탁합니다.

두 가지 마음을 담아 하마야마는 '아'라고만 했다.

아카조노는 고개를 끄덕이고 몇 번째인지 모를 "힘내세요"라는 말을 했다.

배 속의 아기는 이런 상황인데도 매우 활기찼다.

쿄코는 떨리는 손으로 배 위를 쓰다듬으며 아이를 만졌다. 괜찮아. 괜찮아. 자신과 아기에게 타이르듯이 말했다.

문득 옆으로 어떤 사람이 다가오더니 멈췄다.

"하마야마 쿄코 씨죠?"

고개를 들었다. 흰 가운을 입은 한 남자가 커다란 검은 눈으로 이쪽을 보고 있었다.

"피부과의 키리코라고 합니다."

"네……? 피부과 선생님이 어째서……."

"하마야마 유고 씨로부터 부탁받은 것이 있습니다."

키리코는 봉투 하나를 꺼내어 보였다.

"받으세요."

---

* 끝이 예리한 의료기구로 신체를 찔러 액체를 빼내는 것.

"그게 뭐예요……?"

쿄코는 하얗게 질려서 봉투와 키리코를 번갈아 보았다. 봉투에는 '쿄코에게'라고 적혀 있었다. 힘없는 필체였지만 분명 유고의 글씨였다.

안 좋은 예감이 들었다.

"싫어요……. 그런 건, 받고 싶지 않아요."

"그럼 버리세요. 나는 전해주라고 부탁받았을 뿐이에요. 그 뒤에 어떻게 하실지는 자유라고 생각합니다."

키리코는 담담하게 말했다. 쿄코는 입술을 깨물고 주뼛거리며 봉투를 받았다.

유고.

조금 망설이다 봉투를 열고 안에 있는 편지지를 펼쳤다.

하마야마가 거울을 보았다면, 거울에 비친 자신의 모습을 보고 겁을 먹었을 것이다.

피부는 새빨갛게 물들어 있었다. 마치 온몸에 화상을 입은 것 같았다. 참으로 소름끼치는 모습이었다. 게다가 수포가 수도 없이 잡혀 있었다. 손가락으로 터트리면 노란빛이 살짝 감도는 림프액이 튀어나왔다. 터트리지 않아도 멋대로 터지며 크레이터 같은 구멍이 생기고 체액으로 피부가 축축해졌다. 온몸이 아프고 가려웠다. 배도, 손도, 발도, 등도, 머리도, 심지어 귀 뒤까지. 게다가 몸 안쪽과 바깥쪽이 동시에 아팠다.

숨 쉬기도 힘들고 배는 묵직했다. 이제는 입에 넣을 수 있는 것이라고는 물밖에 없었다. 그리고 끝도 없이 피가 섞인 설사를 했다.

다행히 하마야마가 거울을 보는 일은 없었다.

이제는 몸을 일으킬 기력조차 남아 있지 않았다.

코코에게

이 편지는 이식이 끝나면 전해달라고, 개인적으로 믿을 수 있는 선생님한테 부탁했어. 직접 말하면 좋았을 거라고 생각하겠지만 아무래도 서툴러서 말이야. 이렇게 종이로 적어서 전하려고 해. 내가 이식을 결정한 이유를.

당신도 잘 알다시피 나는 우유부단하고 나약하고 겁이 많아.

옛날부터 그랬어. 스스로 무언가를 결정한 기억이 거의 없어. 입시 때도 부모님이 권해준 대학에 시험을 봤을 뿐이야. 취업활동도 그냥저냥 해서 제1지망에는 떨어졌지만 적당한 회사에 대충 들어갔어. 일도 딱히 대충 하지는 않았지만 주체적으로 했냐 하면, 그렇지도 않아.

어느 틈에 그런 삶에 익숙해졌지만, 이 병에 걸리고 나서 새삼스럽게 그 점을 깨달았어.

재미있는 의사가 있었는데, 그 사람이랑 이야기를 나눈 게 계기였어.

나는 벨트컨베이어에 실린 채 살아왔어. 그냥 흐르는 대로 흘러가며 어쩌다보니 그럭저럭 살아왔어. 남에게 내맡긴 채로. 당신은 돌아가라고 하고 병원에서 혼자 생각할 시간을 달라고 했던 날이 있었잖아? 그날, 이 벨트컨베이어가 진심으로 싫다고 느꼈어.

하지만 이제 와서 어떻게 해야 다르게 살 수 있는지 모르겠더라.

하마야마에게 그의 주변에서 나는 소리가, 목소리가 들리기는 할까.

"큰일 났어. 황달이 나타나고 있어. 빌리루빈*은…… 17이구나."

하마야마의 간이 망가지고 있음을 나타내는 수치다. 병실에 긴장이 감돌았다.

"아카조노 선생님, 혈액 투석 준비 끝났습니다!"

"잠깐 기다려. 혈소판이 먼저야."

"네."

마스크를 쓴 간호사가 드나들었다.

아카조노는 하마야마를 보았다. 잠들어 있는 것 같았지만 얼굴이 빨갛게 부어서 눈이 다 감기지 않았다.

GVHD 등급은 결국 4등급에 달했다. 가장 심각한 상태다. 신장이 망가져갔다. 간이 망가져갔다. 소장이, 대장이, 폐가, 눈이, 피부가, 모조리 망가져갔다. 몸 안쪽에서부터 망가져갔다.

다발성 장기부전.

아카조노는 이를 갈았다.

이런 결과가 되다니. GVHD가 4등급에 도달하는 경우는 상당히 드물다. 하지만 드물다고는 해도 일어날 수 있는 일이다. 아무리 최선을 다한다고 하더라도 막을 수는 없다.

운이 나빴다는 말은 너무나 간단하고, 너무나 잔혹하다.

"아카조노, 바닥을 보지 마!"

호통이 날아왔다.

---

*담즙 구성 성분의 하나로 헤모글로빈에서 만들어지며 혈중 농도가 높아지면 황달이 일어난다.

눈을 크게 뜬 아카조노의 앞으로 후쿠하라 부원장이 뛰어 들어
왔다.

"지시를 내려! 지금이 고비잖아."

마스크 위에서 투지에 불타는 눈동자가 아카조노를 쏘아보
았다.

그래. 포기하지 마. 내가 포기하면 누가 병과 싸우겠어? 마지
막까지 싸워야 해. 싸우고, 싸우고, 싸워야 해. 그래야, 기적이
일어날 수 있어.

포기하면 일어날 기적도 일어나지 않는다.

"나는 환자를 부를게. 아카조노, 넌 쓸 수 있는 방법을 총동원
해서 계속해."

"네."

필사적으로 처치를 계속하는 아카조노의 눈앞에서 하마야마가
크게 토했다.

심전도 수치가 흐트러졌다.

호흡곤란을 일으키고 있는 것이다. 무슨 방법이 없을까. 아카조
노는 머리를 풀회전시켰다. 무슨 방법이. 무언가 방법이 없을까!

"혈압이 떨어집니다!"

죽음이 그 무한한 중력으로 하마야마를 어둠 속으로 끌고 들어
가고 있었다. 끌고 가게 둘까 보냐. 아카조노는 소리쳤다.

"승압제!"

그곳으로는 보내지 않을 거야……!

그때, 떠올랐어. 난 지금까지 딱 한 번, 벨트컨베이어에서 내려온 적이 있어. 누구에게도 기대지 않고 나 혼자만의 의지로 인생을 움직인 적이 있었어.

당신이랑 결혼했을 때야.

기억나? 4년 전에, 무라타가 개최한 바비큐 파티에 갔었지? 나랑 당신은 우연히 둘 다 자동차에 지갑을 놓고 왔었지. 그래서 같이 가지러 갔었어. 지금도 선명하게 기억해. 당신은 하얀 모자를 쓰고 있었고, 엷은 분홍색 셔츠에 청바지를 입고 있었어. 구두는 샌들이었고, 모기가 물어 대서 힘들다고 이야기했었어. 당신은 모기약은 안 좋아한다고 가르쳐줬어.

난 무라타한테 연락처를 물어보고 영화를 보러 가자고 했지. 당신은 거절했어. 두루뭉술하게 에둘러 거절한 것도 아니라 단칼에 잘라버렸어. 당신과 사귈 생각은 없습니다 하고. 그 말을 듣고 깜짝 놀랐어. 그냥 영화 보러 가자고 했을 뿐인데 그렇게까지 말하니까 말이야.

당신은 부모님이 이혼한 뒤로 결혼은커녕 남자와 사귀는 것조차 싫어하게 됐다고 들었어. 무라타가 반대했었어. 당신 친구도, 쿄코는 그냥 내버려두라고 했어. 모두가 반대했어. 그러지 말라고 했어. 당신조차도.

나는 듣지 않았지.

당신이 이미 좋아졌거든. 그때 난, 평생 동안 가장 열심히 노력했다고 생각해. 날마다 고민하고 날마다 생각했어. 어디서 무슨 연극을 한다고 들으면 당신한테 가자고 하면 기뻐할까 하고 생각했어. 잡화점에서 물건 하나를 볼 때마다 당신이 기뻐할 선물은 뭘까 생각했어. 휴대폰 고리를 준 적 있잖아? 500엔 정도였지만 세 시간이나 고민하다 산 거야.

쿄코는 필사적으로 글자를 좇았다.

당신이 간신히 데이트해줄 마음이 생겼을 때부터도, 결혼을 생각하기 시작했을 때부터도 숱한 반대에 부딪쳤지. 우리 부모님은 반대했었어. 당신 여동생도 반대했었지. 이렇게나 반대하는데도 우리의 고집을 계속 밀어붙여야 하는지, 둘이서 고민했었지. 하지만 난 뿌리쳤어. 타협하고 싶지 않았어. 무슨 일이 있어도 당신이랑 인생을 같이 걸어가고 싶었어.

난, 당신을 사랑해.

결혼하고 나서는 다시 우유부단한 나로 돌아가고 말았어. 가전제품 하나 사는 것도, 외출해서 무얼 먹을지도 다 당신이 정해줬잖아?

조혈모세포 이식은 정말 무서워. 이런 결정은 내리지 못한다고 생각했어. 하지만 완치될 수 있는 희망이 있어. 앞으로 평생 당신이랑 같이 지낼 수 있을지도 몰라.

그렇다면 할 거야.

그때랑 똑같아. 다시 한 번 당신한테 프러포즈할 거야. 다시 한 번 하나가 될 거야. 다시 한 번 그 집에서 살 거야. 난 내 인생을 되찾을 거야. 당신과 함께하는 인생을 돌려받을 거야.

방사선이든 항암제든 GVHD든, 난 무섭지 않아.

편지지에 눈물방울이 떨어졌다.

내 마음은 이게 다야. 거의 러브레터가 돼버렸네. 얼굴을 마주하려니
조금 쑥스럽다.
마지막으로, 만약, 만에 하나의 경우지만, 실패하면.
우리 아기한테 전해줘.
아빠는 죽었지만, 그래도 싸우다 죽었다고.
그러니까 너도 네 인생을 열심히 살라고.
다 나으면 또 바비큐 먹으러 가자. 유고

편지는 그것으로 끝이었다. 손이 떨렸다. 이가 딱딱 부딪치며
소리가 났다.
쿄코는 일어났다. 그리고 무균실을 노려보더니 달려갔다.
여전히 유고의 병실에는 수술복을 입은 사람들이 몇 명이나 드
나들고 있었다.
"BP 위험한 수준입니다!"
비명에 가까운 소리가 오갔다.

하마야마의 의식은 혼탁해져 있었다.
장기가 차례차례 잠식당하며 몸 안의 기능이 정지해갔다. 하지
만 하마야마는 그런 것까지는 알지 못했다. 단지 괴로웠다. 여기
저기가 타들어가듯이 아팠다. 그런데도 비명을 지르지도 몸부림
치지도 날뛰지도 못했다 그럴 힘이 없었다.

팔도, 다리도 마치 자신에게서 떨어져나간 것처럼 명령을 내려도 듣지 않았다.

"유고…… . 못됐어. 너무해. 당신이랑 사귀게 됐잖아! 결혼까지 해버렸잖아!"

인터폰으로 쿄코가 소리쳤다. 있는 힘껏 소리를 질렀다.

"행복하게 해주겠다고 한 사람은 당신이잖아!"

마스크를 쓰고 수술복을 입은 사람들이 놀라서 쿄코를 보았다. 하지만 말리지는 않았다.

"난 결혼하고 싶지 않았는데! 당신이 억지로 밀어붙이니까. 끈질기게 조르니까. 몇 번이나 거절해도 당신이 또 얘기를 꺼내니까, 그러니까 내가 믿어버린 거잖아!"

침대에 누워 있는 하마야마의 귀까지 닿는지 어떤지는 모른다. 그의 의식 수준은 낮았다. 심전도는 계속 요동을 치고 혈압이 급격히 떨어졌다.

"당신, 거짓말쟁이야? 편지의, 이건, 다 거짓말이냐고. 이제 어떻게 할 거야!"

소리치는 입으로 눈물이 들어가고, 목소리는 떨렸다.

"곧 아기가 태어날 거야. 우리 아기라고. 건강해. 지금도 내 안에서 움직이고 있어. 여기, 여기 있단 말이야. 태어날 아기를 안아줘야지! 웃어줘! 이름을 불러줘! 머리를 쓰다듬어주고 같이 손잡고 놀러도 가고, 셋이서 나란히 자잔 말이야!"

눈앞이 새빨개졌다. 쿄코는 필사적으로 온몸에서 힘을 쥐어짜며 갈라지는 목소리로 외쳤다.

무언가의 기기에서 신호음이 났다.

아카조노가 자고 있는 하마야마의 얼굴에 손을 댔다.

그 동작을 본 쿄코는 헉 하고 숨을 삼켰다.

아카조노가 쿄코 쪽으로 다가왔다. 심각한 표정으로 다가왔다.

"유고. 신생님, 유고를, 제발, 유고를 살려주세요……."

무균실 유리창을 사이에 두고 아카조노가 눈앞에 와서 섰다.

"안 돼……, 안 돼요."

아카조노가 머리를 숙였다. 표정은 보이지 않았다.

"사망하셨습니다."

순간 시간이 정지했다.

쿄코는 그대로 휘청휘청 비틀거리더니 바닥에 엉덩방아를 털썩 찧었다.

그리고 한동안 움직일 수 없었다.

병원에서 죽음은 드문 일이 아니다.

물론 특별한 일임에는 틀림이 없다. 의료 관계자도 모두 생명을 살리지 못했다는 분함을 곱씹는다. 하지만 한편으로, 죽음은 순식간에 처리된다. 영안실로 옮겨지고 장의사가 오고 이후의 절차를 정한다. 다음 환자가 기다리고 있다. 병원은 멈춰 있을 수는 없는 곳이다.

불과 세 시간 전에는 웃고 있던 사람이 지금은 이미 움직이지 않는다. 영원히.

이를 악물고 눈물을 참고 있는 아카조노의 얼굴도 아무런 위안이 되지 않는다.

오후 6시.

저녁 식사 냄새가 풍기는 시간대에 쿄코는 간신히 수속을 마치고 병원 대기실에 앉아 있었다. 택시를 타고 집으로 돌아가기 전에 조금 쉬고 싶었다.

마음이 너무나 공허했다. 아무것도 생각할 수 없었다. 오가는 사람들도, 뉴스가 나오고 있는 TV 영상도 느낄 수는 있었지만 이해할 수가 없었다.

얼마나 오랜 시간이 흘렀을까. 갑자기 한 남자의 모습이 눈에 들어와 쿄코는 일어났다. 뱃속 깊은 곳에서 감정이 끓어올랐다. 그것은 분노이기도 하고 슬픔이기도 했다. 쿄코를 향해 걸어오는 상대에게로 쿄코도 달려갔다. 그리고 가운의 멱살을 움켜쥐고 나직하게 신음했다.

"키리코 선생님……, 키리코 선생님!"

키리코는 대답하지 않았다. 그저 말없이 끄덕였다.

"당신, 유고랑 이야기했잖아. 유고는 당신을 믿었잖아……."

달려갈 때는 인사를 해야겠다고 생각했었다. 편지를 전해줘서 고맙다고, 그리고 유고와 상담을 해줘서 고맙다고 인사를 하려고 했다. 하지만 그런 생각은 어느 틈에 어디론가 날아가고 없었다. 쿄코는 점점 목소리를 높였다.

"그런데 어째서! 어째서 그랬어? 도대체 왜 유고를 말리지 않았던 거야? 왜, 왜 이식을 막아주지 않은 거냐고!"

있는 대로 소리를 지르자 마음속을 막고 있던 둑이 터졌다. 쿄코는 키리코의 가운을 혼신의 힘을 다해 움켜쥐며 큰 소리로 울었다. 눈물이 끝도 없이 흘러내리고 비명인지 절규인지 모를 소리로 울부짖었다.

키리코는 전혀 저항하지 않았다. 그저 쿄코가 하는 대로 내버려두었다. 가운 단추가 하나, 둘 튕겨나가고 섬유에서 씨익씨익 소리가 났다. 이윽고 쿄코가 무릎을 꿇으며 고개 숙인 채 바닥에 눈물을 떨어뜨리자 그 몸에 팔을 둘러 가만히 받쳐주었다.

다른 환자와 간호사들이 무슨 일인가 하고 두 사람을 쳐다보았다.

몇몇은 상황을 짐작하고 그대로 자리를 떴다. 몇몇은 덩달아 울었다. 그리고 몇몇은 알아챘다.

사신이라는 별명으로 불리는 의사가 하늘을 올려다보고 있는 것을. 무언가를 참듯이, 혹은 기도하듯이 두 눈을 꼭 감고 있는 것을.

하지만 딱 한 줄기 흘러내린 눈물을 알아챈 사람은 옆에 있던 진구지뿐이었다.

어째서일까.

이렇게 울고 있는데. 이렇게 슬픈데. 이렇게 자신의 감정을 제어하지 못하고 있는데.

그런 이 순간, 태동을 느꼈다.

배 안의 아기는 아무것도 모른다.

쿄코는 가운을 움켜쥐고 있던 오른손을 폈다. 그리고 가만히 그 손을 배에 댔다. 그 안에서 틀림없는 생명의 온기를 느끼며 염원했다. 염원을 통해 전하려고 했다.

오늘 말이야…….

쿄코는 아기를 감싸 안듯이 배를 감쌌다.

아빠는 살기 위해 싸웠어. 정말 열심히.

영안실.

그 어둡고 차갑고 창문도 없는 방에서 묵념을 마치고 엘리베이터를 향해 걸음을 옮기는 키리코의 앞을 덩치 큰 한 남자가 가로막았다. 단정한 얼굴에는 땀이 밴 흔적이 있었다. 머리는 아직 마르지 않았다. 그것은 그가 마지막까지 죽음과 싸웠다는 것을 의미했다.

"……후쿠하라."

키리코가 말하자 후쿠하라도 대답했다.

"키리코……. 뭐야, 비웃으러 왔나?"

키리코는 고개를 갸웃했다.

"뭘?"

"하마야마 씨 말이야. 나와 아카조노 선생은 그를 마지막까지 싸우게 했어. 하지만 그 보람도 없이 GVHD로 사망했어. 너한테는 최악의 시나리오잖아? 구하지 못했어. 결국 부질없이 고통만 주었을 뿐이야."

"비웃지 않아. 그럴 이유가 없으니까."

키리코는 그렇게 말하고 모노륨 바닥에 멈춰 섰다.

"키리코, 네 주장은 나도 알아. 병과 싸우다 온몸이 너덜너덜해져서 비참하게 죽는 환자를 우리도 봤으니까."

"……그렇겠지."

"넌 병에 맞서지 않는 선택지를 환자에게 부여하려고 해. 병으로부터 달아나는 도망자로 전락시키는 거야."

"그런 표현은 좋지 않아. 환자에게 선택지를 '부여한다'니, 의사의 지나친 오만이야. 우리가 마주해야 할 상대는 환자 한 사람 한 사람이어야 해. 후쿠하라, 넌 병에만 맞서려고 하고 있어."

후쿠하라는 주먹으로 벽을 후려쳤다. 둔탁한 소리와 함께 진동이 퍼져 나갔다.

그의 입술에서 짜내듯이 말이 새어나왔다.

"키리코. 너도 알고 있잖아? 여기는 기적이 일어나는 곳이야."

키리코는 여전히 가운 호주머니에 손을 찔러 넣고 있었다. 후쿠하라는 계속했다.

"의학으로 설명할 수 없을 만큼 극적인 회복세를 보이는 환자. 다발성 장기부전에서 불사조처럼 되살아나는 환자. 모든 의사가 치료를 단념한 상태였는데 암이 말끔히 사라진 환자……. 너도 의사니 모른다고는 하지 않겠지? 기적은 일어나. 마지막까지 포기하지 않고 싸우면 기적을 일으킬 수 있어."

"기적의 존재를 환자에게 강요하는 것이 얼마나 잔혹한 일인지 알아?"

두 사람의 시선이 충돌했다.

"……그래도 나는 기적을 포기하지 않을 거야."

키리코는 후쿠하라의 눈동자에서 지나간 환자들의 기억을 보았다.

완치되어 퇴원하는 환자, 가족에게 에워싸인 뒷모습. 다시 일상생활로 돌아갈 수 있게 된 환자들의 태양처럼 환한 미소…….

눈꼬리가 실룩거렸다.

후쿠하라에게 그것은 승리다. 그 반대편에 있는 죽음은 패배다.

그렇다 하더라도.

설령 그렇다 하더라도, 그것을 바라는 것은 의사의 자기만족이다.

키리코는 눈을 감고 어둠을 바라보았다. 비참한 죽음을 맞이한 환자들의 모습이 떠올랐다. 오랜 투병 생활 끝에 지칠 대로 지쳐 애원하는 눈빛으로 죽음을 바랐던 사람도 있었다. 링거 줄을 목에 감고 자살하려고 한 사람도 있었다. 키리코는 눈을 떴다.

"……의사가 기적을 포기하지 않으면 누가 같이 포기해줄 수 있지?"

죽음을 패배라고 받아들여서는 안 된다. 죽음을 패배라고 여기면 그리로 향하는 사람들이 너무나도 불쌍하지 않은가.

의견은 평행선을 그렸다. 두 사람은 모두 의사였지만 서로를 향해 다가갈 여지는 없었다.

키리코는 더 이상 아무 말도 하지 않고 걸음을 옮겼다.

후쿠하라의 옆을 지나 엘리베이터로 향했다. 규칙적인 작은 발소리가 복도에 메아리쳤다.

후쿠하라는 앞만 쳐다보고 있었다. 스쳐지나갈 때, 서로의 얼굴은 보이지 않았다.

땀범벅이 된 후쿠하라의 가운과.

단추가 떨어진 키리코의 가운이.

점점 가까워지다 교차하고, 다시 멀어져갔다.

제2장

어떤 대학생의 죽음

"새벽 3시 43분, 사망하셨습니다."

오토야마 하루오는 손목시계를 확인하고 말했다. 침대 곁에서 오토야마의 모습을 물끄러미 보고 있던 할머니가 부들부들 떨더니 무너져 내리듯이 숨을 거둔 환자의 몸에 매달렸다.

아직 아침 해도 뜨지 않은 병실에서 심전도 모니터의 파르스름한 빛이 깜빡이고 있었다. 디지털로 표시된 0이라는 숫자, 일직선의 그래프는 심장이 정지했음을 나타내고 있었다.

오토야마는 청진기를 정리하고 심전도 모니터의 전원을 조용히 껐다.

"정말로 오랫동안 열심히 싸우셨습니다."

숙연한 어조로 고개를 숙이며 천천히 말했다.

"이렇게 강하고, 마지막까지 힘을 잃지 않은 환자는 드물어요. 저도 감명을 받았습니다."

할머니는 울면서 오토야마의 얼굴을 올려다보았다. 무슨 말을 하려고 했지만 목소리가 나오지 않아 그저 몇 번이고 고개만 주억거릴 뿐이었다.

사망진단서 작성을 마치고 오토야마는 옥상 벤치에 앉아 있었다.

어렴풋이 밝아오기 시작한 하늘을 올려다보며 담배를 물고 숨을 들이마셨다. 불쾌한 냄새와 함께 연기가 들어왔다. 콜록거리며 재떨이에 담배를 던져 넣었다.

맛있다는 생각은 조금도 들지 않는데 이런 때에는 무심코 피우게 된다.

후우, 하고 크게 한숨을 내쉬었다.

오늘 사망한 환자의 곁에는 언제나 그 부인이 병문안을 와 있었다. 그 부인 앞에서, 나는 울먹이며 사망 선고를 했다.

물론 연기였다.

의사에게 죽음은 특별한 일이 아니다. 일상이다. 둘도 없이 소중한 단 한 사람의 죽음은, 오토야마에게는 수백 명째의 죽음에 지나지 않다.

스스로가 마비되어 가는 것을 느꼈다.

유족이 시신을 부여잡을 때 심전도 모니터의 전원을 껐다. 세게 끌어안거나 하면 모니터가 오작동을 일으켜 맥이 표시되는 경우가 있다. 유족은 다시 살아났다고 착각하여 기뻐했다가 설명을 듣고 낙담한다. 이만저만 실망하는 것이 아니다. 그러므로 의사

는 적절한 순간에 기계를 꺼 죽음이라는 엄숙한 의식을 연출하는
데에 힘을 쏟는다.

마지막에 건네는 말도 그렇다.

의사는 몇 가지 종류의 멘트를 가지고 있으며 환자에 따라 구
분해 사용할 뿐이다. 이번 환자는 상태가 위독해진 뒤로 꼬박 이
틀을 버텼다. 그러니 "열심히 싸우셨습니다". 금방 죽음을 맞이
했다면 이렇게 말했을 것이다. "마지막까지 고결한 모습을 잃지
않으셨습니다."

언제부터 나는 이렇게 차가운 사람으로 변했을까.

원래는 남들보다 갑절이나 울보였는데.

오토야마는 두 개비째 담배에 불을 붙였다.

어머니가 갑작스러운 병으로 돌아가셨을 때, 초등학교를 쉬며
거의 한 달 내내 울었다. 그 슬픔과 서러움이 사람을 살리는 직업
을 갖기로 결심한 계기였다.

하지만 어떤가. 경험과 지식을 축적하고 의사로서의 실력을 키
워갈수록 그때의 감정에서 멀어져만 간다.

환자가 죽어서 괴롭지 않은 것은 아니다. 하지만 감정이 흔들
리는 폭은 확실히 작아졌다. 지금은 야단스럽게 연기를 해야만
간신히 유족과 대면할 수 있는 꼬락서니다.

하늘을 올려다보며 동기인 두 사람을 생각했다.

아무리 퍼 올려도 끝이 보이지 않을 만큼 활활 타오르는 후쿠
하라의 에너지. 어떠한 망설임도 없이 터부까지 파고드는 키리코
의 냉철한 사고. 그들도 오토야마와 비슷하게 죽음을 보아왔을

터인데 어떻게 그런 식으로 행동할 수 있을까.

어떻게 죽음에 익숙해지지 않을 수 있는 걸까.

오토야마는 신기한 한편 부러웠다.

그 녀석들은 정말 대단하다. 하지만 나로서는 흉내 낼 수 없다.

하늘이 보라색에서 붉은색으로 넘어가더니 이윽고 색채를 잃으며 투명해졌다. 조금 전까지 빛나던 금성은 이미 어디론가 사라져 있었다.

2월 16일

"아……, 있다……."

카와스미 마리에는 무심코 눈을 깜빡거렸다.

믿어지지가 않았다. 거짓말이면, 누군가가 나를 골탕 먹이는 거라면 어쩌지, 어떡하면 좋지. 다리가 싸늘하게 마비되고 목구멍 안쪽이 바짝 말랐다.

"마리에, 있어?"

재촉하듯이 옆에서 케이코가 물었다. 마리에는 "그게" 하고 모호하게 대답하며 한 번 더 자신의 수험표를 보았다. 번호 299번. 올려다본 시선 끝, 게시판에 크게 붙어 있는 종이에는 틀림없이 그 숫자가 적혀 있었다. 몇 번을 보고 또 보아도 299번이 확실했다.

"의학부 의학과 입학시험 합격자는 다음과 같습니다. 도쿄 의과대학."

케이코는 크게 소리를 지르며 게시판을 가리켰다.

"있다! 붙었어, 마리에! 봐, 저기!"

"케, 케이는?"

케이코는 터질 듯한 미소를 지으며 마리에를 향해 V 사인을 그렸다.

"나도!"

마리에는 더는 참을 수 없었다. 눈앞이 일그러지고 입술이 떨렸다.

"붙었어, 마리에!"

"응. 응⋯⋯."

눈물이 끝도 없이 흘러내렸다. 케이코가 와락 끌어안았다. 케이코의 빨간색과 검은색 체크무늬 머플러가 입가에 닿았다. 마리에도 케이코를 끌어안았다. 두 사람의 코트가 스치며 바스락바스락 소리가 났다.

"해냈어, 합격했어!"

얼싸안은 채로 두 사람은 아이처럼 몇 번이나 껑충껑충 뛰었다.

"아빠?"

전화기 너머에서 "그래" 하고 평소와 다름없이 무뚝뚝한 목소리가 들렸다. 평소에는 긴장하게 되는 아버지와의 대화도 오늘만큼은 가슴이 뛰었다. 마리에는 말했다.

"나 합격했어."

얼마 동안 뜸을 들였다가 "그렇구나" 하는 대답이 들렸다. 어렴풋이 내쉬는 숨소리의 여운에 안도의 감정이 담겨 있는 것 같았다.

"바로 올 거냐?"

"필요한 서류 같은 거 받고 나서 케이코랑 차 마시고 갈 거야."

"……."

"밤에는 들어갈 거야."

아버지는 대답하지 않았다. 반대할 때는 분명하게 말하는 사람이다. 등나무로 된 전화기 테이블 앞에 서서 짐짓 근엄한 표정으로 수화기를 귀에 대고 고개를 끄덕이는 모습이 마리에는 눈에 보이는 것 같았다.

"그럼 끊을게. 엄마한테는 문자 보내놨어."

마리에는 그렇게 말하고 입을 다물었다. 아주 잠깐 서로 말없이 있다가 마리에는 들었다.

"잘했다, 마리에. 축하한다."

나직한 목소리였다.

깜짝 놀라 숨을 삼키며 뭐라고 대답하려고 했지만 이미 전화는 끊긴 뒤였다. 조용해진 휴대폰을 물끄러미 보았다. 차가운 바람이 휙 불며 지나갔다. 하지만 가슴속은 뜨거웠고, 마리에는 또다시 눈물이 날 것 같았다.

"마리에, 아버지가 기뻐하셨어?"

케이코가 옆에서 불쑥 물었다.

"……응."

마리에는 필사적으로 눈물을 참으며 고개를 끄덕거렸다.

"다행이다. 가자. 아, 서두르자!"

횡단보도 너머의 찻집을 가리키며 케이코가 달려 나갔다. 깜박이는 신호를 보고 마리에도 황급히 달려갔다.

"아!"

왼발이 푹 고꾸라지며 비틀거렸다. 케이코가 순간적으로 손을 내밀어 잡아주었다.

"괜찮아, 마리에?"

"미, 미안해. 삐끗했어."

"괜찮아. 나야말로 재촉해서 미안해. 천천히 가자."

신호는 이미 빨간색으로 바뀌어 있었다. 버스와 택시, 승용차가 오갔다.

마리에는 흘러내린 안경을 다시 고쳐 썼다.

4월 8일

지하에서 나오자 봄바람이 오토야마의 주변을 스치고 지나갔다.

눈앞에는 신주쿠교엔이 보였다. 녹색 나무 사이로 벚꽃 꽃잎이 흩날리며 하늘로 날아올랐다. 하늘은 새파랗고 쏟아지는 햇볕은 잿빛 빌딩들까지도 축복해주는 것 같았다.

이곳에 오는 것도 1년 만이었다.

의대생이었을 때는 매일같이 지나던 길이다. 옛날과 조금도 변함없이 영업하고 있는 꽃집도 있고, 카레 체인점으로 바뀌어 옛 모습은 흔적조차 남아 있지 않은 곳도 있었다.

오토야마는 선물이 든 종이가방을 들고 벚꽃이 날아가는 쪽과는 반대 방향으로 걸음을 옮겼다.

중간에 정장을 입은 몇몇 젊은이들과 스쳐 지나갔다. 그들의 눈은 하나같이 반짝반짝 빛나며 앞을 똑바로 보고 있었다.

새로운 생활이 시작되는 계절이구나.

멍하니 쳐다보며 오토야마는 걸어갔다.

이윽고 고풍스러운 어떤 집 앞에 도착하자 인터폰을 눌렀다. 세련되지 않은 예스러운 차임벨에 옛날 생각이 났다. 줄지어 있는 수국 안쪽에서 미닫이문이 열리더니 고상한 노부인이 얼굴을 내밀었다.

"안녕하세요, 하루에 사모님. 잘 지내셨어요?"

오토야마는 머리를 숙였다.

"어머나, 오토야마구나. 어서 들어와."

"향이라도 좀 올릴까 해서요."

오토야마는 노부인이 이끄는 대로 문턱을 넘어 나무 냄새가 배어 있는 집으로 들어갔다.

불단 앞에 앉아 방울을 울렸다.

느긋하고 높은 소리가 다다미 방 안으로 사라져갔다. 오토야마는 합장했던 손을 풀고 눈을 떴다.

여전히 험악한 얼굴을 하고 계신다.

검은 액자 안에서는 은사님이 파충류와 같은 눈으로 오토야마를 노려보고 있었다. 눈썹 사이에 잡혀 있는 한 줄기 주름, 지네와 같은 굵직한 눈썹과 속눈썹, 그리고 튀어나온 아랫입술. 모르는 사람이 보면 정말로 냉엄한 사람인 줄 알 것이다. 하지만 실제로 알고 보면 그렇게 다정한 사람도 드물다.

장지문이 드르륵 열리더니 하루에가 얼굴을 내밀었다.

"오토야마, 차 한잔해."

"감사합니다."

오토야마는 일어나서 가지고 온 꾸러미를 내밀었다.

"불단에 올려주세요."

"매번 고마워."

"뭘요. 그런데 키리코나 후쿠하라가 왔었어요?"

"응?"

하루에가 눈을 동그랗게 떴다. 오토야마는 불단에 올려져 있는 네모난 떡을 가리켰다.

"아뇨. 쿠스노세 교수님이 좋아하셨던 과자가 유베시란 걸 아는 사람은 몇 명 안 되지 싶어서요."

하루에가 입을 손으로 가리고 웃었다.

"아아, 그랬구나. 맞아, 센다이산이 아니면 또 안 됐지."

"그것도 호두가 들어간 걸로요. 저걸 가지고 온 사람은 후쿠하라인가요?"

"아니야, 키리코야. 볼일이 있다며 바로 돌아갔어. 후쿠하라는 오늘은 못 온다고 조금 전에 전화가 왔고."

"그랬군요. 키리코였구나……."

단품으로 딱 하나만 사오는 점이 참으로 녀석답다.

오토야마는 테이블 앞에 앉아 찻잔을 들었다. 차가 담긴 도자기 잔이 손바닥을 부드럽게 데워주었다.

"자, 우리도 같이 먹자."

하루에가 상자를 끌러 안에서 호두가 든 유베시를 꺼내어 접시에 올렸다. 하나를 불단에 올리고 자기와 오토야마 앞에도 하나씩 접시에 놓으며 이쑤시개를 곁들였다.

"감사합니다."

이 집에 오면 언제나 자기가 사온 과자를 먹게 된다. 오토야마는 이쑤시개를 집어 가루가 뿌려진 호두 유베시를 잘라 끄트머리를 입으로 옮겼다. 보랏빛이 감도는 쫀득쫀득한 떡. 은은한 짠맛과 깊은 단맛, 그리고 호두의 식감이 재미있다. 간장의 풍미가 살그머니 코를 뚫고 나왔다. 녹차와 잘 어울렸다.

"옛날에는 셋이 같이 왔었는데."

하루에가 어쩐지 쓸쓸하게 중얼거렸다.

"다들 바빠졌거든요."

오토야마는 웃으며 대답했다. 반은 거짓말이었다. 오토야마는 지금도 기일 정도는 셋이 같이 가자고 권하고 있다. 하지만 후쿠하라는 키리코와 같이 가기 싫다고 하고, 키리코는 "난 혼자 갈 테니 신경 쓰지 마" 하고 흘려 넘겼다. 결국 다들 따로 오게 됐다.

"그런데 정말로 듬직해졌구나. 오토야마도 그렇고, 다른 애들도 그렇고."

"그런가요?"

"남편이 맨 처음 집으로 데리고 왔을 때는 셋 다 들개 같다고 생각했거든."

"들개요?"

하루에가 장난스럽게 웃었다.

"그래. 냄새도 났고. 머리는 언제나 부스스하고. 그리고 반짝반짝했지."

"그건, 그랬을지도 모르겠네요……."

학생 때는 돈이 없었다. 물론 시간도 없었다. 언제나 학교에서 살다시피 했고, 시험 전에는 몸단장 같은 것에 신경 쓸 여유가 없었다. 키리코는 물론이고, 후쿠하라도 마찬가지였다.

"하지만 그래서 남편이 너희를 좋아했는지도 몰라."

"그래요?"

"그럼."

하루에는 고개를 끄덕거렸다.

"그이는 열정이 눈에 깃들어 있는 학생을 좋아했거든. 생명을 살리고 싶다는 열정이."

꼴꼴꼴 하고 찻주전자에 뜨거운 물을 따르는 소리가 조용한 방 안에 울려 퍼졌다. 두 번째 우린 찻잎이 풀어지는 희미한 느낌이 났다.

자신의 눈에는 지금도 그 열정이 깃들어 있을까. 문득 불안해져 오토야마는 눈을 내리깔았다. 후쿠하라에게는 지금도 여전히 불꽃이 깃들어 있다. 타오르는 투지로 환자들을 계속해서 살리고 있다. 키리코는? 병원에서는 문제아 취급을 받고 있지만 그는 그 나름대로 진지하다고 생각한다. 냉담한 말투와 싸늘한 사고방식도 학생 시절부터 변함이 없다. 온도가 낮은 신비로운 불꽃을, 그는 언제나 환자들에게 향하고 있다.

오토야마 혼자만 어중간하다.

하루하루의 업무에 쫓겨 담담하게 일을 하고 있을 뿐이었다. 감정이 타오르지도 않고 식지도 않은 상태였다.

자신은 후쿠하라와 키리코보다도 열등한 것일까. 확실히 학생 시절부터 두 사람은 우수했다. 두 사람을 동경하고 때로는 질투하기도 했다. 그래도 언젠가는 따라잡고 앞질러 훌륭한 의사가 되기를 꿈꿔왔을 텐데……

오토야마는 식어버린 차를 홀짝였다.

떫은맛만이 혀 위로 퍼졌다.

"고마워. 오토야마, 건강하게 잘 지내고."

"아니에요. 저야말로 감사했습니다. 사모님도 몸조심하시고요."

현관 앞에서 한 번 더 머리를 숙이고 오토야마는 큰길로 향했다. 그때 정장을 입은 두 여자가 바로 옆으로 지나갔다.

"오늘이 도쿄 의대 입학식이거든."

하루에가 말했다.

"아아, 그랬군요. 어쩐지."

그러고 보니 스쳐가는 청년들은 모두 하나같이 희망으로 눈이 반짝거리는 것 같았다. 고생한 끝에 의학부에 입학하여 하루에가 말하는 열정을 가슴에 품고 미래를 향해 한 걸음 내딛는 날이다.

나는 이대로 괜찮은 걸까.

오토야마는 에너지가 흘러넘치는 모교 후배들의 뒷모습을 바라보며 어쩐지 거북함을 느꼈다.

4월 10일

"마리에는 신입생 환영 합숙 갈 거지?"

고양이 낯짝만 한 도쿄 의대의 안뜰. 그 한가운데에서 케이코가 묻자 마리에는 고개를 갸웃했다.

"신입생 환영 합숙?"

"의대의 전통 행사야. 1학년을 중심으로 츠쿠바 산에 간대. 하이킹을 하면서 친목을 도모하는 거지."

"하이킹이라……."

어떡하지. 허공을 보며 고민하다 문득 발밑에 주의가 소홀해졌다.

"앗!"

"마리에, 괜찮아?"

돌바닥에 걸려 비틀거리는 마리에를 케이코가 옆에서 잡아주었다.

"마리에, 너 요새 자주 넘어지더라. 피곤해서 그래?"

"글쎄. 꼭 그렇지는 않은데. 나이가 들어서 그런가?"

마리에는 쓴웃음을 지었다.

"말이나 못하면."

케이코가 어처구니없다는 듯이 한숨을 내쉬었다.

마리에는 이히히 하고 이를 보이며 웃었다.

하지만 한편으로는 마음속에서 불안이 소용돌이치고 있었다. 확실히 요즘 들어 잘 넘어진다.

주의해서 걷지 않으면 금방 고꾸라지거나 균형을 잃고 만다.

마리에는 자기 다리를 물끄러미 보았다.

아프지는 않았다. 묵직한 느낌도 없었다. 그런데도 때때로 말을 듣지 않는 것 같았다. 언제부터였을까. 반년 정도 전부터 계속되어온 기분이었다.

나이가 문제일까? 아무리 삼수했다고는 하지만 이제 막 20대로 들어섰을 뿐인데.

"그래서 어쩔 거야? 마리에는 신입생 환영 합숙 갈 거야?"

"아, 응……. 가고는 싶은데."

가늘고 하얀 자신의 다리가 무척이나 믿음직스럽지 못하게 느껴졌다.

두세 걸음 앞으로 내디뎌 보았다. 땅을 힘껏 디디고 발바닥의 감촉을 확인했다. 딱히 이상한 것 같지는 않았다. 괜찮겠지? 아마, 괜찮을 거야……. 피곤해서 그럴 거야, 틀림없어.

케이코가 물었다.

"고민 중이야? 다른 볼일이라도 있어?"

"아니, 아니야. 그렇진 않아. 케이는 갈 거야?"

"난 가려고. 재미있을 것 같거든."

"그럼·나도 갈래."

마리에는 웃으며 고개를 끄덕였다. 머리 위로 비행기가 지나
갔다. 해를 가리며 순간적으로 그림자가 안뜰을 어둡게 감쌌다.

4월 21일

장관이구나.

마리에는 책꽂이에 교과서를 가지런히 정리하고 조금 떨어져
서 바라보며 흡족하게 고개를 끄덕였다. 지금까지 대학 입시 문
제집과 참고서만 꽂혀 있던 책꽂이는 십여 권의 기초의학 교과서
만으로도 가득 차버렸다. 조직학, 병리학, 해부학, 약리학, 면역
학……. 즐비하게 늘어선 그 책들은 난공불락의 성벽처럼 마리에
를 내려다보고 있었다.

손에 잡히는 대로 한 권, 미생물학 교과서를 꺼내어 팔락팔락
넘겨보았다. 한 권이 천 페이지에 달하는 두툼한 교과서는 1만
엔에 가까운 가격을 자랑했다. 인플루엔자 바이러스의 전자현미
경이 눈에 들어왔다. 둥근 수세미같이 생긴 바이러스가 세포에서
고개를 쏙 내밀고 있었다. 옆에는 무수한 균류의 이름이 즐비하
고 그것이 일으키는 증상부터 대처법까지 깨알 같은 글자로 적혀
있었다.

이걸 다 외울 수 있을까.

기초의학만으로도 이렇게 많은데.

재수할 때는 책상 앞에 달라붙어서 공부만 했는데 합격하고 나

서도 마찬가지인 듯했다. 오히려 재수할 때보다 더 힘들지도 모른다.

마리에는 교과서를 책꽂이에 돌려놓았다. 그리고 주먹을 움켜쥐고 훅 하고 숨을 한 번 내쉬었다.

알고 있었던 일이잖아. 오히려 바라던 바야.

아빠랑 엄마도 마찬가지로 의학부에서 6년 동안 공부했어. 그리고 의사국가고시를 돌파해 지금은 병원을 경영하고 있어.

"내 딸이니 못할 리가 없어. 못한다면 그건 네 노력이 부족해서겠지."

아빠의 입버릇이었다. 시험 점수가 좋지 않을 때마다 냉정한 목소리로 그렇게 말하며 머리를 때렸다. 아프지는 않았지만 심장을 도려내는 듯한 무게가 있었다.

의학부 입시에 세 번이나 실패했을 때는 마리에의 마음도 꺾일 뻔했다.

나는 바보야.

그렇게 생각하며 이불 속에서 눈물짓던 나날도 있었다.

친했던 후배가 먼저 합격하자 분해서 아랫입술을 악물었던 적도 있었다.

하지만, 하지만…… 마리에는 마침내 성공했다.

마리에는 현재 도쿄 의대 의학부의 재학생이다. 마리에도 할 수 있었다. 마리에는 바보가 아니었다.

그러니까 이번에도 틀림없이 가능할 것이다.

마리에는 다시 한 번 즐비한 교과서를 보았다.

어릴 때는 흰 가운을 펄럭이며 걷는 부모님의 모습을 동경했다. 환자들에게 감사 인사를 받으며 쑥스럽게 웃던 아버지. 간호사들에게 척척 지시를 내리는 어머니. 작문에 자랑스럽게 그 이야기를 쓰고, 스케치북에는 청진기를 건 두 사람의 얼굴을 그렸다.

꿈꾸던 장소. 그곳은 더 이상 꿈이 아니다. 걸어가면 닿는 곳이다.

가운을 입고 청진기를 든 자신의 모습이 보이는 것 같았다.

"잠깐 뭣 좀 사러 갔다 올게."

마리에는 부엌에 있는 어머니에게 말하고 밤거리로 나왔다.

호주머니에서 지갑이 흔들리며 짤랑짤랑 동전 소리가 났다. 바깥 공기는 아직 조금 쌀쌀했지만 그래서 오히려 상쾌했다.

주택가를 지나 알록달록한 빛이 반짝이는 번화가로 향했다. 노트만 살 생각이었지만 가는 길에 신발 가게도 들렀다 가자.

신입생 환영회 합숙 때 츠쿠바 산을 오른다고 하니 좋은 운동화가 필요했다. 요즘 자주 넘어지는 것은 신발이 맞지 않아서 그런지도 모른다. 세련되지 않아도 좋으니 걷기 쉬운 신발이 있으면 좋을 텐데.

앗. 또…….

길을 가던 도중에 마리에는 얼굴을 찡그렸다.

다리 느낌이 이상했다. 땅기는 것도 아니고 저리지도 않았다. 통증도 없었다. 허벅지 쪽에 근육통 같은 느낌이 조금 있지만 신경이 쓰이는 곳은 거기가 아니었다. 발바닥이다. 발바닥이 따라오지 않았다. 아니, 따라오기는 하는데 반걸음 늦게 오는 것 같다고 할까…….

"시키는 대로 움직여."

마리에는 작은 소리로 중얼거리고 힘을 주며 성큼성큼 걸었다. 바닥을 꾹꾹 밟으며 자신의 몸을 앞으로 보냈다. 그러는 사이에 발은 원래대로 돌아온 듯했다.

역 앞의 대각선 횡단보도는 신호를 기다리는 사람들로 넘쳐났다.

눈앞을 버스와 자동차가 지나다녔다. 신호, 헤드라이트, 깜빡이, 네온사인, 사람들이 들고 있는 휴대폰……. 온갖 빛이 마리에의 뺨을 몇 초 간격으로 알록달록하게 물들였다.

이 역은 이렇게 다양한 빛으로 넘쳐흘렀구나.

예비학교에서 돌아올 때는 알아채지 못했던 색채에 마리에의 마음이 두근거렸다.

보행자용 신호가 파란불로 바뀌었다. 맹인용 전자 멜로디가 흐르기 시작했다. 둑이 터진 것처럼 대각선 횡단보도의 중심을 향해 사람들이 일제히 걸음을 옮겼다. 마리에도 앞으로 나아갔다. 한 걸음, 두 걸음, 세 걸음……. 아무 일 없이 5미터 정도 걸었을 때였다.

어?

마리에는 무심코 아래를 보았다.

왼발이 따라오지 않았다.

발바닥이 지면에 찰싹 달라붙은 것처럼 떨어지지 않았다.

어떻게 된 거지?

오른발로 대신 힘껏 버텼다. 하지만 그 힘도 약했다. 왼발을 들어 올릴 수가 없었다. 필사적으로 몇 번 해봤지만 결과는 똑같았다. 어떻게 된 거야? 다리는 걷는 법을 잊어버린 것처럼 미동도 하지 않았다.

오가는 직장인들이 이상하다는 눈으로 이쪽을 보고는 지나쳐갔다. 뒤에서 방해된다는 듯이 어깨를 흔들며 아줌마가 앞질러 갔다. 사람들의 홍수 속에서 마리에 혼자 한 걸음도 움직이지 못했다. 그 자리에 얼어붙은 것처럼 꼼짝도 못했다.

몸이 떨렸다.

보행자용 신호가 깜빡이기 시작했다. 멜로디가 끝났다.

인파는 파도가 빠져나간 것처럼 양쪽 기슭으로 빨려 들어갔다. 황급히 달려 가로지르는 학생. 건너려다 단념하고 휴대폰을 켜며 멈춰서는 여자. 마리에 혼자 남겨졌다. 오직 혼자만 횡단보도 위에 남겨졌다. 기다려. 아직 내가 있잖아. 내가, 여기 있잖아…….

좌우에서 자동차가 헤드라이트를 비추며 마리에를 노려보고 있었다.

보행자용 신호가 빨간색으로 바뀌었다. 새빨간 빛이 마리에를 비추었다.

등에서 식은땀이 흘렀다.

마리에는 모두의 뒤에 남겨진 채, 아무것도 하지 못했다…….

경적 소리가 울렸다.

"괜찮아요?"

마리에의 손을 잡고 인도로 끌어준 남자가 말했다. 녹초가 된 마리에는 숨을 가다듬고 인사를 하려고 했지만 무서워서 목소리가 나오지 않았다. 필사적으로 고개만 끄덕여 보였다. 바로 뒤의 차도에서는 웅웅거리며 자동차가 달리고 있었다. 날려 오는 먼지가 마리에의 코끝을 간질였다.

"다리에 무슨 문제라도 생겼어요?"

양복을 입은 젊은 남자가 걱정스럽게 마리에를 내려다보았다.

"아, 그……."

마리에는 다리를 움직여보았다. 움직였다. 조금 전에 움직이지 않았던 것이 거짓말처럼 움직였다.

"설 수 있겠어요?"

남자가 손을 내밀었다. 마리에는 그 손을 잡고 몸을 일으켰다. 손바닥이 따뜻했다.

"……괜찮은, 것 같아요. 죄송합니다."

조심스럽게 걸어보았다. 움직였다. 걸을 수 있었다.

"조심하시고요. 그럼 전 갈게요."

남자는 가볍게 인사하고 잰걸음으로 멀어져갔다.

마리에는 그 뒷모습을 보며 얼마 동안 그 자리에 멍하니 서 있었다.

그리고 자신의 발을 만져보았다. 특별히 이상한 곳은 없었다.

하지만 믿을 수 없었다. 스스로를 신용할 수 없었다.

두려워서 더는 대각선 횡단보도를 건널 마음은 생기지 않았다.

멀리 둘러가는 길이기는 했지만 마리에는 인도를 빙 돌아 신발가게로 향했다.

4월 26일

"뭐'? 마리에, 신입생 환영 합숙 안 가?"

"응……, 몸이 좀 안 좋아서. 내 몫까지 재밌게 놀다 와."

"그렇구나. 몸조리 잘하고 푹 쉬어."

케이코의 말에 고맙다고 인사하고 마리에는 전화를 끊었다.

문자가 한 통 와 있었다. 엄마에게서 온 것이었다.

『오늘은 술자리가 있다고 했지? 너무 많이 마시지 않게 조심하렴.』

마리에는 답장을 보냈다.

『알았어. 늦어질지도 몰라. 갔다 올게.』

그리고 가방을 든 손에 힘을 꽉 주고 '호리우치 정형외과'라고 적힌 유리문을 열고 안으로 들어갔다.

6월 17일

"오토야마 선생, 시간 좀 있나?"

신경내과 부장 하야미 토요히코가 불러 세우는 바람에 오토야마는 매점으로 가려던 걸음을 멈추었다.

"네? 무슨 일이세요?"

하야미는 희끗희끗한 수염이 자란 턱을 쓰다듬으며 미안한 듯이 말했다.

"오다야마 의원 소개로 환자가 와 있거든. 일단 내가 받긴 했는데 지금 일이 너무 바빠서 짬을 낼 수가 없으니 이후는 자네가 맡아주지 않겠나?"

"네. 알겠습니다."

"미안하네. 그래도 기뻐하게. 카와스미 마리에라는 젊은 아가씨야."

이를 드러내며 능글맞게 웃는 하야미를 보고 오토야마는 쓴웃음을 지으며 대꾸했다.

"하야미 선생님, 제가 그런 걸로 좋아할 줄 아셨어요?"

"신경내과는 순 노인들밖에 없잖아. 기분도 우중충할 줄 알았지."

"그렇지 않아요."

"자네도 진짜 성실한 친구라니까. 하지만 그 아가씨한테는 조금 사정이 있어."

"네?"

하야미는 농담처럼 말했다.

"도쿄 의대 1학년이래. 자네 후배잖아? 열심히 봐줘."

"네, 틀림없이 받았습니다."

진찰실에서 오토야마는 카와스미 마리에가 내민 소개장을 받아들고 재빨리 열어 내용을 읽어보았다. 맞은편에 앉은 마리에는 그 모습을 조용히 지켜보았다.

"왼쪽 다리에 위화감이 느껴진다고요?"

마리에는 고개를 끄덕였다.

"네. 처음에는 정형외과에 갔었는데 원인 불명이래요. 다른 종합내과에도 가봤지만 거기서는 검사를 충분히 해볼 수 없는 데다 신경 질환일지도 모르니 이쪽으로 가라고 해서……."

그랬구나, 하고 오토야마는 추임새를 넣었다.

"잠깐 무릎을 좀 살펴볼까요? 먼저 왼쪽부터."

늘 하는 익숙한 말을 하며 오토야마는 마리에에게 바지를 걷어 올리게 하고 타진기를 들었다. 마리에에게 잘 보이도록 타진기를 들고 설명했다.

"이건 고무로 된 망치야. 살짝 두드려볼 건데 아프지 않으니까 안심해. 그럼 힘 빼고—."

타진기로 슬개골과 경골 사이를 가볍게 때렸다. 마리에의 다리가 휙 들려 올라갔다.

"음. 마찬가지로 오른쪽도 해볼게."

미소를 잃지 않도록 주의하며 속으로 생각했다.

건반사가 뚜렷하게 강했다. 상위운동신경세포가 문제로군. 이러니 정형외과에서는 대응할 수가 없었겠지.

"그럼 다음은 양말을 벗고 침대에 누워볼까?"

"네."

마리에는 얌전히 시키는 대로 따르며 어색하게 양말을 벗기 시작했다. 조금 긴장한 듯했다. 가볍게 잡담이라도 해야겠다.

"하야미 선생님한데 들었는데 도쿄 의대에 다닌다지?"

"아, 네. 맞아요."

"나도 거기 출신이야."

"와! 정말요?"

마리에의 표정이 조금 누그러졌다.

"좁아서 깜짝 놀랐지? 안뜰이라든가."

"맞아요. 햇볕도 잘 안 들고요."

"맞아. 겨울이면 금방 캄캄해진다니까. 옛날 생각나네."

오토야마는 웃으며 익숙한 동작으로 타진기를 뒤집었다. 고무 망치 반대쪽에는 스푼 손잡이처럼 생긴 쇠로 된 뾰족한 부분이 달려 있다.

"그래도 좋은 대학이야. 학생들끼리 사이도 좋고. 간지러울지도 모르지만 조금 참으렴. 힘 빼고."

오토야마는 뾰족한 부분을 마리에의 발바닥에 대고 슬근슬근 긁었다.

마리에의 엄지발가락이 발등 쪽으로 천천히 굽었고 다른 발가락은 바깥쪽으로 펼쳐졌다.

"좋아, 그럼 오른쪽도 해보자."

오토야마가 말하자 마리에는 오른발을 내밀었다.

"오토야마 선생님, 의학부 공부는 역시 힘든가요?"

"난 힘들었어. 공부는 잘 못했거든."

마리에는 놀란 표정으로 나를 보았다.

"일단 외워야 할 게 너무 많아. 우수한 친구가 둘이나 있어서 간신히 낙제 안 하고 졸업했지만. 한 번 더 똑같은 공부를 하라고 하면 솔직히 자신이 없어. 너도 열심히 해라. 그럼 오른쪽도 긁는다."

마찬가지로 오토야마는 타진기로 발바닥을 긁었다. 주의 깊게 반응을 보고 있는데 마리에가 말했다.

"……그런 얘길 환자 앞에서 분녕하게 하는 선생님은 처음 봤어요."

"응?"

쿡쿡 웃는 소리가 들렸다.

"오토야마 선생님은 재미있는 분이시네요."

"그런가?"

오토야마는 일부러 태평한 목소리로 말하고 마리에를 향해 웃음을 지어 보였다.

하지만 머릿속으로는 필사적으로 생각하고 있었다.

병적 반사의 하나인 바빈스키 반사가 나타났다. 이것은…….

"그럼요. 의사는 다들 근엄하다고 할까, 좀 무섭잖아요? 하지만 오토야마 선생님은 무섭지 않아요. 어쩐지 안심이 돼요."

"하긴, 무서운 선생님들도 있지. 나도 곧잘 무서워서 식은땀이 난다니까. 회의할 때라든가 말이야. 자, 다 됐다. 양말 신어도 돼."

마리에는 재미있다는 듯이 웃었다. 오토야마는 타진기를 책상 위에 올려놓고 전자 차트를 보았다. 마리에가 양말을 신고 의자로 돌아오자 입을 열었다.

"요즘 학교에서 바쁘니?"

"네? 아뇨, 꼭 그렇지는 않은데…… 평범하게 수업은 있어요."

"사실은 정확한 진단을 위해 몇 가지 검사를 더 하고 싶거든. 조금 힘든 검사도 있어서 가능하면 입원 검사를 받았으면 하는데."

"네?"

마리에는 난처한 듯이 얼굴을 찡그렸다.

"얼마나…… 있어야 하는데요?"

"이삼일 정도."

조금 생각한 뒤 마리에는 끄덕였다.

"그 정도라면 괜찮을 거 같아요……."

"고맙구나. 최대한 짧게 할게."

오토야마는 마우스를 움직여 전자 차트 위에 재빠르게 검사 내용을 기입했다.

혈액검사, 뇌척수액검사, 두부 및 척수 MRI, 신경전도검사, 바늘근전도…….

스케줄 상담을 마치고 각각의 검사에 대하여 간단히 마리에게 설명한 뒤 오토야마는 말했다.

"그럼 오늘은 이걸로 끝이야. 수고했어. 다음 검사 때 보자."

"네, 고맙습니다. 오토야마 선생님."

마리에는 일어나 가방을 들고 머리를 꾸벅 숙였다.

진찰실을 나가는 마리에에게 오토야마는 말했다.

"공부 열심히 하렴."

"네!"

기운찬 목소리를 마지막으로 진찰실에는 오토야마 혼자 남겨졌다. 후우 하고 숨을 내쉬었다. 간호사가 "다음 환자분 모실게요" 하고 말했다. 오토야마는 고개를 끄덕이고 책상 위에 놓여 있는 마리에의 소개장을 집어 들고 멍하니 보았다.

거기에는 삭막한 글자가 적혀 있었다.

"근위축성 측삭경화증이 의심됨."

6월 22일

"마리에, 괜찮아?"

입구에서 고개를 빠끔 내민 케이코를 보고 침대 위에 있던 마리에는 놀라서 교과서를 떨어뜨렸다. 그리고 서로 쿡쿡 웃었다.

"또 왔어, 케이코?"

"당연히 와야지. 예비학교 시절부터 함께 험난한 길을 헤쳐 온 동지가 입원하면 걱정스러워서 안정이 안 된단 말이야."

"미안해, 케이코. 걱정 안 해도 돼. 그냥 입원 검사일 뿐이야."

마리에는 교과서에 책갈피를 끼우고 옆에 있는 선반에 놓았다. 거기에는 교과서가 몇 권 놓여 있었다.

"오, 팔팔하구나, 마리에!"

케이코의 뒤에서 남자 목소리가 들렸다.

"어라? 요시다. 그리고 후지이, 혼조…… 다들 와줬구나."

놀란 마리에 앞으로 반 친구들이 몇 명 들어왔다.

"히히. 동지가 한 사람 빠지니까 영 서운해서 말이야. 놀러 왔어. 자, 선물."

까불까불한 후지이가 웃으며 봉투에 든 만화잡지를 내밀었다.

"후지이, 마리에가 정말로 원하는 건 이거야."

머리카락을 뒤에서 묶은 혼조가 후지이를 밀쳐내며 가방에서 종이 뭉치를 꺼냈다.

"자, 마리에. 수업 노트 복사한 거야."

마리에는 눈을 반짝반짝 빛내며 받아들었다.

"와아, 고마워!"

"뭐야, 마리에. 모범생이네. 내 만화책보다 그게 더 좋은 거야?"

"아니야, 미안해. 후지이도 고마워. 하지만 수업 못 따라갈까 봐 진짜 불안했거든……."

마리에는 허둥지둥 후지이의 만화잡지도 받아들었다. 케이코가 웃었다.

"마리에, 너무 걱정하지 마. 괜찮아. 수업은 아직 고등학교 복습 같은 느낌이니까."

"정말? 그래?"

짧은 머리의 요시다가 끄덕였다.

"응. 생물, 물리, 화학. 전체적으로 복습하는 느낌이야. 선배들은 해부 실습이 시작되면 의학부다운 느낌이 난다고 하더라. 그러려면 아직 한참 멀었어."

"그렇구나. 다행이다……."

마리에는 안도의 한숨을 내쉬었다. 처음 출발부터 뒤처지는 것만은 피하고 싶었다.

"걱정하지 않아도 될 거야."

케이코가 선반에 줄지어 있는 교과서를 보며 말했다. 교과서 곳곳에 포스트잇이 붙어 있고, 같이 놓여 있는 노트는 너무 써서 시커멓게 변해 있었다. 옆에는 암기용인지 단어장까지 준비되어 있었다.

"이 정도로 예습한 걸 보면 오히려 우리보다 앞서 있는지도 몰라."

"뭐어?"

마리에는 놀라 이상한 소리를 냈다. 그 소리를 듣고 다 같이 웃었다.

"그럼 이만 갈게, 마리에! 건강하게 학교에서 보자."

친구들은 거의 한 시간 정도 떠들다가 돌아갔다. 친구들의 발소리가 들리지 않게 될 때까지 마리에는 병실 문을 향해 손을 흔들었다.

휴우 하고 한숨을 내쉬었다.

창밖에서 석양빛이 쏟아지며 교과서와 노트 복사본, 그리고 만화잡지를 눈부시게 비추었다.

갑자기 조용해졌다.

친구들과 함께 있으면 순식간에 학교와 똑같아진다. 그래도 기뻤다. 다들 공부며 서클 활동으로 바쁠 텐데 일부러 멀리까지 와주었다.

나도 빨리 돌아가야지.

이런 곳에서 시간 낭비하고 있을 여유는 없어.

마리에는 침대 테이블을 당겨 친구가 준 노트 복사본을 펼쳤다. 내용을 훑어보며 빨간 펜으로 중요한 부분에 선을 그었다.

안도감이 마음속으로 퍼져가는 것을 느꼈다. 혼조가 말한 대로 아직 수업은 전문적인 부분까지 들어가지는 않았다.

괜찮아. 따라갈 수 있어.

하지만 방심은 금물이야. 꼼꼼하게 예습과 복습을 하자. 삼수나 한 내가 다른 사람들보다 부족한 건 잘 알고 있어. 그러니까 그만큼 더 노력해야 해.

문득 보니 휴대폰에 문자가 도착해 있었다. 열어보자 요시다가 보낸 것이었다.

"오늘 고생 많았다. 건강해보여서 안심했어. 예습하려면 힘들겠지만 우리도 도울 테니까 힘내! 퇴원하면 같이 놀러 가자. 놀이공원 어때? 생각해봐."

직접 문자를 보내온 사람은 요시다뿐이었다. 마리에는 그의 모습을 떠올렸다. 오뚝한 콧날. 성실해 보이는 눈. 새카맣고 짧은 머리카락.

놀러 가자니……. 단둘이, 가자는 의미일까.

마리에는 얼마 동안 고민했다. 중간부터 갑자기 부끄러워져서 빨개진 뺨을 톡톡 두드렸다.

놀이공원, 요시다랑 같이 가고 싶다.

옆 침대에서는 작게 야구 중계가 들려왔다. 이어폰에서 새어나오는 소리 같았다. 마리에는 펜을 사각사각 움직이며 하던 공부를 계속했다.

6월 24일

오토야마는 카와스미 마리에의 하얀 다리에 바늘을 꽂았다.

마리에는 눈을 감고 이를 악물며 가볍게 떨었다.

바늘근전도 검사.

근육에 직접 바늘을 꽂아 전류를 흘려보낸다. 그럼으로써 신경의 상태를 살펴본다.

"자, 힘 줘봐."

오토야마는 되도록 부드러운 목소리로 말했다. 마리에는 얼굴을 찡그리면서도 시키는 대로 했다. 오토야마는 기기를 조작하며 바늘의 위치를 신중하게 조절했다.

"힘 빼고. 오케이. 그럼 한 번 더 힘주고."

바늘을 찔러 넣는 것이니 그때마다 환자에게 얼마간의 통증을 주게 된다. 고통을 최소한으로 줄여주고 싶은 마음은 당연히 있었다. 하지만 그럼에도 오토야마는 몇 번이나 확인하지 않을 수 없었다.

"윽!"

마리에가 신음했다.

"아, 미안해! 아팠니?"

"괜찮아요."

"그래? 미안하구나. 거의 다 했으니까 한 번만 더 해보자. 그럼 힘주고―."

눈앞의 화면에 표시되는 그래프는 크게 물결치는가 싶다가도 갑자기 평탄해졌다. 그리고 또다시 물결쳤다. 특징적인 그 파형.

신경에 원인이 있는 것은 틀림이 없었다.

이마에 땀이 흐를 것 같아 오토야마는 대수롭지 않은 척하며 몰래 닦았다.

카와스미 마리에는 통증을 꾹 참고 있었다. 인내심이 강한 아이였다. 바늘을 한 번 꽂은 것만으로도 길길이 성을 내는 바람에 어르고 달래가며 간신히 검사해야 하는 사람도 있거늘.

오토야마는 숨을 내쉬고 전극을 뺐냈다.

"이걸로 검사는 끝났어. 힘들지? 미안하다."

오토야마는 웃으며 마리에에게 말했다.

마리에는 표정을 부드럽게 풀며 미소 지었다.

"감사합니다. 저기, 결과는······."

오토야마는 여전히 입꼬리를 끌어올린 상태로 말했다.

"모든 검사 결과를 종합해 본 뒤에 확정 진단을 내릴게. 그렇지, 내일 오후에 시간 있니?"

미소가 무너지면 안 된다. 절대 안 된다.

"네. 잘 부탁드려요, 오토야마 선생님."

마리에가 조심스럽게 머리를 숙였다. 입꼬리에 경련이 일 것만 같아서 오토야마는 간신히 말했다.

"만일을 위해 가족도 같이 듣는 게 좋을 것 같은데. 연락해 둘래?"

검사실 뒷문으로 나와 오토야마는 직원용 화장실로 달려갔다.

그리고 수도꼭지를 틀어 냉수를 손바닥으로 퍼 올려 얼굴에 철벅철벅 뿌렸다.

숨이 거칠고, 뜨거웠다.

검사 결과 하나로 이런 기분이 든 적은 처음이었다. 수련의 시절에도 없었고, 죽음에 익숙해지고 있는 요즘 들어서는 상상도 하지 못한 일이었다. 카와스미 마리에라는 환자에게 지나치게 이입한 것일까.

같은 의대 후배라서 그런지도 모른다. 아무래도 옛날의 자신과 겹쳐보게 된다. 줄곧 꿈꿔오던 의사의 세계로 들어갈 수 있는 표를 손에 넣어 어쩐지 무서운 것도 없고, 하지만 불안도 안고 있었던 젊은 시절의 자신. 어느 틈엔가 잃어버린 자신.

그런 자신과 십여 년의 세월이 지나 다시 상대하는 느낌이었다.

안 돼. 이번에는 마음이 흔들리고 말겠어…….

얼굴을 손수건으로 닦았다.

머리가 조금 식었다.

거울을 보고 아무렇지 않은 표정을 지으며 두세 번 웃어 보았다. 좋아. 그러고 나서 문을 열고 복도로 나와 걸음을 옮겼다.

"아…….".

"오토야마 선생님…….".

카와스미 마리에가 바로 눈앞의 벤치에 앉아 있었다. 마주치고 말았다.

허를 찔리는 바람에 오토야마는 목소리가 나오지 않았다. 먼저 인사한 사람은 마리에였다.

"안녕하세요, 선생님? 조금 전에는 감사했어요."

"아니야. 고생 많았어. 천천히 쉬어."

오토야마는 필사적으로 웃으며 온화한 목소리를 만들었다. 얼굴이 딱딱하게 굳어 있는 것을 스스로도 알 수 있었다. 평소라면 당연하게 할 수 있는 일이 잘 되지 않았다.

마리에가 웃었다.

"너무 그렇게 놀라지 마세요. 선생님은 언제나 다정하시네요."

"뭐? 내가 다정하다고?"

"네. 전 금방 불안해지는 성격이거든요. 하지만 오토야마 선생님은 언제나 다정하게 웃어주세요. 환자가 불안해하지 않도록 신경 써주고 계신다는 걸 알 수 있어요."

"……그, 그런가?"

그것은 미소라는 안일하고 무난한 가면을 누구에게나 보이고 있을 뿐이라고 생각했다.

"그럼요. 정말 감사해요."

"고맙다, 카와스미."

오토야마는 인사를 하고 어느 틈에 자신이 맨얼굴로 마리에를 대하고 있다는 것을 깨달았다.

"아, 아니, 그……."

필사적으로 웃는 얼굴을 만들었다. 하지만 마리에는 신경 쓰는 기색도 없이 계속했다.

"오토야마 선생님, 전 나중에 오토야마 선생님 같은 의사가 되고 싶어요."

마리에는 머리를 꾸벅 숙였다. 오토야마는 아무 말도 해줄 수가 없었다. 그저 가만히 서서 주먹 쥔 손을 떨며……, 마리에의 모습을 보고 있었다. 불안스러운 걸음걸이로 자기 병실로 돌아가는 그 뒷모습을 보고만 있었다.

6월 25일

"주치의 선생님은 어때? 믿을 수 있는 사람이야?"

어머니가 도수 높은 안경 너머에서 마리에를 똑바로 보며 물었다.

"다정하고 좋은 사람이야."

"그래?"

뭐, 내가 직접 판단하면 돼. 그런 분위기의 '그래?'였다. 마리에는 아무런 느낌도 들지 않았다. 학원 선생님이나 가정교사를 상대로도 어머니는 똑같은 태도를 보였다.

마리에를 낳은 뒤로는 사실상 은퇴한 어머니도 옛날에는 외과 의로서 척척 환자들을 수술했다고 한다. 어머니가 우수한 사람임에는 틀림이 없다. 어딘가 다른 사람을 깔보는 태도도 거기서 비롯되었을 것이다.

면담실 안에 째깍째깍 시계 초침이 움직이는 소리가 울렸다. 어머니는 하얀 책상 위에 있는 작은 먼지를 손가락 끝으로 훑고 불쾌한 듯이 눈썹을 찡그리며 바닥으로 떨어뜨렸다.

마리에가 멋대로 병원에 간 것이 마음에 들지 않는 것이다. 왜 아버지한테 먼저 이야기하지 않았느냐고 묻고 싶어 하는 기색이 역력했다.

내과 개업의인 아버지와 그 병원의 경영 보좌를 맡고 있는 어머니. 마리에는 두 사람과 얼마나 거리를 두어야 할지 여전히 갈피를 잡지 못하고 있었다. 어릴 때처럼 어리광을 부릴 수도 없고, 그렇다고 뛰어넘기에는 너무나도 우수한 두 사람이다.

어떻게 대해야 좋을지 모르는 것은 부모님도 마찬가지라고 생각한다.

두 사람은 단번에 합격한 의대에 세 번이나 떨어진 딸. 어떻게 대해야 좋을지 몰라 곤란해하는 것 같다고 마리에는 느꼈다.

애정은 있을 것이다. 그 증거로 어머니는 아무 말도 하지 않고 이렇게 따라와 주었다. 옆에서 같이 확진을 들어준다.

두 사람은 너무 우수한 나머지, 잘 못하는 사람의 마음을 이해하지 못하는 것뿐이다.

마리에는 그렇게 생각했다.

"오래 기다리셨습니다."

문이 열리고 가운을 입은 오토야마 하루오가 들어왔다. 여전히 통통한 몸을 흔들며 사근사근하게 웃고 있었다. 그 얼굴을 보기만 해도 마리에는 마음이 편안해졌다.

우수하지 않아도 좋다. 강하지 않아도 좋다. 망설임이 있어도 좋다.

오토야마 선생님처럼 다정하고 환자를 안심하게 만들어주는 의사.

그것이 내가 되고 싶은 의사다.

아빠나 엄마와도 다르다. 그것이 나만이 될 수 있는 의사다.

오토야마가 마리에와 어머니 앞에 앉는 것을 보며 마리에는 생각했다.

"ALS(근위축성 측삭경화증)라고요……?"

마리에의 옆에 앉아 있는 어머니가 굳은 목소리로 말했다. 핏기가 사라진 창백한 얼굴로 오토야마를 노려보고 있었다.

"그렇습니다."

오토야마는 되도록 담담하게 설명했다. 평소와 다름없이 할 뿐이다. 냉정하게, 냉정하게……. 그렇게 스스로를 타이르며.

"바늘근전도는 했어요? 결과는 어떻게 나왔죠?"

몸을 앞으로 내미는 어머니를 보고 오토야마는 짐작했다. 이 사람은 의료 관계자인 듯하다. 전문적인 설명을 요구하고 있다. 오토야마는 검사 결과를 가리켰다.

"여기 있습니다. 신경원성 변화가 분명히 확인됩니다."

"……."

어머니의 입술이 보랏빛으로 변하며 바르르 떨렸다.

당황하는 마리에를 똑바로 보고 오토야마는 경어로 설명을 시작했다.

"마리에 학생의 병은, 역시 신경 관련 질환이었습니다. 운동신경세포가 서서히 퇴행되는 원인 불명의 병입니다."

마리에는 그 가느다란 몸에서 작은 목소리를 내어 물었다.

"원인 불명이라고요……?"

"네. 안타깝지만 현재로서는 치료법이 없습니다."

"네? 그럼 나는…….."

오토야마는 옆에서 몇 권의 소책자를 꺼냈다. 'ALS 매뉴얼'. 'ALS와 함께 살아가기'. 모두 확정 진단을 받은 환자에게 주게 되어 있는 책자다.

"이 병에 걸리면 사람마다 진행 속도는 차이가 있지만 조금씩 근력이 쇠약해져갑니다. 팔다리가 가늘어지고 여위어 움직이기 어려워집니다."

마리에는 눈과 입을 멍하니 벌리고 오토야마의 말을 그저 듣고만 있었다.

"혀와 인후의 근육도 약해집니다. 그래서 말하기가 어려워지거나 목이 메고 음식물을 삼키기 힘들어집니다."

괴로웠다.

설명하는 것이 고통스러웠다.

그래도 오토야마는 필사적으로 계속했다. 되도록 평정심을 유지하며 말을 이었다.

"걷거나 움직이지 못하게 되고 나중에는 몸을 일으킬 수조차 없게 됩니다. 화장실에 가는 것도 힘들기 때문에 간병인이 필요해집니다. 식사도 할 수 없게 됩니다. 수저를 들지 못하고 씹어서 삼킬 수 없으므로 경우에 따라서는 경관영양이라고 해서 튜브로 음식물을 섭취해야 합니다."

"튜브요……?"

"네. 그리고 나중에는 호흡을 할 수 없게 됩니다. 그렇게 되면 인공호흡기 없이는 숨을 쉬지 못합니다."

마리에는 얼이 빠진 얼굴로 오토야마에게 물었다.

"그건……."

"네."

"그건, 얼마 만에 그렇게 되나요?"

"사람에 따라 다르지만……."

오토야마는 그렇게 운을 떼고, 말했다.

"3년에서 5년 사이에 환자의 절반가량이 호흡기 마비로 사망합니다."

6월 26일

마리에는 자기 방에 있었다.

전깃불을 끄고 침대 위에서 무릎을 끌어안고 앉아 있었다.

아래층에서는 부모님의 목소리가 들렸다. 이야기를 나누고 있었다. 마리에에게 들리지 않도록 목소리를 낮추고 있다는 것도 알 수 있었다.

몸이 떨렸다.

ALS.

마리에의 근육은 지금 서서히 소실되어가고 있다.

원인은 모른다. 치료법도 없다.

손을 천천히 들어 올려보았다. 아직은 당연하다는 듯이 움직였다. 하지만 언젠가는 움직이지 않게 된다.

팔이 움직이지 않게 된다. 손가락이 움직이지 않게 된다. 다리가 움직이지 않게 된다. 걷지 못하고 일어서지도 못하고 침대에 누운 채로 어디에도 가지 못한다. 밥도 먹지 못한다. 얼굴을 닦지도 못한다. 조금 가려운 곳을 긁을 수도 없다.

화장실에 갈 때도 누군가의 도움을 받아야 한다. 누군가라니 누구? 엄마나 아빠? 아니면 간병인에게……? 마치 아기처럼 하반신을 전부 드러내놓고 엉덩이를 닦아주기를 기다려야 한다.

언어도 빼앗긴다. 말하지도 못하고 웃지도 못한다. 당연히 울수도 없다.

하지만 오감은 마지막 순간까지 정상적으로 기능한다고 한다.

파리가 내 쪽으로 날아오는 것이 보여도 쫓아내지 못한다. 목소리가 들려도 말할 수 없다. 흐물흐물한 유동식의 맛은 분명히 느끼고, 기저귀에 일을 보면 그 냄새가 코를 찌른다. 다른 사람이 만지면 그것은 인식하지만 내가 만질 수는 없다.

정신만 감옥에 갇힌 것처럼 바깥 세상에 간섭하는 능력이 사라진다. 단지 받기만 하는 존재가 된다.

호흡이 불가능해지면 인공호흡기로 폐에 공기를 억지로 집어넣어야 한다. 인공호흡기는 한번 달면 다시는 뗄 수 없다. 인공호흡기를 떼는 것은 죽음을 의미하고, 다른 사람이 떼면 살인죄에 해당된다.

그런 식으로 자꾸자꾸 몸에 튜브를 달게 된다.

산소를 튜브로 공급하고 음식물을 튜브로 주입하고 대소변을 튜브로 배출한다. 마리에의 몸은 튜브에 연결된 채 살아간다.

그것이 싫으면 죽는 수밖에 없다.

다른 방법은 없다.

온몸에 튜브를 다느냐, 아니면 죽느냐. 선택은 단 두 가지뿐이다.

"……말도 안 돼."

마리에는 혼잣말을 중얼거렸다.

눈물이 말라붙은 흔적이 팽팽하게 땅겼다.

"마치 거짓말 같아."

고개를 들자 공부 책상이 눈에 들어왔다. 책상 위에는 노트가 있었다. 단어장이 있었다. 조직학, 병리학, 해부학, 약리학, 면역학……. 교과서가 나란히 있었다. 산 지 얼마 되지 않아 반들반들한 교과서. 곳곳에 붙어 있는 포스트잇.

벽에는 합격했을 때의 수험표가 압정으로 고정되어 붙어 있었다.

그것들을 보고 있으니 가슴이 옥죄이는 것 같았다. 얼굴이 일그러졌다.

"난…….”

난 의사가 될 수 없어.

"난……!”

목구멍이 떨렸다. 또다시 눈물이 쏟아졌다.

3년에서 5년 사이에 절반이 죽는다고? 힘들게 들어온 의대를 졸업도 못 하는 거야?

"난……."

나는 죽는다.

마리에는 오열했다. 온 힘을 다해 울부짖고 싶었다. 하지만 쏟아지는 눈물과 부르르 떨리는 목이 그러기를 거부했다. 마리에는 흐느껴 울며 천천히 책상으로 다가갔다.

이딴 건.

교과서를 집어 들었다. 갑자기 의미를 잃어버린 그것을 박박 찢어 던져버리고 싶었다. 가지런히 꽂혀 있는 참고서를 짓밟고 크게 비웃어주고 싶었다.

하지만 그러지 못했다.

손이 떨리고 몸에서 힘이 빠져나갔다.

마리에는 교과서를 든 채 그 자리에 주저앉았다.

어제까지의 자신의 모습이 선명하게 떠올랐다. 죽을힘을 다해 공부했다. 날마다 암기하고 노트에 받아 적고 교과서를 읽었다. 가운을 입은 자신을 상상했다. 환자를 살리는 자신을 상상했다. 아빠, 엄마와 같이 의학 이야기를 하는 자신을 상상했다. 오토야마 선생님 같은 의사가 되고 싶다고 말했다.

우스꽝스러웠다. 그런 자신이 너무나 우스웠다.

우스꽝스러우니 웃어버리면 편할 텐데.

그러지 못했다. 증오스러운 교과서를 끌어안고 이를 악물고 마리에는 눈을 감고 소리도 없이 흐느꼈다.

얼마나 그러고 있었을까.

눈물샘이 말라붙어서 멍하니 바닥만 바라보고 있는데 문득 어둠 속에서 휴대폰이 반짝거렸다. 벨소리로 케이코가 보낸 문자임을 알았다.

멍하니 휴대폰을 들어 화면을 보았다.

「마리에, 내일은 학교 오지? 저녁에 타치바나 선배랑 같이 미팅 안 할래?」

손가락이 떨렸다.

머릿속이 혼란스러웠다.

꿈을 꾸고 있는 것 같았다. 꿈이기는 한데, 오늘 일어난 일과 케이코가 보내고 있는 일상 중 어느 쪽이 꿈인지 알 수가 없었다.

마리에는 거의 무의식적으로 답신을 보냈다.

「얘기해줘서 고마워! 나도 가고 싶어」

마지막에 웃는 이모티콘을 넣어 문자를 보내고 휴대폰을 바닥에 내팽개쳤다. 그리고 머리를 감싸 안고 책장과 책상 사이에 웅크리고 앉아 언제까지나 그 자리에서 움직이지 않았다.

이튿날, 마리에는 학교에 가지 않았다.

케이코에게서 몇 번이나 연락이 왔지만 휴대폰을 손에 드는 것조차 하지 않았다.

6월 28일

한밤중의 어둠 사이로 비가 추적추적 내렸다. 무언가의 발소리처럼, 혹은 기묘한 악기처럼. 오토야마 하루오는 직원용 출입구에서 시치주지 병원 안으로 들어가 상야등만 켜져 있는 복도를 지나 제2의국으로 향했다.

"키리코, 안에 있어?"

노크를 했지만 대답이 없었다. 문을 열어보니 비좁은 실내에는 아무도 없었다. 상자 위에 의학서가 한 권 펼쳐져 있을 뿐이었다. 그리고 그 옆에 키리코의 갈색 가방이 아무렇게나 던져져 있었다.

"병원 안에는 있구나. 그렇다면 샤워하러 갔나?"

오토야마는 3층으로 올라가 직원 전용 공간으로 들어갔다. 수면실에서는 당직을 서는 젊은 의사가 자고 있었다. 남자 샤워실에서 샤워를 하는 소리가 들렸다. 오토야마는 가볍게 노크하고 문을 열었다. 수증기가 빠져나왔다.

"키리코……. 뭐 해?"

오토야마는 무심코 물어보았다.

눈앞에서는 키리코가 지금 말 그대로 머리부터 샤워기에서 쏟아지는 물줄기를 맞고 있었다. 머리카락은 이마에 찰싹 달라붙어 있고 온몸이 흠뻑 젖어 있었다.

"오토야마……."

키리코가 멍하니 입을 벌리고 샤워기를 잠그며 친구의 얼굴을 올려다보았다.

"샤워하지."

"그건 알겠는데, 왜 옷을 입고 있는 거야?"

가운, 셔츠, 바지, 양말. 키리코는 그것들을 몸에 두른 채였다.

의류는 물을 잔뜩 먹어 어지럽게 주름을 만들며 묵직하게 키리코
의 몸에서 축 늘어져 있었다.

"당직이 아니라도 내가 곧잘 병원에서 자는 건 잘 알잖아?"

대수로울 것 없다는 듯이 키리코는 비누를 집어 손바닥 안에서
거품을 내더니 옷에 바르기 시작했다.

"그래……. 그건 알지. 그래서?"

오토야마는 여전히 얼빠진 얼굴로 서 있었다. 키리코는 거품
범벅이 된 가운을 벗어 욕조에 넣고 싹싹 문질러 빨기 시작했다.

"그러니까 이렇게 같이 옷도 빨아버리면 일이 줄잖아."

무슨 말을 하는 거야. 오토야마는 기운이 쭉 빠져서인지 제대
로 반론도 떠오르지 않았다.

"그건 그럴지도 모르지만……, 아무튼 좋을 대로 해라."

"조금 기다려주겠어? 금방 나갈 테니까. 아니면 너도 같이 씻
을래?"

"아니……, 기다릴게."

변함없이 이상한 친구다. 오토야마는 욕실에서 나와 문을 등지
고 한숨을 푸욱 내쉬었다.

키리코는 제2의국으로 돌아오자 안고 있던 상자를 바닥에 놓
았다. 안에서 젖은 옷가지를 꺼내어 던지다시피 하며 빨랫줄에
널었다. 그 모습을 보며 오토야마는 심심한 듯이 고개를 숙였다.

"오토야마, 무슨 일이야? 이런 시간에."

키리코가 묻자 오토야마는 고개를 들었다.

"상담하고 싶은 게 있어."

"상담? 환자 문제야?"

"그래. 키리코……. 우리도 벌써 도쿄 의대를 졸업한 지 6년 이야."

"그렇군. 대학교에 다니던 때와 똑같은 시간이 흘렀구나."

키리코는 머그컵 두 개를 상자 위에 내려놓고 보온병에서 물을 따랐다. 두 사람 사이에서 김이 피어올랐다.

"그리워. 바로 어제 일처럼 기억이 생생해. 아침까지 술 마시고…… 배낭여행도 갔었지. 스터디 합숙도 하고."

"난 시험 때의 기억이 많아. 오토야마, 네가 미생물학 재시험에 걸려서 공부를 도와준 적도 있었지. 넌 암기가 약했어."

"내가 볼 땐 너희가 지나치게 잘하는 거야. 미생물만이 아니야. 병리에서도 같은 일이 있었지."

키리코는 인스턴트라 미안하다며 커피를 내밀었다. 커피는 오토야마의 것뿐이고, 자신은 맹물을 마셨다.

"있지……. 키리코."

"응?"

"우리가 1학년일 때 말이야. 의대에 갓 합격했을 때. 후쿠하라랑 키리코랑 나랑 만난 지 얼마 안 됐을 때…… 기억나?"

"그래."

"그때 ALS라는 진단을 받으면 어떡할래?"

피어오르는 김 너머에서 키리코의 표정이 살짝 긴장했다. 키리코는 소리도 없이 물을 홀짝이며 가볍게 숨을 내쉬고 대답했다.

"……참고로 진행 속도는?"

"상당히 빨라. 일 년 안에 호흡 장애가 나타나도 이상하지 않을 정도야."

"꽤 빠르군."

"드문 사례지만 그 조건으로 생각해봐."

고개를 끄덕이고 키리코는 나직이 말했다.

"그렇다면 난 학교를 그만둘 거야."

"어째서?"

"남은 시간을 효과적으로 쓰기 위해서야."

키리코는 담담하게 대답하고 물을 한 컵 더 따랐다.

"선뜻 결정하는구나."

"그래? 더 생각해 봐야 상황이 호전되는 건 아니잖아……. ALS라면 의사가 되는 건 무리야. 아니, 설령 되었다고 하더라도 제대로 일을 할 수가 없어. 의학부에 남아 있어봐야 돈과 시간 낭비일 뿐이야. 더 솔직하게 말하면 의대생이라는 위치를 건강하고 장래가 유망한 다른 사람한테 양보하는 편이 나아."

그 초연한 옆얼굴을 보고 무심코 오토야마는 얼굴을 찡그렸다.

"냉정하네. 그렇게까지 말할 필요는 없잖아."

"어디까지나 나라면 그렇다는 얘기야. 네 환자한테 그렇게 하라는 게 아니야."

"……그랬지. 미안하다. 좀 헷갈렸어."

오토야마는 고개를 숙였다. 기분 탓인지 커피가 무척 썼다.

"희망이 없구나."

오토야마는 불쑥 중얼거렸다. 커피의 수면이 흔들렸다.

"환자의 희망은 단 하나, 낫는 것뿐이야. 하지만 ALS는 치료법이 없어. 그 시점에서 이미 희망은 사라졌다고 봐야지."

"……넌 환자들한테도 곧잘 말한다지? 차라리 죽음을 받아들이면 편해진다고 말이야."

"틀린 말은 아니잖아? 낫는다는 희망을 버려야 해. 포기하면 돼. 낫지 않는다고."

"포기한다고? 어떻게 하면 포기할 수 있다는 거야?"

"말도 안 되는 병에 걸렸다고 생각하니까 맞서고 싶어지는 거야. 그러지 말고 그것이 자신의 개성이라고 생각을 전환하면 돼. 가지고 태어난 얼굴을 이제 와서 바꿀 수 없고, 태어난 시점에서 아이돌이 될 사람과 그렇지 않은 사람이 불합리하게 구분되어 있는 것과 마찬가지로…… 자신은 ALS라는 얼굴을 받은 것이라고 받아들여야지. 그러면 그런 자신이 무엇을 할 수 있는지를 생각할 수 있어. 아이돌이 되지 못하더라도 다른 길은 얼마든지 있어. 이루지 못하는 희망을 버릴 때 새로운 희망을 찾아낼 준비가 갖춰지는 거야."

"하지만 그런 건 너무 가혹해."

오토야마는 카와스미 마리에의 꿈에 부푼 얼굴을 떠올렸다.

"그럴지도 몰라. 하지만 오토야마, 이룰 수 없는 희망을 계속 눈앞에 들이미는 행위는 가혹하지 않을까?"

키리코가 오토야마를 보았다. 오토야마는 아무 대답도 하지 못했다.

"……어차피 포기해야 한다면 되도록 빨리 포기하는 게 나아.

남은 시간이 얼마 안 된다면 더욱 그래. 그렇게 해서 충만한 마지막을 맞이하면 좋겠어."

키리코가 뜨거운 물을 한 모금 홀짝였다. 조용한 방 안에서 그 소리가 무척 크게 들렸다.

"이치상으로는 그렇지만……."

키리코의 주장은 충분히 이해한다. 그것이 그가 나름대로 환자를 배려한 끝에 나온 결론이라는 것도 안다. 하지만 그래도 오토야마는 순순히 고개를 끄덕일 수가 없었다. 무언가가 마음속에 걸렸지만 그것이 무엇인지 몰라 오토야마는 고민하고 있었다.

"오토야마. 네가 못 하겠으면 내가 할까?"

"뭐?"

키리코는 싸늘한 눈빛으로 말했다.

"그 환자와 면담해서 환자가 바란다면…… 희망을 끊어줄게. 난 수도 없이 해온 일이야. 넌 나한테 넘겨주기만 하면 돼."

"그, 그건."

"걱정되는 부분이라도 있어? 불안하면 동석해도 괜찮아. 난 너 대신……."

"미안해, 키리코. 그러진 말아줘."

오토야마는 부드러운 말투로, 하지만 단호하게 거부했다.

"이번 환자는 내가 마지막까지 맡고 싶어."

키리코가 신기하다는 듯이 오토야마의 얼굴색을 살폈다. 무리도 아니다. 이런 말을 하다니 스스로도 낯설다.

"네가 그런 면담을 잘 하는 건 나도 알아. 너보다 더 잘, 환자의 고통을 없애줄 방법이 떠오르는 것도 아니야…….”

오토야마는 조용조용하게 말했다.

“오토야마. 그렇다면 더더욱 내가 하는 편이 낫지 않을까?”

“하지만 내가 하고 싶어. 나 스스로를 위해서라도.”

“오토야마…….”

그래야 한다는 생각만은 마음속에 분명히 자리 잡고 있었다.

공사를 구분하지 못하는 것인지도 모른다. 그래도 오토야마는 카와스미 마리에라는 환자로부터 달아나서는 안 된다고 강하게 생각했다. 마치 옛날의 자기를 보는 듯한 환자니까. 그리고 오토야마와 같은 의사가 되고 싶다고 말해준 후배니까.

키리코도 후쿠하라도 아니고 오토야마라는 의사만이 해줄 수 있는 일……. 그것이 무엇인지 찾아내야 한다고 생각했기 때문이다.

그러므로 오토야마는 카와스미 마리에의 불치병과 정면으로 마주해야 한다. 여기서 달아나면…… 사람들의 죽음에 마비되어 있는 자신으로 다시 되돌아가고 만다.

오토야마는 무릎 위에 놓인 자신의 주먹을 움켜쥐고 말했다.

“키리코, 상담해줘서 고맙다. 참고가 됐어.”

“그래? 그럼 다행이지만.”

조금 걱정스러운지 키리코가 덧붙였다.

“오토야마……, 너무 무리하진 마.”

“그래.”

오토야마는 일어섰다. 그리고 키리코에게 웃어 보이고 한 번 더 인사를 했다.

"고맙다, 키리코. 너도 너무 열심히 하지 마."

6월 30일

이케부쿠로의 외곽, 절 옆에 한적하게 자리 잡고 있는 꼬치튀김 가게.

약속한 시간에 늦어 황급히 가게 안으로 들어온 오토야마를 보고 후쿠하라가 손을 들어 보였다.

"여기야, 먼저 시작했어."

테이블 위에 놓인 원통형의 꼬치 모으는 통에 꽂혀 있는 꼬치의 수를 보니, 후쿠하라가 꽤 오래 전부터 와 있었다는 사실을 알 수 있었다.

"늦어서 미안하다."

"신경 쓰지 마."

후쿠하라는 사케를 홀짝 마시고 기분 좋게 웃었다. 의사에게는 급한 용무가 당연히 따르기 마련이라 회식 때도 삼삼오오로 모이는 일이 드물지 않다.

"이 집 재밌네. 창작 꼬치튀김집이구나."

후쿠하라가 빙어알 곤약 꼬치튀김을 씹을 때마다 입에서 꼬득꼬득 소리가 났다.

"가끔은 병원 근처가 아닌 술집도 괜찮을 것 같아서."

"그러게. 기분 전환도 되고 좋네. 난 늘 다니는 가게밖에 안 가거든."

사실은 병원 관계자들과 마주치고 싶지 않아서 이곳에서 보자고 했지만 그 말은 하지 않았다. 오토야마는 후쿠하라의 옆에 앉아 맥주를 주문했다. 그리고 푸아그라, 갯장어, 전갱이 꼬치튀김을 두 개씩 주문했다.

"책 읽으면서 기다렸던 거야?"

"응? 그렇지."

후쿠하라는 들고 있던 잡지를 덮고 오토야마에게 표지를 보여주었다. 알록달록하고 평면적인 미소녀들이 로봇 앞에서 포즈를 취하고 있었다.

"애니메이션 잡지야……? 후쿠하라가 애니메이션을 좋아했던가?"

"아니, 지금 담당하고 있는 암 환자의 취미야. 애니메이션 오타쿠거든."

"그래서 공부하는 중이구나."

"맞아. 그 환자는 이미 한 시간짜리 애니메이션을 볼 체력도 없거든. 그래서 내가 대신 보고 줄거리나 다음 화 예고를 설명해주고 있어. 그게 환자가 살아가는 보람이 됐어."

후쿠하라가 말하며 잡지를 가방에 넣었다.

"후쿠하라답네."

"그래? 이게 강심제보다도 훨씬 잘 듣거든. 언젠가 이 애니메이션을 자기 눈으로 직접 보겠다며 힘내고 있어. 그렇다면 나도 이 정도는 해줘야지."

의외로 보다 보면 재밌어, 하고 후쿠하라는 말하며 점원이 가지고 온 맥주병을 받아들었다. 오토야마의 유리잔에 노란 액체를 따라주었다. 어렴풋한 탄산 소리와 함께 하얀 거품이 터졌다.

"불러내서 나오긴 했는데 와보니 또 키리코가 있더라 하는 패턴일까 하고 의심했는데 다행이야."

"오늘은 우리끼리 이야기하고 싶어서."

"뭔데? 새삼스럽게 정색을 하고."

"그게……."

오토야마는 맥주를 한 모금 마셨다. 그러고는 며칠 전에 키리코에게 물어봤던 질문을 한 번 더 되풀이했다.

"의대에 들어가자마자 ALS라……."

후쿠하라는 갯장어와 양하 꼬치튀김을 씹으며 말했다. 오토야마도 같은 것을 집어 들었다. 씹을 때마다 아삭아삭 소리가 나는 양하의 싱그러운 맛이 갯장어의 진하고 입에 착착 감기는 감칠맛과 잘 어울렸다.

"보통 심각한 상황이 아니구나."

"후쿠하라라면 어떻게 하겠어?"

"나라면? 딱히 아무것도 하지 않을 거야."

"아무것도 안 한다고……?"

"투병하면서 공부를 계속할 거야. 어떤 방법을 써서라도 의사가 될 거야. 그렇지. 달라진다면 소속 과 정도일까. 외과가 아니라 신경내과를 지망할지도 몰라. 내가 ALS에 걸렸으니 누구보다도 ALS 환자를 잘 이해할 수 있을 거야. 환자의 눈높이에서 치료할 수 있어."

쌈박하게 말하는 후쿠하라를 보고 오토야마는 놀랐다.

"ALS인 채로 임상의가 될 생각이야?"

"당연하지. 임상의는 도저히 힘들다면 ALS 전문 연구의도 괜찮아. 자기 몸을 사용해 실험할 수 있으니까. 누구보다도 유리한 조건으로 연구할 수 있는 기회야. 물론 가능하다면 임상의가 좋지만."

"얼마나 험난한 길인지 알고 있는 거야? 그보다 의대를 졸업할 수는 있고? ALS라면 해부 실습은 어려워. 병원 실습도 몸이 버텨내지 못할 텐데."

"어렵다고 해서 그게 앞으로 나아가지 않는 이유가 되진 않아. 어떻게든 해야지. 학교와 담판을 짓고 병원과 담판을 짓고. 아니면 국가와 담판을 지어도 돼. 현행 제도와 법률이 방해한다면 바꾸면 그만이야."

"하지만 ALS에 걸린 의사라니, 전례가……."

"전례? 무슨 소리야? 길이 없어도 헤치고 앞으로 나아가면 그만이야. 그러면 그게 길이 되는 거야. 오토야마……. 너무 나약하게 생각하는 거 아냐?"

들고 있는 카망베르 치즈와 나마후* 꼬치튀김을 먹을 생각도 못 하고 오토야마는 후쿠하라의 얼굴을 뚫어져라 응시했다.

"무엇보다, 지금 당장 치료법이 없다고 해서 왜 포기해? 내일

---

* 밀기울로 만든 떡.

치료법이 발견될 가능성은 있잖아? 희망을 버리지 말고 죽을힘을 다해서 투병하면 되는 거야."

"구체적으로는 어떻게 하는데? 몸이 마비되기 시작하면 어떻게⋯⋯."

"그야 할 수 있는 방법을 다 써야지. 인공호흡기를 달고 위루로 영양을 섭취하고 배뇨는 카테터, 배변은 기저귀. 간병이든 의료기기든 뭐든 좋아. 어떤 도움이든 빌려서 1초라도 오래 살아남는 거야."

"말도 안 돼. 그러면 정신적 부담이 얼마나 크겠어⋯⋯? 그리고 금전적으로도."

후쿠하라는 입을 크게 벌리고 웃었다.

"정신적 부담이라고? 자기 목숨과 꿈이 걸려 있는데 아직도 그런 걸 두려워해서 어쩌자고? 돈? 고액요양비제도가 있잖아. 그래도 부족하면 가진 걸 모조리 팔아버리면 돼. 어차피 저승길에는 아무것도 가지고 가지 못하니까. 지금 할 수 있는 일은 다 할 거야. 병마와 싸운다는 건, 아니, 병만 그런 게 아니라 살아간다는 건 그런 거잖아?"

"그럴지도 모르지만⋯⋯."

오토야마는 말꼬리를 흐렸다. 후쿠하라에게서는 마치 빛이 뿜어져 나오는 것 같았다. 하얀 치아. 그늘 없는 눈. 끝없이 솟아나오는 희망과 투지.

태양이다. 그 빛을 쬐며 초목은 자라고 동물은 생기 넘치게 달린다. 아니, 어쩔 수 없이 달리게 만든다고 하는 게 옳을지도 모른다.

그것은 키리코의 차갑게 식어 정지해 있는 어둠과 같은 사고와는 정반대의 지점에 위치해 있었다.

옆에 놓여 있는 후쿠하라의 가방은 불룩했다. 애니메이션 잡지뿐만 아니라 다양한 환자들을 위한 다양한 취미의 잡지가 들어 있는지도 모른다. 종이학 천 마리를 접기 위한 색종이가 들어 있는지도 모른다. 어린아이에게 용기를 북돋아주기 위한 어떤 장난감이 들어 있는지도 모른다.

후쿠하라는 위대한 의사다. 틀림없이 시치주지 병원에 없어서는 안 되는 의사다. 학생 시절부터 그랬다. 강하고 에너지가 넘쳐흐르고 계속해서 싸워나갈 수 있는 의사다. 지금도 오토야마가 동경하는 의사다.

그것은 그렇지만, 그래도…….

오토야마는 손의 떨림이 멈추지 않았다.

부주의하게 마신 맥주가 목에 걸려 오토야마는 쿨럭거리며 몸을 숙였다.

"괜찮아?"

"그래. 미안해."

"오토야마……, 그 환자 때문에 고민이 많은가보구나?"

후쿠하라가 다 먹은 꼬치를 꼬치 통에 휙 던져 넣었다.

"어때? 내가 그 환자를 담당할까? 내 후배이기도 하니까 말이야. 내가 단단히 용기를 불어넣어주지."

"아니……. 그건, 괜찮아."

생각해보기도 전에 오토야마는 거절했다. 후쿠하라는 김빠진 얼굴로 말했다.

"아, 그래……?"

"응."

"뭐, 난 아무래도 괜찮지만."

키리코의 제안을 거절했을 때와 마찬가지였다. 거절해야 한다고 분명하게 생각했다.

"응……, 미안하다. 고마워."

다만 키리코의 제안을 거절했을 때보다도 그 이유가 자기 안에서 명확해진 것 같은 느낌이 들었다.

그저 자신만의 고집을 부리는 것이 아니다. 마리에에게 후쿠하라를 만나게 하고 싶지 않았다. 오토야마의 의사로서의 본능이 분명히 그렇게 경고하고 있었다.

두 사람의 의견은 정론이라고 생각한다. 오토야마는 반박할 말이 떠오르지 않았다. 두 사람은 오토야마보다도 우수하고 지금도 존경스러운 친구라고 생각한다.

하지만 그렇더라도…… 두 사람은 너무 강하다.

사람으로서 그 몸에 갖춘 무언가가 너무 강해서 약하고 괴로워하는 누군가의 마음과는 맞물리지 않는다. 물론 맞는 사람도 있겠지만 적어도 마리에에게는 맞지 않는다. 우람한 거인이 강아지를 귀여워하다 목 졸라 죽여 버릴 수도 있는 것처럼 거기에는 깊은 골이 있다.

"후쿠하라, 부원장인 너한테 부탁이 있어."

"뭔데?"

"카와스미 마리에가 퇴원하고 나면 재택 진료를 허가해주면 좋겠어."

후쿠하라는 놀라서 재차 확인했다.

"……굳이 네가 직접 왕진을 가겠다고?"

오토야마는 고개를 끄덕였다.

"물론 병원 업무에 구멍을 낼 생각은 없어. 유급휴가를 써서 휴무일이라고 치고 왕진을 가도 돼. 난 무슨 일이 있어도 꼭 그 환자를 제대로 진료하고 싶어……."

후쿠하라는 말없이 오토야마의 얼굴을 응시했다.

"그 친구가 눈을 감는 날까지."

7월 22일

"어……!"

"요시다잖아. 어쩐 일이야?"

케이코는 한적한 주택가에서 딱 마주친 반 친구를 보고 무심코 큰 소리로 말했다. 요시다는 부끄러운지 고개를 숙이고 작은 목소리로 대답했다.

"케이코, 너야말로 여긴 뭐 하러 왔어?"

"난 마리에네 집에 가려고…… 요시다는?"

"나도 뭐, 그러려고."

얼굴이 빨개진 요시다를 보고 케이코는 아하, 하고 끄덕였다.

입학하고 나서 얼마 안 되었을 때 어떤 남자가 가장 자기 취향인지 여자들끼리 같이 술을 마시며 이야기를 나눈 적이 있는데 마리에는 요시다의 이름을 이야기했었다. 지금 상황을 보면 의외로 희망이 있을지도 모른다.

태평하게 상대의 얼굴을 바라보고 있는데 심각한 표정으로 요시다가 말했다.

"마리에한테서 답장…… 와?"

"응?"

"문자 말이야. 문자에 답장이 오냐고."

"그게 말이야, 나한테도 전혀 답장을 안 해. 전화해도 안 받고. 그런 애가 아닌데 이런 적은 처음이야."

"학교도 계속 쉬고 있으니…… 불안해서…….."

목적은 역시 똑같구나. 케이코는 고개를 끄덕였다.

"요시다, 마리에네 집 주소 알아?"

"아니, 몰라."

"뭐? 그럼 여기까진 어떻게 왔어?"

"예전에 가까운 역이 어딘지는 들었으니까……. 일단 와서 돌아다녀보면 뭔가 알 수 있지 않을까 해서."

"요시다, 청춘이구나."

"뭐, 뭐라고?"

"아니, 괜찮아. 이쪽이야. 난 놀러 가본 적 있거든."

케이코는 뚱한 표정의 요시다를 손짓하여 부르며 코스모스가 양쪽에 심어져 있는 길을 앞장서서 걸어갔다.

잘 손질된 관목이 싱그럽게 반짝이고 있었다. 산뜻한 양옥집 가까이 가보니 현관 앞에 트럭이 멈춰서 있는 것이 보였다.

"저기야?"

"응."

작업복을 입은 남자가 뭔가 가느다란 파이프 같은 것을 꺼내어 나르고 있었다.

"뭐지? 이사하나?"

멀뚱히 그것을 보고 있는 요시다에게 케이코가 말했다.

"나, 저거 본 적 있어."

"뭐?"

"저건 난간이야. 계단이나 화장실에 설치하는 거야. 할아버지가 휠체어 생활을 하게 됐을 때 집에 설치했던 기억이 있어."

"난간이라니……, 무슨 일이지?"

"나도 모르겠어. 부모님한테 무슨 일이 생겼나……?"

요시다와 케이코는 서로 얼굴을 마주보고는 조심스럽게 인터폰을 눌렀다.

부산스럽게 난간을 나르던 남자가 두 사람을 흘끗 보았다.

"마리에."

방으로 들어온 어머니를 보고 마리에는 짜증스럽다는 듯이 고개를 들었다. 커튼이 쳐진 어둑한 방, 침대 위에는 순정만화 단행본이 30권 정도 흩어져 있었다. 책상 위에서는 예습하느라 쓰던 노트와 교과서가 펼쳐진 채 먼지를 뒤집어쓰고 있었다.

"……왜, 엄마?"

마리에는 만화책을 뒤집어 책상 위에 놓았다. 꿈같은 이세계에서 펼쳐지는 사랑 이야기가 끝나고 현실로 의식이 돌아왔다. 몸도 마음도 무거웠다.

"친구가 찾아왔어."

"친구……?"

마리에는 난처한 표정으로 매너 모드로 돌려놓은 채로 줄곧 충전 코드에 연결시켜 둔 휴대폰을 보았다. 이따금 반짝거리는 불빛이 읽지 않은 문자와 전화가 왔다는 것을 알려주었다. 확인해 봐야 한다고 생각은 했다. 하지만 그럴 기운조차 생기지 않았다.

전화기를 집어 든다. 문자를 본다. 답장을 쓴다.

결코 어려운 일이 아니라는 사실은 잘 알고 있다. 그런데도 기력이 생기지 않았다. 다음에 하자, 하고 자꾸만 뒤로 미루며 공상의 세계로 달아났다.

지금은 안 되는데.

마리에는 울음이 나올 것 같았다.

현실로부터 달아났더니 현실이 집으로 찾아왔다.

"돌아가라고 할까?"

어머니가 걱정스럽게 물었다. 마리에는 얼마 동안 생각하다 고개를 옆으로 가로저었다.

"……그래? 거실에서 기다리고 있으니까 이리로 올라오라고 할게."

"아니야. 내가 갈게."

"하지만……."

"갈게. 갈 거야."

마리에는 딱 잘라 말했다. 어머니는 어쩔 수 없다는 듯이 어깨를 늘어뜨리고 마리에의 옆에 서서 몸을 받쳐주려고 했다. 마리에는 손을 뿌리쳤다.

"혼자 걸을 수 있어."

침대에서 오른발을 내려 바닥을 꾹 디뎠다. 바닥의 단단함을 몇 번이나 확인한 뒤 왼발도 내렸다. 옆에 있는 책상을 잡고 받침대로 쓰며 일어났다. 눈에 핏발이 서고 식은땀이 흘렀다. 근육이 쇠약해진 데다 두려움으로 무릎이 덜덜 떨렸다. 이를 악물었다. 힘을 주고…… 일어섰다.

"마리에……."

"괜찮아, 엄마. 난 괜찮아."

딱딱 부딪치는 이를 악물어서 억눌렀다. 다리의 감각은 오랫동안 무릎을 꿇고 앉아 있다가 일어섰을 때처럼 띄엄띄엄 끊어졌다. 그것도 찌릿찌릿하면서 저리는 것이 아니라 갑자기 반응이 소멸된다. 마치 잘려나간 것처럼.

다리가 아니다. 이것은 다리가 아니다. 막대기다. 막대기 두 개가 허리 밑에 달라붙어 있을 뿐이다.

아직 오른쪽 막대기는 반응이 그럭저럭 남아 있다. 마리에는 크게 오른쪽으로 몸을 기울이며 복도의 난간을 붙잡고 두 다리를 끌며 천천히 나아갔다.

어머니가 차마 보지 못하고 말했다.

"마리에, 휠체어가 있어. 목발도……."

"쓰고 싶지 않아."

아직 걸을 수 있으니까. 휠체어에 앉고 나면, 내 다리는…….

이유는 모르지만 정말로 막대기가 되어버릴 것만 같았다.

"모처럼 와줬는데 미안하구나."

마리에의 어머니가 몇 번이나 머리를 숙이며 사과하는 가운데 요시다와 케이코는 문을 나섰다.

타들어갈 것처럼 붉은 햇볕이 주택가에 대각선으로 쏟아지고 있었다. 두 사람은 말없이 역을 향해 천천히 걸음을 옮겼다. 교육을 잘 받고 자란 듯한 여고생 몇몇이 잡담을 나누며 지나갔다.

"마리에, 다시는 오지 말라고 했지."

케이코가 웅얼거리듯이 말했다.

"그랬지……."

"앞으로는 문자도 전화도 하지 말고 자기는 그만 잊으라고 했어."

"그래."

고개를 숙이는 요시다 옆에서 케이코는 휴대폰을 꺼내어 이리저리 눌렀다. 디스플레이의 파르스름한 빛이 케이코의 얼굴을 스산하게 비추었다.

"케이코, 뭐 하는 거야?"

"마리에의 연락처를 지우는 중이야."

"뭐야? 굳이 지울 필요는 없잖아!"

"하지만 그렇게 해달라고 했잖아."

"세상에, 넌 왜 이렇게 차갑냐……. 친구잖아!"

요시다는 믿을 수 없는 것을 보는 눈으로 케이코를 뜯어보았다. 케이코는 내뱉듯이 말했다.

"그럼 날더러 어떡하라는 거야?"

"그건……."

"치료법이 없어. 건강해질 수 없다고. 마리에는 더 이상 원래대로 돌아갈 수 없단 말이야. 빨리 나으라는 말조차, 할 수 없단 말이야!"

"그건 알아. 하지만 난, 어떻게든 마리에에게 힘이 돼주고 싶어. 케이코도 그렇잖아? 그렇지 않으면 의대를 지원하지도 않았을 거야."

"요시다. 마리에의 이야기, 제대로 듣긴 한 거야? 아직 분하다고 했잖아. 의사가 되고 싶은 꿈을 포기하지 못해서, 모두의 얼굴을 보면 기쁘기도 하지만 정말로 괴롭다고. 똑바로 받아들여. 우리는 이미 마리에한테는 부러움과 질투의 대상이란 말이야."

"그렇지만……."

해가 저물어갔다. 전봇대가 길게 그림자를 드리우고 말다툼하는 두 사람 위에서 까마귀가 울었다.

"어떤 위로의 말도 지금은 오만한 말에 지나지 않아. 그렇잖아? 병에 걸린 마리에가 볼 때 건강한 우리는 그것만으로 이미 '위'에 있어. 단지 걸을 수 있다는 것만으로도, 단지 이야기할 수 있다는 것만으로도, 살아 있다는, 단지 그것만으로도!"

요시다는 이를 악물며 얼굴을 찡그리고 울퉁불퉁한 아스팔트를 노려보았다.

"싫어……. 어떻게 방법이 없을까? 난 마리에를 돕고 싶어……."

"불가능해."

"……난, 마리에를 좋아해."

얼굴을 붉힌 요시다는 괴로워하며 낮게 중얼거렸다. 케이코는 짐작하고 있었는지 입을 다물고 고개를 끄덕였지만 이내 담담하게 말을 계속했다.

"요시다, 생각해 봐. 넌 마리에를 만난 지 겨우 석 달밖에 안 되잖아? 그리고 마리에는 앞으로 몇 년밖에 못 살아. 하지만 요시다와 나의 인생은 계속 이어질 거야. 의사가 돼서 수많은 사람들을 살리겠지. 앞으로도 몇십 년이나 살아가야 해. 그동안 마리에를 계속 좋아할 수 있어?"

"시간이 문제가 아니야."

요시다는 벌컥 성을 냈지만 케이코는 물러나지 않았다.

"요시다는 잘 몰라. 몇십 년 동안 이미 세상을 떠난 사람을 사랑하는 게 얼마나 힘든 일인지 몰라. 유치원 때 친구, 몇 명이나 기억해? 초등학교 반 친구들은? 우리가 의사가 되고 결혼해서 살아가는 동안…… 대학교 1학년 때 병에 걸려 숨을 거둔 동급생이 인생에서 얼마나 큰 의미를 가지겠어?"

"……."

요시다는 단지 이를 갈고 있을 뿐이었다.

"마리에는 그걸 알고 있어. 그러니까 잊어달라고 한 거잖아! 언젠가 기억 속에서 사라질 거라는 두려움에 떠느니 차라리 지금 잊어달라는, 그런 뜻이야……."

"하지만. 뭔가 할 수 있는 게 정말 없을까? 그래, 다른 친구들한테 얘기하자. 같이 의논해보면 뭔가 좋은 생각이 떠오를지도 몰라."

요시다의 목소리는 떨리고 있었다. 케이코는 고개를 가로저었다.

"그러지 말자. 아마도 그건 마리에가 바라는 게 아닐 거야."

"하지만, 그래도 말이야! 이대로 아무것도 안 하고 포기한다고? 마리에가 불쌍하지도 않아?"

"화내지 마……. 나도 좋아서 이런 말 하는 게 아니니까!"

케이코는 얼굴을 찡그리며 귀를 틀어막고 눈을 감았다. 그리고 작게 중얼거렸다.

"하지만 그런 거야. 병에 걸려 죽어가는 사람한테 해줄 수 있는 건 평소에 우리가 상상하는 것보다 훨씬……."

해가 저물었다. 콘크리트 벽이 보라색으로 물들어갔다.

"아무것도, 없어."

8월 11일

"자, 다 끝났다. 건강 상태는 좋네."

진찰을 마치고 오토야마는 간병 침대 위에 있는 마리에에게 말했다. 청진기를 목에 걸고 앞이 벌어진 옷을 원래대로 돌려주었다.

"그런 식으로 말하지 마세요. 다리가 점점 움직이지 않는 건 나도 아니까요."

마리에가 눈만 이쪽으로 돌리며 말했다. 머리카락은 부스스하고 먼지가 들러붙어 있었다. 피지와 땀이 섞인 상태로 시간이 흘렀을 때 특유의 냄새가 났다.

"……방문목욕은 이용 안 하니? 필요하면 내가 아는 사람을 소개해줄 수도 있는데."

"아뇨. 케어 매니저분이 알고 계시는 듯하니 필요 없어요. 그리고 아직 혼자 씻을 수 있어요. 그냥 좀 귀찮은 것뿐이에요."

"그래? 필요하면 말해."

"솔직히, 부끄러워요. 아직……, 남한테 부탁하기가."

"마음은 이해해. 하지만 다른 사람한테 의지하는 것도 필요해."

"……."

마리에는 잠자코 입을 다물었다. 오토야마는 진료 도구를 가방에 정리했다.

"갓난아기 같아요."

"뭐가?"

"혼자서는 아무것도 못 하게 되다니. 죽을 때는 태어날 때랑 비슷하네요."

"……그럴지도 모르겠다."

매미가 울어대고 있었다. 아이들이 떠드는 소리가 들려왔다. 암막 커튼 너머에서는 햇볕이 반짝이고 그 아래에서 아이들이 뛰어놓고 있을 것이다.

대조적으로 실내는 어두웠다. 방 한쪽 구석에 쌓여 있는 만화책이 오토야마의 눈에 들어왔다. 그 안쪽에 끈으로 묶여 있는 의대 전공서들도.

"저건, 버릴 거니?"

"네. 이젠 필요 없으니까요."

"그렇구나⋯⋯."

"자퇴했어요. 도쿄 의대."

마리에는 힘없이 웃었다. 오토야마는 손을 멈추었다.

"교무과에서 전화가 왔거든요. 의학부는 정부에서 보조금이 나온대요. 한 사람당 오천만 엔이라나. 의사가 되지 않을 학생을 위해 보조금을 낭비할 수는 없다는 얘기를 에둘러 하더라고요. 엄마는 화를 펄펄 낸 모양이지만요. 난 그럼 자퇴하겠다고 했어요. 그런 식으로 말하면 더는⋯⋯ 어떻게 할 방법이 없잖아요."

"⋯⋯아쉽구나."

전공서에는 먼지가 쌓여 있었다. 묶어둔 뒤로 날짜가 꽤 지났다는 뜻이다. 책을 정리해 묶는 것까지는 할 수 있었지만 아직 쓰레기장에 내놓지는 못하는 것이다. 오토야마는 그런 마리에가 안타까웠다.

"이 세상은 살아가는 사람을 위한 곳이에요. 나도 병에 걸리고 나서 처음으로 깨달았어요. 세상은 나를 '머지않아 사라질 사람'으로 취급할 수밖에 없어요. 이런 나한테도 가끔 광고 전화가 걸려오곤 해요. 생명보험에 가입하지 않으시겠습니까, 하고. 학생 때 들어두면 싸대요. 앞으로 몇 년밖에 못 산다고 하면 금방 끊어 버리지만. '그럼 됐습니다' 하고."

"……."

마리에는 쓸쓸하게 허공을 보고 있었다. 앙상하게 야윈 몸을, 오토야마는 말없이 바라보았다.

"오토야마 선생님, 이제 오지 마세요."

"뭐?"

오토야마는 마리에의 얼굴을 보았다. 마리에는 담담하게 입술을 움직였다.

"애당초 오토야마 선생님은 왜 우리 집에 오세요? 엄마한테 들었어요. 오토야마 선생님은 월급 의사라면서요? 원래 재택 진료는 하지 않는데 일부러 시간을 쪼개어 오는 거라죠?"

오토야마는 덜컥하면서도 웃음을 잃지 않고 대답했다.

"난 담당한 환자가 신경 쓰여서 일이 손에 안 잡히는 성격이거든. 상태를 보고 싶어서 그래."

"진료비도 안 받으면서요?"

"……진찰은, 온 김에 그냥 하는 거야. 크게 어려운 일도 아니니까."

"왜 그래요? 동정하는 거예요?"

마리에는 오토야마를 노려보았다.

"확정 진단을 내린 시점에서 오토야마 선생님의 일은 끝났어요. 다른 환자들도 많잖아요? 왜 나만 특별 대우하는 거예요? 후배라서? 그런 이도 저도 아닌 동정은 필요 없어요. 오히려 더 비참해질 뿐이라고요."

"……."

오토야마는 입을 다물었다. 어떻게 대답해야 좋을지 몰랐다. 한동안 고민하고 나서 솔직히 말하는 수밖에 없다고 생각하고 입을 열었다.

"왜 이러는지는 나도 잘 몰라."

"……네?"

"네 말대로야. 난 특정 환자를 특별 대우하고 있어. 이런 적은 지금까지는 한 번도 없었어."

"프로 실격 아니에요?"

마리에의 말투는 싸늘했다. 불쾌한 감정이 진하게 배어나왔다. 오토야마는 고개를 숙였다.

"병원에는 피해가 가지 않게 하고 있어. 내 자유 시간을 이용해서 오는 거야. 하지만 공사를 구분하지 못하는 행동이라고 한다면…… 반박할 말이 없지."

"……."

오토야마가 솔직히 인정하자 마리에는 조금 당황한 듯했다. 오토야마는 말을 이었다.

"어쨌든 오고 싶었어. 난 의사로서 마지막까지 널 진료하고 싶어."

"어떻게든 힘이 돼주고 싶다든가 하는 거라면 사양할게요. 싫어요. 난 모두의 기억에서 사라지고 싶어요."

마리에는 단호하게 말했다. 분명하게 거절의 의사가 포함되어 있었다. 하지만 오토야마는 저항했다.

"아마 그렇지는 않아."

"뭐가요?"

"난 네게 힘이 돼주고 싶은 게 아니야. 아니, 물론 그것도 있지만 그게 전부는 아니야."

어째서인지 바깥 소리가 선명하게 들렸다. 트럭이 후진하고 있었다. 어딘가에서 자판기가 주스를 뱉어내고 있었다. 그런 일상 속에서 두 사람은 이야기하고 있었다.

"잘 설명하긴 어렵지만. 난 의사로서…… 너랑 마주하면서 무언가를 배우고 있어. 그건 내가 어느 틈엔가 잃어버리고 만 것이고……, 그리고 다시 되찾고 싶다고 생각하는 거고…….."

마리에는 싸늘한 눈초리로 오토야마를 보았다.

"그리고 의사로서 필요한 거야. 그런 기분이 들어. 그래서 난 여기 오는 거야. 진료는…… 작으나마 그에 대한 보답이야."

"아주 자기중심적인 이야기네요."

"그렇지…….."

마리에는 한숨을 내쉬고 그대로 입을 다물었다. 오토야마는 조심스럽게 물었다.

"다음 주에 또 와도 될까?"

생각해볼게요, 하고 마리에는 작은 목소리로 말했다.

9월 10일

처음 걸음마를 뗀 날을 마리에는 기억하지 못한다.

틀림없이 기뻤을 것이다. 감동했을 것이다.

마찬가지로 처음으로 걷지 못하게 되는 날이 온다.

태어난 뒤로 수없이 많은 것을 손에 넣어왔다.

그것이 하나씩 하나씩 사라져간다. 인생의 계단을 거슬러 내려가고 있는 것이다.

……하지만 생각해봐. 그건 누구나 다 똑같아.

마리에는 스스로를 타일렀다.

사람은 언젠가 반드시 죽는다. 치사율은 100퍼센트다. 생이 모든 것을 가질 수 있는 가능성이라면 죽음은 모든 것을 잃게 되는 필연이다.

누군가를 만나면 헤어질 때가 온다. 의대에 입학하면 그곳을 졸업할 때가 온다. 배운 것은 언젠가 잊게 되고, 손에 넣은 것도, 돈도, 명예도 지위도 모든 것이 손에서 떠나가고…… 그다음에는 육체도 잃게 된다.

우연히 나는 다른 사람보다 그때가 빨리 온 것뿐이다. 시간의 흐름이 조금 다를 뿐이다. 그러니까 이것은 슬픈 일이 아니고 놀랄 일도 아니다. 자연의 섭리다.

마리에는 심호흡을 하고 마음속으로 되뇌었다.

그래……. 어쩔 수 없는 일이야. 그러니까…….

식당에서 어머니의 목소리가 들렸다.

"마리에. 점심 먹어야지. 내려올 수 있겠니?"

마리에는 고개를 가로저었다. 힘없이 간병 침대에 내던져져 있는 자신의 다리를 보았다.

이제는 걷지 못한다. 아무리 애써도 자기를 받쳐주지 못한다…….

어머니가 방 안으로 들어왔다.

"괜찮니, 마리에?"

마리에는 눈물을 닦고 빠끔빠끔 입을 움직였다.

"애아나."

"그래? 다행이다. 걷기 힘드니?"

"오, 거어."

"못 걷는구나."

마리에는 끄덕였다. 지독하게 비참한 기분이 들었지만 어머니는 예상하고 있었는지 그다지 동요하지 않았다.

"괜찮아. 같이 식탁으로 가자."

어머니는 다정하게 말하며 휠체어를 척척 준비해주었다.

"어아."

"왜?"

"어아, 이."

"지금은 마리에랑 같이 있는 게 일이야. 걱정하지 마."

마리에는 눈물이 핑 돌았다. 숨뇌마비가 진행되어 이제는 혀가 잘 움직이지 않게 된 자신의 말을 정확하게 알아듣는 어머니. 마리에가 아직 어린 아이였을 때처럼 다리를 다정하게 들어 올려 침대에서 내려주고 어깨를 받치며 휠체어에 앉혀주는 그 주름 잡힌 손.

지금은 어머니보다도 마리에의 키가 더 크다. 병에 걸리기 전에는 마리에가 밥을 하거나 집안일을 하는 경우도 많았다. 돈을 벌 수 있는 기술만 있다면 혼자서도 살아갈 수 있을 터였다. 이제는 어린아이가 아니라고 생각했다.

"어아……."

"응?"

"고아, 어……."

"고맙긴."

마리에에게 대답하는 목소리는 무척이나 다정했다.

그리웠다.

그렇다. 이처럼 어머니는 다정했다. 유치원에서 안 좋은 일이 있어도 언제나 꼭 끌어안아주었다. 간식을 챙겨주고 같이 장도 보러 갔다.

어느새 마리에는 성장하여 부모님에게 반발하는 일도 많아졌다. 마리에가 장래를 고민할 때마다 어머니는 넘을 수 없는 거대한 벽이 되어 눈앞을 가로막았다. 그러다 보니 잊고 있었다.

그 시절의 어머니는 지금도 변함없이 곁에 있다는 사실을.

어머니가 휠체어를 밀어주었다. 슬로프가 설치되어 턱이 사라진 복도를 마리에와 휠체어가 지나갔다. 등나무로 된 전화기 테이블을 지나고 욕실 앞을 지났다.

"아빠는 오늘 안 오시니까 우리끼리 먹자. 난치병을 치료한 침술 선생님이 있다고 해서 자세한 이야기를 들으러 가신대. 정말로 괜찮은 선생님이면 같이 가보자."

"응."

"빨리 나으면 좋겠다."

"어아. 미아내, 아 애무레……."

"사과하지 않아도 돼. 그보다 많이 먹고 기운 내자."

엄마는 흰머리가 드문드문한 머리를 흔들며 웃었다.

마리에의 질환이 급속하게 악화되는 것을 보고 부모님은 경영하는 병원의 규모를 축소했다. 경영 보좌로서 직원 관리 등을 하던 어머니는 지금은 거의 온종일 집에 있고, 아버지도 오후에 일찌감치 돌아온다.

두 사람의 인생의 톱니바퀴는 크게 일그러졌다. 모든 것이 마리에 탓이다.

미안한 마음을 금할 수 없었다.

스물한 살이나 먹어서는.

난 불효자야…….

"마리에가 좋아하는 마파두부 만들었어. 그리고 건더기 없는 포타주랑…… 사과 젤리야. 삼키기 쉬울 거야."

식탁이 보였다. 꽃무늬 식탁보 위에 런천 매트가 깔려 있고 젓가락과 스푼이 놓여 있었다.

마리에의 자리에는 가지 모양의 젓가락 받침이 있었다. 어릴 때부터 좋아하던 것으로, 마리에가 집에서 나갈 때에는 가지고 가기로 약속해둔 것이었다. 요즘 들어 엄마는 꼭 그것을 식탁에 꺼내 놓는다.

그것을 보자 또다시 눈물이 왈칵 쏟아지더니 볼을 타고 주르륵 흘렀다.

9월 15일

오후. 마리에는 간병 침대 위에서 천장을 바라보고 있었다.

하얀 벽과 조명이 지독히도 높게 느껴졌다. 옆에 있는 책장도 책상도 옷장도, 모든 것이 멀어져가는 느낌이 들었다.

세계가 넓어져갔다…….

건강한 사람에게 10센티미터와 손발이 마비되어 가는 사람의 10센티미터는 똑같은 거리가 아니다. 야트막한 턱은 절벽이 되어 앞을 가로막고 아주 살짝 멀리 놓여 있는 것은 존재하지 않는 것이나 마찬가지다.

세계가 넓어지는 것이 아니다. 자신이 오그라드는 것이다. 나는 안쪽으로 움푹 꺼지고 있다.

마리에는 손을 보았다. 손가락을 움직여보았다. 전보다도 힘이 잘 들어가지 않았다. 뼈와 뼈가 부딪치는 소리가 났다.

결국 모든 것이 무의미했다…….

예습도, 입시 공부도, 고등학교도, 의무교육도, 처음부터 아무런 의미도 없었다.

어차피 의사가 되지 못할 거라면 그 시간 동안 놀면서 지냈으면 좋았을걸. 친구들과 노래방에도 자주 가고, 남자 친구도 사귀고, 만화책도 읽고. 즐거운 일은 얼마든지 있었는데. 좀 더 빈둥빈둥 살았으면 좋았을걸. 체형 같은 것에 신경 쓰지 말고 과자나 패스트푸드도 더 많이 먹었더라면 좋았을걸.

줄곧 쓸데없는 일만 해왔다.

아빠와 엄마에게도 많은 부담을 끼쳤다. 몇 년 동안이나 다닌 학원비. 참고서 값. 의대 입학금과 교과서 값도 헛돈이었다. 그 돈이라면 수없이 많은 일을 할 수 있었을 것이다.

빚이다. 나는 빚만 만들어내는 존재다.

의사 같은 건 되려고 하지 않았으면 좋았을걸. 맞아, 원래 의대를 목표로 하면서도 대수로운 이유는 없었으니까.

그냥 어쩌다 보니 동경했을 뿐.

마리에는 앞으로 커서 뭐가 될 거야? 하고 누가 물으면 의사가 될 거야, 하고 대답했다. 그러면 부모님이 기뻐해주었다.

애당초 장래의 진로가 의사라면 절대로 반대하지 않으실 거고, 딸을 자랑스럽게 생각하실 테고……, 후계자가 생겨 기쁠 것이다. 나 역시 부모님의 병원을 물려받을 수 있으니 편하고 좋다. 여러모로 경제적이다.

사회적 지위도 높고 다른 사람들이 받들어주는 직업이고. 바쁘지만 벌이도 좋다. 그래, 나쁘지 않은 직업이다. 그뿐이다.

……의사가 꿈이라고 해도 그 정도일 뿐이야.

그것을 위해 인생을 덧없이 낭비해 왔다.

"아오, 가타."

스스로에게 욕을 퍼부어주고 싶어도 혀와 턱이 생각대로 움직이지 않았다.

"인짜, 아오, 가타."

바보다. 나는.

의사가 되려고 했으면서 본인이 병에 걸릴 가능성은 생각해 보지도 않았다. 10만 분의 1 확률로 ALS가 나타난다. 누구든 내일 당장 팔다리가 마비되기 시작한다고 해도 전혀 이상할 것이 없다. 오늘까지 건강했다고 하더라도 그것은 아무것도 보증해 주지 않는다.

한숨을 내쉬었다.

너무 늦게 깨달았다. 조금 더 빨리 알았더라면 좋았을걸.

그랬더라면 삶을 더욱 의미 있게 사용했을 것이다. 제한된 시간을 더욱더 활용할 수 있었을 것이다.

그래, 어떤 식으로 시간을 사용했을까…….

마리에는 눈을 감았다. 앙상해진 엉덩이에는 살이 별로 없어 허리뼈가 닿아 아프다.

…….

눈물이 쏟아졌다.

감고 있는 눈꼬리에서 홍수처럼 터져 나왔다. 그 압력으로 눈꺼풀이 밀려 올라가 눈이 떠졌다. 눈물이 맹렬하게 쏟아졌다. 뜨거웠다. 마리에의 안에서 타오른 불에 끓어오른 수증기 같았다.

아니야…….

아니야.

노래방도, 남자 친구도, 만화책도 아니야. 그렇지 않아. 그게 아니야.

엄마가 기뻐해준다든가, 후계자가 생긴 아빠가 안심한다든가 하는 것도 아니야. 전부 다 틀렸어. 그런 건 그냥 끌어다 붙인 이

유일 뿐이야.

처음에는 그래……, 어릴 때 병원에서 본 광경 때문이었어.

펄럭이는 가운, 그것을 입고 뛰어다니는 아빠와 엄마.

그 눈부신 흰색.

어린 마음에도 아름답고 숭고하고 그리고 성스러움을 느끼게 하는 색깔이었다. 마리에의 마음을 꿰뚫은 그 흰색은 지금도 눈을 감으면 선명하게 되살아난다.

그것을 손에 넣고 싶었다. 그것을 목표하고 싶었다.

마리에는 오른손을 들었다. 미미하게 남은 근육이 떨리며 뼈와 가죽만 남은 팔을 들어 올리려고 했다. 천천히. 천천히.

식물이 빛을 향해 하늘로 가지를 뻗듯이.

난, 의사가 되고 싶어.

마리에의 뜨거운 눈물이 뺨을 타고 흘렀다. 하얀 천장이, 멀어진 천장이, 부예진 시야 안에서, 떨리는 손 너머에서 물결치고 있었다.

마리에는 깨달았다. 언젠가 ALS에 걸린다고 알고 있었다 하더라도, 그래도 자신은 의사가 되고자 했을 것이라고. 의사가 되지 못하더라도 의사를 목표했을 것이라고. 의사가 되었다 하더라도 더더욱 의사를 목표하고자 했을지도 모른다.

그 백색에 가까이 다가가는 것만이 마리에의 인생이었기 때문이다.

쓸데없는 노력이, 아니야.

그렇게 노력했던 것도. 그렇게 공부했던 것도. 분한 마음도, 기

쁜 마음도, 질투도, 만족도, 희생한 것도, 손에 넣은 것도, 전부
다 쓸데없는 일이 아니었어.

이런 식으로 끝내도 괜찮으냐고 물으면, 네, 라고는 대답할 수
없어.

하지만 헛된 일은 아니야.

다른 누가 무의미하다고 하더라도 나만큼은 절대로…….

부질없었다고 인정하지 않을 거야.

이가, 목구멍이 떨렸다. 자신의 눈물이 목구멍을 타고 안으로
흘러들어갔다. 뜨거운 피 같은 맛을 곱씹으며 마리에는 천장의
흰색을 노려보고 계속 손을 뻗었다.

9월 21일

마리에는 어머니의 눈을 보며 오른손으로 문을 가리키고 왼손
을 흔들어보였다.

선생님과 둘이서만 이야기하고 싶어.

뜻을 알아차린 어머니는 고개를 끄덕이고 밖으로 나갔다. 말을
제대로 하지 못하게 되자 손짓 발짓으로 대화하는 경우가 늘어
났다. 목소리를 잃은 상황에서도 의외로 부모님과는 의사소통이
가능했다.

하지만 의자에 앉아 있는 오토야마는 나가는 어머니와 마리에
를 번갈아 보고 그제야 이해한 듯했다.

"엔, 주세요."

마리에는 침대 옆에 있는 필기도구를 가리켰다. 오토야마는 끄덕이고 볼펜과 메모장을 집어 건네주었다.

"다시 내가 왕진 오게 허락해줘서 고마워."

마리에는 오토야마의 눈을 물끄러미 바라보고는 건네받은 펜을 쥐고 종이 위에 글씨를 쓰려고 했다. 하지만 잘 되지 않았다. 펜은 종이에 밀려 미끄러졌고 손이 그것을 지탱하지 못했다. 결국 떨리는 손가락 사이로 펜을 떨어뜨렸다.

마리에가 분해서 이를 악문 직후 콜록거렸다. 오토야마는 황급히 그녀의 등을 쓸어주었다.

"이걸 써 볼래?"

오토야마는 옆에 준비되어 있는 키보드를 내밀었다. 마리에는 마음에 안 드는지 미간에 인상을 썼지만 얌전히 키보드에 손가락을 올렸다. 디스플레이에 문자가 나타났다.

"진찰 결과는 어떤가요?"

오토야마는 디스플레이를 보고 마리에를 보며 설명했다.

"진행 속도는 ALS 중에서도 상당히 빠른 편이야. 슬슬 음식물을 삼키기가 힘들지? 그리고 숨쉬기도 힘들어질 거야……. 너도 이미 잘 알고 있겠지만."

"네. 자기 전이랑, 뒤에, 힘들어요."

"그래. 호흡 기능이 약해졌다는 증거야."

"앞으로, 얼마나, 시간이 있을까요?"

천천히, 마리에의 가느다란 손가락이 키보드를 눌렀다. 피아노 건반을 누르는 것 같은 희미한 소리가 났다. 몇 마디 안 되는 대화에 3분 정도를 쓰며 두 사람은 이야기를 나누었다.

"길어야 한 달 정도일 거야……. 아무런 처치도 하지 않을 경우에."

알아보기 힘들 정도로 야위고 안색도 나빠진 마리에를 보며 오토야마는 말했다.

"처치에 대해서는 전에 설명했지?"

"네."

"위루. 그리고 인공호흡기야."

위루와 인공호흡기는 ALS 환자에게는 하나의 터닝 포인트가 된다. 이른바 연명장치다. 먹지 못해도 위에 구멍을 뚫는 수술을 해서 그곳으로 영양을 주입할 수 있다. 숨을 쉬지 못하더라도 목을 절개하고 튜브를 끼워 넣어 기계로 숨을 쉬게 할 수 있다.

하지만 그것을 할 것인지 아닌지는 선택이다.

식사와 대화라는 중요한 기능을 잃으면서까지 살 것인가 말 것인가.

얼마나 삶에 집착하는가. 얼마만큼의 의료비를 감당할 수 있는가. 얼마만큼 가족에게 부담을 지울 수 있는가…….

"유사시에 대비해 슬슬 결정을 내려야 해. 여러 가지 의견이 있어. 어떤 수단을 써서라도 살아남아야 한다, 살아남아서 치료법이 발견되기를 기다려야 한다고 주장하는 사람도 있어. 그렇지 않고 언제까지 살 것인지를 주체적으로 결정하고 그 이후의 치료는 거부해야 한다고 주장하는 사람도 있고. 나라도 괜찮다면 이야기해볼래?"

마리에는 키보드를 눌렀다.

"부모님은, 인공호흡기를, 달아달라고, 했어요."

딸과 같이 있는 시간을 조금이라도 길게 늘이고 싶다. 의료비는 얼마가 들어도 상관없다. 오토야마도 마리에의 부모님으로부터 그렇게 들었다.

"네 생각은 어떠니?"

마리에는 얼마 동안 고민하다가 손가락을 움직였다.

"오토야마 선생님이라면, 어떻게, 할 거예요?"

"나라면……."

오토야마는 턱에 손을 대고 깊이 생각했다. 자신이 마리에라면, 같은 입장이라면 어떻게 할까. 키리코에게 들은 조언과 후쿠하라에게 들은 조언이 머릿속에서 교차하면서 눈앞의 마리에의 모습과 겹쳐졌다가 사라졌다.

오랜 시간이 흘렀다. 오토야마는 솔직히 대답했다.

"……난, 아직 대답을 찾아내지 못했어."

"의견이, 없어요?"

"그거랑은 조금 달라. 정하지 못하겠어. 무슨 일이 있어도 살아남겠다는 단호한 결단도 내리지 못하겠고…… 그래도 죽는 건 무서워. 그 사이에서 오락가락하고 방황하느라…… 정하지 못하겠어."

마리에가 희미하게 웃은 듯했다.

"오토야마, 선생님, 다워요."

오토야마는 머리를 숙였다.

"미안하다. 난 미덥지 못한 의사야……. 열심히 생각은 해보고 있지만……."

기어들어가는 목소리로 말했다. 의사로서 어떠한 길도 제시해주지 못하는 자신이 한심했다.

키보드 위에서 마리에의 손가락이 떨렸다. 하나씩 하나씩 부드럽게 키를 눌렀다. 그 문자열을 눈으로 좇으며 오토야마는 전율했다.

"선생님. 나는, 죽을 거예요."

"······진심이니?"

숨을 죽이고 확인했다.

"농담으로, 이런 말은, 안 해요."

"연명 치료는 거부한다는 거지?"

마리에는 작게 끄덕였다.

식은땀이 등을 타고 흘렀다.

그래도 괜찮아? 정말 괜찮겠어?

괜찮지 않아. 마음속에서 목소리가 들렸다.

아무것도 하지 않고 죽게 내버려둘 수는 없어. 손이 떨렸다.

하지만 그것이 자신의 욕심인지 아니면 마리에를 생각해서 나오는 감정인지 확신이 서지 않았다.

아니다. 이것은 틀림없이 나의 욕심이다.

나는 이런 상황에 이르러서도 죽음이라는 현실이 눈앞에 다가오는 것을 조금이라도 밀쳐내고 싶은 것이다. 마리에는 이미 오래전부터 죽음을 마주보고 있다. 그러면서 다른 누구도 아닌 자기 스스로의 의지로 죽음을 선택했다.

그것을 다른 누가 부정할 수 있겠는가.

마리에가 오토야마를 원망스러운 듯이 올려다보고 있었다. 자신의 입술이 실룩거리는 것이 느껴졌다. 이토록 환자를 죽게 내버려두고 싶지 않다고 생각한 적도, 이토록 환자의 뜻을 존중하고 싶다고 생각한 적도 처음이었다.

"마리에……. 난……."

무슨 말이든 하려고 했다. 하지만 입이 떨어지지 않았다.

그녀를 마지막까지 지켜보겠다고 맹세한 주제에. 막상 그럴 때가 가까워지자 살이 찢어지는 것처럼 괴로웠다. 환자를 살리고 싶다고 생각하면 할수록, 환자에게 감정이입을 하면 할수록 진료를 하기 힘들어지다니. 이 얼마나 아이러니한 직업이란 말인가.

나는 사실은 이런 것이 싫어서…… 환자와 마주하려고 하지 않았던 것인지도 모른다. 나 자신이 상처 입고 싶지 않았을 뿐이다. 그냥 겁쟁이다. 어머니가 돌아가시고 울면서 지내던 그 시절과 아무것도 변한 것이 없었다.

시야가 부옇게 번졌다. 코끝이 뜨겁게 떨렸다. 흘러내릴 것 같은 눈물을 오토야마는 필사적으로 참았다.

"오토야마 선생님, 덕분이에요."

"……뭐?"

키보드 소리는 계속되었다.

"오토야마 선생님은, 고민하셨어요."

디스플레이에 떠오른 문자를 오토야마는 필사적으로 눈으로 좇았다.

"나도, 수도 없이 고민했어요. 많이 생각했어요. 오토야마 선생님은, 같이, 고민해주셨어요. 같이, 아주 힘들어하면서, 고민하고, 괴로워해줬어요."

마리에는 오토야마를 바라보았다. 그 눈. 모든 것을 꿰뚫어보고 있는 듯한 투명한 눈동자.

"이상하죠. 오토야마 선생님이, 그러는 것을 보면, 난, 조금씩이지만, 마음이, 차분해졌어요."

"마리에……."

"그러니까, 난, 결단을 내릴 수 있었어요. 더는, 망설이지 않아요."

거짓말이다.

마리에의 얼굴을 보면 알 수 있다. 그녀는 아직도 망설이고 있다. 오토야마와 마찬가지로 살아가는 것도 죽는 것도 두려운 그 틈바구니에 끼어서 괴로워하고 있다. 당연하다. 그렇게 쉽게 정할 수 있을 리가 없다.

하지만 그래도 결정했다. 두려움으로 이를 악물면서 자신의 목숨에 판결을 내렸다. 괴로워하고 고민하고 망설인 끝에 결론을 지었다.

나 혼자만 편해질 수는 없다.

마침내 오토야마는 짜내듯이 말했다.

"……알았어. 연명장치는 하지 않을게. 분명히 알아들었어."

각오를 해야 해.

그리 머지않은 언젠가, 마리에의 숨이 끊어질락 말락 하며 죽음의 심연을 들여다보고 있을 때…… 나는 그 죽음을 지켜볼 것이다. 대광반응을 살펴보고 경동맥을 촉진하고 고동하지 않는 심장을 확인하고…… "사망하셨습니다" 하고 선언할 것이다.

그녀의 가족에게, 그리고 나 자신에게.

마리에는 안도의 한숨을 내쉬었다.

다행이다. 말했어. 앞으로 나아갈 수 있었어…….

눈앞에서 오토야마가 가운의 가슴께를 부여잡고 괴로운 표정으로 무언가를 참고 있다. 그 모습을 물끄러미 바라보았다.

오토야마 선생님은 받아들여 주었다. 나와 같이 걸어갈 결심을 해주었다.

만약 "포기하지 마"라고 하면 결심이 흔들렸을지도 모른다. "현명한 판단이야"라고 하면 화가 나서 말을 번복했을지도 모른다. 하지만 오토야마 선생님은 나의 고민과 망설임까지 전부 포함하여 결심을 받아들여 주었다.

마음속으로 마리에는 중얼거렸다.

나는 다른 사람들보다 먼저 죽어요.

나중에 죽는 사람은 모두의 죽음을 지켜보는 것이 사명이고, 먼저 가는 사람은 모두에게 죽음을 보여주는 것이 사명이에요. 요즘은 그렇게 생각하게 됐어요.

모두가 봐줬으면 해요. 마지막까지 의사가 되고 싶다는 꿈을 간직한 채로, 이루지 못하고 죽음을 선택하는 내 모습을. 원통하고 비참한 나의 마지막을.

오토야마 선생님에게. 의사인 아빠, 엄마에게. 앞으로 의사가 될 케이코에게, 요시다에게, 동급생 모두에게 보여주고 싶어요.

그 모습을 보고……, 이렇게 말하면 좀 그렇지만……, 모두가 괴로워하면 좋겠어요. 이 세상에는 도저히 어쩌지 못하는 일이 있고 벗어날 수 없는 괴로움이 있다는 것을 알았으면 좋겠어요.

ALS의 고통을 아는 의사가 늘어나면 틀림없이 ALS 환자가 몇 명 정도는 조금 더 편해질 수 있을 거예요. 요시다는 성실하고 연구의 지망생이니 언젠가 ALS의 특효약을 발견해줄지도 몰라요. 내 죽음이 언젠가 누군가를 구할 수 있을지도 몰라요. 그러면 내 죽음은 헛되지 않은 거예요.

아주 간접적이고, 남한테 다 떠넘기는 셈이지만…… 그것이 나의 희망이에요.

의사가 되지 못한 내가 의사에 가까워지기 위해 마지막으로 허락된 바람이에요.

이건 아무한테도 말하지 않을 생각이에요. 말하고 싶어도 어차피 말하지 못하지만. 너무나 이기적인 생각이라 부끄러워서 말할 수 없어요. 하지만 마음속으로 혼자 생각하는 것은 자유잖아요?

그리고 제멋대로인 건 오토야마 선생님도 마찬가지잖아요? 그러니까 이걸로 비긴 셈이에요.

마리에는 떨리는 손가락으로 키보드를 두드렸다. 표정으로 감정을 표현하는 것도 점점 힘들어졌다. 그러므로 마음속에서 소용돌이치는 마음을 손가락 끝에 담아 뒤로가기를 눌렀다.

오토야마가 고개를 들었다. 디스플레이에 표시된 문자를 본 그의 표정이 일그러졌다.

"고맙습니다. 오토야마 선생님."

10월 2일

"아……, 여보."

카와스미 마키는 신사의 벤치에서 남편의 모습을 발견하고 무심코 중얼거렸다.

"당신이구나……."

카와스미 요이치는 놀란 기색도 보이지 않고 아내를 보았다. 가죽 재킷 옆구리로 차가운 바람이 불며 지나갔다.

먹구름 낀 어둑한 하늘 아래 아담하게 자리한 신사에 사람 그림자는 전혀 없었다. 마키는 요이치의 곁으로 다가갔다.

"오늘은 오사카에 있는 토도 의원에 이야기를 들으러 간다고 하지 않았어?"

"……가려고 했지. 하지만 전화만으로도 불가능하다고 하더라."

"그랬구나."

"ALS는 치료법이 없어. 당신도 의사라며 그런 것도 모르냐는 투였어. 알아. 내가 누구보다도 잘 알아. 안다고……."

"응."

마키는 자판기에서 캔 커피를 두 개 뽑아 남편 옆에 앉으며 물었다.

"그래서 기도라도 하러 온 거야?"

"아니……. 그래도 참배는 했지만. 솔직히 말하면 달리 갈 곳이 없었을 뿐이야. 당신은?"

"나도 그런 셈이지."

"……마리에는?"

"오늘은 방문 간병인이 와 있거든. 조금 숨이라도 돌리고 오라고 하더라고."

"그래. 가끔 숨도 돌려야지."

요이치는 고개를 끄덕끄덕하며 캔 커피를 하나 받아들었다. 신사 양쪽에 있는 수호 석상 사이로 검은 고양이가 천천히 지나갔다. 고양이는 기지개를 켜고는 테미즈야* 밑으로 들어갔다.

"여기, 자주 왔었지."

캔을 따는 소리가 두 번 들렸다.

"그랬지. 참배하러도 왔었고 시치고산** 때도 왔었지."

"해마다 열리는 마을 축제 때도 왔었고."

"맞아, 맞아. 마리에가 봉오도리***가 끝나기 전에는 절대로 안 가려고 했지."

"맞아. 하지만 노점에서는 뭘 사면 좋을지 언제나 결정을 못 하고 고민했지."

요이치는 이를 보이며 웃었다.

"그랬지. 언제나 용돈으로 500엔을 줬었어. 그런데 녀석이 타코야키가 좋을지 야키소바가 좋을지 고민하는 사이에 다 팔려버리고. 그러면 울음을 터뜨렸지."

---

* 신사나 절에서 참배하기 전에 손과 입을 씻는 곳.
** 아이들의 성장을 축하하기 위해 세 살, 다섯 살, 일곱 살이 되는 해에 신사나 절에 참배하는 행사.
*** 백중맞이 춤으로, 오봉(백중) 기간 중에 마을 주민들이 모여 추는 윤무.

"맞아. 하는 수 없이 편의점에 가서 프랑크푸르트 소시지 사줬잖아."

"그랬지……."

커피를 꿀꺽 마시는 소리. 향기로운 공기. 은은한 쌉쌀함.

"살아만 있어줘도……."

"응?"

마키는 옆에 있는 요이치를 보았다. 요이치는 고개를 숙이고 있었다. 눈에서 코에서 액체를 뚝뚝 흘리며 괴로워하고 있었다.

"살아만 있어주면…… 되는데."

띄엄띄엄 비음이 울렸다. 마키는 침묵했다. 남편이 우는 모습을 본 것은 두 번째다.

"부모로서는 살아 있기만 해도, 정말로 살아서 눈앞에 있기만 해도, 그걸로 충분한데. 짐이라는 생각은 절대 안 해. 딸이 사랑스럽지 않은 부모가 어디 있겠어. 튜브도 좋고 뭐든 상관없으니까……."

요이치는 쿨룩거리며 발밑의 모래를 보며 신음했다.

마키는 남편의 등을 쓸어주었다.

"우리 딸이 결정한 일이니까 존중해주자."

"나도 알아."

요이치는 소매로 눈가를 거칠게 훔쳤다.

"주사 맞는 걸 싫어하는 의사도 있지."

"많지. 건강검진 받을 때 채혈하는 것조차 싫어서 도망 다니는 의사도 있었지. 마흔이 넘어서는."

"병자의 고통은 받는 입장이 되어보지 않으면 모르는 건가
봐⋯⋯."

"⋯⋯그러게."

"여보, 우리 딸은⋯⋯ 대단해."

작은 목소리로 요이치가 말했다.

"열심히 힘내고 있잖아. 정말 대단해⋯⋯."

마키는 대답하지 않고 그저 고개만 끄덕였다. 바람이 작은 소
용돌이를 만들며 휘돌자 낙엽이 말려 올라가며 소리를 냈다. 캔
을 움켜쥔 요이치의 손에 혈관이 솟아올랐다. 숙이고 있는 그의
머리에는 흐릿하게 흰머리가 눈에 띄었다.

"⋯⋯당신도 늙었네."

요이치는 쓸쓸하게 웃었다. 그리고 마키를 보았다.

"당신도 그래."

두 사람의 마음속에 20년 전의 광경이 되살아났다. 갓 태어난
마리에와 함께 처음으로 신사를 찾았던 그날. 한없이 푸르고 투
명한 듯이 화창했던 봄날, 덥수룩한 검은 머리로 웃는 요이치와
온화한 미소를 지으며 아기를 안고 있는 마키.

참배길에는 벚꽃이 피어 있고 분홍색 꽃잎이 바람을 타고 날
아다니며 주변 일대를 가득 채우고 있었다. 선명하고 강렬한 초
목의 향기. 대지도 공기도, 온 세계가 아름다웠다.

그 모든 것이 마치 꿈이었던 것처럼 지금은 잿빛 하늘과 잿빛
땅만 가득했다.

벤치에 앉아 두 사람은 커피를 마셨다.

10월 11일

"……키리코. 들어가도 되겠나?"

제2의국의 문을 노크했다.

"들어와. 어쩐 일이야?"

들어온 오토야마는 가운을 입고 있지 않았다. 심플한 셔츠와 바지 차림에, 게다가 어쩐지 얼어붙은 표정으로 방으로 들어왔다.

"이제 얼마 안 남았을 거야."

오토야마는 그렇게 말하고 제2의국 구석에 앉았다. 보온병으로 컵에 물을 따르며 키리코가 말했다.

"그 ALS 환자 말이야? 네가 억지를 부려서 왕진 다니고 있다는."

"목소리 좀 낮춰……. 뭐, 그렇지. 이틀 전부터 호흡이 상당히 약해졌어. 혈중산소농도는 형편없이 낮아. 얕은 잠에 빠지는 시간이 늘어났어……."

"머지않았구나."

"그래, 머지않았지."

"확정 진단으로부터 4개월이라. 진행이 빨랐어……. 그래서 결국 연명 치료는 하기로 했어?"

"아니. 본인의 뜻에 따라 안 하기로 했어."

"그렇구나. 본인이 정할 수 있어서 다행이야."

키리코가 만족스럽게 끄덕이자 긴 속눈썹이 흔들렸다.

"……그런데? 오토야마, 네 일은 이제 끝났잖아? 왜 굳이 날 찾아온 거야?"

"이야기나 좀 하고 싶어서."

키리코는 한쪽 눈썹을 치켜 올렸다. 오토야마는 키리코가 내민 컵을 받아 입에 댔다가 조금 콜록거리더니 말을 이었다.

"키리코. 넌 문제아지?"

"갑자기 무슨 소리야?"

"솔직히 줄곧 생각했었어. 좀 더 융통성 있게 굴면 좋을 텐데."

"하고 싶은 얘기가 설교야? 그렇다면 빨리 끝내줘."

오토야마는 고개를 가로저었다.

"하지만 널 필요로 하는 환자도 있어. 후쿠하라는 인정하려고 하지 않지만 틀림없이 있어."

"그런가 보긴 하더라."

"마찬가지로 나 같은 의사를 필요로 하는 환자도, 있을까……?"

시커먼 커피의 수면을 들여다보며 오토야마는 한동안 아무 말도 하지 않았다.

"그야 당연하지. 오토야마, 무슨 말을 하고 싶은 거야?"

오토야마는 머리를 벅벅 긁었다.

"미안하다. 딱히 결론이 있는 이야기는 아니야. 단지…… 의사로서 환자와 마주하는 건 어려운 일이야. 새삼, 그렇게 생각했어……."

키리코는 고개를 갸웃하고 낮게 말했다.

"우린 할 수 있는 일을 그냥 해나갈 뿐이야."

"그래, 그렇지……."

오토야마는 키리코를 보고 얼마 동안 침묵했다.

째깍, 째깍 하는 시계 소리가 들렸다. 오토야마는 손목시계를 보고 깜짝 놀라며 고개를 번쩍 들었다.

"미안한데 이다음에 볼일이 있어……. 그만 갈게. 이 이야기는 나중에 다시 하자."

키리코가 고개를 끄덕이기도 전에 오토야마는 코트를 걸쳤다. 가볍게 기침하면서 그 등이 흔들렸다. 키리코가 말했다.

"쌀쌀해졌지."

"그래."

"볼일은, 일이야?"

"아니. 후쿠하라랑 한잔하기로 했어."

"그렇구나. 잘 놀다 와라."

오토야마는 한숨을 내쉬었다.

"즐거운 술자리가 아니야. 카와스미 마리에의 연명 치료를 하지 않는다고 얘기했더니 녀석이 길길이 뛰더라고. 아마 오늘은 밤새도록 설득하려고 할 거야. 오기로라도 연명 치료를 해야 한다고, 마지막까지 포기하지 말라고."

"그건…… 좀 고생스럽겠네."

"환자의 뜻에 따라 결론을 낸 것이니 아무리 후쿠하라의 의견이라도 받아들일 생각은 없지만. 자칫하면 환자의 집에 찾아가겠다고 할지도 몰라. 벌써부터 마음이 무거워."

"잘 마무리되기를 바랄게."

"……그래. 고맙다."

오토야마는 피곤한 얼굴을 하고 있었다. 하지만 그 표정은 어쩐지 후련했다. 키리코는 친구의 가방을 들어 건네며 말했다.

"오토야마."

"왜?"

"……힘내라."

오토야마는 싱긋 웃고 가볍게 손을 들어 보이며 나갔다.

11월 2일

마침내 그날이 왔다.

한밤중. 마리에의 방에 사람들이 모였다.

아버지와 어머니. 그리고 오토야마.

간병 침대에 누워 있는 마리에는 어제 낮부터 계속 자고 있었다.

막대기처럼 앙상한 팔다리. 버석버석하게 마른 피부와 잠옷 너머로도 뼈가 튀어나와 있는 것을 알 수 있는 몸통. 최근에는 거의 먹지도 못하고 죽이나 주스를 이따금 입에 댈 뿐이었다.

피부색은 누렇게 뜨고 머리카락은 곱슬곱슬해져 있었다. 그래도 어머니의 배려인지 머리카락은 단정하게 묶여 있고 나비 모양의 핀이 꽂혀 있었다.

오토야마는 호흡을 확인했다. 확인해보지 않으면 모를 정도로 약했지만 그래도 계속되고 있었다. 마리에는 아직 살아 있었다.

마지막에는 오토야마가 사망 확인을 해줬으면 좋겠다고 마리에가 부모님에게 부탁했다고 한다.

같은 의사라고는 해도 부모님에게 사망 확인을 시키고 싶지는 않았는지도 모른다. 마리에는 그 역할을 오토야마에게 맡겼다. 부모님도 마리에의 바람을 받아들여 이제는 정말로 위험하다고 판단을 내리고 오토야마를 불렀다.

의사이기도 하고 환자의 가족이기도 한 두 사람이 지켜보자 오토야마는 약간 긴장하며 마리에의 상태를 살폈다. 숨을 쉴 때마다 희미하게 어깨가 오르락내리락하고 그것이 이따금 뚝 멈췄다.

경험과 지식으로 알고 있다. 의식은 이미 돌아오지 않을 것이다. 남은 것은 시간의 문제다.

앞으로 몇 시간 더 버틸지, 아니면 몇 분일지 모른다.

"선생님, 저쪽에서 차라도 한 잔 드세요. 상태가 달라지면 부를게요."

어머니가 말했지만 오토야마는 고개를 가로저었다.

"고맙습니다. 하지만 괜찮아요."

"그러세요……."

아버지는 조금 멀리 떨어져서 마른침을 삼키며 딸의 잠든 얼굴을 지켜보고 있었다. 어머니는 천천히 걸어가 구석에 있는 의자에 앉았다.

시곗바늘이 느릿느릿 움직였다. 고요한 밤의 시간이 지나갔다.

오토야마는 문득 실내를 둘러보았다.

가족들이 싸워온 흔적이 곳곳에 남아 있었다.

대화를 하기 위한 문자판. 너무 많이 써서 곳곳이 너덜너덜해져 있었다.

컴퓨터와 키보드. 자동으로 페이지를 넘기는 장치가 달린 독서대. 쟁반 위에 놓여 있는 고무줄을 둘러 손잡이를 굵게 만들어 잡기 편하게 만든 스푼. 보조 스프링이 달린 젓가락. 옷걸이에 걸려 있는, 단추가 아니라 벨크로로 여밀 수 있는 옷.

목발. 휠체어.

앨범.

마지막 시간을 되도록 예전처럼, 아니, 예전보다 더욱 잘 지내려고 했던 가족의 공간.

그 가장 안쪽에서, 여전히 묶인 채 놓여 있는 의대 전공서를 발견하고 오토야마는 눈을 내리깔았다.

시계 소리와 어디선가 벌레가 우는 소리가 들렸다.

오토야마는 청진기를 마리에의 가슴에 댔다. 심장 소리는 약하고 불규칙했다.

"……마리에."

아버지가 중얼거리며 눈을 동그랗게 떴다. 어머니도 일어났다.

보니, 마리에가 눈을 뜨고 있었다. 생각지도 못한 일에 오토야마는 숨을 삼켰다.

진정해. 냉정해야 해.

스스로를 타일렀다.

마리에는 긴 꿈에서 깨어났을 때처럼 입을 살짝 벌리고 멍하니 천장을 보았다. 그리고 불안스레 내려다보고 있는 부모님을 보고, 옆에 있는 오토야마를 보았다.

몸은 미동도 하지 않았다. 얼굴도, 목도 움직이지 않았다. 모든 것은 눈으로만 이루어졌다.

오토야마의 가운을 물끄러미 바라보더니 마리에가 눈을 한 번 깜빡였다.

강렬한 의지가 느껴지는 시선. 오토야마는 그 눈빛이 무척 다정하게 느껴졌다.

다음 순간, 마리에가 미소 지었다.

분명하게.

오토야마는 부르르 떨었다. 마음이 찡했다. 이유는 모른다. 진정해라. 손에 든 청진기를 떨어뜨리지 않도록 필사적으로 움켜쥐었다.

마리에의 순수한 미소가 빛이 되어 쏟아지며 오토야마의 마음에 똬리를 틀고 있던 패배감을 거짓말처럼 말끔히 지워버렸다.

머릿속에 전류가 흐르고 몇 가지 단편들이 겹쳐졌다가 다시 흩어지며 그 건너편이 갑작스럽게 보였다. 아아, 그랬구나.

오토야마의 입에서 무의식적으로 말이 흘러나왔다.

"마리에……."

떨리는 목소리로 중얼거리듯이 오토야마는 말했다.

"넌…… 의사구나."

……나는 무슨 소리를 하고 있는 걸까.

하지만 어쨌든 그렇게 전하고 싶었다.

마침내 깨달았다.

내가 줄곧 찾아 헤매던 것은, 내가 의사가 되어 하고 싶었던 것은 바로 곁에 있었다. 그것은 망설이는 것이다. 환자와 함께 망설이고 고민한다. 해답을 찾아내지 못한다고 하더라도 그 괴로움을 같이 나누어 짊어진다. 그것으로 충분했던 것이다.

마리에의 미소가, 그 눈부신 미소가 웅변하듯 말해주었다.

마리에도 틀림없이 의사가 되었다면 오토야마와 같은 의사가 되었을 것이다. 스스로에게 자신이 없고 결단을 내리는 것도 잘 못하지만 그래도 다정한 의사가 되었을 것이다. 그로 인해 구원받는 환자도 있을 것이다. 그런 환자들은 후쿠하라나 키리코로는 구하지 못한다.

마리에는 오토야마에게 그 점을 가르쳐주었다.

후배인 마리에가, 하지만 같은 의사로서 나아가야 할 길을 가르쳐주었다고 오토야마는 생각했다.

"고맙다⋯⋯."

오토야마는 짜내듯이 말했다.

나는 네 몫까지 함께 의사로서 싸울 거야. 오토야마는 눈을 감고 다짐했다. 뜻을 미처 이루지 못하고 쓰러진 후배에게 감사를. 그리고 그 뜻을 이어가겠다는 맹세를 했다.

마리에는 아무 말도 하지 않았다.

단지 오토야마에게서 천천히 시선을 거두고 이번에는 부모님을 보았다.

"마리에."

아버지가 불렀다. 어머니가 달려왔다.

두 사람 앞에서 천천히 눈꺼풀을 감았다.

잠이 들기를 두려워하는 어린아이 같기도 하고, 엄마 곁에서 안심하며 눈을 감는 아이 같기도 했다. 딸은 아버지와 어머니를 의식이 있는 마지막까지 바라보다 눈을 감았다. 평온한 표정이었다.

이윽고 청진기를 통해 들려오는 소리가, 사라졌다.

손이 떨렸다. 그래도 오토야마는 필사적으로 스스로를 다독이며 가슴 호주머니에서 펜라이트를 꺼냈다. 대광반사를 확인한 뒤 목덜미를 촉진했다.

목소리가 갈라질 것 같아서 한 번 더 침을 삼켰다.

그리고 손목시계를 보며 말했다.

"새벽 3시 12분. 사망하셨습니다."

어머니가 말없이, 다정하게 마리에의 머리를 쓰다듬었다. 아버지가 이를 악물며 흐느껴 울었다.

"정말로 오랫동안…… 정말 잘 싸웠어. 수고했어. 마리에."

연기도 그 무엇도 아닌 진심 어린 말과 함께 눈가가 촉촉해졌다.

"……여보세요? 오토야마야."

오토야마는 카와스미 마리에의 집 밖에서 담배를 피우고 있었다.

"떠났나?"

전화기 너머에서는 후쿠하라의 언짢은 목소리가 들려왔다. 가볍게 기침하고 오토야마는 말했다.

"그래. 방금 전에 사망했어……. 잘 아네."

"목소리만 들어도 알아. 그리고 담배 피우고 있지? 환자가 사망하면 잘 피우지도 못하는 담배를 피우는 게 네 버릇이잖아."

"아, 그런가……. 말해주지 않으면 잘 깨닫지 못하는 일도 있다니까. 이제 곧 경야*가 시작될 거야. 고별식은 내일이고. 난 참석할 생각인데, 후쿠하라, 넌 어떻게 할래?"

"내가 간들 뭐가 달라지는 것도 아니잖아."

"……그렇지 않아. 너도 와라. 우리 후배잖아."

눈부신 빛이 암흑을 꿰뚫으며 쏟아졌다. 자동차 헤드라이트다. 오토야마는 말하면서 길가로 비켰다. 그 앞을 택시가 가로지르더니 마리에 집 앞에서 멈췄다.

연락을 받은 지인이나 친척인지, 조금 전부터 그 집에는 차례차례 사람들이 모여들었다. 택시에서는 몇몇 청년들이 내렸다. 그중에서도 눈이 새빨갛게 부은 남자가 이미 축축하게 젖은 손수건으로 얼굴을 닦으며 집으로 들어가는 것이 보였다. 마리에의 동급생이거나 친구인지도 모른다.

"난 여전히 인정한 건 아니야."

후쿠하라가 말했다.

"연명 치료는 해야 했어. 알겠어, 오토야마? 이런 결말은 패배주의야."

---

*죽은 이를 장례 지내기 전에 가족들이 밤새도록 시신을 지키는 일.

"정말로 그렇게 생각해? 그럼 어째서 마지막 왕진 허가를 내준 거야? 부원장인 네가 연명 치료를 하지 않는다면 왕진은 허락할 수 없다고 명령하면…… 한낱 월급 의사에 지나지 않는 나로서는 어떻게 할 방법도 없었는데."

후쿠하라는 잠시 침묵했다.

"너도 흔들리고 있는 거잖아. 계속 싸우기만 해서는 어떻게도 되지 않는 일이 있다고, 마음속 어딘가에서 생각하고 있는 거 아냐?"

"……멋대로 단정하지 마. 나라면 절대 완치를 포기하지 않아."

내뱉는 듯한 목소리.

"하지만 내 손길이 미치지 않는 곳에서는 되도록 믿을 수 있는 사람에게 대응을 맡기고 싶다고 생각해. 그게 이번에는 우연히 오토야마, 너였을 뿐이야. 결과는 아쉽지만."

"믿을 수 있는 사람이라."

"……뭐야?"

"후쿠하라, 키리코는 믿을 수 있는 사람이 아니야?"

"그 녀석은 글렀어. 병과 싸우기를 처음부터 포기하고 있으니까. 솔직히 같은 의사라고 인정하고 싶지도 않아."

"그럴까? 난 조금 다른 것 같은데."

"그럼 뭔데?"

"키리코도 싸우고 있어……. 녀석 나름대로."

오토야마는 하늘을 올려다보며 한숨을 내쉬었다.

"후쿠하라, 그렇잖아? 싸우는 방법이 한 가지만 있는 건 아니야."

새카맣게 칠해진 하늘에는 금성이 오도카니 떠 있었다.

제3장

어떤 의사의 죽음

12월 7일

저녁 8시. 외래 진료가 끝나고 접수대에 셔터가 내려져 있는 무사시노 시치주지 병원.

저녁 근무조 간호사가 카트를 밀며 소등한 복도를 지나갔다.

"키리코 선생님, 아직 안 가셨어요?"

제2의국 문을 열고 진구지 치카가 말했다.

컴퓨터에서 눈을 잠깐 떼며 키리코 슈지가 입구를 보았다.

"아, 진구지 간호사구나. 누군가 했네."

"사복이 화려한 여자는 싫으세요?"

"아니, 별로. 단지 누군지 구분이 잘 안 돼서 곤란할 뿐이지."

새빨간 립스틱을 바른 입술로 웃는 진구지에게 키리코는 더는 눈길도 주지 않았다.

"키리코 선생님, 뭘 보고 계세요?"

"차트."

키리코의 눈이 무시무시한 속도로 좌우로 움직였다. 그 눈동자는 컴퓨터 화면을 비추며 네모나고 파르스름하게 흔들리고 있었다.

"죽음을 앞둔 환자들 차트라면 제가 이미 골라서 드렸잖아요? 그것 말고 다른 자료를 찾으세요?"

"그래. 과거에 이 병원에서 사망한 환자의 차트를 보고 있어."

"과거의 차트를 굳이 왜요? 물론 진료 기록은 5년간 보존할 의무가 있지만 그런 용도로 사용하는 사람은 키리코 선생님뿐일 거예요."

"그럴지도 모르지."

키리코가 마우스를 움직였다. 윈도우의 새 창이 계속해서 열렸다. 무사시노 시치주지 병원의 연간 환자 사망자 수는 구백 명 정도에 달한다. 매일 두세 명이 불귀의 객이 되고 있다는 계산이다.

"하지만 아직 모자라. 더 있었으면 좋겠어."

"문제가 될 만한 표현은 삼가주세요."

"어떤 죽음이 있는지 더 많이 알아두고 싶어. 만일의 경우에 동요하지 않도록 말이야."

귀기가 감도는 눈으로 키리코는 마우스를 계속 움직였다.

"차라리 직접 죽음을 겪어보면 어때요?"

"저승에서 진찰할 방법이 있다면 그래도 상관없지."

"농담이에요, 키리코 선생님. 그럼 너무 무리하지 마세요. 전 먼저 갈게요."

키리코는 한 번 더 진구지를 보았다.

"어쩐 일이야? 퇴근해?"

"저도 가끔은 데이트 약속이 있거든요. 그럼 갈게요."

문이 닫혔다. 별안간 날아온 달콤한 향수 냄새에 키리코는 재채기를 했다.

주전자가 증기를 뿜어내며 흔들렸다.

키리코는 끓어오른 물을 컵에 반 정도 따랐다.

……감기라도 걸렸나.

목구멍 안쪽에서 어렴풋한 통증이 느껴졌다. 평소보다도 조금 적게 찬물을 컵에 더 따랐다. 이걸로 딱 좋다. 마시기 쉬우면서 온기는 잃지 않는 정도. 오리지널 블렌드인 '찬물에 뜨거운 물 탄 것'을 입안에 머금으며 키리코는 작업을 계속했다.

그런 걸 마실 거면 차라리 커피라도 타드릴까요?

진구지에게 그런 말을 몇 번이나 들었는지 모른다. 그럴 때마다 거절하자 마침내 진구지도 아무 말도 하지 않게 되었다.

커피. 그것은 카페인 같은 유효성분이 녹아 있는 물에 지나지 않다. 카페인은 필수영양소에도 포함되지 않는다. 간에서 분해되고 신장에서 여과되어 소변으로 배출되면 끝인 물질이다. 그런 것을 일부러 섭취해서 분해하다니 의미 없는 짓이 아닌가. 그렇다면 처음부터 물만 마시면 된다. 체온과 같은 온도로 데운 물을 마시면 가장 효율이 좋다.

언제나 생각한다. 세상에는 일을 복잡하게 만드는 겉치레가 너무 많다.

본질이 중요하다. 그 본질만 포착하면 변수가 밝혀진 방정식처럼 모든 대답이 딱 떨어지게 나온다. 세상은 사실 단순할 것이다.

생명도 마찬가지다. 확장되어가는 생을 뒤쫓으면 복잡하고 기괴하게 생긴 숲속을 헤매게 되지만 무수한 가능성도 결국에는 한 점으로 매듭짓게 된다. 그렇다. 어떻든 간에 사람은 죽는다. 생명을 알고자 한다면 먼저 죽음을 알아야 한다.

좀 더 일찍, 좀 더 분명하게 죽음을 내 눈으로 포착하자. 그 시커멓고 끝을 알 수 없는 어둠의 윤곽까지. 두려워하지 말고. 남들이 뒤에서 손가락질을 하더라도.

최전선으로.

칼표, 칼표, 칼표.

전자 차트에서는 사망한 환자의 이름에 칼표(†)를 붙이는 것이 원칙이다. 키리코는 칼표가 박혀 있는 전자 차트를 하나씩하나씩 계속 읽어갔다.

"……콜록."

키리코의 작은 기침 소리가 고요한 방 안에 울려 퍼졌다.

간접조명을 은은하게 밝힌 차분한 분위기의 바.

"후쿠하라 선생님이 여자를 꼬실 때 데려오는 결전의 바인가요?"

바닥에 놓이면서 충격으로 살짝 흔들리는 마티니의 수면을 바라보며 진구지는 말했다.

"이상한 소리 하지 마."

후쿠하라는 스트레이트 위스키를 홀짝 마시더니 곧바로 한 잔더 주문했다.

"감질나네. 다음 잔은 더블로."

"여전히 엄청나게 마시네요."

"이 정도로는 안 취해. 치카도 알잖아?"

"벌써 잊었는걸요?"

언제나 고개를 살짝 숙이고 있는 초로의 바텐더는 카운터에 나란히 앉은 두 사람에게 절대 시선을 주지 않는다. 하지만 손으로는 재빨리 위스키를 따르고 후쿠하라의 취향에 맞춰 말고기 육포를 곁들여 냈다.

"소문으로 들었어요. 후쿠하라 선생님이 이곳에 간호사든 클럽아가씨든 데리고 오면 다음 코스는 집 아니면 호텔이라고."

"뭐, 그럴 때도 있지."

후쿠하라의 하얗고 가지런한 치아가 육포를 물고 획 찢었다. 반듯한 턱이 힘차게 움직이며 저작 운동을 했다.

"상대를 벗겨놓고는, 수술 콜이 들어오니까 다 팽개치고 병원으로 돌아갔다는 이야기도 있는 것 같던데요."

"나 참, 그런 얘기는 어디서 주워듣는 거야? 내가 어떻게 놀든무슨 상관이지? 너랑은 이미 상관없는 얘기잖아. 그리고."

후쿠하라는 조금 겸연쩍은 얼굴로 말했다.

"다시 돌아가서 이어서 했어."

"땅콩보다 고기, 여자보다 피를 좋아하는 전형적인 외과 의사네요."

"마음대로 지껄여."

후쿠하라는 남성미 넘치는 눈썹을 찡그리며 진구지를 노려보았다.

"그보다 나는 왜 부른 거예요?"

미묘한 공기가 흐르는 두 사람의 사이에 바텐더가 건과일이 담긴 접시를 놓았다.

"……뻔하잖아. 키리코 때문이지."

"키리코 선생님은 왜요?"

"치카."

가볍게 주먹으로 카운터를 내려치며 후쿠하라가 다그쳤다.

"시치미 떼지 마. 널 그 녀석의 곁으로 보낸 건 단지 조수를 시키기 위해서가 아니었어."

"나도 알아요. 키리코 선생님을 병원에서 쫓아내기 위해서잖아요? 툭하면 원내를 휘젓고 다니는 키리코 선생님을 부장회의에서 쫓아내기 위한 증거를 모으기 위해서요. 나한테 뒷공작을 시키고 영광은 당신이 채가고. 늘 하던 일이잖아요?"

"아니야. 감시하라는 거야."

"그랬죠. 실제로는 그 말의 숨은 뜻을 파악하고 내가 행동해주기를 바라겠지만."

후쿠하라는 가볍게 이마를 짚었지만 부정은 하지 않고 계속했다.

"내년에는 의료감사가 있어. 알고 있잖아?"

"그랬나요?"

"간호부장한테서 들었을 텐데. 그리고 원장……, 아버지가 이번에는 나한테 모든 대응을 일임했어. 결과를 보여주면 더욱더 나를 신뢰하겠지. 그 늙은 너구리한테서 권력을 빼앗으려면 절대 실패해선 안 돼."

"뛰어나신 후쿠하라 선생님이 하시는 일이니 대책은 이미 완벽하게 세워놓으셨겠죠?"

"난 완벽주의거든. 조심해서 나쁠 건 없지. 하지만 키리코가 문제야. 이 병원에서 그 녀석만 나한테 복종하지 않아. 키리코가 멋대로 움직이면 모든 것이 수포로 돌아갈 우려가 있어……. 목에 방울을 달아놔야 해."

"여차하면 방울도 같이 절단해버릴 생각이죠?"

후쿠하라는 천천히 고개를 가로저었다.

"치카, 넌 내가 지켜줄 거야. 그리고 목적은 똑같잖아? 원장이 마음에 들지 않는 건 너도 마찬가지일 텐데?"

"물론 그건 그렇지만요."

진구지는 잔을 가볍게 흔들어 둥근 올리브를 진 안에서 춤추게 했다.

"키리코 선생님도 어쩐지 불쌍하네요."

"뭐?"

잔에 키스를 하듯이 살짝 입을 대고 진구지가 말했다.

"그 선생님은 여러 가지로 문제는 있지만…… 아주 성실한 사람이에요. 하지만 자기편이 되어줄 사람이 한 사람도 없죠. 동기인 당신은 그를 싫어하고 곁에 있는 나 역시 이렇게 당신이랑 내통하고 있잖아요? 병원 안에서 혼자 외톨이에요."

"하지만 놈에게 공감하는 환자가 적잖이 있어. 그래서 골치가 아파."

"키리코 선생님한테 공감한 환자는 모두 죽어요. 키리코 선생님이 죽게 만든다고도 하지만요. 사신은 살아 있는 사람들의 세계에서는 가장 고독한 존재인가 봐요."

"……녀석을 동정하는 거야?"

"별로요. 난 단지 내 감상을 말했을 뿐이에요."

"불쌍할 것도 없어. 키리코가 스스로 선택한 길이야. 그리고 환자 이외에도 이해해주는 사람이 일단은 있어."

"누구요?"

"신경내과의 오토야마야. 녀석이 키리코를 두둔하고 있잖아."

"아아……. 그 어정쩡한 분 말이죠? 후쿠하라 선생님과는 동기라죠?"

"맞아. 녀석은 언제나 쓸데없는 참견만 하지. 옛날 같은 사이로는 더 이상 돌아갈 수 없는데도."

진구지는 잠깐 생각하다 문득 물었다.

"원래는 셋이서 사이가 좋았어요?"

후쿠하라는 입을 다물었다.

"후쿠하라 선생님과 키리코 선생님은 걸핏하면 충돌하잖아요.

언제부터 그렇게 됐어요?"

"딱히…… 사이가 좋았던 건 아니야. 그냥 말이 좀 통했지."

"어떤 점에서요?"

달그락하고, 후쿠하라는 유리잔을 흔들었다.

"의학부에서는 학생들끼리 이런 이야기를 곧잘 하거든. 편하게 돈 벌고 싶으면 피부과나 안과. 앞으로 점점 쇠퇴해 가는 쪽은 산부인과. 제약회사로부터 접대를 잘 받는 쪽은 내과와 정신과. 어느 과로 가는 게 현명하고 어떤 기술을 팔아야 잘 버는지 말이야. 그런 이야기들을 나는 참을 수가 없었어. 돈 벌려고 의사가 되는 게 아니야. 환자를 구하는 것 자체가 목적이어야 한다고 생각했거든."

"후쿠하라 선생님도 풋풋하셨네요."

"마찬가지로 풋풋한 사람이 나 말고 둘 더 있었어. 그러다 보니 어느새 셋이서만 어울리게 됐지."

"상상이 안 되네요. 세 사람이 이야기 나누는 모습이라니."

"대체로 내가 일방적으로 떠들어댔지. 오토야마는 웃으며 맞장구를 치는 역할이었어. 키리코는 듣고 있는지 어떤지 언제나 잘 모르겠고. 하지만 가끔씩 의견을 물으면 의외로 재미있는 이야기를 하곤 했지. 그러면 거기서부터 나와 키리코의 논쟁이 시작되는 거야."

"논쟁이요? 남자들은 금방 그런 식으로 열을 낸다니까요."

"사람이 밤새 자전거를 타고 어디까지 갈 수 있느냐는 이야기가 나온 적이 있어."

"……네?"

"의외로 생각보다 멀리 갈 수 있지 않을까 싶었지. 그래서 시험해 봤어. 소지품은 자전거와 지갑뿐이고, 대학교 뒷문에서 출발해서 무작정 서쪽으로 달렸지. 한계에 도전하는 거야."

후쿠하라가 유쾌하게 웃었다.

"이렇게 한밤중의 도겐자카 길을 브레이크 없이 내달리는 거야. 그거 알아? 시부야라도 아침결에는 사람이 아무도 없어. 지름길이라고 생각하고 들어갔는데 고속도로 입구가 나오는 바람에 놀라서 되돌아오기도 했지. 의외로 체력은 남아 있는데 후반은 수마와의 전쟁이었어."

"결국…… 어디까지 갔어요?"

"하코네 전까지. 다른 데 들르기도 하고 길을 잃고 헤매기도 했으니까 다음에는 더 멀리 갈 수 있을 거야."

진구지는 입을 반쯤 벌린 표정으로 굳어버렸다. 너무나도 어처구니가 없어 말이 나오지 않았다.

"죽을 맛이었던 건 돌아오는 길이었어. 자전거가 무거워서 나가질 않더라고. 돈도 셋이 합해서 2천 엔 정도밖에 없었고. 버스 정거장에서 자고 우동 한 그릇을 나눠 먹고……. 목욕도 못 하니까 바다나 강에서 씻었지. 그런데도 바보들이라 굳이 곁길로 새서 가마쿠라까지 가서는 츠루가오카하치만구 신사에 참배하고 부적까지 샀다니까. 내 인생에서 가장 형편없는 여행이었어."

말과는 정반대로 후쿠하라는 즐거워보였다.

"세 분이 그러던 시절도 있었군요……."

진구지가 말하자 후쿠하라는 순간 얼굴이 굳어졌다. 그러더니 유리잔을 흔들며 말했다.

"다 옛날이야기야. 그땐 어렸지."

희미한 진동 소리. 재빨리 가슴 주머니에 손을 찔러 넣더니 후쿠하라는 휴대폰을 귀에 댔다.

"나야. 알았어……. 10분 안에 갈게. 준비해둬."

전화를 끊고 후쿠하라는 진구지를 흘긋 보았다.

"일이에요?"

"그래. 치카, 미안하다. 언제든지 부르라고 해뒀거든."

후쿠하라의 얼굴에는 미안해하는 기색이라고는 전혀 없었다. 바텐더에게 택시를 불러달라고 하고 후쿠하라는 일어서서 대답도 기다리지 않고 코트를 걸쳤다.

"……술 마셨는데 진찰하러 가겠다고요?"

"귀찮게 자꾸 왜 이래? 난 이 정도로는 안 취해. 그리고 의사법 19조 몰라? 의사한테는 응소 의무라는 게 있어."

"24시간 365일 온콜(비상호출) 상태인 부원장은 본 적도 들어본 적도 없어요."

"평범한 사람들이랑 똑같이 일하면 이상적인 의료는 절대 실현하지 못해. 그럼 치카, 키리코를 잘 부탁한다."

술잔을 입으로 옮기며 진구지는 물었다.

"그를 쫓아낼 수 있도록 준비해두라는 뜻이라고 받아들이면 되죠?"

"그것도 포함한 감시야."

"정말로…… 괜찮은 거죠?"

진구지가 마지막으로 확인하자 후쿠하라는 천천히 돌아서며 끄덕였다.

"그럼 다음에 또 한잔하지."

가볍게 손을 들어 보이고 후쿠하라는 밖으로 성큼성큼 걸어갔다. 넘쳐흐르는 투지에 그의 머리카락이 날리고 세운 옷깃이 떨리는 듯했다.

혼자 남겨진 진구지는 여전히 살짝 열려 있는 문틈을 바라보았다.

"정말 제멋대로라니까. 안 그래요, 마스터?"

바텐더는 대답하지 않고 묵묵히 마티니를 한 잔 더 만들기 시작했다.

12월 8일

"응. 아 참, 콩자반 만들었어. 그럼 좋지, 할머니 콩자반은 진짜 맛있으니까. 응? 정말이야. 도쿄에서도 그런 콩자반은 좀처럼 구경하기 힘들어. 아니, 도쿄에는 없는 게 없다고 생각할지 모르지만 꼭 그렇지도 않아. 응."

오토야마는 어깨와 목 사이에 수화기를 끼운 상태로 프라이팬에 버터를 녹여 햄을 두 장 올렸다.

"일은 잘하고 있어. 응. 뭐랄까, 처음 의사가 됐을 때처럼, 응, 보람이랄지, 그런 걸 다시 한 번 느끼고 있어."

노릇노릇하게 익기 시작한 햄을 뒤집고 달걀을 두 개 깨서 올린 뒤 뚜껑을 덮었다.

"마비되어 있던 부분이 있었거든. 병원에 있다 보면 사람들이 자꾸자꾸 죽어가니까…… 사람의 죽음이 가벼워지는 것 같거든. 그러지 않으면 버틸 수 없을 것 같으니까. 하지만 그런 게 아니었어. 그걸 환자한테 배웠어. 응."

덮밥 그릇에 현미밥을 푸고 김을 찢어 깔았다. 그 위에 완성된 햄과 달걀을 프라이팬에서 바로 밥그릇에 올렸다. 김이 피어오르며 밥그릇 둘레에 물방울이 맺혔다.

"아니야, 할머니. 어려운 이야기가 아니야. 의사라서가 아니라, 사람이라서 그런 거라고 생각해. 사람이니까 역시 같은 사람들에게 최선을 다하고 싶어."

두 개의 노른자 중에 하나를 젓가락으로 깨뜨려 간장을 뿌렸다. 다른 한쪽에는 소금과 흑후추 간 것을 뿌렸다. 달걀 프라이 덮밥 완성이다.

프라이팬 위에 이번에는 남은 양파와 당근, 피망을 넣고 가볍게 볶아 접시에 담았다. 간단한 요리지만 남자 한 사람의 아침 식사로는 매우 훌륭하다. 오토야마는 전화기에 대고 말했다.

"그럼 할머니, 다음에 또 전화할게. 이제 병원에 가봐야 하거든. 응. 늘 전화만 해서 미안해. 응, 그럼 다음에 또 걸게. 응, 몸조심하고."

전화를 끊고 수화기를 돌려놓았다. 언제나 같은 번호로만 전화를 걸다 보니 단축 1번이라고 적혀 있는 버튼만 닳아 있었다.

오토야마는 식탁 의자에 앉아 시간을 신경 쓰며 차린 요리를 먹었다. 서두르지 않으면 회의에 지각한다. 거의 씹지도 않고 배 속으로 밀어 넣었다. 급하게 삼킨 탓인지 갑자기 목이 뻣뻣해지 며 사레가 들렸다.

뭐하는 거야. 진정해. 진정하라고.

싱크대로 가서 몇 번인가 기침을 했다. 은색 수도꼭지에 오토 야마의 얼굴이 비쳤다.

"힘내야지."

누구에게랄 것도 없이 그렇게 말하고 오토야마는 입가를 닦으 며 씩 웃었다.

노크 소리가 났다.

"들어오세요."

아침부터 일부러 제2의국까지 오는 사람은 드물다. 누구지? 의 아하게 여기며 진구지가 문을 열어주자 얼굴이 동그란 남자가 서 있었다.

"어머, 오토야마 선생님. 안녕하세요?"

"아, 안녕. 키리코는 있나?"

진구지는 안을 가리켰다.

"저기서 자고 있어요."

숨소리가 들렸다. 들여다보니 키리코는 바닥 위에 '생리식염액' 이라고 적힌 상자를 겹쳐 덮고는 태아처럼 둥글게 몸을 웅크리고 자고 있었다.

"수면실에 가서 자면 될 걸……."

"제가 아침에 왔을 때는 이미 이런 상태였어요."

한숨을 쉬면서 커피를 타는 진구지를 등지며 오토야마는 키리코 쪽으로 다가갔다. 가느다란 숨소리가 들렸다. 깨어나 있을 때보다도 훨씬 상냥해 보이는 눈썹. 잠든 얼굴은 어린아이처럼 순수해 보였다.

인쇄된 진료 기록 더미와 손때가 묻은 의학서를 겹쳐 베개로 쓰고 있었고 옆에는 찢어진 샌드위치 포장지가 굴러다니고 있었다. 한밤중까지 무언가 작업을 했던 모양이다. 입가에 붙어 있는 빵 부스러기를 보고 오토야마는 어이가 없었다.

"여전히 어디서나 잘 잔다니까."

"옛날부터 이러셨어요?"

"그랬지. 집에 가는 것보다 학교에서 자는 게 더 편하다며 곧잘 교실 구석에서 아무렇게나 누워서 잤었어."

"지금이랑 똑같네요……."

그때 키리코가 눈을 떴다.

"아……."

"잘 잤냐, 키리코?"

키리코가 몸을 일으키자 상자에서 부스럭부스럭 소리가 났다. 의학서와 종이 뭉치가 와르르 무너지고 흩어지며 먼지가 피어올랐다. 더럽다. 쟁반을 든 진구지가 무심코 얼굴을 찡그렸다.

"오토야마……, 좋은 아침."

키리코는 하품을 하며 말했다.

"좋은 아침."

"아침부터 웬일이야? 무슨 일이라도 있어?"

"그런 셈이지. 키리코, 또 저질렀다며?"

"뭘?"

"모르는 척하지 마. 오늘 아침에 호시나 선생님이 길길이 성을 내셨어."

"응급실의 호시나 선생님?"

"그래. 313호실 환자 알지? 그 환자 남편한테 또 뭐라고 한 모양이던데? 어제까지는 치료 방침에 동의를 했었는데 오늘 아침에 갑자기 생각을 바꿨어. 연명 치료는 거부한다더라. 이번에도 또 사신이 죽음의 냄새를 맡고 달려왔다며 오늘 아침 회의가 얼마나 시끄러웠는지 몰라."

"내가 관여했다는 증거라도 있어?"

키리코는 크게 하품을 하며 일어났다.

"시치미 떼도 소용없어. 남편이 직접 '키리코라는 선생님이랑 상담하고 결정했다'고 말했다더라."

"아, 그렇구나……."

키리코는 5초 정도 침묵하다 자백했다.

"그래, 맞아. 내가 면담하고 결정하게 했어."

"전에도 말했잖아? 자꾸 그러면 병원에서 쫓겨날 거라고."

키리코는 의자에 앉더니 컵에 뜨거운 물을 따르며 온화하게 말했다.

"……오토야마, 넌 마츠다 씨의 진료 기록을 봤어?"

"대충."

"결혼 8년 차의 부부야. 딸은 세 살이고. 전업주부인 부인과 회사원인 남편. 어느 날 밤 부인이 갑자기 거실에서 쓰러졌어. 아이는 울기만 하고 대응하지 못해서 발견이 늦어지는 바람에 병원으로 실려 오기까지 45분이나 걸렸어. 심근경색이었지."

"……알아."

"심장 마사지로 심장은 소생했어. 승압제를 때려 붓고 인공호흡기로 폐를 움직이게 해서 아직 살아 있어. 몸은 따뜻해. 입술은 붉고 얼굴색도 좋고 가슴에 귀를 대면 고동도 들려. 이따금 눈도 깜빡거리지. 얕은 잠에 빠져 있는 것으로밖에 보이지 않아."

"……."

"하지만 45분이었어. 산소 공급이 멈춘 지 45분……. 저산소뇌증이야. 환자의 뇌는 이미 죽었어."

"가족의 의사는, 어땠어?"

먼 곳을 보는 키리코의 긴 속눈썹이 떨렸다.

"최대한 오래 살게 해주고 싶다고 했어."

"그렇겠지. 그 요구에 부응하는 게 우리의 일이잖아?"

"……정말로 그럴까?"

키리코는 따뜻한 물을 한 모금 마시고 말했다.

"최대한 오래 살게 해주고 싶다. 그게 당연하잖아. 그런 당연한 요구를 들어주는 것만으로 일을 했다고 할 수 있을까?"

"키리코……."

"남편이 그러더군. 사귄 지 12년. 결혼하고 8년. 고등학교 시절부터 같이 보내왔대. 전날 저녁까지 건강했어. 남편은 같이 아침을 먹고⋯⋯, 낮에는 장을 봐오라는 문자도 주고받았어. 우유와 햄을 사오라고. 아이도 아직 3년밖에 엄마랑 같이 살지 못했어. 병실에서 자고 있는 엄마를 보고 그 손을 꼭 잡고는 말이야. '착한 아이가 될 테니까, 과자도 사달라고 안 할 테니까 빨리 일어나' 하고 울먹인대."

키리코는 담담하게, 가슴을 후벼 파는 이야기를 들려주었다.

"마츠다 씨의 의식은 이제 돌아오지 않아. 그럴 가능성이 지극히 높아. 과학의 정수를 쏟아붓고 시치주지 병원의 의료 기구를 모조리 투입해서 얼마나 더 살려둘 수 있을까? 3년? 5년? 10년?"

컵에서 피어오르던 김이 마치 조롱하듯이 오토야마의 앞에서 흔들렸다.

"인공호흡기는 1인실 치료가 필요하니 자기부담액은 매달 50만 엔이 넘어가겠지. 지극히 평범한 회사원인 남편이 아직 세 살밖에 안 된 애까지 데리고 매달 50만 엔을 내야 해. 1년이면 600만 엔이야. 난 의문이야. 빚을 내서까지 회복할 가망도 없는 인형을 살려놓는 의미가 과연 있을까?"

"키리코! 인형이라는 표현은⋯⋯ 너무 심하잖아! 환자의 존엄을 생각해야지. 정정해!"

오토야마가 성을 냈다. 키리코는 고개를 갸웃거렸다.

"왜 정정해야 하지? 사실이잖아?"

"그렇지 않아. 가족한테는 소중한 사람이야. 실수로라도 그런 말은 하면 안 돼."

"표현이 문제가 아니야. 소중한 사람을 그런 상태로 계속 살려놓는 게 애당초 잘못이야."

"……하지만……."

"너희는 언제나 그래. 언제나 표현이라든가 말투라든가, 표면적인 것에만 신경을 쓰지. 문제는 그보다 더 안쪽에 있는데. 가족을 화나게 한다고 해서 그게 어쨌다는 거야? 사실을 알려줘야 해. 환자와 그 가족은 때때로 현실을 제대로 직시하지 못하니까. 그럴 때 보고 싶어 하지 않는 것을 분명히 눈앞에 들이밀어 주는 것도 의사가 할 일이야."

"보고 싶어 하지 않는 것을……?"

"그래. '당신의 부인은 언뜻 보면 살아 있는 것처럼 보이지만 머리 안쪽은 이미 괴사했습니다. 부인의 마음은 이미 거기에는 없습니다' 하고 알려줘야 해. 그런 다음에, 그래도 꼭 살리겠다고 하면 그때는 연명 치료든 뭐든 하면 되는 거야."

"……조금 더, 다르게 이야기할 수는 없어? 병원의 평판이 더 떨어지잖아."

키리코는 천천히 고개를 가로저었다.

"애초에 병원은 번창해야 하는 시설이 아니야."

키리코는 입을 다물었다. 그러더니 한숨을 내뱉고 컵을 들어 안을 보았다.

"진구지, 뜨거운 물 좀 더 주겠어?"

"잠깐만 기다리세요. 바로 끓일게요."

키리코는 알았다고 하고 기침을 몇 번 하더니 목을 부여잡았다.

"목이 너무 칼칼해. 가글 좀 하고 올게."

주전자에서는 증기가 쉭쉭 나오는 소리가 들려왔다.

"키리코."

골똘히 생각한 끝에 오토야마는 말했다.

"왜?"

"네 말도 일리는 있어."

맹물을 마시고 있던 키리코는 눈이 동그래졌다.

"웬일이야? 내 의견에 동의를 다 하고."

"이봐, 난 원래부터 널 이해하려고 노력하는 쪽이었어. 여러 가지
로 반박한 건 네가 너무나도 병원의 규칙을 무시하기 때문이야."

"뭐야, 결국 설교로 이어지는 거야?"

"……오늘은 조금 달라. 얼마 전부터 생각이 바뀌었거든."

"뭐?"

"병원에서 필요로 하는 의사보다 환자가 필요로 하는 의사가
더 중요해. 그렇게 생각하게 됐어."

"후쿠하라는 그렇게 생각하지 않는 것 같지만."

"그건 네 방식이 서툴기 때문이야. 잘 들어. 호시나 선생님이
화를 낸 것도 환자가 갑자기 생각을 바꿔서 그런 것만은 아니야.
네가 한마디 말도 없이 멋대로 개입했기 때문에 불쾌하게 생각하
는 거야."

오토야마는 커다란 엉덩이를 의자에 다시 똑바로 올려 앉았다.

"네가 하는 면담은 언제나 비공식으로 이루어지잖아. 진료과와

주치의를 건너뛰고 멋대로 이것저것 추진해버리니까 반감을 사는 거야."

"환자가 그걸 바라며 면담을 요청해오거든. 난 거기에 응하고 있는 것뿐이고."

"바로 그거야. 차라리 정식으로 시스템을 만들어버리면 되지 않을까?"

"……무슨 뜻이야?"

오토야마는 양손을 책상 위로 올리고 몸짓을 섞어가며 이야기했다. 진구지는 서류를 정리하며 두 사람의 대화에 귀를 기울였다.

"그러니까 말이야. '진료상담과'라든가……. 이름은 뭐가 됐든 상관없지만, 연명 치료나 불치병에 대하여 환자의 상담을 담당하는 부서를 새롭게 만드는 거야. 넌 거기에 소속되는 거지. 지금처럼 피부과에 있으면서 뒤로 몰래 상담을 하는 체계 없는 형태가 아니라 상담 전문 의사가 되면 돼. 각 진료과의 주치의는 골치 아픈 상담은 진료상담과에 맡기면 돼. 그편이 수고도 더 줄일 수 있어. 넌 환자와 치료 방침을 상담하는 데에 전념할 수 있고. 어때?"

"……그게 가능하다면 물론 좋겠지만."

"처음부터 그렇게 했어야 했어. 환자도 소문을 듣고 너한테 면담을 요청하는 것보다 제대로 서비스로 제공받으면 훨씬 안심할 거야. 병원으로서도 서비스 향상으로 이어지지."

"하지만 오토야마, 그건 실현되기 어려워. 무엇보다 병원에 있는 대부분의 의사들이 날 싫어하잖아?"

"물론 너를 믿고 부탁하려는 의사는 없을지도 몰라. 넌 분위기 파악 못 하기로는 둘째가라면 서러운 사람이니까."

"그렇겠지. 그건 실현될 수 없는 얘기야."

어깨가 처지는 키리코를 보고 오토야마는 고개를 끄덕였다.

"그러니까 나도 같이 할 거야."

오토야마는 부드럽게 웃었다.

"애당초 너 혼자 하게 할 생각은 없어. 난 카와스미 마리에에게 배웠어. 의사가 싸우는 방식은 한 가지만 있는 게 아니야. 네 방식으로 구할 수 있는 환자도 있지만 그러지 못하는 환자도 있어. 마찬가지로 후쿠하라의 방식으로 구할 수 있는 환자도 있고 그러지 못하는 환자도 있어. 그러면 안 돼."

"안 된다니?"

"너희들은 각각 한쪽으로 너무 치우쳐 있고 무엇보다 지나치게 고민이 없어. 그 생각이 환자랑 잘 맞으면 괜찮지만, 그렇지 않은 경우에는 단순히 너희의 생각을 강요하는 꼴이 돼. 그러니까 트러블도 일어나는 거야. 환자에게 필요한 건 조금 더 균형 감각이 있는 상담사야."

오토야마는 그렇게 말하고 자신을 가리켰다.

"바로 나 같은 사람이지. 안 그래?"

"뭐……?"

"내 생각은 이래. 진료상담과에는 여러 의사를 두는 거야. 다른 과의 일을 병행해도 괜찮으니 되도록 폭넓게 다양한 생각을 가진 의사를 두는 거지. 너한테 상담하고 싶은 환자도 있을 거고 다른 의사, 예를 들면 후쿠하라에게 상담하고 싶은 환자도 있을 거야. 그러니까 내가 창구를 담당하는 거야. 환자들을 1차 상담을 해서 나를 포함한 각 상담 의사에게 분배하는 거야. 나는 말이야, 너나 후쿠하라처럼 확고한 신념은 없어……. 언제나 이리저리 흔들리고 고민하게 돼. 하지만 아니, 그렇기 때문에 이런 일은 잘 맞을 거야. 틀림없이 너도 후쿠하라도 못 하는…… 내가 해야 하는 일이야. 그렇게 해서 우리는 힘을 모아 환자를 보아야 해."

키리코는 무심코 숨을 삼켰다. 오토야마의 눈동자는 자신감이 넘치고 생기 있게 반짝였다.

"이렇게 형태를 잡음으로써 진료상담과가 기능하기 시작해. 진료상담과는 내가 기획하고 너를 기용해 추진할 거야."

"시치주지 병원의 체계를…… 바꾸겠다는 거야?"

"그런 건 해본 적도 없으니 불안하기는 하지만, 그래도 도전해 보고 싶어."

오토야마는 말을 마치자 조금 쑥스러운 듯이 머리를 긁적이며 커피를 입으로 가져갔다.

키리코는 미간에 주름을 잡았다.

"너의 아이디어는 재미있다고 생각해. 하지만 모르는 사람이 보면 네가 나를 감싸느라 이상한 부서를 만들려고 한다고 생각해도 이상할 게 없어. 최악의 경우 병원에 대한 반역으로 여겨질 수도 있어."

"……설득할 거야. 틀림없이 이해해줄 거야."

"괜찮겠어? 오토야마는 지금까지 순조롭게 잘 해왔잖아. 굳이

그런 모험을 하지 않아도…….″

후우 하고 숨을 내쉬고 컵을 내려놓는 오토야마.

″난 의사야. 너도 그렇잖아?″

그리고 작은 목소리로 나직하게 말했다.

″포기하기 전에 최선을 다해봐야지.″

12월 10일

문을 거칠게 벌컥 열고 후쿠하라 마사카즈가 바에 들어왔다.

″위스키. 체이서*는 필요 없어.″

나직하게 말하고 자리에 앉자 바로 옆에 있는 여자에게 말
했다.

″치카, 네가 먼저 불러내다니 웬일이야? 데이트하고 싶어?″

″한심한 소리 하지 마세요.″

검은 드레스를 입은 진구지 치카는 진피즈 칵테일로 입가를 가
리며 말했다.

″스파이가 고용주한테 보고하러 와준 거예요.″

″스파이라니, 듣기가 좀 그렇군.″

″사실이 그렇잖아요?″

후쿠하라는 한숨을 내쉬었다.

″그 경어도 이제 그만, 안 쓰면 안 될까?″

″상사한테 경어를 쓰는 건 당연하잖아요.″

---

* 스트레이트로 위스키를 마시고 곧바로 마시는 물 또는 약한 술.

진구지는 유리잔 뒤에서 웃었다. 헤어진 뒤로는 철저하게 경어를 쓰는데 후쿠하라가 안절부절못하는 모습이 재미있었다.

위스키로 가볍게 목을 축이고 후쿠하라가 말했다.

"이야기해봐."

"진료상담과? 상담센터라면 이미 있잖아."

"의료복지사와의 상담으로는 해결하기 어려운 부분을 생각하고 있는 듯해요. 의사가 치료 방침을 결정하는 것까지 포함해서 상담하는…… 그런 부서인 모양이에요."

"그런 건 주치의가 직접 하면 되잖아. 일부러 그 사이에 한 단계를 더 끼워 넣으려는 의미를 모르겠군."

"……저한테 말씀하셔도 소용없어요. 그 두 분한테 따지세요."

후쿠하라는 턱을 쓰다듬으며 잠시 골똘히 생각했다.

"부원장으로서는 어떻게 생각하세요?"

"반대야. 장점도 없고 필요성도 모르겠군. 무엇보다 수익성이 낮아. 이런 시기에 쓸데없는 생각으로 분위기를 휘저으려고 하다니. 말단 의사가 생각할 법한 발상이야."

"말단……. 부원장님이 보기에는 말단이겠죠."

탁 하고 유리잔이 카운터에 부딪치는 소리가 났다. 후쿠하라는 명백하게 심기가 불편했다.

"오토야마도 키리코도, 어째서 나를 따르지 않는 거야……."

"저도 오토야마 선생님이 그런 생각까지 하고 계신 줄은 짐작도 못 했어요."

"오토야마는 본래 온건파야. 보나마나 키리코의 꼬임에 넘어간 거겠지. 녀석은 성격이 순하니까."

"그렇게 보이지는 않았어요."

"……그런 게 아니라면 현실성 없는 이상에 빠져 있는 것뿐이야."

후쿠하라는 술잔을 비우고 한 잔 더 주문했다.

"키리코를 깨끗하게 처리하는 건 아버지에게서 완전히 경영권을 빼앗은 뒤에 할 생각이었지만. 순서를 바꿔야 할지도 모르겠군. 아무튼 알려줘서 고마워."

"……후훗."

진구지는 무심코 웃음을 터뜨렸다.

"뭐야?"

"아니에요. 어둑한 바에서 이런 이야기를 하다니 영락없이 흉계를 꾸미는 이인조구나 싶어서요. 갑자기 웃음이 나왔어요."

후쿠하라는 불만스럽게 내뱉었다.

"나는 진지해."

"……그러시겠죠. 스파이 노릇을 하고. 계략을 꾸미고. 어쩐지 이상해요."

"나한테는 입장이라는 게 있어. 환자 생각만 하면 되는 그 녀석들과는 다르다고."

"환자를 생각하는 게 의사잖아요?"

"좋은 의사가 되기 위해서는 일단 돈이 필요해. 병원이 건전하게 운영되어야 해. 그러기 위해서는 무엇보다도 환자를 살리는 병원이어야 해. 기적을 일으키는 의사가 있어야 하고, 그 병원에

서 목숨을 구한 환자가 소문을 퍼뜨려야 해. 사람을 살리는 병원
으로 돈이 모임으로써 더 많은 사람을 구할 수 있는 병원이 되는
거야. 그렇게 해서 의료는 이상을 향해 한 걸음씩 다가가는 거
야. 긴 안목으로 보면 그것이 결국은 환자를 위한 일이야."

"돈, 돈이라니……. 후쿠하라 선생님은 어른이 되면서 때가 타
고 말았군요."

"때가 탄 게 아니야. 그냥 현명해진 거지. 그것이 가장 가까운
길이라는 걸 깨달은 거야. 말해 두지만 난 병원에 영혼까지 팔지
는 않았어. 이상을 향해 하나하나씩 실천해가고 있는 거야."

"키리코 선생님이나 오토야마 선생님의 마음은 아직 자전거를
타고 어디까지 갈 수 있는지 내기하던 그때 그대로인 거예요."

술잔을 쥐는 후쿠하라의 손에 혈관이 튀어나왔다.

"불쌍한 녀석들이야. 골인 지점이 어딘지도 모르고 내달려봐야
어디에도 도달하지 못하는데."

"후쿠하라 선생님은 어딘가에 도달했나요?"

후쿠하라는 고개를 끄덕였다.

"당연하지. 그러기 위해 난 줄곧 노력하고 있어."

"모든 것은 생명을 구하기 위해서란 건가요?"

"그래."

"그때 생각을 공유할 수 있는 친구가 옆에 없다면…… 불쌍한
사람은 후쿠하라 선생님인지도 모르겠네요."

진구지는 옆에서 이를 가는 소리를 들었다.

가볍게 한숨을 내쉬고 후쿠하라는 자리에서 일어났다.

"화장실 가게요?"

"돌아갈 거야."

"어머, 꽤나 빨리 가시네요."

"볼일이 끝났으니까 가야지."

진구지는 손을 내밀었다. 매니큐어를 갓 바른 빨간 손톱이 반짝였다.

"뭐야?"

"계산해야죠. 기억 안 나요? 지난번에도 내가 냈다고요."

"……그냥 달아두면 되잖아……."

후쿠하라는 지갑에서 1만 엔짜리 지폐를 몇 장 꺼내어 진구지의 손에 올려주었다.

진구지는 후쿠하라의 눈을 보았다. 두 사람의 시선이 교차했다. 후쿠하라의 타오르는 눈동자는 옛날에 비해 조금도 그 열기를 잃지 않았다.

그 불꽃이 적을 완전히 잿더미로 만들어버릴까, 아니면 제어하지 못하고 스스로를 태워버릴까.

옆에서 지켜보는 것도 재미있을지도 모른다. 진구지는 그렇게 생각하며 살짝 웃었다.

12월 15일

제2의국에서 키리코는 계속해서 기침을 했다. 진구지는 눈살을 찌푸리며 말했다.

"키리코 선생님, 마스크 착용하세요."

"아, 미안해."

상자 하나에서 마스크를 꺼내어 비닐을 뜯고 썼다. 뜨거운 숨이 얼굴에 닿았다.

"키리코 선생님, 요즘 들어 계속 마른기침을 하시네요. 몸이 좀 안 좋으세요? 열이 있는지 재볼까요?"

"아니, 괜찮아."

키리코는 컴퓨터를 보며 마스크를 내리고 물을 마셨다. 하지만 그의 얼굴은 희미하게 발갛고 눈꺼풀은 부어서 부석부석해 보였다. 진구지는 말했다.

"설마 인플루엔자는 아니겠죠? 원내 감염이라도 일으켰다간 큰일 나요. 빨리 집에 가서 쉬세요."

"괜찮아. 공기가 건조해서 그럴 거야. 가글하고 올게."

키리코는 일어나 문을 열었다. 아릿한 무언가가 치밀어 올라 두세 번 기침을 했다. 진구지가 노려보았다.

"정말로 괜찮아."

키리코는 황급히 밖으로 나와 등 뒤로 문을 닫고 탕비실로 향했다.

확실히 요즘 들어 마른기침이 끊이지를 않는다.

수면 부족 상태가 계속되어 그런 것일까. 의사가 컨디션 조절도 못 한대서야 말이 안 되지.

키리코는 가글약을 컵에 몇 방울 떨어뜨렸다. 짙은 갈색의 가글약이 수면에 마블링을 그렸다. 흔들어 녹인 뒤 몇 번 가글을 한 다음에 입안을 헹구고 퉤 뱉었다.

제법 개운해진 것 같았다.

키리코가 가글약 뚜껑을 닫고 탕비실의 전등을 껐다.

그때 목소리가 들렸다. 귀를 기울였다. 누군가가 비상계단에서 전화를 하고 있는 듯했다.

"보내준 콩자반 맛있었어. 고마워. 응. 알았어, 그렇게 할게. 그럼 또 전화할게. 이제 휴대폰은 사물함에 넣을 거야. 응. 원내에서는 못 쓰니까."

오토야마였다.

키리코는 비상계단 문을 열고 밖으로 나왔다.

"오토야마, 할머니한테 전화한 거야?"

마침 전화를 끊은 듯했다. 돌아보더니 오토야마는 쑥스러운지 머리를 긁적였다.

"들렸어?"

"학교 다닐 때부터 자주 전화했었지."

키리코는 난간에 기댔다.

비상계단의 2층 층계참. 대낮인데도 해가 잘 안 드는 곳이다 보니 차가운 공기가 훑고 지나갔다. 내려다보이는 안뜰에서는 이파리가 다 떨어져 추워 보이는 나무들이 흔들리고 있었다.

"우리 할머니는 손자 목소리 듣는 게 낙이거든."

"……계속 이쪽에서 일해도 되겠어? 오토야마네 집은 미야기잖아. 가까운 곳에 있는 쪽이 더 안심이 되지 않아?"

"괜찮아. 도쿄에서 하고 싶은 대로 마음껏 해보라고 할머니도 그랬으니까. 그리고 키리코, 그런 말 하지 마라. 앞으로 우린 이 병원을 바꿔갈 거니까."

"……잘되면 말이지만."

키리코는 작게 웃었다.

"이 친구야, 우는소리 하지 마. 이쪽은 이미 움직이기 시작했으니까."

"그래?"

"그래. 일단 사전 교섭부터 하고 있어. 신경내과의 하야미 부장님한테 진료상담과에 대한 의견을 물어봤더니 의외로 호의적이었어."

"신경내과 부장님을 끌어들인 거야?"

"확정은 아니지만 그런 셈이지. 그 사람은 의외로 새로운 걸 좋아하거든. 그리고 응급실 호시나 선생님한테도 지난번 일에 대해 잘 설명해뒀어. 간신히 화를 거둬주셨지. 그뿐만이 아니야. 호시나 선생님도 앞으로 문제가 생기지 않게 된다면 오히려 그런 체계를 만드는 데에는 찬성한다고 하셨어."

키리코는 감탄하며 숨을 내쉬고 조금 콜록거렸다.

"병원도 의사가 없으면 일을 할 수 없잖아. 의사가 한 사람 한 사람씩 찬성해주면 위에서도 거부하지 못해. 진료상담과는 충분히 실현할 수 있어."

"……대단해, 오토야마."

키리코는 눈을 동그랗게 뜨고 오토야마를 보았다.

"네가 그런 식이면 곤란해. 둘이서 할 거야. 사신이라는 별명은 이제 그만 반납해. 진료상담과 부장. 그게 너의 다음 직함이야."

"……."

키리코는 한동안 입을 다물었다. 그리고 입을 벌렸다가 다시 닫았다. 뭐라고 하려다 그만두었다. 몇 번 입만 뻐끔거리다 겨우 말했다.

"……오토야마. 저기……."

"응?"

"너한텐 폐만 끼치는구나. 나도 알아. 그…… 내가 조금 제멋대로고, 이상하다는 건."

입이 잘 움직이지 않았다. 그래도 필사적으로 단어를 골랐다.

"하지만 넌 그런 날 계속 도와줬어. 기뻐."

키리코는 머리를 숙였다. 서툰 인사였다. 오토야마는 웃어넘겼다.

"그러지 마라. 친구잖아."

"……."

키리코는 미소 지으며 무언가 말하려고 했지만 몇 번인가 기침하며 입을 손으로 가렸다. 오토야마가 걱정스럽게 쳐다보았다.

"키리코. 지난번부터 계속 기침하던데, 감기야?"

"괜찮아. 방이 건조해서 그래. 계속 거기서 자니까."

"좀 봐줄까?"

몸을 내미는 오토야마에게서 달아나듯이 뒷걸음치며 키리코는 고개를 가로저었다.

"됐어. 진단 정도는 혼자서도 할 수 있어. 아무렇지도 않아."

"쿠스노세 교수님이 입이 닳도록 말씀하셨잖아. 자가 진단은 믿을 수 없다고. 아무리 해도 주관이 개입되기 때문에 편중되기 쉬워. 걱정돼서 그런 거니까 내가 봐줄게. 자, 진찰실로 잠깐 따라와."

"아니, 정말로 괜찮아. 너도 일이 있잖아."

"그렇게 시간이 많이 걸리는 일도 아닌데 뭐. 괜찮으니까 가자."

오토야마는 키리코의 팔을 잡았다. 키리코는 이를 악물고 힘주며 버텼다.

"……난…… 의사가 싫어……."

"어린애 같은 소리 하지 말고. 자, 가자."

반쯤 강제로 오토야마는 키리코를 안으로 끌고 갔다.

간호사가 이쪽을 흘끔흘끔 보고 있다.

그 눈빛이 따가웠다. 나중에 온갖 소문이 돌겠지.

키리코는 부끄러운 듯이 몸을 웅크리고 진찰실로 들어가 환자용 의자에 앉았다. 가운을 입은 오토야마가 눈앞에 앉아 익숙한 손놀림으로 청진기를 귀에 걸었다. 조금 전과 똑같이 마주앉아 있는데 묘하게 관록이 느껴졌다.

"뭘 그렇게 긴장해? 소리 들어보게 얼른 단추 풀어."

키리코는 긴장하며 앞가슴을 벌렸다. 오토야마는 체스트피스를 키리코에게 대고 응응 하며 고개를 끄덕거렸다.

"아, 해."

이번에는 은색 헤라를 꺼내며 말했다. 설압자다.

키리코가 입을 벌리자 설압자를 집어넣어 키리코의 혀를 눌렀다. 이 금속 맛. 어릴 때부터 도저히 익숙해지지 않는다. 키리코는 무심코 얼굴을 찡그렸다.

"고개 좀 들어봐."

키리코는 눈을 감은 채 턱을 살짝 들었다. 침이 나왔다.

오토야마는 키리코의 입안을 들여다보며 라이트로 목구멍을 살펴봤다. 그리고 설압자를 빼며 "자, 끝났어" 하고 말했다.

"……."

초췌해진 키리코를 보고 오토야마는 쓴웃음을 지었다.

"뭐야, 키리코. 넌 자기가 진찰받는 건 싫어하는구나."

"시끄러워. 그냥 무섭단 말이야."

"자기도 다 하는 거면서."

오토야마는 은색 용기에 사용한 설압자를 던져 넣었다. 카랑하는 소리가 났다.

"그것과 이건 별개야. 그보다 어땠어? 딱히 별건 없었지?"

"음. 그게 조금……."

오토야마는 고개를 갸웃거리며 얼마 동안 생각에 잠겼다.

"뭐, 뭐야. 설마 뭔가 이상한 병인 거야?"

오토야마는 대답하지 않았다. 키리코의 눈동자가 이리저리 방황했다. 입이 바싹 말랐다.

있는 대로 뜸을 들였다가 오토야마는 후후후 하고 웃으며 말했다.

"뭐, 일반적인 감모*……, 평범한 감기야. 생활이 불규칙하니 안 떨어지는 것뿐이겠지."

키리코는 안도하며 가슴을 쓸어내렸다.

그리고 투덜거렸다.

"이상한 연출 하지 마. 심장에 안 좋아."

"미안, 미안. 하지만 너무 무서워하니까 조금 재밌어져서 말이지. 사과할게. 어떡할까? 만일을 위해 항생물질이라도 줄까?"

"필요 없어. 어차피 바이러스성이잖아. 필요도 없는 약은 쓰고 싶지 않아."

"그렇겠지. 당연히 알고 있겠지만 원칙적으로 감기에 처방하는 약은 없어. 당분간은 병원에서 자지 말고 영양을 충분히 섭취하고 휴식을 취하도록 해. 그건 그렇고, 아까 표정이 정말 끝내주더라!"

웃음보가 터졌는지 오토야마는 배를 움켜쥐고 무릎을 치며 웃어댔다.

키리코는 한숨을 쉬고 옷의 단추를 잠갔다.

오토야마는 콜록거리면서 여전히 웃고 있다.

"그렇게까지 웃을 건 없잖아."

"큭큭큭……. 푸후흡, 우푹."

"정말이지…….."

키리코는 진저리를 치며 괘씸한 친구의 얼굴을 보았다.

"우푹, 쿱, 쿠흡. 쿠흡. 쿨럭."

---

* 感冒. 감기의 다른 말.

"……오토야마?"

"커헉!"

한층 더 크게 목구멍에서 나오는 소리와 함께 오토야마의 입이 벌어졌다. 웃음은 멈췄다.

오토야마가 자신의 가슴을 보고, 그리고 키리코를 보았다. 눈이 휘둥그레져 있었다. 당황한 듯했다.

"오토야마!"

키리코는 황급히 오토야마에게로 달려갔다.

섬뜩한 붉은색.

오토야마의 입에서 쏟아진 피가 그의 가운에 선명하게 퍼져 나갔다.

거친 발소리를 내며 후쿠하라는 2층으로 향했다.

이따금 지나치는 환자들이 인사할 때마다 미소를 지으며 같이 인사했지만 이내 그 얼굴은 심각하게 굳었다. 유리창에는 긴장한 남자의 얼굴이 비쳤다.

나답지 않다.

스스로도 그렇게 생각했다. 자기 집처럼 훤히 꿰고 있는 시치주지 병원 안을 이런 얼굴로 걷는 일은 거의 없었다.

나는 이 병원의 부원장. 그리고 자타 공인하는 외과의 에이스다.

표정에서는 여유와 자신감이 흘러넘쳐야 하건만.

젠장. 마음속에서 솟아오르는 감정이 매우 불쾌했다. 이건 뭐지? 두려움인가? 밀리미터 단위의 심장 수술을 할 때도 손을 떨어본 적이 없는 내가?

후쿠하라는 어금니를 악물었다. 초조함을 얼버무리려고 성큼 성큼 걸으며 신경내과 외래의 가장 끝에 있는 문을 열고 들어갔다.

"상태는 어떻습니까?"

"후쿠하라 부원장님."

진찰실 안에 있던 의사들이 일제히 이쪽을 돌아보았다.

"상당히 많이 모였군요."

침대 위에 누워 있는 사람은 오토야마 하루오. 그를 에워싸듯이 신경내과 부장 하야미 토요히코와 신경내과 의사 여럿, 그리고 베테랑 내과의사 후지카와 키이치로, 피부과의 키리코 슈지가 있었다.

부장인 하야미가 거슬거슬한 수염을 쓰다듬으며 말했다.

"일부러 오게 해서 미안합니다."

"아닙니다. 직접 보겠다고 한 사람은 나니까요. 진단 결과는 나왔습니까?"

"지금 후지카와 선생이 알아보고 있어요. 지금부터 만전을 기하기 위해 인후두 내시경으로 살펴볼 예정이에요."

"알겠습니다. 여기에는 몇 명씩 있지 않아도 괜찮습니다. 여러분은 외래 환자도 있으니 그쪽으로 가보세요. 내시경은 내가 할 테니까요."

후쿠하라는 손을 휘저어 의사들을 끝 쪽으로 쫓아내고 오토야마의 눈앞에 놓여 있는 의자에 털썩 앉았다. 급한 대로 가져다 놓은 의자가 후쿠하라의 긴 다리 앞에서는 너무나도 작아보였다.

"후쿠하라까지 온 거야? 다들 유난스럽긴."

침대에 누운 오토야마가 진심으로 난감한 표정으로 중얼거렸다. 후쿠하라는 진지한 눈으로 말했다.

"피를 토했다며?"

"그렇기는 하지만…… 별거 아니야. 감기가 유행이기도 하고……, 계속 목이 거슬거슬했는데 기침을 너무 세게 해서 그런 것뿐이야. 이제 괜찮아. 기분도 불편하지 않고. 외래도 볼 수 있어."

"좀 만져볼게."

후쿠하라는 손을 내밀어 오토야마의 목을 촉진했다. 경부 림프절에 어렴풋이 멍울이 만져졌다.

"목에 멍울이 있고 목이 메듯이 기침을 하는 것이 신경 쓰입니다. 만일을 위해 내시경으로 봐두는 게 좋을 것 같습니다."

내과의인 후지카와가 옆에서 말했다. 후쿠하라는 무뚝뚝하게 대답했다.

"알겠습니다. 아무튼 후지카와 선생님도 그리고 여러분도 하던 일로 돌아가세요. 다시 한 번 말하지만 이제부터는 내가 맡겠습니다."

"알겠습니다."

"말할 필요도 없겠지만 환자들이 알아채지 못하도록 주의해주세요. 외래 담당 의사가 갑자기 병에 걸렸다는 소문이 나면 이미지가 좋지 않으니까요. 최악의 경우 대외적인 문제가 될 수 있습니다."

후쿠하라가 못을 박았다. 의사들은 고개를 끄덕이고 방에서 나갔다.

"키리코, 너도 네 자리로 돌아가."

침대 옆에 서 있는 키리코에게 후쿠하라는 눈길도 주지 않고 말했다. 하지만 키리코는 고개를 가로저었다.

"난 오늘 외래 담당이 아니야."

"뭐야? 그럼 회진이라도 돌아."

"담당하고 있는 입원 환자도 없어. 정확히 말하면 오늘은 내 당번이 아니야."

후쿠하라는 미간을 찡그리고 비로소 키리코를 보았다.

"그럼 왜 굳이 병원에 와 있는 거야?"

"집에 가봐야 딱히 할 일도 없으니까."

키리코의 얼굴은 창백했다. 평소와 다름없기는 했지만 한층 더 불길하게 생각되어 후쿠하라는 눈을 돌렸다.

"후쿠하라, 그보다 빨리 살펴보자."

간호사가 내시경 기기와 약품을 은색 카트에 싣고 왔다. 이 이상 키리코와 말싸움한들 시간 낭비일 뿐이다. 후쿠하라는 "방해는 하지 마라" 하고 떨떠름하게 끄덕였다. 그리고 카트를 가까이 끌어와 장갑과 마스크를 꼈다.

"시작한다, 오토야마."

"알았어……. 몇 번이나 말하지만 그냥 감기야. 내시경까지 할 필요는 없어."

"나도 알아. 감기라고 확인하기 위해 하는 거야. 검사비는 네 급여에서 뺄 거야. 인두 반사는 강한 편이었던가?"

"고만고만해."

"회식 끝나고 곧잘 손가락 넣고 토하곤 했지. 그럼 마취를 강하게 해두자."

후쿠하라는 가볍게 말하며 오토야마를 일으켜 마우스피스를 물게 했다. 젤리 형태의 국소마취약을 면봉으로 찍어 콧구멍에 발랐다. 그리고 전자 내시경을 들어 끝부분을 체크하고 쭉 잡아 뺐다. 직경 3밀리미터의 가늘고 긴 튜브가 뱀처럼 꿈틀거렸다.

키리코는 화면이 오토야마에게 보이지 않도록 슬그머니 디스플레이를 기울였다.

"다 아는 사이니까 사양 않고 집어넣을 거야."

후쿠하라는 오토야마의 콧구멍으로 전자 내시경을 쑥 삽입했다. 라이트가 점등했다. 오토야마의 목구멍 안쪽이 화면에 비쳤다. 후쿠하라의 손이 쑥쑥 움직일 때마다 카메라는 안쪽으로 안쪽으로 전진했다. 키리코가 말했다.

"후쿠하라, 이비인후과 진단 경험은 있어?"

"무시하지 마. 문제없어."

"그렇겠지. 하지만 내가 더 익숙해. 내가 할까?"

"쓸데없는 걱정은 집어치워."

붉은색과 핑크색의 터널 안을 전자 내시경이 지나갔다. 터널은 전체가 맥박 치며 흔들리고 있었다.

"후쿠하라, 거기가 구개수야. 좋아, 지나갔어."

"목젖이라고 해."

후쿠하라는 화면을 보았다. 그리고 숨을 삼켰다.

"이건…….."

키리코도 마찬가지로 할 말을 잃고 눈이 휘둥그레졌다.

오토야마의 목구멍 안쪽. 조개 속살을 연상시키는 주름 잡힌 살 속에, 맥동하는 핑크색 세계의 중심에서 조금 오른쪽에 아름다울 만큼 순백의 세계가 펼쳐져 있었다. 생크림을 뿌려놓은 것처럼 우둘투둘하고 눈처럼 깨끗하고 희미하게 표면이 반짝이고 있었다.

후쿠하라의 손이 자기만 알아차릴 정도로 살짝, 하지만 확실하게 떨렸다.

온갖 생각이 어지럽게 머리를 스쳤다.

말도 안 돼.

이 나이에, 어째서.

거짓말이다.

손쓸 수 있을까……?

"……후쿠하라. 생검 해야지."

"나도 알아!"

묘하게 냉정한 키리코의 목소리가 불쾌했다.

후쿠하라는 신중하게 목표를 겨냥하고 스위치를 눌렀다. 소형 클립과 비슷하게 생긴 생검 겸자가 이를 드러내며 턱을 벌리더니 오토야마의 목을 덥석 물고 하얀 덩어리를 정확하게 뜯어냈다. 채취한 세포 조각을 샬레에 넣었다. 후쿠하라는 옆에 있는 간호사에게 말했다.

"병리검사실로 보내. 내 이름을 대고 최대한 빨리 알아보라고 해."

"네."

"그리고 CT 찍을 거니까 서둘러 준비해. 긴급하지 않은 환자의 예약은 다 뒤로 미루고 오토야마부터 하라고 해."

간호사는 고개를 끄덕이고 총총히 걸어갔다.

이야기를 들으며 오토야마가 불안스럽게 후쿠하라를 보고 있었다. 마우스피스 때문에 말은 하지 못했지만 눈빛으로 묻고 있었다.

"병명을 알고 싶어?"

오토야마는 가볍게 끄덕였다.

"너도 의사야. 처치를 통해 짐작은 될 테니 숨겨도 의미가 없겠지……."

후쿠하라는 혼잣말을 중얼거리고 한 번 더 오토야마의 눈을 보았다. 정말 괜찮겠어? 하고 말없이 물었다. 오토야마는 한 번 더 고개를 끄덕였다.

키리코는 입을 한일자로 굳게 다문 채 후쿠하라를 보고 있었다. 얼마 동안 침묵이 이어졌다.

후쿠하라가 말했다.

"암이야. 상당히 커."

외래 접수창구의 괘종시계가 해묵은 소리를 내며 울렸다.

자정이 지나 인적이 전혀 없는 대기실. 전원이 꺼진 TV는 어둠만 비추고 있었다. 토요일 낮이면 백 명 단위로 앉아 있는 소파에 지금은 키리코 혼자 앉아 있다.

어렴풋이 들려오는 발소리에 키리코는 고개를 들었다.

실루엣으로 알 수 있었다. 후쿠하라다. 손에는 파일 케이스를 들고 있었다. 아침부터 계속 환자를 상대해서인지 암만 그라고 해도 피로한 기색이었다.

"후쿠하라."

키리코는 의자에서 일어나며 불렀다.

"……키리코."

후쿠하라가 조금 의외라는 투로 걸음을 멈췄다.

"기다리고 있었던 거야?"

두 사람의 그림자가 얼마간의 거리를 두고 나란히 늘어섰다.

"후쿠하라, 오토야마의 CT 결과 나왔지?"

"그래."

"보여줘."

작은 그림자가 손을 내밀었다. 큰 그림자는 파일 케이스를 든 채 움직이지 않았다.

"후쿠하라, 보여줘."

"안 돼."

후쿠하라는 거절했다.

"……왜지?"

"너한테는 보여줄 수 없어. 부장회의에서 오토야마의 주치의는 나로 결정됐어. 진단도 치료 방침도 모두 내가 정해. 너와는 이제 상관없는 이야기야. 네 환자나 신경 써."

얼마 동안 침묵이 흐른 뒤 키리코가 말했다.

"너무하잖아. 나 역시 의사야."

"그래, 그렇지. 그리고 의사는 병원의 직원일 뿐이야."

"……무슨 일이 있어도 오토야마의 치료에 관여하지 못하게 할 셈이야?"

"당연하지. 평소에 네가 해온 짓을 보면 누구나 그럴 거야."

"후쿠하라, 넌 사적인 이유로 부원장의 권한을 남용하겠다는 거야?"

흥 하고 코웃음 치는 소리가 들렸다.

"내가 횡포를 부리는 것처럼 말하지만, 애당초 넌 평범한 피부과 의사일 뿐이야. 나는 외과의고. 어떻게 생각해도 네가 끼어들 자리는 없어. 다른 부장들도 모두 수긍했어. 혼자 억지 부리지 마."

그럼 간다, 하고 후쿠하라는 대화를 끊었다.

그리고 다시 걸음을 옮겼다.

키리코는 말했다.

"……의사로서는 그럴지도 몰라."

후쿠하라는 대답하지 않았다. 무시하고 빠른 걸음으로 걸어갔다.

"하지만 친구로서 나는……."

두 사람의 모습이 교차했다.

"난……."

키리코를 내버려두고 후쿠하라는 떠나갔다.

복도에는 키리코 혼자 남겨졌다.

12월 16일

바의 문이 열렸다. 들어오는 진구지를 보고 이미 카운터에 앉아 있던 후쿠하라가 얼굴을 찡그렸다.

"어머, 후쿠하라 선생님."

"……오늘은 혼자 있고 싶었는데."

후쿠하라는 얼음이 든 술잔을 양손으로 움켜잡고 있었다.

"이런 곳에서 만나다니 별일이네요. 어머, 독특한 안주랑 같이 드시네요."

후쿠하라의 앞에는 볶은 깨 몇십 알이 접시에 담겨 있었다.

진구지는 후쿠하라의 대답을 기다리지도 않고 옆자리에 자연스럽게 앉았다.

"뭐야. 넌 이 가게에 혼자 오진 않잖아. 일부러 날 찾아온 거야?"

"맞아요. 소문으로 들었어요. 오토야마 선생님이 입원하셨다죠? 오토야마 선생님의 상태는 어때요? 안 좋아요?"

진구지는 어쩐지 신이 난 듯이 눈을 치뜨며 후쿠하라를 보았다. 후쿠하라는 불쾌한 듯이 코를 찡그렸지만 나직하게 대답했다.

"목구멍 안쪽에 거대한 악성종양이 생겼어. 하인두암이야. 림프절 한 곳에 전이가 진행됐고, 식도로도 번지려는 중이지. 3기야."

"3기……, 진행암이군요. 아직 나이도 젊은데."

"하인두암은 증상이 나타날 무렵에는 이미 상당히 진행된 상태인 경우가 많아. 젊을수록 진행도 빠르고."

"그러게요. 좀 더 빨리 알아차렸으면 좋았을걸."

진구지가 주문한 마티니가 나왔다. 그 직후에 후쿠하라가 주먹으로 카운터를 내려쳤다.

"오토야마는 오랫동안 기침을 해왔어. 담배를 피우면 기침이 나온다고 했지만 그것만이 아니었던 거야. 밥 먹다가 사레드는 경우도 있었어. 모두 인두암의 증상이잖아. 알아챌 수 있는 포인트는 얼마든지 있었는데 나는 대수롭지 않게 보아 넘긴 거야."

진구지는 뺨에 손가락을 대고 끄덕거렸다.

"확실히 가끔 사레들리는 경우가 있었죠. 하지만 어쩌겠어요? 알아채지 못할 때는 어떻게 해도 알아채지 못하기 마련이니까요."

"옛날부터 그랬어. 오토야마는 남 걱정만 하다 자기 일은 제대로 못 챙겼지. 빌어먹을……. 내가 너무 경솔했어."

"이제라도 발견했으니까 다행이잖아요? 앞으로는 어떻게 하실 거예요?"

"당연히 잘라낼 거야."

"네?"

"암을 뿌리까지 절제해서 깨끗하게 만들어줘야지. 내가 집도할 거야."

"얼마나 자를 건데요? 위까지요?"

"암세포의 침윤 정도로 볼 때 후두는 완전히 들어내야 하겠지.

식도의 대부분도. 결손된 식도는 팔에서 떼 낸 피부를 둥글게 말아 덧붙여 대체할 거야. 그리고 확청이라고 하는데, 경부 림프절도 절제할 거야. 대수술이지."

"……후두전적출을 하려고요? 그러면 오토야마 선생님은 더 이상 말을 할 수 없게 되는 거예요?"

"맞아. 성대도 절제하게 되니까 지금까지처럼 대화를 할 수는 없게 되지. 그리고 목에 큰 구멍이 생겨. 기관공이라고 하는데, 평생 그리로 숨을 쉬어야 해."

"그렇군요. 아쉬워라. 난 오토야마 선생님의 편안한 목소리 좋아하는데……."

후쿠하라가 한숨을 쉬었다.

"아까부터 뭐하는 거야? 단순히 남의 일이 궁금해서 이야기를 들으러 온 거야?"

"설마요. 딱하다고 생각해요. 하지만 의외네요."

"뭐가?"

심술궂은 눈빛으로 진구지가 후쿠하라를 올려다보았다.

"후쿠하라 선생님은 훨씬 더 기뻐할 줄 알았거든요."

"……무슨 뜻이야?"

"그렇잖아요? 진료상담과 말이에요. 오토야마 선생님은 키리코 선생님과 작당해서 이것저것 꾸미고 있었잖아요? 의료감사를 앞두고 있는 이 시기에 그대로 내버려두면 후쿠하라 선생님의 일에 방해가 되는 건 두말할 여지가 없죠. 어떻게 해서든 단념하게 만들어야겠다고 생각하고 있는 와중에 이번에 병이 발견됐잖아

요? 역시 후쿠하라 선생님은 강한 운명의 별 아래 태어나셨나 봐
요. 장해물이 저절로 제거되는 강한 행운의 소유자예요."

후쿠하라의 얼굴이 순간적으로 시뻘게졌다. 동시에 그의 오른
손이 날아왔다.

파열음이 나면서 진구지는 허공을 보았다. 턱뼈가 저릿저릿하
게 떨렸다. 따귀의 여운.

"취소해."

"……여자한테 손찌검을 하는 거예요? 야만스럽게."

진구지는 자신의 뺨을 감싸며 후쿠하라를 노려보았다. 입안에
비릿한 쇠 맛이 퍼졌다. 입안이 찢어진 것 같았다.

"난 지금까지 단 한 번도 누군가가 병에 걸렸다고 기뻐한 적 없
어. 앞으로도 마찬가지야. 설령 다른 누가 암에 걸렸다고 해도
난 전력으로 치료할 거야."

뺨이 아팠다. 불쾌했다.

하지만 그 이상으로 진구지는 당황스러웠다. 이 위화감은
뭐지?

"오토야마는 내가 반드시 고쳐줄 거야. 이 손은 그걸 위해 있으
니까."

"손……?"

후쿠하라의 손. 체격이나 성격에 비해 가늘고 긴 손가락.

위화감의 정체를 깨달았다. 조금 전에 뺨을 때린 손. 그 손이
차가웠던 것이다.

"후쿠하라 선생님, 그 유리잔은……."

후쿠하라가 아까부터 계속 움켜잡고 있던 위스키 글래스에 물방울이 서려 있었다. 잔에 들어 있는 얼음은 언제나 보던 둥근 공 모양이 아니라 잘게 부서진 얼음 알갱이였다. 안의 액체는 아무 색깔도 없었다. 그것은 물이 아닌가. 평소보다 표면적이 넓은 얼음으로 아주 차갑게 식힌 물⋯⋯.

"수술실에서 집도의는 고독해."

후쿠하라가 혼잣말했다.

"다섯 시간 열 시간씩 혼자 싸워야 해. 배가 고파도, 화장실에 가고 싶어도 절대로 손을 쉴 수 없어. 눈앞의 환자는 기다려주지 않으니까. 개복 수술을 하는 동안 피는 계속해서 흘러. 1초라도 시간이 늦어지면 그만큼 환자는 죽음에 가까워져. 알 수 있어. 살아 있는 생물의 몸속에 손을 집어넣고 있으면, 아주 조금씩이지만 확실하게⋯⋯ 약해져가는 게 느껴져."

후쿠하라는 천천히 손을 뻗었다. 그 끝에는 가느다란 젓가락이 놓여 있었다.

"생명의 안쪽을 이 손바닥으로 만지는 거야. 연약하고 부드럽고 뜨뜻하고 꿈틀거리고⋯⋯. 아주 작은 실수로도 바스러지는 생명을 다루는 거야. 그게 어떤 기분인지 네가 알아? 평소에는 의식도 못 하겠지. 살리기 위해 가르는 거야. 얇은 피부막 너머는 바로 대동맥이야. 종이 한 장 두께의 삶과 죽음. 생명의 안쪽, 더 안쪽으로 메스를 넣어 절개하고 깊이깊이 찾아가는 거야⋯⋯."

그의 눈은 평소와 다름없이 불꽃이 일렁이는 것처럼 투지로 번뜩이고 있었다. 하지만 그 손은, 얼음물을 계속 쥐고 있던 손은 하얗게 변색되어 딱딱하게 굳어 있었다.

"손가락 끝부터 싸늘해져. 죽음이 전염되는 것처럼 감각이 사라져가. 육체 안인데. 따뜻해야 할 텐데도 말이야. 정신적인 문제겠지. 손가락이 떨려. 내 말을 듣질 않아. 식은땀도 안 나. 내가 숨을 쉬고 있는지 아닌지도 알 수 없게 돼. 그래. 두려워……."

"천재라고 불리는 부원장님도 무서워하는군요."

"맞아. 무서워. 미칠 듯이 무서워."

후쿠하라는 떨리는 손으로 젓가락을 쥐고 천천히 벌렸다. 그리고 접시 위의 깨를 한 알 집었다. 부드럽고 정밀한 움직임이었다.

"그래서 이렇게…… 연습해두는 거야."

후쿠하라는 젓가락을 살짝 움직여 깨 위에 깨를 쌓았다. 진구지는 숨을 삼켰다.

하나. 둘. 셋…….

숨만 한 번 쉬어도 날아가는 탑을 쌓아 올려갔다. 이따금 후쿠하라는 기도하듯이 눈을 감았다. 후쿠하라의 머릿속으로는 오토야마 하루오의 목 안에서 메스를 움직이는 이미지를 그리고 있는지도 모른다. 가로세로로 가늘게 둘러쳐진 신경을 빠져나가고 혈관을 피하며 암세포에 침식된 림프절과 지방조직만을 정확하게 절제하는 이미지가.

"차갑게 얼어붙은 손으로도 절대 실패하지 않도록."

그날.

고요한 박력이 넘쳐흐르는 그 눈을 진구지는 아무 말도 하지 못한 채 그저 바라보고만 있었다.

12월 17일

노크 소리가 났다.

채혈을 하기에는 아직 조금 이른 시간이라고 생각하며 침대 위에서 오토야마는 "들어오세요" 하고 말했다.

"뭐야, 너구나."

오토야마는 웃었다. 문을 열고 들어온 사람은 키리코였다. 가슴에는 카드 홀더가 걸려 있고 거기에는 이름이 적힌 종이가 들어 있었다.

"고지식하게 면회증까지 받아서 온 거야?"

키리코는 순순히 고개를 끄덕였다.

"후쿠하라가 자꾸 뭐라고 해서. 의사가 아니라 그냥 친구로서 보러 왔어."

"하긴, 그 친구도 부원장이라는 입장이 있으니 힘들 거야."

스스로도 알 수 있었다. 목소리가 조금 가스랑거렸다. 병세가 진행되고 있는 것이다. 오토야마는 큰일 났네, 하고 웃었다. 키리코는 비닐봉지를 내밀었다.

"병문안 선물이야. 먹어."

"뭔데?"

"아이스크림이야. 삼키기 쉬울 것 같아서."

"와, 바닐라 좋아하는 걸 용케 기억하고 있었구나. 고맙다."

"수련의 시절에 점심 대신에 두 개 세 개씩 먹었잖아."

"그런 때도 있었지……. 저기 냉장고에 넣어둬 줘."

시키는 대로 하고 키리코는 침대 옆의 의자에 앉았다.

"상태는 좀 어때?"

"괜히 시치미 떼기는. 다 알잖아."

오토야마는 뺨을 긁적였다.

"물론 전자 차트는 봤지만."

"적혀 있는 그대로야."

키리코는 고개를 끄덕이고 몸을 앞으로 내밀며 물었다.

"그럼 수술을 거부했다는 것도 사실이야?"

"그래. 맞아……."

"방사선과 항암제만으로 대응할 생각이야?"

"그렇지 않아. 이 정도로 진행된 하인두암을 방사선으로 어떻게 해볼 수 있다고는 나 역시 생각하지 않아. 다만 수술은 조금 기다려달라고 부탁했어. 적어도 일주일……, 가능하면 한 달 정도만……."

"어째서? 일정에 무슨 이유라도 있어?"

"아니, 조금 쑥스러운 이야기지만……."

오토야마는 병실에 걸려 있는 달력을 보았다.

"할머니한테 목소리를 들려주고 싶어서 그래."

"언제나 전화드리는 할머니한테 말이야?"

"그래. 너도 알잖아. 나의 유일한 가족이야."

"목소리를 들려주기 위해 수술을 뒤로 미뤘다고?"

"나한테는 중요한 일이야."

병원 안쪽의 1인실은 조용했다. 겨울의 투명한 공기를 뚫고 부드러운 햇볕이 창문으로 쏟아져 들어왔다.

"내가 초등학생일 때 어머니가 돌아가셨어. 아버지도 대학교에 입학하기 전에 돌아가셨고. 계속 할머니가 부모님 노릇을 대신해주셨어. 줄곧. 맞아, 언제나 날 돌봐주셨어. 사춘기 때도. 입시 때도. 지금도 기억해. 입시 전날 잠을 이루지 못했는데……. 그랬더니 할머니가 방으로 오셔서 노래를 불러주셨어. 자장가를. 다 큰 손자 앞에서 말이야."

"그래서 잠을 잘 수 있었구나."

"맞아. 처음에는 부끄러웠지만 결국 푹 잤지."

"어쩐지 오토야마다운 에피소드야."

"그래? 아무튼 난 할머니의 은혜는 평생 잊을 수 없어. 사실 미야기로 돌아가 할머니랑 같이 살아야 하는데…… 절대로 돌아오지 말라고 하셨어. '할머니는 걱정하지 말고 사내라면 도쿄에서 최선을 다해 일하라고' 하셨어."

"할머니는 멋진 분이시구나."

"그렇지? 정말 존경해."

오토야마는 눈을 감았다.

"……할머니도 이미 연세가 있으시니 많이 약해지셔서 시설에 입소해 계셔. 나한테서 오는 전화가 유일한 삶의 낙이야. 그래서 적어도 일주일에 한 번씩은 꼬박꼬박 걸고 있어. 내 목소리가, 건강한 내 목소리만이 할머니가 살아가는 원동력이거든."

오토야마는 자신의 목을 살짝 만졌다. 암세포가 하얗게 침식하고 있는 목을.

"어떻게 말씀드려야 좋을지 모르겠어. 내 마지막 목소리로, 뭐라고…….''

"……오토야마.''

키리코가 말을 하려고 하는데 오토야마가 가로막았다.

"키리코, 너라면 그냥 평범하게 설명하면 된다고 하겠지? 암 때문에 목을 절제해야 해서 이것이 마지막 통화라고. 하지만 재활 치료로 목소리는 어느 정도 회복되고 그것으로 병도 나으니까 걱정하지 않아도 된다고.''

키리코는 고개를 끄덕였다.

"맞아. 수술 후의 5년 생존율은 평균으로도 50퍼센트야. 오토야마의 체력이라면 훨씬 높을 거야. 승산이 있는 도전이야. 할머니도 이해하실 거야.''

"그게 그렇게 간단한 얘기가 아니야. 할머니는 이제 얼마 안 남았어……. 여기도 많이 안 좋아졌고.''

오토야마는 머리를 손가락으로 가리키며 계속했다.

"전화를 할 때도 똑같은 이야기를 되풀이하는 일이 많아졌어. 시설 사람들 이야기로는 직원들과는 거의 대화가 안 된대. 언제나 꿈을 꾸고 있는 것처럼 실없는 소리만 하고. 하지만 내 목소리로만…… 내 목소리를 듣고 순간적으로 이쪽 세계로 돌아오신다더라. 생기가 도는 눈으로 전화하고 똑똑한 목소리로 이야기하고. 그러고는 정말로 기쁜 듯이 가르쳐주신대. 우리 손자는 도쿄에서 훌륭한 의사 선생님을 하고 있다고."

오토야마의 눈가가 촉촉해졌다.

"정말로 자랑스러운 손자라고. 도쿄에서도 으뜸가는 명의라고. 어떤 병이든 다 고칠 수 있으니까 어려운 일이 있으면 언제든지 자기한테 얘기하라고 말씀하며 다니신대……."

말꼬리가 갈라졌다. 오토야마는 얼굴을 일그러뜨리고 딱 한 번 눈물을 닦았다. 그리고 명랑하게 말했다.

"……하하, 그 손자는 이렇게 암에 걸리고 말았지만 말이야. 그런데 말할 수 있겠어? 그런 할머니한테 암으로 목을 잘라낸다는 말을 할 수 있겠어? 말한다고 하더라도 불안해하지 않도록 제대로 설명할 수 있을까……. 이해하실 수 있을까?"

"오토야마……."

"난 못 하겠어……. 할머니한테 마지막에 걱정을 끼쳐드리고 싶지 않아. 가실 때는 행복하게, 그래, 손자는 세계 제일의 의사가 되었다는 확신을 가지고 가셨으면 좋겠어."

"하지만 오토야마. 그럼 수술은 언제 하려고?"

"수술을 받지 않겠다는 건 아니야. 나 역시 죽고 싶지는 않으니까. 하지만 기다려줬으면 해. 아직…… 해드릴 말이 떠오르지가 않아."

오토야마는 고개를 숙이고 입고 있는 환자복을 보았다.

"키리코, 그거 알아? 그렇게 간단하지가 않아. 할머니의 딸……, 그러니까 내 어머니가 돌아가신 원인은 암이었어. 췌장암으로…… 불과 2주 만에, 순식간에 돌아가시고 말았어. 할머니

가 암에 어떤 이미지를 가지고 계시는지 상상할 수 있겠어? 암이
라는 말은 우리 의사가 생각하는 것보다 훨씬 무거워."

키리코는 몸을 내밀고 담담하게 말했다.

"할머니의 사정은 알겠지만 그것 때문에 병이 악화되면 본말이
전도되는 셈이잖아. 여유를 부릴 수 있는 상황이 아니야. 수술을
결심해야 해. 할머니께 전하는 방법 같은 건 뭐든 상관없잖아?
일단……."

"키리코, 너답지 않은 말을 하는구나."

"뭐?"

"반대였잖아? 병 때문에 살아가는 데에 소중한 것을 소홀히 해
서는 안 된다. 언제나 네가 환자들에게 하는 말이잖아?"

"아니, 그건……."

키리코는 불만스럽게 입을 열었다. 하지만 입에서는 아무 말도
나오지 않았다. 얼마 동안 입을 반쯤 벌리고 침묵하다 키리코는
놀란 듯이 오토야마를 보았다.

"……맞는 말이야."

오토야마는 눈을 깜빡거렸다.

그 키리코가, 언제나 무표정하고 냉정하고 어떤 상황에서나 합
리적으로밖에 생각할 줄 모르는 키리코가 살짝 동요한 것을 알
수 있었다.

"아니, 그렇지만, 역시 달라. 넌 이미 손쓸 방도가 없는 환자가
아니야. 그런데 굳이 목숨의 위험을 무릅쓰고 할머니와의 통화를
우선시하는 건 역시 합리적이라고 할 수 없어."

조금 말이 빨라진 키리코에게 오토야마는 반박했다.

"똑같아, 키리코. 너의 사고방식에 따르면 생명의 가치는 '얼마나 사느냐'가 아니라 '어떻게 사느냐'에 있잖아? 내가 결정한 생명의 사용법을 너라면 최우선시해줄 거라고 생각했는데."

"……그렇구나. 확실히 그렇게 볼 수도 있겠어……. 이상하네. 나답지 않아."

키리코는 생각했다. 눈꺼풀이 떨리고 있었다.

키리코와 환자에 대해 이야기를 나눈 적이 한두 번이 아니다. 언제나 키리코는 확고한 의견을 가지고 있었으므로 지금처럼 고민하는 모습을 본 것은 처음이었다. 그런 자신에게 키리코 본인도 당황한 듯했다.

"병에 걸린 당사자의 의사와는 상관없이 주변 사람으로서는…… 역시 목숨의 '길이'에 가치를 두게 돼. 아니, 하지만 그 정도는 이미 예전부터 알고 있었을 텐데. 난 새삼스럽게 뭘……."

혼잣말을 중얼중얼하는 키리코. 자신만의 세계에 빠져 들어가고 있는 그에게 오토야마는 말했다.

"미안하다, 키리코. 이상하게 말꼬리를 잡아서 고민하게 만들었구나."

"아, 아니야……."

"날 걱정해서 그런다는 건 알아. 조금만 더 생각해보면 결론을 낼 수 있을 것 같으니까 시간을 좀 줘."

"그래, 알았어……."

키리코는 일어났다. 그리고 오토야마를 걱정스럽게 내려다보며 "몸조리 잘해" 하고 말했다.

12월 21일

회의실에서는 오토야마의 치료 방침에 대한 논의가 이루어지고 있었다.

"본인은 수술을 기다려달라고 하는 것 같던데요."

내과의 후지카와가 쉰 목소리로 말했다. 후쿠하라는 고개를 끄덕였다.

"네, 그렇습니다."

"설마 방사선요법만으로 대응하겠다는 건가요?"

"아뇨. 수술은 할 겁니다. 방사선은 수술 전의 조치로 시행하고 있습니다. 그것으로 암을 작게 축소시키고 남은 것을 절제하는 겁니다. 방사선은 이제 일주일 남았어요. 그게 끝나면 수술을 할 겁니다."

"본인은 아직 수술할 결심을 세우지 못한 것 아닙니까? 남은 일주일 안에 결론을 내리지 못하면 어떻게 합니까?"

"그렇다 하더라도 수술은 합니다. 목에 줄을 매서라도 수술실에 밀어 넣을 겁니다."

후쿠하라가 딱 잘라 말하자 회의실이 술렁거렸다. 질문이 날아왔다.

"오토야마의 의견은 무시하겠다는 말씀입니까?"

"아아, 미안합니다. 그런 뜻이 아닙니다."

후쿠하라는 말을 고쳤다.

"표현이 좋지 않았네요. 어떻게 해서든 설득한다는 뜻입니다. 나와 오토야마 선생님은 대학교 동기로 서로 허물없는 사이입니다. 반드시 동의서에 도장을 찍게 할 확고한 자신이 있습니다. 그러니 수술하지 않을 가능성은 고려하지 않습니다."

"……후쿠하라 선생님, 굳이 이런 말을 할 필요는 없다고 생각하지만, 입원한 시점에서 오토야마 역시 우리 병원의 환잡니다. 개인적인 감정은 끌어들이지 말고 환자로서 보아야 합니다."

"네, 알고 있습니다."

고참 의사이고 위엄도 있는 후지카와 앞에서 후쿠하라도 공손하게 대답했다.

알 게 뭐야. 마음속으로는 그렇게 중얼거렸다.

오토야마 자식. 할머니에게 걱정 끼치고 싶지 않다는 소리나 할 때야? 안 되면 힘으로라도 동의서를 쓰게 할 거야. 두고 봐. 수술은 반드시 할 거야.

"그럼 다음 환자로 넘어가죠……."

회의는 진행되었다. 후쿠하라는 자리에 앉아 붉게 충혈된 눈 사이를 문질렀다. 연일 잠자는 시간을 쪼개어 수술 연구와 이미지 트레이닝을 하고 있다. 눈을 감으면 수술 순서가 떠오른다. 오토야마의 후두는 어떤 형태일까. 어떻게 절개하면 가장 빠를까.

생각한다. 생각하고 또 생각한다.

한 방울이라도 출혈을 줄이고 1초라도 수술 시간을 단축하는 방법을.

오토야마. 난 절대 널 죽게 하지 않을 거야.

12월 26일

"그러네. 벌써 올해도 다 갔네. 응……, 응."

오토야마는 병실에서 전화를 하고 있었다.

"그러게. 그럼, 이쪽은 문제없지. 음, 이 시기에 많이 발생하는 질환이라면 역시 뇌졸중이지. 추워지면 아무래도 환자가 늘어나거든. 나? 난 건강하지. 할머니도 조심해야 돼. 응."

몇 마디 말할 때마다 페트병을 입으로 옮겼다. 미네랄워터로 목을 축이며 통화를 계속했다.

"그래? 목소리가 좀 이상하다고? 글쎄, 감기 기운이 있나? 조심할게. 응. 그럼 또 전화할게."

휴대폰을 내려놓고 오토야마는 1인실에 설치되어 있는 화장실로 달려갔다. 몇 차례 토하고 나서 휴지로 입술을 닦았다. 입안이 건조하여 들러붙을 것 같았다.

수도꼭지를 틀고 손으로 물을 퍼 올려 입안을 헹궈냈다. 점막에 수분을 공급했다.

이런 식으로 꼼꼼하게 적셔도 조금만 지나면 이내 건조해진다.

침이 분비되지 않았다. 전혀 나오지 않게 되었다.

연일 계속되는 방사선요법의 부작용일 것이다.

거울을 보았다. 조금 해쓱해진 자신의 얼굴은 참으로 꼴사나웠다.

문득 웃음이 났다.

설마 자신이 암에 걸리다니. 마치 농담 같다. 하지만 이것이 현실이다.

이렇게 괴롭다니. 이렇게 힘들다니. 이렇게 불안하다니. 거짓말 같다. 바로 얼마 전까지 가운을 입고 이 병원 안을 돌아다녔는데.

모든 것이 상상을 초월했다.

환자의 마음을 이해한다고 생각했는데 실제로는 10퍼센트도 이해하지 못했던 모양이다. 역시 건강한 상태와 병에 걸린 상태는 하늘과 땅만큼의 차이가 있다.

그래서인지 익숙한 친구들의 태도도 평소와 다르게 느껴졌다.

힘이 넘치고 듬직한 의사라고 생각했던 후쿠하라가 요즘 들어 초조해하는 것처럼 보인다. 정력적으로 치료 계획을 추진해주고 있는데, 고마워해야 할 일인데…… 어째서인지 계속 채근당하는 것 같아 마음이 편하지 않았다.

키리코도 마찬가지다. 냉정하고 날카롭게 파고드는 언변이 오토야마 앞에서는 곧잘 무디어졌다. 오히려 반박당하고 혼란스러워할 정도였다.

자신이 환자의 입장이 되고 나서야 비로소 보인 그들의 모습에 오토야마는 신기한 감동을 느꼈다. 그것이 무엇을 뜻하는지 생각하다 보면 시간이 그냥 흘러갔다.

침대로 돌아왔다. 테이블에는 점심이 놓여 있지만 먹을 생각이 들지 않았다. 식욕이 생기지 않는 데다 무엇보다 먹어도 금방 토했다.

달력을 보았다. 벌써 26일이라니. 정말로 한 해가 다 갔구나.

28일까지는 수술동의서를 쓰라고 후쿠하라가 말했다. 이미 수술실도 확보해 놓았으므로 무슨 일이 있어도 수술을 하겠다고 했다. 동의서를 쓰지 않으면 강제로라도 쓰게 하겠다고 호언했다.

더는 시간이 없다. 할머니에게 암이라는 사실을 알려야 한다.

……하지만 결국 오늘도 말하지 못했다.

지금까지 몇 번이나 말하려고 시도는 했었다.

하지만 실제로 전화를 걸어 "아이고! 하루오냐?" 하고 기뻐하는 할머니의 목소리를 들으면 말문이 막히고 만다. 아픈 데는 없다고, 평소와 똑같다고 거짓말을 하게 된다.

알고 있다. 자신은 단지 하기 싫은 일을 뒤로 미루고 있을 뿐이다.

수술을 미루다 암에 온몸을 침식당해 극심한 통증에 시달리며 죽어갈 각오는 되어 있지 않다.

하지만 할머니에게 현실을 들이밀 각오도 아직 없다…….

오토야마는 테이블 위에 놓인 식기를 보았다. 도자기 그릇 뚜껑을 열어보자 포토푀*가 있었다. 감자, 양배추, 당근, 양파, 브로콜리, 소시지……. 갖가지 재료가 반짝반짝 빛나며 푹 익어 있었다. 하지만 오토야마의 코에는 구역질을 유발하는 냄새밖에 나지 않았다.

먹고 싶지 않았다. 그대로 뚜껑을 다시 덮었다.

---

* 쇠고기와 뼈를 채소 등과 함께 고아서 만든 수프.

하지만 아무것도 먹지 않을 수는 없다. 그랬다가는 죽고 만다. 오토야마는 주변을 두리번거리다 냉동실 안에 있는 아이스크림을 꺼냈다. 키리코가 문병 오면서 가지고 와준 아이스크림이다. 이것이라면 먹을 수 있을까.

아이스크림 컵을 든 손에 냉기가 전해졌다. 뚜껑을 열자 달콤한 향기가 났다. 새하얗고 군데군데 보풀이 인 것처럼 표면이 보슬보슬해져 있었다. 스푼을 넣으니 부드럽게 쑥 들어갔다.

입에 한 스푼 넣어 보았다.

오토야마는 얼굴을 찡그렸다.

기름이었다. 차가운 기름을 먹는 것 같았다…….

무심코 포장을 확인해보았다. 틀림없이 가장 좋아하는 회사의 가장 좋아하는 맛이었다. 물리도록 먹었던 그 제품이 확실했다.

내 혀가 이상한 것이다.

무엇을 먹어도 그랬다. 맛이 이상했다. 그리고 삼키면 목에 통증이 내달렸다. 식사가 고통스럽다고 인생이 이렇게까지 시시해질 줄은 몰랐다.

그 이후로 키리코는 문병을 오지 않았다.

"키리코 선생님, 평소대로 면담을 요청하는 환자 목록이 다 만들어졌어요."

제2의국에서 진구지가 말했다.

"키리코 선생님의 소문이 의외로 넓게 퍼졌나 봐요. 꼭 사신에게 상담하고 싶다는 사람들이 많아요. 면담실 확보할까요?"

실내에 종이 뭉치를 탁탁 가다듬는 소리가 울려 퍼졌다.

"그래, 그렇게 해."

키리코는 이쪽으로 등을 돌리고 노트북을 보고 있었다. 문득 생각이 난 진구지가 물어보았다.

"맞다, 키리코 선생님. 오토야마 선생님은 진행암이라고 했죠?"

"응."

"병문안 안 가셔도 돼요?"

"상태를 보러 가기는 했어. 그거면 충분해. 애당초 문병을 가는 걸로 암의 진행이 멈춘다면 누가 고생하겠어? 지금은 방사선요법을 하고 있는 듯하니 방해하지 않는 게 최선이야."

진구지는 한숨을 한 번 내쉬었다.

"키리코 선생님, 만약에 오토야마 선생님이 죽을병에 걸렸고 환자로서 면담을 요청하시면 키리코 선생님은 평소와 다름없이 면담을 수락하실 거예요?"

"당연히 수락하지. 오토야마도 환자임에는 틀림이 없으니까."

키리코의 말투는 평소와 다르지 않았다. 그래서 진구지는 조금 더 깊이 파고들어가 보기로 했다.

"만약에 말이에요. 오토야마 선생님이 필요 이상의 투병을 바라지 않으신다고 하면요? 키리코 선생님은 치료를 중단하라는 제안을 하실 수 있어요? 사신은 친구도 죽일 수 있나요?"

"할 수 있어."

대답은 거침없었다.

진구지는 그다지 놀라지는 않았다. 이 사람이라면 가능하겠지. 그런 예감은 있었다. 진구지는 놀리는 투로 말했다.

"키리코 선생님은 냉혈한이네요."

"그럴까? 당연한 일이잖아. 지금까지 난 의사로서 올바르다고 생각하는 일만 해왔어. 그런데 오토야마만 예외로 한다면 프로의 자격이 없다고 봐야지."

"물론 그럴지도 모르지만요."

"그런 거야. 그렇지 않으면 지금까지 내가 면담해온 환자들을 볼 낯이 없어. 진구지, 따뜻한 물 좀 줘."

"지금 끓일게요."

진구지는 주전자에 물을 떠와 스위치를 눌렀다.

"키리코 선생님은 지금까지 많은 환자들을 보아오셨죠?"

"그래."

"그중 몇 명은 치료를 중단하고 목숨을 포기하게 하셨죠?"

"그랬지."

"후회는 없으세요? 슬프다든가 죽게 하고 싶지 않았다든가 하는 감정은요?"

주전자 입구에서 김이 나기 시작했다. 물이 대류하며 부글부글 끓는 소리가 났다.

"없어."

역시 키리코는 단호하게 말했다. 하지만 대답을 하기까지 약간의 틈이 있었음을 진구지는 놓치지 않았다.

"정말로요?"

"당연하지."

키리코가 한숨을 내쉬고 컵을 들었다. 오래 사용한 컵이다.

"환자는 스스로 결정하고 이 세상을 떠나갔어. 그것을 슬프다든가 후회한다고 말하면…… 환자에게 실례잖아. 나한테 그런 생각을 할 권리는 없어. 맞아, 그런 생각은 해서는 안 돼."

물을 따라달라며 키리코는 컵을 내밀었다. 진구지는 물이 다 끓은 주전자를 들었다. 그리고 눈이 휘둥그레졌다.

키리코는 여전히 태연해 보였다. 무표정하고 차분하고 그 눈에서는 감정다운 것이 드러나지 않았다. 하지만…….

컵이 떨리고 있었다. 손잡이를 쥔 손가락이 힘없이 흔들리고 있었다.

"키리코 선생님……."

진구지가 말하자 키리코는 그제야 알아챈 듯했다. 황급히 컵을 책상에 놓았다.

"……거기에 따라줘."

컵을 내려놓아도, 손목을 눌러도 떨림은 멈추지 않았다. 빛 때문인지 키리코의 얼굴도 조금 창백해진 것 같았다.

"키리코 선생님. 무리하고 계신 것 아니에요?"

진구지는 물었다.

"……그렇지 않아."

키리코는 고개를 가로저으며 부정했다.

"사신이, 죽음을 보고 두려워할 이유가 없잖아……. 안 그래?"

그 모습이 무척이나 애처로워 보여 진구지는 아무 말도 하지 못했다.

12월 27일

"좀 어때? 주치의 선생님 오셨다."

"아……, 후쿠하라."

오토야마는 병실로 들어온 후쿠하라를 보았다. 목이 아파 고개를 천천히 들어 올리는 것이 버릇이 되었다.

"조금 여위었네. 방사선 쬐고 있으니 어쩔 수 없지. 구토억제제는 안 부족해?"

"조금 늘려줘."

"알았어."

"후쿠하라, 너도 눈 밑이 시커매졌어. 괜찮은 거야?"

"응? 솔직히 졸려."

입을 크게 벌리며 후쿠하라가 하품을 했다.

"이봐, 환자 앞에서 태도가 그게 뭐야?"

오토야마는 쓴웃음을 지었다.

"무슨 소리야? 네 수술을 위해 밤새 술식(術式, technique) 연구하느라 그런 거잖아."

그 말에 오토야마는 눈을 돌렸다.

"그렇구나……. 미안하다."

"잘못이 있는 건 네가 아니야. 암이지. 그럼, 수술하기로 결심은 섰어?"

후쿠하라는 파일 케이스에서 동의서를 꺼내어 오토야마의 앞에서 팔락팔락 흔들어보였다.

"……아직 할머니한테 얘길 못 했어."

"이봐, 이제 좀 어지간히 해!"

후쿠하라는 분노를 숨기지 않았다.

"조금만 시간을 달라고 해서 원하는 대로 해줬잖아! 더는 못 기다려. 이제 한계야."

"하지만……."

여전히 태도가 미적지근한 오토야마를 후쿠하라가 다그쳤다.

"언제까지 우물쭈물댈 생각이야? 암세포가 증식해서 목을 뚫고 밖으로 튀어나올 때까지? 암성동통으로 지옥 같은 통증에 몸부림치며 괴로워할 때까지? 지금도 힘들잖아. 밥이 맛도 없고 토할 것 같고 목소리가 쉬고 음식물을 삼키지 못해서 고통스럽잖아! 알겠어? 그 정도로 끝나는 게 아니야. 이제 곧 네 목은 암 때문에 찢겨나갈 거야. 먹은 것이 몸 안으로 흘러넘칠 거라고. 몸 안에 토하는 고통을 상상할 수 있어?"

오토야마는 자신의 목을 누르며 부르르 떨었다.

"……암이란 건 정말로 무서운 병이구나."

"맞아. 새삼스럽게 무슨 소리를 하는 거야? 수술은 꼭 해야 해. 알겠어? 포기해. 목소리가 나오지 않더라도 할머니한테는 편지를 보내면 되잖아. 낫고 나서 만나러 가도 되고. 도대체 왜 그렇게까지 전화에 집착하는지 도무지 모르겠다!"

후쿠하라는 거칠게 숨을 내쉬며 소리쳤다.

친구라 터놓고 이야기하느라 그런 것도 있겠지만 오만한 말투다. 하지만 동시에 불안을 날려 없애주는 든든함도 느껴졌다. 시키는 대로 하면 병은 낫는다. 그런 믿음을 주는 무언가가 후쿠하라의 목소리에는 깃들어 있다.

"……역시 그래야 할까?"

"당연하지. 목숨보다 중요한 건 없으니까."

"후쿠하라는 언제나 단정하듯이 말하더라."

"뭐?"

"본인은 틀리지 않다고 언제나 생각하지……. 그거 알아? 난 사실은 쿠스노세 교수님이랑 친하게 지내는 게 싫었어."

"오토야마, 갑자기 무슨 소리를 하는 거야?"

"대학 때 이야기야. 특정 교수와 지나치게 사이가 좋아지면 아무래도 사제라든가 파벌처럼 되잖아? 난 앞날을 생각할 때 그처럼 눈으로 보이는 걸 만드는 게 싫었어. 그리고 어차피 파벌로 들어간다면 니카이도 교수님 같은 좀 더 힘 있는 교수님의 파벌에 들어가고 싶었고."

후쿠하라는 의아한 표정을 지으면서도 말없이 오토야마의 이야기를 듣고 있었다.

"하지만 네가…… 재미있는 영감님이니까 꼭 만나봐야 한다며…… 거절해도 들어주지 않으니까. 파벌 같은 건 신경 쓰지 말라고, 어떻게든 될 거라고 해서 마지못해 따라간 거야."

"……하지만 재미있는 영감님이었잖아?"

오토야마는 끄덕였다.

"그래…… . 생각했던 것 이상으로 재미있는 분이셨어. 여러 가지로 많이 배웠지."

"내 말은 틀리지 않았잖아?"

"그래. 후쿠하라가 옳았어."

후쿠하라는 만족스럽게 미소 지으며 단호하게 말했다.

"동의서, 쓸 거지?"

오토야마는 여전히 망설이고 있었다. 할머니의 얼굴이 머리를 스쳤다.

하지만 눈을 감고 고개를 세로로 끄덕였다.

"……그래. 쓸게."

"좋아! 나만 믿어."

후쿠하라는 하얀 치아를 드러내고 웃으며 오토야마의 손을 잡았다. 그리고 힘차게 움켜쥐었다. 손이 뜨거웠다.

오토야마는 후쿠하라를 다시금 바라보았다.

후쿠하라의 이 자신감. 이 용기. 쉽게 가질 수 있는 것은 아니다. 의사와 환자, 양쪽의 시점을 가지고 있는 지금이니까 그렇게 생각할 수 있다. 뒤에서 얼마나 많이 노력하고 있을까. 후쿠하라는 강한 의사다.

"시무룩한 표정 짓지 마. 빨리 건강해져서 할머니가 계신 곳으로 당당하게 돌아가야지."

싱긋 웃는 후쿠하라에게 오토야마는 희미하게 웃어 보였다.

파일 케이스 안에 수술동의서를 넣고 의기양양하게 의국으로 돌아온 후쿠하라에게 한 진단방사선기사가 말했다.

"후쿠하라 선생님, 보고드릴 게 있어요."

"뭐지?"

"오전 중에 찍은 오토야마 선생님의 MRI 말인데요."

"아, 오늘 찍었구나. 보고 갔더라면 좋았을걸."

"방사선 치료 결과가 얼마만큼 나타났는지 확인하려고 찍었는데…… 살펴보니 조금 문제가 있는 게 아닌가 싶어서요."

"문제라고? 보여주게."

방사선기사가 화면에 MRI 사진을 띄웠다. 사진을 보고 후쿠하라는 말문이 막히고 말았다.

"……설마."

오른쪽 폐의 중앙에서 조금 위쪽에 하얀 그림자가 나타나 있었다. 방사선기사가 끄덕였다.

"이 그림자는 아마도……."

"일반적으로 생각하면 원격전이야. 하지만 설마. 어떻게 이럴 수가. 지난번 사진은 어땠지?"

"이거예요."

나란히 보여주며 방사선기사가 설명했다.

"해당 지점은 여기예요. 지난번에는 못 보고 지나쳤지만, 잘 보면 흐릿하게 그림자가 있다고 볼 수도 있거든요……. 그래서 만일을 위해 이번에는 자세히 살펴보니 이렇더라고요. 지난번 시점에서 이미 전이가 일어나고 있었는지도 몰라요."

후쿠하라의 손에서 힘이 빠져나갔다. 파일 케이스가 소리를 내며 떨어졌다.

"후쿠하라 선생님, 이래서는, 그, 수술은……."

방사선기사의 목소리가 멀리서 들리는 듯했다. 후쿠하라는 눈을 감았다.

원격전이가 발생했다면 수술은 불가능하다. 폐에 전이된 이상 다른 부분에도 전이되었을 가능성이 크다. 전이된 암을 모조리 제거할 수도 없고 설령 제거한다 하더라도 오토야마의 체력이 버티지 못한다. 수술은 사람에게 칼을 대는 것이다. 그에 상응하는 대미지를 몸에 주게 된다. 억지로 수술하면 암이 아니라 수술 때문에 오토야마가 죽게 된다.

틀렸어. 아무리 술식을 연구한들 이래서는…….

눈을 떴다.

"이미, 늦었어요……. 완화 케어 쪽으로 전환하는 수밖에……."

방사선기사의 목소리에 후쿠하라의 눈꼬리가 치켜 올라갔다. 이를 가는 소리가 울렸다.

확실히 수술은 불가능했다.

남은 방법은 항암제와 방사선뿐이다. 암을 확실히 없앨 수 있는 치료가 아니다. 부작용으로 오토야마의 몸을 너덜너덜하게 만들고 괴롭히고…… 그 결과 암이 조금 작아지는 수준밖에 기대하지 못한다. 기적이 일어나지 않는 한은.

얼마 되지 않는 가능성을 믿고 오토야마의 몸에 독을 쏟아부을 수 있을까.

"포기하지 않아."

그 공포를 견딜 수 있을까.

"……난 포기하지 않을 거야! 절대로!"

견딜 수 있다. 견뎌내 보일 것이다.

후쿠하라는 불안을 떨쳐내듯이 소리치고는 MRI 사진을 노려보았다. 모든 치료 방침을 다시 세울 것이다. 포기하지 않아. 절대 포기할 수 없어.

내가 무너지면 누가 오토야마를 도와준단 말인가.

12월 28일

"키리코 선생님, 무리하고 계신 것 아니에요?"

진구지의 말을 떠올리고 키리코는 무심코 손을 멈추었다.

손바닥으로 얼굴을 감싸고 눈을 감고 심호흡했다.

손은 차가웠다. 가늘게 떨리고 있었다. 이런 적은 지금까지 한 번도 없었는데.

진료 기록으로 다시 눈을 돌렸다. 면담을 신청한 환자의 차트였다. 병태는…… 말기 암. 키리코의 눈꺼풀이 굳어지며 몇 차례 움찔움찔 경련했다.

오토야마의 모습이 차트에 겹쳐 보여 키리코는 제2의국 천장을 올려다보았다.

이상하다. 요즘의 나는, 이상하다…….

처음에는 작은 틈이었다. 오토야마의 병문안을 갔을 때 생긴 작은 균열이었다. 하지만 그것이 순식간에 커지더니 지금은 자신의 사고를 산산조각 낼 것 같았다. 덕분에 차트 내용이 전혀 머리에 들어오지 않았다.

상대가 오토야마라도 상관없어.

환자는 환자, 지금까지 해온 대로 내가 할 일은 전혀 달라지지 않아.

키리코의 이성은 분명히 그렇게 말하고 있었다. 틀리지 않았다는 자신도 있었다. 하지만 그것을 이유도 없이 거부하려는 무언가가, 분명히 키리코의 마음속 깊은 곳에서 똬리를 틀고 있었다. 처음부터 마음속 깊은 곳에 자리 잡고 있었지만 침전한 것들에 가려 보이지 않았던 무언가. 그것이 지금 느닷없이 표면으로 고개를 내밀고 자기주장을 하고 있었다.

오토야마를 죽게 하고 싶지 않다고. 떼를 쓰는 어린아이처럼.

키리코는 어찌할 바를 몰라 자기 손을 보았다.

한숨을 내쉬었다.

간단한 이야기다……. 자신은 단지 미숙했던 것이다.

환자 앞에 서서 죽음으로 파고들어가 싸우고 있다고 생각했다. 어떤 불치병 앞에서도, 아무리 비참한 상황이 눈앞에 있더라도 동요하지 않을 자신이 있었다. 그런 의사가 되고 싶었고 그런 의사가 되었다고 생각했다.

누가 비판을 하건, 이따금 환자 가족이 격분하여 소리를 지르건 아무렇지 않았다. 자신이 하는 일은 옳다는 믿음이 있었기 때문이다.

하지만 실제로는 어떠한가. 친구가 암에 걸렸다는 사실만으로도 평정심이 무너졌다. 자신은 나약하고 여린 인간이었다.

지금 마음속은 두 갈래로 나뉘어 수습이 불가능했다.

그리고 자신은 상반된 두 개의 자신을 상황에 따라 구분할 수 있는 만큼 요령이 좋지 않았다. 어느 한쪽으로 통일되지 않으면 앞으로 나아가지 못한다. 그 자리에 멈춰선 채 아무것도 못 하게 된다.

문득 후쿠하라가 생각났다.

그는 오토야마가 환자라도 전혀 달라지지 않는 것 같았다. 여전히 에너지가 넘치고 생명을 살리고자 하는 강인한 뜻을 굽히지 않았다.

자학하듯이 웃었다.

지금에 와서는 후쿠하라와 비교할 권리조차 자신에게는 없었다. 일관성이 없는 의사에게 도대체 무슨 가치가 있다는 말인가.

키리코는 신음하며 머리를 쥐어뜯었다. 손톱이 두피를 파고들었다.

"키리코 선생님. 왜 그렇게 침울해하세요?"

등 뒤에서 진구지의 목소리가 들렸다.

"진구지, 있었어?"

"계속 있었어요. 왜 그러세요? 마음이 완전히 다른 곳에 가 있는 사람 같아요."

"……좀, 생각할 게 있어서, 어쩐지 일에 집중이 안 되네."

진구지는 한쪽 눈썹을 치켜 올리고 경멸하듯이 내려다보았다.

"한가하게 우는소리나 하고 있을 때예요? 병원은 전쟁터예요. 싸우지 않는 사람은 필요 없어요."

진구지는 종이를 한 장 집어 펜과 함께 키리코의 앞에 내밀었다.

"환자가 기다리고 있어요. 전선에 나가기 싫으면 사표라도 쓰는 게 어때요?"

오토야마는 병실을 나서는 후쿠하라의 등을 망연히 쳐다보았다.

시간이 천천히 흘러가는 기분이 들었다.

후쿠하라가 나가고 문이 닫히고 실내가 완전히 조용해지고 나서도 오토야마는 얼마 동안 시선을 움직이지 못했다.

이미 전이되었다. 수술은 불가능하다…….

상태를 알려준 후쿠하라의 얼굴은 매우 분해 보였다. 하지만 그의 마음속의 불꽃은 아직 꺼지지 않았다. 다른 방법으로 어떻게든 해볼 것이고 반드시 살려줄 테니 자기를 믿어달라고 오토야마에게 몇 번이나 힘주어 거듭 말했다.

열성적인 후쿠하라와는 반대로 오토야마의 마음은 어정쩡했다.

충격은 그다지 크지 않았다. 수술할 것인지 아닌지 계속 고민해온 입장에서는 오히려 문제가 해결되었다는 안도감마저 들었다.

그래도 병실에 혼자 남아 창문에 비치는 햇빛이 조금씩 붉게 물들다 이윽고 어둠이 네 귀퉁이에서 슬그머니 다가오기 시작하자 배 아래쪽에서 깊은 한숨이 새어나왔다.

끝이구나.

내 인생도.

천장을 보았다. 흐릿한 얼룩이나 무늬 하나하나를 오토야마는 아무런 의미도 없이 눈으로 좇았다.

끝날 때는 정말 깨끗하게 끝나는구나. 거짓말 같은 이야기다.

하다가 중간에 손을 놓은 일도, 바로 얼마 전까지 담당하던 환자도 어쩐지 아무래도 상관없었다.

이 세계가 끝나면 나는 어디로 가게 될까. 최후의 순간은 괴로울까. 걷잡을 수 없는 상념이 머릿속을 가로질렀다. 빨리 결혼했더라면 좋았을 걸 그랬다. 아니, 이렇게 일찍 떠나게 되었으니 오히려 결혼하지 않아서 다행이라고 해야 할까. 하다못해 할머니보다는 나중에 가고 싶다. 할머니의 상태에 달려 있기도 하지만 그 점은 아마도 괜찮을 것이다. 항암제가 있으면 1년 정도는 버틸 수 있을 것 같은 기분이 들었다.

신기하게도 아쉬움은 없었다. 남기고 가는 가족이 없기 때문일까.

공포도 그렇게 많이 느껴지지는 않았다. 의외로 담담해서 오토야마는 스스로도 신기했다.

얼마 동안 불도 켜지 않고 어두운 병실에서 골똘히 생각하다 문득 이해했다.

아아, 그렇다.

마리에를 보았기 때문이다. 의연하게 죽음을 맞이하던 그 모습을 보았기 때문에 나는 자제심을 잃지 않을 수 있었다. 나는 그때 내가 죽을 각오도 했던 것이다.

마리에의 모습이 떠올랐다. ALS로 온몸이 마비되어 고통스러워하며 눈을 감았다. 그녀는 마지막에 나를 보고 웃으며, 그리고…….

오토야마는 이를 악물었다. 얼굴이 굳어졌다. 눈을 뜨고 어둠을 잡아먹을 듯이 노려보았다.

갑자기 몸에 피가 돌기 시작하는 느낌이었다. 다시금 온몸의 감각이 되살아났다. 앙상하게 튀어나온 뼈가 침대에 닿아 있다. 구내염으로 입안이 욱신욱신 아팠다. 가슴 안쪽이 묵직하고 목이 아팠다.

마리에는 나에게 자신의 목숨을 통해 가르쳐주었다. 의사란 무엇인가. 그렇다. 그래서 키리코와 함께 진료상담과를 만들고자 했던 것이 아닌가. 거기에 추구해야 할 해답이 있을 것이다. 나는 아직 내 일을 마치지 못했다. 나는 아직 의사가 되지 못했다!

오토야마는 후쿠하라와 키리코를 생각했다.

이럴 수는 없어. 이제야 그 두 사람과 함께 싸울 수 있다고 생각했는데. 내 나름의 투쟁 방법을 이제야 알아냈는데. 이런 곳에서 나 혼자 눈을 감아야 하다니…….

그들의 넘치는 재능과 그들에게 부족한 것을 생각하고 오토야마는 거칠게 숨을 쉬었다.

셋이 아니면 안 된다.

나 혼자서도 안 되고 후쿠하라 혼자서도, 키리코 혼자서도 안 된다. 우리가 만나 때로는 대립하면서도 오늘까지 같이 지내온 것은 단순히 인연이 끈질겨서가 아니다. 나에게는 보인다. 셋이서 힘을 합하고 부족한 부분을 서로 보완하면서 나아가는 모습이. 그렇다, 의사라는 끝없이 멀고 눈부시게 희고 성스러운 것을 손에 넣는 광경이 보인다.

그러기 위해 우리는 만난 것이다.

오토야마는 이가 덜덜 떨렸다.

공포를 느꼈다. 죽음의 공포가 어둠 속에서 단숨에 끓어올라 오토야마 안으로 몰아닥쳤다.

지금 세 사람의 인연은 벌어지려 하고 있다. 이윽고 머지않은 미래에 완전히 찢어질 것이다. 나는 세상을 뜨고, 후쿠하라는 키리코를 쫓아내고, 그리고 다시는 원래대로 돌아갈 수 없다.

남겨진 시간은 많지 않다.

오토야마는 여위어서 뼈가 불거진 자신의 몸을 꽉 끌어안았다. 식은땀을 흘리고 숨을 헉헉 몰아쉬며, 그러면서도 눈을 부릅뜨고…… 조용히 생각했다.

병실로 향하는 발걸음이 무거웠다.

솔직히 전혀 내키지 않았다. 제2의국으로 돌아가고 싶어지는 자신의 몸을 간신히 채찍질하며 키리코는 복도를 걸어갔다. 아직 생각이 정리되지 않았다. 환자와 면담하는 것도 내키지 않는데 오토야마를 만나고 싶은 마음은 더욱 들지 않았다.

하지만 병상에 누워 있는 오토야마가 직접 호출을 했다.

만나러 가지 않을 수는 없다.

병실 앞까지 왔다. 그 문이 거대한 감옥의 입구처럼 느껴졌다.

되도록 빨리 이야기를 마무리하고 돌아가자. 지금의 자신에게는 생각할 시간이 필요하다. 키리코는 몇 번이나 망설이다 침을 한 번 꼴깍 삼키고 노크를 했다.

들어오라는 말을 확인하고 병실 안으로 발을 들였다.

"……좀 어때?"

"키리코. 오랜만이야."

오토야마의 안색은 칙칙했고 매우 여위어 있었다. 목소리도 예전보다 훨씬 쉬어 있었다. 암이 진행되어 그의 성대를 집어삼키고 있는 것이 틀림없다. 식사를 만족스럽게 못하는지 링거를 달고 있었다.

"오늘도 면회증을 쓰고 왔구나."

"그래."

사실은 조금이라도 시간을 벌어 이곳으로 오는 것을 뒤로 미루고 싶었을 뿐이지만 그렇게 말할 수는 없었다.

"미안하다. 바쁜데 오라고 해서."

"아니, 괜찮아. 저기……."

키리코는 말문이 막혀 창밖을 보았다. 해가 저문 뒤 내리기 시작한 차가운 비가 유리창을 후드득후드득 때리며 아래로 흘러내렸다.

"그…… 한동안 안 왔으니 상태를 보고 싶었어."

"그렇게 말해주니 고맙다. 나도 '사신'을 만나고 싶던 참이었어."

오토야마는 침대에서 몸을 일으켰다. 그 움직임은 너무나도 연약했다.

"……사신이라……."

키리코는 중얼거렸다. 오토야마는 농담 삼아 한 말이겠지만 지금의 키리코는 그런 별명을 듣기만 해도 마음이 혼란스러워졌다. 이상한 별명이다. 누가 붙인 것일까. 자신은 그런 것과는 거리가 먼 나약한 인간에 지나지 않는데.

"왜 그래, 키리코?"

"아니. 아무것도 아니야."

황급히 얼버무렸다. 그리고 침대 옆으로 의자를 끌고 와 조용히 앉았다.

"그런데 무슨 일이야?"

최대한 태연하게 물었다. 오토야마는 고개를 한 번 끄덕였다가 말을 꺼냈다.

"너한테 부탁하고 싶은 게 있어."

"부탁?"

"그래. 사신인 너한테, 부탁이 있어."

"뭐라고……?"

키리코의 몸이 떨렸다. 기분 나쁜 예감이 들었다. 오싹한 한기가 등줄기를 타고 지나갔다.

오토야마는 난처한 듯이 한 번 웃더니 이번에는 키리코를 똑바로 쳐다보며 말했다.

"사실 난 이미 가망이 없어."

키리코의 눈이 휘둥그레졌다.

"그래서 어떻게 죽는 게 좋을지 상담하고 싶어."

발밑이 와르르 무너져 내리는 느낌이 들었다.

"원격전이라고……?"

"그래. 어제 후쿠하라가 그러더라. 수술은 불가능하다고. 앞으로는 항암제와 방사선으로 암을 작게 줄이는 방침으로 가겠다고 하더라."

"그, 그렇구나……."

움켜쥔 주먹이 떨렸다.

"남은 수명이 얼마나 될까? 후쿠하라는 말하지 않았지만 내가 볼 때는 1년 정도인 것 같아."

오토야마의 목소리가 마치 물속에서 들려오는 것처럼 메아리쳤다.

가망이 없다고? 오토야마가? 다른 장기로 원격전이가 됐으면 이미 빼도 박도 못하는 말기 암이잖아. 오토야마가 말기 암이라고……?

"하아. 간신히 수술을 결심했는데 결심하자마자 이렇게 됐어."

오토야마가 죽는다. 오토야마가 이 세상에서 사라진다.

"키리코, 나 말이야……, 놀랍게도 무섭지는 않아. 아니지, 그렇게 말하면 어폐가 있구나. 당연히 죽고 싶지는 않아. 마음에 걸리는 것도 많이 있어."

평정을 가장하는 키리코의 안에서 또 한 사람의 키리코가 숨을 죽였다.

무슨 말을 하는 거야, 오토야마.

너는 각오가 되어 있을지 모르지만 나는 아직 그렇지 못해.

아니, 너를 잃을 각오 따위는 하고 싶지 않아. 혼자서만 멋대로 마음을 정하고, 나는 이렇게 내버려두고 대체 어디로 가려는 거야.

"마음에 걸리는 것 중 첫 번째는 할머니 문제야. 사실은 아직 할머니한테 암에 걸렸다는 말을 하지 못했거든. 내가 건강하게 도쿄에서 일하고 있는 줄 아셔. 이미…… 이런 상황이 되었으니 할머니한테는 죽어도 말 못 해. 암에 걸렸다는 것도, 수명이 얼마 남지 않았다는 것도 말하고 싶지 않아. 이해하지, 키리코?"

오토야마가 부르자 키리코는 모호하게 고개를 끄덕였다. 머리가 미처 따라가지 못했다.

"난 할머니보다 오래 살고 싶어. 지금까지 그랬듯이 계속 전화를 하고 목소리를 들려주면서 할머니가 한 치의 의심도 하지 않은 채로…… 할머니를 보내드리고 싶어. 그렇게 비현실적인 이야기는 아니야. 할머니의 주치의가 그러는데 할머니는 길어야 한 달이래."

후쿠하라에게는 이런 부탁을 하지 못한다며 오토야마가 말을 이었다.

"후쿠하라는 나를 완치시킬 생각이야. 그러기 위해 항암제며 방사선이며 최신 케이스를 조사하고 있어. 고마운 일이지. 하지만 난 솔직히 가망이 거의 없다고 생각해. 부작용으로 고통스러워하며 고작 1년이나 2년 수명이 늘어나는 건 사양하고 싶어. 결국 고통이 길어지는 것뿐이니까."

또 한 사람의 키리코가 두려움에 몸부림치고 있었다.

오토야마. 그런 말은 하지 마.

"키리코. 말도 안 되는 내 부탁을 들어줘. 난 할머니가 의심하지 않을 정도로만 살고 싶어. 그리고…… 할머니가 만족하며 가시면……."

말하지 마. 그다음 말은 하지 마.

"나도 그만 떠나고 싶어. 되도록 편하게."

키리코의 크게 벌어진 눈에서, 마음속의 번민이 한 방울의 눈물과 함께 떨어졌다. 그것은 다른 한 사람의 키리코가 흘리는 눈물이었다. 키리코는 들키지 않도록 소매로 눈가를 훔쳤다.

오토야마는 갈라진 목소리로 가쁘게 숨을 몰아쉬며 말을 계속했다.

"나는 그렇게 죽고 싶어. 내 주문을 들어줄래, 사신?"

싫어.

싫어, 싫어, 싫어.

싫다고…….

또 한 사람의 키리코가 날뛰어댔다. 머리를 움켜쥐고 땅바닥을 나뒹굴며 몸부림쳤다.

키리코는 필사적으로 자신의 감정을 멈추려고 했다. 이를 악물고 진정하라고 스스로에게 계속 말했다.

바닥만 보고 있던 오토야마는 그제야 키리코의 상태가 이상하다는 사실을 깨닫고 놀라서 숨을 삼켰다. 그리고 표정이 일그러졌다.

"키리코……. 미안하다. 이런 부탁을 하면 난처할 게 뻔한데."

키리코는 눈을 감고, 한참 뒤에 말했다.

"오토야마. 난 못 해."

"키리코……."

"솔직히 말할게. 난 네가 암에 걸린 뒤로 어쩐지 이상해졌어. 심장이 술렁거려서 진정이 되질 않아. 면담을 해도 망설임이 생겨. 나 스스로도 갈팡질팡하는 걸 알고 그게 문제라고 생각하지만, 안타깝게도 해결할 방법이 보이지 않아."

오토야마의 눈이 휘둥그레졌다.

"널 죽게 내버려두고 싶지 않다는 마음이 아무리 해도 사라지지 않아. 이런 상태에서 사신으로서 너의 상담에 응할 수는 없어. 안 그래?"

키리코는 담담하게 말하더니 이윽고 머리를 숙였다.

"나도 힘이 되어주고 싶지만, 그런 이유로 불가능해. 정말로 미안하다."

오토야마는 입을 떡 벌리고 아무 말도 못 했다.

"너란 놈은 진짜, 진지하게 무슨 이야기를 하나 했더니……."

그러더니 더는 못 참겠다는 듯이 목을 떨며 쉰 목소리로 크게 웃어댔다.

"오토야마?"

키리코는 고개를 갸웃거렸다.

"괜찮아, 키리코. 괜찮아. 아니, 그게 당연한 거야. 사람을 죽게 내버려두고 싶지 않다고 생각하는 게 당연하잖아? 계속 같이 있던 친구가 암에 걸렸는데도 마음이 움직이지 않는 쪽이 더 이상한 거야."

오토야마는 배를 부여잡고 기침을 콜록거리며 웃었다. 너무 웃는 바람에 눈꼬리에 눈물까지 살짝 맺혔다.

"알겠다. 이제 알았어. 줄곧 널 마치 아무런 감정도 없는 녀석이라고 생각했는데……, 냉정한 놈이라고 생각했는데. 사람이나 벌레나 다 똑같이 보는 녀석이라고 생각했는데 오히려 그 반대였구나."

"무슨 뜻이야? 전혀 모르겠어."

"넌 누구보다도 사람을 사랑하는 거야, 키리코."

오토야마는 난처한 듯이 웃으며 말했다.

"그렇기 때문에 그런 식으로 생각하는 거야. 사람이 너무 소중해서 가볍게 보지 못하는 거야. 사람의 죽음을 진지하게 고민하고…… 아무도 생각해 내지 못하는 선택지를 도출해내지. 그래, 넌 사신 같은 게 아니었어."

재미있다는 듯이 웃는 오토야마를 키리코는 멀뚱히 보고만 있었다. 왜 사과하는데 이 녀석은 이렇게 웃어대는 걸까.

"넌 역시 의사야."

오토야마는 마침내 웃음을 그치고 미소 지으며 키리코에게 말했다.

"그리고 소중한 친구야."

"오토야마……."

"키리코, 그거면 충분해. 강철 같은 의지를 가진 사신은 되지 않아도 돼. 고민하는 네 모습 그대로면 돼. 나를 죽게 하고 싶지 않다는 너로 충분해. 난 그런 네가 날 봐줬으면 좋겠어."

"그럴 수는 없어."

키리코는 양손을 휘저으며 거부했다.

"나 참, 여기서는 고개를 끄덕여야지. 이유가 뭐야?"

"고민하는 의사는 의사라고 할 수 없어. 환자를 불안하게 만들 뿐이야. 그런 의사는 프로가 아니야. 난 그런 추태를 보일 정도라면 의사를 그만둘 거야."

"키리코, 그건 네가 혼자서 다 하려고 하기 때문이야."

"뭐라고?"

"네가 언제나 환자에게 최선을 다하는 건 알아. 하지만 그런 탓에 주변을 보지 못하고 있어. 시치주지 병원에 스태프가 몇 명이나 있는지 알아? 아마 모르겠지. 제2의국에 혼자 있어도 그들과 똑같이 일을 할 수 있다고 말할 정도니까."

"그렇지 않다는 거야?"

"안 그래. 너보다 수술을 잘하는 동기도 있고 너보다 교섭에 능한 의사도 있어. 넌 혼자가 아니야."

"……."

키리코는 오토야마의 눈을 보았다. 오토야마의 말이 하나씩 둘씩 떨어지며 가슴속에 쌓여갔다. 한 마디 한 마디가 완전히 소화되지는 않았다. 그래도 친구가, 키리코를 강하게 긍정해주는 마음은 전해져왔다.

그리고 그러면서도 오토야마는 바라고 있었다.

죽음을.

"키리코. 한 번 더 부탁할게. 내 억지를…… 들어주지 않겠어?"

오토야마는 온화한 미소까지 짓고 있었다.

키리코는 그것이 불쾌했다. 죽음을 앞두고 있는 녀석이 왜 길게 설명하며 날 긍정하는 거지? 내가 원하는 건 그런 말이 아니야. 네 병이 낫는 거라고! 오히려 화가 날 지경이었다.

태평하게 웃고 있는 얼굴을 패주고 싶을 정도였다.

이 자식이.

분노를 숨기지 않고 키리코는 짜내듯이 말했다.

"그게…… 친구로서 내가 해줄 수 있는 일이야?"

오토야마는 순간 움찔했다. 그러고는 천천히 끄덕였다.

"……맞아, 키리코. 너한테, 너니까 부탁하고 싶어."

"정말로 그걸로 충분한 거야? 오토야마, 넌 정말로 그러고 싶어?"

"……그래."

대답을 듣고 키리코는 고개를 숙였다.

얼마 동안 시간이 흘렀다. 두 사람의 숨소리 사이로 빗소리가 들려왔다. 흙 위로 떨어지는 소리, 흙이 조용히 그것을 빨아들이는 소리까지도 선명하게 들려오는 듯했다.

"알았어."

망설여도, 마음을 정하지 못해도.

환자가 원한다면 그렇게 해야 한다.

나는 의사이기 때문이다.

고개를 들었을 때 키리코는 이미 무표정한 얼굴로 돌아와 있었다.

사신의 얼굴에는 한 줄기 눈물 자국만 남아 있었다.

12월 29일

"이게 뭐야?"

후쿠하라의 성난 목소리가 병실에 쩌렁쩌렁 울렸다.

"오토야마, 대체 무슨 생각을 하는 거야!"

시뻘게진 얼굴로 오토야마가 내민 종이를 탁 하고 테이블에 내리쳤다. 종이 표지에는 '치료 계획안'이라고 적혀 있었다.

오토야마는 갈라져서 피리 소리 같은 쌕쌕거림이 섞인 목소리로 말했다.

"거기 적혀 있는 대로야. 내 치료 방침은 그 계획대로 해줬으면 해."

"오토야마, 이건 네가 작성한 게 아니지?"

"원안은 내가 만들었어. 신뢰할 수 있는 친구가 협력해줬지만."

"시치미 떼지 마. 키리코잖아! 치료 방침에는 참견하지 말라고 그렇게 일러뒀건만 하필이면 이런 말도 안 되는 안을 내다니."

후쿠하라는 종이의 양쪽을 꾹 잡고 가운데에서 쭉 찢어버렸다.

"이런 건 내가 허락 못 해. 오토야마, 넌 내일부터 항암제 치료에 들어갈 거야. 방사선도 동시에 진행할 거고. 링거로 세툭시맙을 투여할 거야. 암 크기를 줄이려면 그 방법밖에 없어."

"……후쿠하라. 환자의 의사를 무시할 셈이야?"

"뭐야?"

후쿠하라는 뒤를 돌아보았다. 복도에 냉정한 눈으로 쳐다보는 키리코가 서 있었다.

"네 말대로야. 그 계획안은 나와 오토야마가 만들었어."

"……정말 딱 너다운 안이야."

뺨을 실룩거리는 후쿠하라에게 키리코는 담담하게 말했다.

"오토야마는 할머니에게 계속 전화를 하고 싶어 해. 하지만 그의 목소리는 암 때문에 점점 갈라지고 전보다 가늘고 높아졌어. 이대로는 할머니한테 들키고 말 거야."

"그래서야? 그래서 이런 치료 계획을 세웠어?"

후쿠하라가 가운데를 찢은 치료 계획안을 들이밀자 키리코는 고개를 끄덕였다.

"그래. 수술을 할 거야. 목을 절개해서 암세포를 절제할 거야."

"진료 기록은 봤어? 이미 폐와 림프절로 전이됐다고. 수술은 의미가 없어. 아니면 체력을 소모시키지 않고 모든 암세포를 제거할 묘안이라도 있다는 거야?"

"폐와 림프절은 그대로 둘 거야. 아니……, 되도록 암 절제는 최소한으로 할 거야. 수술은 성대와 기도를 압박하고 있는 부분만 잘라낼 생각이야."

"절제를 최소한으로 한다고? 이젠 말도 안 되는 소리를 지껄이는군. 암은 완전히 제거하지 않으면 다시 증식해서 원래대로 돌아가고 말아. '암은 실제 부위보다 더 크게 잘라내는' 것이 기본

이야. 네가 계획한 수술은 의학적으로 아무런 의미가 없어. 괜히
체력만 갉아먹을 뿐이지 전혀 도움이 안 돼! 사람을 그냥 칼로 찌
르는 것과 마찬가지라고!"

"하지만 목소리는 원래대로 돌아올 거야."

"물론 목소리는 돌아오겠지. 아주 잠깐 동안이지만. 그게 다야!
암세포는 금방 성장해서 수술 전으로 돌아갈 거야. 그뿐만이 아
니야. 수술 때문에 항암제 치료를 받을 체력이 사라지고 말아.
죽을 날만 앞당기게 된다고."

"알고 있어."

도저히 믿을 수 없다는 눈으로 후쿠하라는 키리코를 보았다.

"……목소리가, 목숨보다도 중요하다는 거야?"

"환자가 이런 국면에서도 목소리를 잃는 것을 받아들이지 못하
고 있어. 남은 수명을 단축하는 대가를 치르더라도 말이야."

키리코는 후쿠하라를 단호하게 쳐다보며 말했다.

후쿠하라는 오토야마를 보았다. 오토야마가 말없이 끄덕였다.

한 번 더 키리코를 돌아보고 후쿠하라는 떨리는 목소리로 말
했다.

"……키리코, 네가 하려는 건 살인이야. 오토야마를 부추겨서
죽이려고 하는 것과 똑같아."

"한낱 시간 벌기보다는 나아."

"네가 할 소리야? 내가 하려는 건 의미 있는 시간 벌기야! 기적
을 일으키기 위한 거라고. 난 완치를 포기하지 않았어. 네가 제
안한 시간 벌기는 애당초 죽음을 전제로 하고 있잖아!"

"반드시 찾아오는 죽음 앞에서는 모든 의료가 시간 벌기에 지나지 않아, 후쿠하라. 그렇다면 하다못해 환자의 바람을 들어주는 게 나아."

후쿠하라는 참을 수 없다는 듯이 주먹으로 벽을 후려갈겼다.

진동이 병실 안으로 퍼져 나갔다. 지나가던 간호사가 이상한 분위기에 걸음을 멈추며 깜짝 놀랐다.

"······수술 집도의는 후쿠하라라고, 조금 전의 종이에는 적혀 있던데?"

머리카락을 곤두세우고 송곳니를 드러내며 후쿠하라는 말했다. 키리코는 고개를 끄덕였다.

"난이도가 높은 수술이 될 거야. 기량을 감안할 때 그것을 실현할 수 있는 사람은 후쿠하라, 너밖에 없다고 판단했어. 넌 오토야마의 주치의이기도 하니 문제는 없겠지?"

"넌 내가 바보인 줄 알아? 이딴 수술에 협력할 거라고 생각해?"

노려보자 키리코는 침묵했다. 후쿠하라 뒤에서 오토야마가 말했다.

"아니야, 후쿠하라······. 네가 집도하면 좋겠다고 말한 사람은 나야."

"오토야마가······?"

"계획은 키리코에게 짜달라고 했어. 그 위에 후쿠하라, 네 힘을 빌리고 싶어. 환자의 의향을 듣고 계획을 세우는 일은 키리코가 으뜸이야. 하지만 수술 실력은 네가 최고야. 내 바람은 키리코 혼자로도, 후쿠하라 혼자만으로도 이루지 못해. 그러니까 두 사람이 협력해주면 좋겠어. 응? 친구잖아. 하고 싶은 말은 많겠지만 이번엔 내 고집을 들어주지 않겠어?"

오토야마는 어쩐지 연기하는 투로 어색하게 말했다.

"……난, 그것이 오토야마의 바람이라면, 그렇게 하고 싶어."

키리코가 옆에서 말했다. 후쿠하라는 키리코 쪽으로는 눈길도 주지 않았다.

후쿠하라는 눈을 깜빡였다. 긴 속눈썹이 떨렸다.

"오토야마……, 정말로 그러길 원해? 내가 널 위해 얼마나 준비해왔는지 알아? 수술을 계획하고 또 단념하고, 그리고 항암제로 세툭시맙을 고르기까지…… 얼마나 많이 검토했는지 알기나 해? 고마워하라는 게 아니야. 그런 날 믿으라는 거야."

후쿠하라의 목소리는 떨리고 있었다.

"……알아……."

"알긴 뭘 알아! 내가 널 구하려는 의지를 의심하는 거야? 난 절대로 중간에 포기하지 않아. 너한테 최선을 다할 각오가 되어 있어. 그런데 스스로 죽음을 선택하겠다고?"

"의심하지는 않아……. 믿어. 그리고 감사하고 있어. 하지만……."

"하지만 뭐야?"

"하지만…… 내 바람은 '그냥 살아 있는' 게 아니야."

후쿠하라는 눈을 감고 고통스러운 표정으로 고개를 숙였다.

단단히 움켜쥔 주먹에 혈관이 불거지며 떨렸다.

이윽고 후쿠하라는 오토야마를 향해 자세를 바로잡고 진지한 표정으로 천천히 머리를 숙였다.

"……오토야마, 부탁이야. 항암제와 방사선으로 치료하게 해
줘……."

목소리는 부드러웠지만 그래서 오히려 더 서슬 퍼런 기세가 느
껴졌다. 이것이 후쿠하라의 모든 것을 건 마지막 말임을 오토야
마는 깨달았다.

훤칠하게 큰 몸을 깊게 숙여 머리가 오토야마의 눈높이까지 내
려와 있었다.

그 자세로 목소리를 쥐어짜며 후쿠하라는 애원했다.

"널 구하고 싶어……. 부탁이야."

"후쿠하라……."

오토야마가 가스랑거리는 목소리로 말했다.

"나한테…… 고통에 몸부림치라고 하는 거야?"

"……."

"항암제와 방사선의 부작용이 어떤 건지는 너도 잘 알잖아? 온
몸이 만신창이가 되는데……. 그래도 기적을 믿으라고…… 하는
거야? 그건 정말로 날 위한 거야? 너의…… 이기적인 생각이 아
니고?"

계속 머리를 숙이고 있어 후쿠하라의 표정은 보이지 않았다.

"만약 지옥 같은 고통을 참아냈는데도…… 기적이 일어나지
않으면? 넌 어떻게 해줄 거야? 네가 나한테 뭘 해줄 수 있다는
거야?"

오토야마는 괴로운 듯이 가쁜 숨을 몰아쉬며 말했다. 그것은

몸 상태 때문인지도 모르고 친구에게 심한 말을 하는 고통 때문인지도 모른다.

후쿠하라는 고개를 들고 오토야마를 보았다.

"난 짊어지고 갈 거야."

"짊어진다고?"

"그래. 기적이 일어나기를 믿고, 믿었지만 그래도 이룰 수 없었던 환자들의 마음을 나는 계속 짊어지고 가겠다는 각오가 되어 있어."

단언하는 후쿠하라의 얼굴을 물끄러미 바라보고 오토야마는 말했다.

"네가 짊어졌다고 생각하는 건 자유야. 하지만…… 결국 넌 살아 있잖아. 같이 죽어주는 건 아니잖아?"

"……그건 그렇지만……."

"지금까지 네가 맡아온 환자들은 사실 짊어진다든가 짊어지지 않는다든가…… 그런 건 아무래도 상관없었을지도 몰라. 단지 고쳐주기를 바랐을 뿐이지. 그것이 이루어지지 않아 널 원망하면서 눈을 감았을지도 몰라."

오토야마의 말에 후쿠하라는 당황한 듯했다.

"물론 부원장 선생님한테 그런 말을 하면 기분이 상하실지도 모르니까…… 차마 말하지는 못했겠지만."

후쿠하라는 불쾌한 듯이 얼굴을 찡그리더니 미간에 주름을 잡으며 오토야마를 보았다. 두 사람은 한동안 서로 마주본 채 아무 말도 하지 않았다.

"후쿠하라……."

오토야마가 갈라진 목소리로 말했다.

"이해해줘. 너의 방식으로는 넘지 못하는 벽도 있는 거야. 이번 한 번만이라도 좋으니 키리코와 힘을 합쳐줘."

후쿠하라는 고개를 숙였다. 주먹을 움켜쥐고 꾹 참고 있는 듯했다. 깊게 몇 번 숨을 내쉬더니 이윽고 크게 들이마시며 후쿠하라는 고개를 들었다.

"그렇게까지 말한다면 더는 관여하지 않겠어. 하고 싶은 대로 해. 키리코, 오토야마의 주치의는 네가 해."

낮게 말했다.

"하지만 앞으로 난…… 너한테 일절 협력하지 않겠어. 내가 부원장으로 있는 한 시치주지 병원의 전원이 네 편은 들지 않을 거란 것만 알아둬. 내가 수술을 집도하는 건 언급할 가치도 없어. 그런 무익한 수술을 위해 외과에서 집도의를 보내줄 수 없고 수술실도 내줄 수 없어. 조수는 물론이고 간호사도 한 명도 못 보내. 모든 걸 스스로 준비해. 그러고도 뭔가를 할 수 있다면 멋대로 해."

내뱉듯이 단언하고 후쿠하라는 오토야마를 한 번 더 보았다.

"오토야마……. 키리코의 방침을 버릴 마음이 들면 연락해줘. 되도록 빨리 해야 할 거야. 그럼 간다."

가운을 펄럭이며 몸을 돌리고 후쿠하라는 병실을 나갔다.

아무 말 없는 키리코의 옆을 지나치면서 싸늘한 눈으로 내려다보았다.

"널 의사로 인정할 순 없어……. 이 사신 녀석."

마지막으로 후쿠하라는 말했다.

"미안하다, 키리코. 나 때문에 너한테까지 불똥이 튀고 말았네. 후쿠하라한테는 나중에 내가 잘 얘기할게."

휠체어를 밀어주는 키리코에게 오토야마가 숨을 깔딱거리며 말했다.

"난 아무래도 괜찮아. 오토야마, 어째서 그런 말을 한 거야?"

"응?"

"왜 일부러 후쿠하라를 화나게 한 거야? 이 병원에서 그를 적으로 돌려서 얻을 수 있는 건 아무것도 없어. 덕분에 병실에서까지 쫓겨나는 꼴이 됐잖아. 네가 손해 볼 뿐이야. 너답지 않은 말이었어."

얼마 동안 침묵하다 오토야마는 대답했다.

"……마지막이니까."

"마지막?"

오토야마는 고개를 끄덕였다.

"할 수 있는 말은 해두고 싶어. 아직 살아 있는 동안에 말이야."

키리코는 오토야마의 얼굴을 보았다. 그 표정은 괴로워 보이기는 했지만 만족스러운 듯도 했다.

"……그러냐."

키리코는 그렇게만 말하고 계속 휠체어를 밀었다.

복도를 천천히 돌아 슬로프를 내려갔다.

"자, 도착했어."

제2의국 문을 열었다. 안에서 커피를 마시던 진구지가 두 사람을 보고 눈이 동그래졌다.

"키리코 선생님이랑…… 오토야마 선생님? 대체 어떻게 된 일이에요?"

"후쿠하라가 병실에서 쫓아냈어."

진구지가 화들짝 놀랐다.

"부원장님이요? 잠깐만요, 향후의 일을 상담하러 간다고 하셨잖아요? 그런데 어째서 이렇게 된 거예요?!"

"좀 여러 가지 일이 있었어."

키리코는 휠체어의 스토퍼를 내려 복도에 세우더니 제2의국 안을 정리하기 시작했다. 상자를 쌓아 올리고 간이침대를 가지고 와 조립했다.

"키리코 선생님? 이 좁은 방에서 무얼 할 생각이세요?"

"얼마 동안 여기가 오토야마의 병실이야."

"농담이죠?"

"당연히 진담이지. 오토야마, 좁은 데서 고생하게 해서 미안하다. 후쿠하라 말대로 마음이 바뀌면 언제든지 돌아가도 괜찮아."

"잠깐만요……. 말기 암 환자잖아요? 말기 암 환자를 멋대로…….'

키리코는 링거대를 고정시키고 상자를 세워 간이 책상을 만들었다.

"진구지. 나 역시 가능하면 제대로 된 병실로 보내고 싶지만 후쿠하라가 안 된다고 하니 어쩔 수가 없잖아? 그럼 또 뭐가 필요할까? 그렇지, 너스콜이 있어야겠구나."

키리코는 끈을 찾아오더니 링거대 위에 걸었다. 그 끝에 머그컵과 스푼을 매달고 길이를 조절했다.

"뭐하는 거예요?"

"너스콜이야. 오토야마, 무슨 일이 있으면 이 끈을 잡아당겨. 소리가 날 테니까."

키리코가 실제로 끈을 잡아당겨 보았다. 머그컵과 스푼이 부딪치며 덜그럭덜그럭하고 종소리 같은 시끄러운 소리를 냈다.

"전자음보다…… 운치도 있고 좋네."

"오토야마 선생님도 웃고 있을 때가 아니라고요! 잠깐만요, 말 좀 들어보세요, 키리코 선생님!"

잔소리하는 진구지는 내버려두고 키리코는 휠체어를 실내로 밀었다. 오토야마를 부축해 일으켜 세운 뒤 간이침대에 눕혔다.

"정말로 이러지 마세요, 키리코 선생님. 여긴 원래 그냥 창고예요. 산소발생장치도 없거니와 야간 서포트 체제도 불충분하다고요."

"어떻게든 될 거야. 나중에 산소 실린더를 가지고 와서 놔두자. 간호는 낮에는 자네가, 밤에는 내가 하면 돼."

"나도 끼워 넣을 생각이세요?"

진구지는 어이가 없었다.

"안 돼? 진구지 간호사의 실력은 믿고 있는데."

"키리코 선생님……. 알고는 계세요? 이건 부원장님이 보내는 최후통첩인 게 틀림없잖아요? 환자를 멋대로 제2의국으로 데리고 와 병원을 무시하고 의료 행위를 했다. 누가 봐도 빤한 기정사실을 만든 거라고요. 키리코 선생님은 징계면직 당할 거예요."

키리코는 고개를 갸웃했다.

"그래?"

"그래?가 아니죠. 좀 더 제대로 반응할 순 없어요? 부원장님에 대한 분노라든가 초조함이라든가, 두려움 같은 거 말이에요!"

"그런 건 없어."

키리코는 어리둥절했다.

"후쿠하라와 나는 서로 의견이 달라. 그리고 후쿠하라가 화내는 것도 무리는 아니고. 그 나름대로 물러설 수 없는 것이 있는 거겠지. 가능하면 협력해주기를 바랐지만 그게 불가능하다면 할 수 있는 범위에서 최선을 다할 뿐이야."

"키리코 선생님, 한 번 더 생각해보세요. 잘리면 어떻게 하실 건데요? 백수라고요, 백수. 내일부터 어떻게 먹고살 거예요?"

"오토야마의 치료부터 끝내놓고 생각할 거야. 그리고 자넨 이상하군."

"뭐가 이상한데요?"

진구지는 거의 고함지르듯이 물었다.

"이 병원에서 해고당한다고 해서 뭐가 문제지? 자네도 잘 알잖아?"

담담하게 말하는 키리코의 눈은 투명했다.

"모든 사람이 언젠가는 죽어. 괴로워하는 사람은 얼마든지 있어. 우리가 해야 할 일은 어디에나 있어."

"……."

진구지는 기운이 쭉 빠졌다. 맥이 탁 풀려 고개를 숙이고 한숨을 쉬었다.

그러고는 울면서 웃는 사람처럼 후훗 웃었다.

"정말 더는…… 대꾸할 말도 없네요. 터프한 건지 생각이 없는 건지 모르겠어요……."

"그래? 그럼 도와줄 거지?"

"키리코 선생님, 나도 같이 해고당하면 월급 30만 엔은 보장해 주실 거예요?"

아름다운 검은 눈동자가 키리코를 보았다. 키리코는 진구지를 마주보고 대답했다.

"최대한 노력할게."

진구지가 씨익 웃었다.

"기대할게요. 그럼 오토야마 선생님의 치료 계획은 어떻게 변경되었나요?"

"설명하지."

키리코는 노트북을 열었다. 진구지가 들여다보았다.

오토야마는 두 사람의 모습을 침대 위에서 말없이 바라보고 있었다.

후쿠하라는 고기를 먹고 있었다.

최상급 서로인 스테이크 400그램. 붉게 빛나는 고깃덩어리에서 피와 지방이 뚝뚝 떨어지며 철판 위에서 김을 뿜어내고 있었다. 소금과 후추만 호쾌하게 뿌리고 나이프로 대충 썰어 입으로 옮겼다. 힘차게 턱을 움직여 이로 으적으적 씹어 삼켜 위로 보냈다.

여자도 데려오지 않고, 동료나 선배도 부르지 않았다.

후쿠하라는 오직 혼자 식당에서 스테이크를 먹고 있었다.

눈빛은 이글이글 타오르고 콧김은 거칠었다. 나이프와 철판이 부딪치는 소리가 옆 테이블에까지 들렸다. 심기가 언짢은 것은 주변에서도 훤히 알 수 있을 것이다.

포크를 고기에 푹 찔렀다. 레어의 감촉이 손목으로 전해져 왔다.

오토야마.

나한테 그런 말을 할 줄은 생각도 못 했다.

대학교에 다닐 때부터 오토야마가 후쿠하라에게 토를 다는 일은 없었다.

그렇다, 녀석은 언제나 나를 따라와주었다…….

문득 이미지가 머리를 스쳤다. 후쿠하라는 포크를 움직이던 손을 우뚝 멈추었다. 바다 근처의 주차장, 떠오르는 태양……. 그것은 언제였을까.

고기를 쳐다보며 후쿠하라는 기억을 더듬었다.

그렇다. 대학생 때다. 셋이서 자전거를 타고 밤새도록 달렸다. 하코네 바로 전까지 갔다가 돌아올 때는 가마쿠라에 들러…… 항구에 병설된 주차장, 그곳의 간이 화장실에서 밤을 보냈다. 새벽에 너무 추워서 잠이 깨고 말았다. 밖으로 나오자 마침 일출 시간이었다. 차갑고 맑은 공기 속에서 바닷새가 울고 파도는 어쩐지 향긋하고 그리운 향기를 싣고 왔다.

방파제 바로 앞의 펜스에 달라붙어 두 남자가 바다를 보고 있었다. 아직 살이 찌기 전의 오토야마가 후쿠하라를 눈치채고 뒤를 돌아보았다.

"……후쿠하라도 일어났구나."

"그래."

아침 햇살을 받으며 눈이 부신지 눈을 가늘게 뜨며 키리코가 미소 지었다.

"바다는 참 좋다. 이대로 계속 여기 있고 싶어."

"정말 그래. 돌아가면 또 날마다 공부에 파묻혀 살아야 하잖아."

후쿠하라도 오토야마의 옆까지 걸어가 펜스에 기댔다.

"어쩔 수 없잖아, 오토야마. 의사를 지망한 이상 평생 공부해야 해. 졸업해도, 의사국가고시를 패스해도 공부에서 벗어나진 못해."

"하아……. 난 왜 이런 길을 선택한 걸까. 안 그래도 암기는 쥐약인데. 다음에 있을 병리 시험은 합격할 수 있을까?"

후쿠하라는 웃어넘겼다.

"괜찮을 거야."

"만약 합격한다고 해도 말이야, 그다음에 있을 약리도 불안하고, 아니 면역도, 미생물도. 국가고시도 그렇고 그게 끝나면 취직도……."

오토야마는 손가락을 하나하나 꼽으며 숫자를 세어갔다.

"지나친 걱정이야. 어떻게든 될 거야."

키리코도 그렇게 말했지만 오토야마는 여전히 불안한지 한숨을 내쉬고 후쿠하라를 올려다보았다.

"……후쿠하라는 좋겠다. 아버지가 시치주지 병원 원장님이시지? 취직은 이미 결정된 셈이네. 난 그런 연줄도 뭣도 아무것도 없어."

"우리 아버지는 제대로 된 사람이 아니야."

"하지만 유명한 의사고 경영자잖아. 솔직히 부러워."

"……악랄한 짓이나 하고 다니는 것뿐이야. 뒤에서 들여다보면 유착이며 뇌물이며 없는 게 없어. 난 전혀 부럽지 않아. 물론 시치주지의 원장 자리는 감사히 물려받을 생각이야. 하지만 아버지와 같은 병원으로는 만들지 않아. 완전히 바꿀 거야. 내가 생각하는 이상적인 의료를 제공하는 병원으로 만들 거야."

"이상적인 의료라…… 후쿠하라라면 할 수 있을지도 몰라."

후쿠하라는 오토야마의 눈을 보았다.

"그렇게 생각해?"

"그럼."

바다에서 불어오는 바람에 머리카락이 휘날렸다. 후쿠하라는 미소 지으며 말했다.

"우리 병원으로 와."

"뭐라고?"

"둘 다 우리 병원으로 와. 나 혼자서는 솔직히 쉽지 않거든. 너희 같은 녀석들이랑 같이 해보고 싶어."

키리코가 입을 반쯤 벌리고 후쿠하라를 보았다. 오토야마는 눈이 휘둥그레졌다.

"싫어? 천하의 시치주지 병원이니 급여는 좋은데. 물론 실컷 부려먹을 거지만. 쉽지 않을 거야. 병원을 근본부터 개혁해야 하니까."

"……재밌겠네."

키리코가 펜스에 기댄 채 끄덕였다.

"그거…… 좋다. 멋져."

오토야마는 눈을 반짝반짝 빛내며 말했다.

"아주 근사해. 후쿠하라와 키리코와 나. 응, 좋아. 꿈이 있어서 정말 좋아."

"신났구나, 오토야마. 구직 활동이 쉽게 끝나서 그렇지? 너무 앞서가진 마라. 먼저 병리 시험부터 패스해야 하니까."

놀리는 후쿠하라에게 오토야마는 고개를 세차게 가로저으며 말했다.

"아니야. 정말로 좋아서 그래. 난 진심이야. 정말이라고."

마치 사랑에 빠진 아가씨처럼 열띤 오토야마의 말투가 재미있어서 후쿠하라는 큰 소리로 웃었다. 그러자 키리코도 웃고, 오토야마까지 따라 웃었다.

인적 없는 항구에서. 천천히 먼 바다로 나아가는 어선을 바라보며.

황금색 빛에 감싸여 세 사람은 웃었다.

정신이 들고 보니 벽돌 무늬의 가게 안이었고, 눈앞에는 식어

빠진 고기가 놓여 있었다.

　다른 손님들이 담소를 나누는 목소리와 바로크 음악의 BGM. 그것이 오히려 후쿠하라에게 지독한 고독을 느끼게 했다.

　그때는 어렸다.

　은색 포크로 고기를 집었다. 덥석 물었다. 타이밍이 맞지 않아 포크 끄트머리까지 씹었다. 이에 딱딱한 충격이 달리며 턱으로 퍼져 나갔다.

　손이 떨렸다. 그것을 깨닫고 후쿠하라는 자신의 손을 노려보았다.

12월 30일

　"아아……, 응. 조금 감기에…… 걸렸거든. 목소리가 잘…… 안 나오네. 아니, 목감기야……. 응……. 목소리만큼 상태는 심하지 않아. 그럼, 괜찮지……. 약도 먹었고. 금방…… 나을 거야. 응……. 원래대로 건강한 목소리로 다시 전화할 테니까……. 안심해도 돼. 그럼 새해 복 많이 받으세요. 응. 할머니도……."

　오토야마는 필사적으로 목소리를 냈다.

　전화기를 들고 있던 키리코가 눈빛으로 확인하자 오토야마는 고개를 끄덕였다.

　"끊어도 돼."

　키리코는 전화를 끊었다.

　"할머니한테는 아직 들키지 않았지?"

"그래…… 하지만 감기가 아주 오래간다며…… 걱정하셨어."

오토야마의 목에서는 휙휙 피리 같은 소리가 섞여 나왔다. 띄엄띄엄 말하면서 겨우 대화를 할 수 있을 정도다.

이따금 오토야마는 얼굴을 찡그리고 괴로운 듯이 목을 떨며 기침을 한다. 목소리를 낼 때마다 통증이 생기는 것이다. 얼굴색은 칙칙한 흙빛이고 몸은 뼈와 가죽만 남았을 만큼 앙상했다. 식사를 거의 하지 못하는 탓이 컸다. 아무리 링거로 영양을 공급해도 점점 더 여위어만 갔다.

키리코는 오토야마의 손가락에 끼워져 있는 손가락 인형 같은 네모난 장치의 수치를 확인했다. 펄스 옥시미터다. 혈중산소포화도…… 96퍼센트. 아슬아슬하게 정상 수치 안에 머물러 있다. 심폐기능이 떨어지고 있는 것이다. 90퍼센트 밑으로 떨어지면 공기호흡만으로는 위험하다. 어떠한 형태로든 산소를 마시게 해야 한다.

남은 시간은 별로 없었다.

"오토야마, 수술은 사흘 뒤에 하자."

"……네가 집도할 거야?"

"해준다는 사람이 아무도 없으면 내가 할 거야. 불안해?"

"아니. 너한테 맡길게……."

키리코는 미소를 지어 보였다.

"키리코. 조금 피곤하네. 좀 자도 될까?"

키리코가 끄덕이자 오토야마는 눈을 감았다. 키리코는 오토야마에게 담요를 덮어준 뒤 방의 전등을 끄고 천천히 밖으로 나왔다.

"이야기라면 여기서 하세요……. 그런데 어떻게 하시려고 그러세요, 키리코 선생님?"

3층 안쪽에 있는 자동판매기 코너. 보통은 사람이 거의 찾지 않는 한쪽 구석에서 아카조노는 안경을 슥 치켜 올렸다.

"아카조노 선생, 부탁이 있어."

"앞으로 의국으로는 오지 마세요. 혈액내과에서는 키리코 선생님이랑 이야기를 나누는 것만으로도 비난을 받는다고요."

"……그런가 보더군."

"내과나 외과도 대체로 그래요. 키리코 선생님을 거북해하는 사람들뿐이니까요. 말해두지만 나도 예외는 아니에요. 예전에 백혈병 환자의 일로 날 방해한 건 아직도 잊지 않았으니까요."

아카조노는 담담하게 말하며 자판기 스위치를 눌렀다. 캔 커피를 꺼내어 마개를 땄다. 키리코는 바닥을 바라보며 용건을 꺼냈다.

"수술 조수를 해주지 않겠나?"

"……뭐라고요?"

아카조노는 당황했다.

"하인두암에 걸린 오토야마 하루오의 수술이야. 성대를 회복하는 형태로 암을 적출할 생각이야."

"잠깐만요. 왜 그걸 나한테 부탁해요? 난 내과의라고요. 애당초 왜 수술 이야기를 피부과인 키리코 선생님이 꺼내는 거예요?"

"외과의는 전부 다 거절했거든."

"오토야마 선생님의 건이라면 후쿠하라 부원장님이 주치의잖아요? 그분보다 뛰어난 집도의가 어디 있어요?"

"사정이 있어서 후쿠하라는 손을 뗐어. 집도만이라도 해주면 안 되냐고 부탁했지만 냉정하게 거절했어."

아카조노는 캔 커피를 마시는 것도 잊고 물었다.

"……그럼 키리코 선생님이 집도하시게요?"

"술식 연구는 하고 있어. 시뮬레이션도. 하지만 그래도 조수 정도는 확보하고 싶어서."

키리코의 눈빛은 필사적이었다. 진심인 모양이라고 깨닫고 아카조노는 말했다.

"오토야마 선생님의 상태는 소문으로 들었어요. 이미 원격전이가 진행됐다죠? 그런 상황에서 목소리만 원래대로 되돌리는 수술을 하겠다는 거예요?"

"맞아."

"……죄송한데요, 제정신이세요?"

키리코는 대답하지 못했다.

이번 수술은 외과의 원칙으로부터 상당히 동떨어진 수술이다. 암을 적당하게 도려내어 오토야마의 목소리를 원래대로 되돌려야 한다. 얼마나, 어떻게 절제해야 오토야마가 건강한 목소리를 되찾을까. 나이 든 고양이의 목에 손을 대어 아기 고양이의 목소리로 되돌리는 셈인 이 기묘한 수술을 참고 케이스도 전혀 없는 상태에서 실시해야 한다.

수술 전문인 외과의의 도움도 없다. 수련의 시절 이후로 메스를 잡아본 적이 없는 키리코가 해야 한다.

"……조금이라도 성공률을 올리고 싶어."

"그만두세요. 그게 최선이에요. 상식적으로 생각해보면 아시잖아요?"

"아카조노 선생, 자네가 직접 하지 않아도 괜찮아. 누군가, 그렇지, 다른 병원이라도 상관없으니 누군가 도와줄 수 있는 사람이 없을까? 이 은혜는 꼭 갚을게. 제발 부탁이야."

"말도 안 되는 소리 마세요. 후쿠하라 부원장님이 반대하시는 일이잖아요? 지역기간병원인 시치주지 병원을…… 적으로 돌릴 각오를 하고 협력해줄 병원이 어디 있겠어요? 저 역시 그렇고요. 누구한테 부탁한들 무리예요."

"……제발 부탁할게."

"몇 번을 말씀하셔도 이것만은 안 돼요."

"……그래도 제발. 부탁이야."

키리코는 아카조노의 앞에서 머리를 깊게 숙였다.

"……안 돼요."

아카조노는 같은 말만 되풀이할 뿐이었다.

아카조노가 한숨을 내쉬며 자기 데스크로 돌아오자 혈액내과의 타카사고 부장이 말을 걸었다.

"아카조노 선생, 자네한테도 왔었던 모양이지?"

"네? 아니, 뭐가요?"

"숨기지 않아도 돼. 키리코 선생 말이야. 피부과의 키리코 슈지 선생. 수술을 도와달라고 부탁해왔지?"

"……설마 타카사고 선생님한테도 왔었어요?"

타카사고는 작은 눈을 찡그리며 웃었다.

"그래. 병원 내에 소문이 파다해. 무슨 과든 상관없이 모든 의사들한테 일일이 부탁하고 다니는 모양이야. 그것만이 아니야. 간호사랑 사무원한테도 부탁하고 다닌다더군."

"키리코 선생님은 그렇게 해서까지……."

"대수술이니 손이 부족한 거겠지. 집도의도 조수도 마취과 의사도 간호사도……. 들리는 이야기로는 수술실도 가망이 없는 모양이야. 사무원한테는 설비를 사용하게 해달라고 부탁하고 다닌다더군."

"그렇게 해서 누가 협력하긴 할까요?"

타카사고가 코웃음 쳤다.

"할 리가 없지. 지금까지 실컷 자기 멋대로 휘젓고 다닌 사람한테, 그것도 자기한테 아무런 도움도 안 되는 수술을 도와줄 사람이 어디 있겠나? 흥, 꼴좋지. 이참에 깊이 반성이나 하라고 해. 안 그래?"

큭큭거리며 타카사고는 싱글벙글 웃었다. 할 말을 잃은 아카조노의 앞에서 의국 문이 열렸다. 키리코의 모습이 보였다.

젊은 의사에게 부탁하며 머리를 숙이고 있었다.

그 모습은 이쯤 되니 딱하기까지 했다.

"네, 후쿠하라입니다."

부원장실로 걸려온 전화를 별생각 없이 받으며 후쿠하라는 컴퓨터를 두드리고 있던 손을 멈췄다.

"……아버지. 아니, 원장 선생님."

전화기 너머에서 굵고 낮은 목소리가 울렸다.

"마사카즈, 1월 3일 저녁에 시간 있지?"

언제나와 다름없이 일방적인 말투였다. 어릴 때부터 조금도 달라지지 않았다. 후쿠하라는 가죽 표지로 된 수첩을 펼쳐 스케줄을 확인했다. 특별히 일정은 기재되어 있지 않았지만 후쿠하라는 '비어 있다'고 대답하기가 망설여졌다.

1월 3일 저녁에는 키리코가 오토야마의 수술을 한다는 진구지의 보고가 있었다.

외과의와 간호사와 수술실을 포함해서 모든 협력은 금지했다. 그럼에도 키리코는 수술을 강행할 생각인 듯했다. 설마 그 제2의 국 내에서 억지로 하려는 건 아니겠지…….

걱정스러웠다.

그러다가 포기하고 자기에게 사과하러 올 것이라 믿고 있었는데 현재로서는 그럴 기미도 없었다.

만약 무슨 일이 있어도 강행할 생각이라면 못 하게 막으러 가야 하는지도 모른다.

"죄송합니다. 그날은…….."

"그런 뜻이 아니야."

거절하려는 후쿠하라의 입을 막듯이 원장이 단호하게 말했다.

"비어 있는지 알려달라는 게 아니야. 비워두라고 얘기하는 거지."

"대체 무슨 일이신데요?"

아들이 되묻자 약간 짜증스러운 모습을 보이면서도 원장은 설명했다.

"너한테 집도 지명이 들어왔어. 환자의 이름은 카츠이 분지. 자택에서 수술을 해달라더구나."

"카츠이라면…… 설마?"

"그래, 중의원 의원이야. 자유당 부총재이기도 하지. 지금은 몸이 안 좋아서 어떤 병원에 입원해 계신다. 그런데 어쩌다 네 소문을 들으셨는지 너한테 꼭 집도를 부탁하고 싶다고 하시더구나."

후쿠하라의 가슴이 기쁨으로 떨렸다. 지금까지도 기업의 임원 등으로부터 지명이 들어오는 일은 있었다. 하지만 마침내 정치가에게 연락이 왔다. 내 명성도 마침내 그 정도로 커진 것이다.

원장은 그런 후쿠하라의 감정을 읽었는지 무게 있는 목소리로 말했다.

"우쭐대지 마. 이 이야기가 들어온 건 내가 백방으로 손을 써왔기 때문이기도 하니까."

"네. 알고 있습니다."

"좋아. 마사카즈, 이건 기회야. 제대로 성공만 하면 그 효과는 이루 헤아릴 수도 없어. 카츠이의 장남은 카츠이 상사의 회장이야. 차남은 카츠카네 조선의 사장이고. 정계의 중진에게 생색을 낼 수 있을 뿐만 아니라 지금까지는 관계가 약했던 구 홋카이 은행 계열의 기업에 우리가 파고들어가 영향력을 확장시킬 수도 있어."

"······그렇군요. 그런데 수술 내용은 뭔가요?"

"나중에 별도로 상세한 내용은 전달하겠지만 담낭적출술이야."

"복강경하* 담낭적출술인가요?"

"아니, 개복(開腹)으로 진행할 거야."

후쿠하라는 조금 김이 빠졌지만 곧바로 원장이 말했다.

"솔직히 말해서 대수로울 것 없는 수술이야. 우리 병원 외과의라면 네가 아니라도 기술적으로는 아무도 문제가 없겠지. 하지만 알지? 지명을 받은 네가, 내 아들이고 시치주지 병원의 외과부장인 네가 가기 때문에 의미가 있는 거야. 알겠어? 이런 때를 위해 너한테 온갖 수술을 경험하게 하면서 훈련시켜온 거야. 할 수 있겠지?"

"하겠습니다. 꼭 하게 해주세요."

후쿠하라는 대답했다.

줄곧 기다리고 있던 기회다. 자신의 이름을 알릴 수 있는 일생일대의 기회다. 아버지는 아들을 이용해 한밑천 벌어볼 생각이지만 실제로 명성을 얻는 것은 자신이다. 한때 뇌외과의 신이라고 불리던 아버지를 대신해 내가 시치주지 병원의 중심에 앉는다. 그리하여 비로소 이 병원은 내 것이 된다.

하지 않을 이유가 없다.

"좋아. 그럼 그쪽에 전달하지. 또 연락하마."

무뚝뚝하게 전화가 끊겼다. 수화기를 내려놓은 뒤에도 후쿠하

---

* 복부에 집어넣은 내시경으로 장기를 관찰하면서 그 일부를 절제하는 수술법. 개복하지 않고 장기를 절제할 수 있다.

라는 흥분을 억누를 수가 없었다. 1월 3일. 수첩에 힘차게 꾹꾹
눌러 중요 일정이라고 적어 넣으며 다시 오토야마를 생각했다.

　아무런 망설임 없이 카츠이 분지의 수술에 집중하기 위해서는
역시 오토야마의 일을 정리해두어야 한다. 다시 한 번…… 오토
야마를 제대로 설득할 필요가 있다.

　후쿠하라는 수첩을 만족스럽게 쳐다보며 탁 덮었다.

　병원의 어둑한 복도를 키리코는 혼자 걸어가고 있었다.

　밤중까지 동분서주했지만 결국 키리코의 부탁에 고개를 끄덕
여준 사람은 아무도 없었다. 비통하게 결의를 다지며 키리코는
제2의국으로 돌아왔다.

　하는 수밖에 없다. 자기가 하는 수밖에 없다.

　키리코는 눈을 감았다.

　며칠 동안 계속 연구해온 술식이 머리에 떠올랐다.

　내시경, CT, MRI, 초음파……. 갖가지 검사로 입수한 힌트를
바탕으로 오토야마의 목을 떠올렸다. 실제로 열어보면 어떻게 되
어 있을지를 상상했다. 맥이 뛰고 꿈틀거리는 모습을 이미지
했다.

　……손끝이 차가워지는군.

　벌써부터 긴장한 것이다.

　오토야마의 체력과 병세의 진행 정도. 그리고 키리코에게 필요
한 준비 기간. 이 두 가지를 저울에 올려 사흘 뒤라는 수술 날짜
를 도출했다. 실패할 수는 없다.

나는, 친구를 위해서라면…….

외과의든.

징계면직이든.

……그리고 사신이든.

무엇이든 될 것이다.

12월 31일

"연말인데도 병원은 떠들썩하네요."

진구지는 휠체어를 밀면서 말했다. 인파로 북적거리는 외래 접수대를 피해 남관 엘리베이터를 향해 나아갔다. 오토야마가 고개를 끄덕였다.

"어디로…… 가는 거야?"

"좀 만나고 싶다는 분이 있어서요."

"키리코가…… 걱정……하지 않을까?"

"괜찮아요. 쪽지 남겨두고 왔으니까요. '잠깐 산책 갔다 올게요' 하고 말이에요. 제가 같이 있으니 키리코 선생님도 안심하실 거예요."

"……."

오토야마는 끄덕였다.

대그락대그락하고 휠체어 바퀴가 굴러갔다. 엘리베이터를 타자 오토야마가 나직이 물었다.

"후쿠하라지?"

"네?"

"지금 만나러 가는 사람이…… 후쿠하라잖아?"

진구지는 고개를 끄덕였다.

"알고 계셨어요?"

"아마…… 그렇지 않을까 했어."

오토야마는 괴로워하며 말했다. 그의 목에는 보기 흉한 멍울이 불룩 튀어나와 있었다.

위로 올라가는 엘리베이터 안에서 진구지는 침묵했다. 휠체어에 앉아 있는 오토야마의 뒤통수를 바라보며 생각했다.

이 사람은 어디까지 알고 있을까. 내가 후쿠하라 선생님과 몰래 만나는 일이나, 서로 연락을 주고받는 일이며……, 애당초 후쿠하라 선생님의 지시로 키리코 선생님을 보조하고 있는 것까지 알고 있을까.

아니, 그럴 리는 없다.

후쿠하라 선생님과 사귀었던 일도 아무에게도 들키지 않았다는 자신이 있다.

오토야마 선생님이 키리코 선생님의 편인 것은 틀림없다. 그렇다면 나는…….

거기까지 생각하고 진구지는 훗 하고 웃었다.

나는 그 누구의 편도 아니다.

그토록 넘치는 재능을 가진 부원장에게 빚을 만들어두는 것은 나쁘지 않다. 자신의 길을 똑바로 걸어가는 사신을 따라가도 재미있을 것 같다.

두 남자에게 흥미가 있다. 여자로서도, 인간으로서도. 그렇기에 결말을 지켜보고 싶은 것뿐이다.

오토야마가 말했다.

"나도…… 한 번 더, 후쿠하라를, 만나보고 싶었어……. 내가 먼저 부탁하려고 생각하던 참이었지."

"그러세요?"

오토야마는 고개를 끄덕이고 여전히 등을 돌린 채 말을 이었다.

"후쿠하라도 키리코도…… 내 소중한 동기거든."

"생각해보면 정말 엄청난 동기들이에요. 양쪽 다 정말 보통이 아닌 분들이잖아요?"

"확실히 그렇지. 하지만 그래서…… 좋은 거야."

진구지는 침묵했다.

오토야마 선생님도 그 어느 쪽도 아닌지도 모른다.

후쿠하라 선생님의 편도, 키리코 선생님의 편도 아닌지도 모른다.

"마음이 잘 맞나 봐요."

엘리베이터 문이 열렸다. 진구지는 천천히 휠체어를 밀었다.

부원장실에는 햇빛이 비쳐들어 환했다.

"몸은 좀 어때?"

후쿠하라의 목소리는 염려하는 기색이 가득했다. 화가 나지는 않은 듯했다. 물론 이제 와서 화를 낸다고 한들 오토야마는 전혀 두렵지 않았다.

"……좋지는 않지."

펄스 옥시미터의 화면이 노랗게 점등되며 높은 전자음을 냈다. 수치가 90 밑으로 내려가 위험 구역에 진입한 듯했다. 창백해진 진구지가 벽의 밸브에 달라붙어 산소 흡입 준비를 했다. 오토야마가 후우 하고 숨을 내쉬며 몇 번 천천히 호흡하자 수치가 다시 97로 돌아가며 전자음이 멈췄다. 진구지는 안심한 표정으로 하던 작업을 중단했다.

"오토야마, 무리해서 말하지 않아도 돼. 필담으로 하자."

후쿠하라는 오토야마와 눈높이가 맞도록 쭈그려 앉더니 메모 용지와 볼펜을 내밀었다.

오토야마는 그것을 보고 미소 지었다. 마리에와 필담을 나누려고 했던 일을 떠올렸다. 그때는 자신이 같은 꼴을 당할 줄은 상상도 못 했다.

"오토야마, 몇 번이고 부탁할게. 키리코의 말도 안 되는 치료를 따라갈 필요는 없잖아? 그만 돌아와. 최고의 의료 체제를 갖춰 준다고 약속할게. 널 구하고 싶어서 그래."

"후쿠하라……. 몇 번이고 말하는데."

"오토야마, 펜을 사용해."

오토야마는 고개를 가로저었다.

"천천히 말해도…… 괜찮으니까. 직접, 이야기하고 싶어……."

한쪽 눈썹을 치켜 올리는 후쿠하라를 개의치 않고 오토야마는 계속했다.

"내가 부탁한 거야……. 키리코한테. 억지로 나한테 맞춰주고 있는 쪽은…… 키리코야."

"그렇지 않아. 녀석의 꼬임에 넘어간 거잖아. 다시 생각해. 녀석은 환자의 희망을 잘라버리는 의사라고!"

오토야마는 후쿠하라를 보았다. 후쿠하라는 진심으로 그렇게 생각하는 것이다. 그 눈은 한없이 순수하게 빛나고 있었다.

"후쿠하라……."

오토야마가 천천히 숨을 들이마시고 말했다.

"내가 없어져도 키리코와 사이좋게 지내라."

"……말도 안 되는 소리 하지 마!"

후쿠하라가 일어섰다.

"넌 안 죽어! 내가 구해줄 거니까."

"……후쿠하라. 난 네가…… 훌륭한 의사라고 생각해."

"뭐?"

"너라면 병원을 바꿀 수 있어. 아니, 의료를 바꿀 수 있다고 생각해……. 그건 지금도 변함이 없어."

오토야마는 어쩐지 먼 곳을 보고 있었다.

"하지만…… 너 혼자 싸워나갈 수 있을 만큼…… 죽음이라는 건 만만한 적수가 아니라는 것도 틀림이 없어."

반박하려는 후쿠하라에게 오토야마는 "……유언이라고 생각하고 들어줘" 하고 작게 속삭였다.

"후쿠하라, 넌 언젠가 벽에 부딪칠 거야……. 난 알 수 있어. 하지만…… 전혀 문제없어. 너한테는 키리코라는 너와는 정반대의 장점을 가진 동기가 있거든."

"오토야마……."

"후쿠하라, 그때는 키리코와 힘을 합해서 헤쳐 나가도록 해……. 나도 할 수만 있다면 같이 해나가고 싶었어. 하지만 미안하게도…… 먼저 퇴장해야 해. 이제는…… 둘 사이의 중재도 해줄 수 없어. 너희들이 알아서…… 어떻게든 잘 해봐. 알겠지?"

후쿠하라는 당황했다. 오토야마의 목소리는 띄엄띄엄 끊어지고 작았지만 말투는 진지했다. 죽음을 각오한 말의 무게가 후쿠하라의 마음을 떨리게 했다.

"……네 마음은 알았어. 하지만 그래도 난 포기하지 않아. 키리코의 방침은 절대로 인정할 수 없어."

오토야마는 천천히 끄덕이며 말했다.

"후쿠하라의 마음도 난, 이해해. 타이밍이라는 게 있잖아? 깨닫는 타이밍이라는 것이……. 그때가 오기 전까지 사람은 스스로를 바꾸지 못해. 그러니까…… 지금 당장이 아니라도 괜찮아. 머지않아 마음이 바뀌었을 때라도 상관없어……. 그냥 머리 한쪽 구석에 넣어두기만 해."

"머지않아……라고?"

후쿠하라는 침묵했다.

"그래, 머지않아…… 그렇게 될 거야."

"……알았어. 머지않아서란 말이지?"

오토야마가 씩 웃었다.

"후쿠하라, 담배…… 피워도 될까?"

갑작스러운 부탁에 후쿠하라는 무심코 쓴웃음을 지었다.

"무슨 소리야? 허락할 리 없잖아. 인두암 환자한테."

"상관없잖아……? 이제 와서, 신경 쓰지 않아도. 어쩌면…… 어떤 착오로, 암이 사라질지도 모르잖아?"

오토야마의 얼굴은 학생 때 수업을 빼먹고 놀러 가던 때와 똑같았다.

후쿠하라는 입꼬리를 올리며 흥 하고 웃고는 책상에서 담배 케이스를 꺼내더니 한 개비 꺼내어 오토야마의 입에 물려주었다.

"세상에, 후쿠하라 선생님……!"

진구지가 아연하여 경멸하는 눈빛으로 이쪽을 보고 있었다. 후쿠하라는 진구지를 흘긋 보면서도 손을 멈추지 않고 라이터를 꺼냈다.

괜찮아. 여자는 모르는 남자들만의 세계가 있거든.

오토야마가 입을 삐죽거려 담배 끄트머리를 위아래로 까딱거리며 불을 붙여달라고 요구했다.

후쿠하라가 은색 라이터로 재빨리 불을 붙여주었다.

부드러운 겨울 햇볕 속에서 연기가 몽글 피어오르며 춤추었다. 그 냄새가 진구지의 코에도 닿자 얼굴을 찡그리는 것이 보였다.

오토야마는 격렬하게 기침을 해댔다. 펄스 옥시미터의 수치가 단숨에 80 전후까지 뚝 떨어지며 알람이 요란하게 울려댔다.

"그러게 내가 뭐랬어요!"

진구지가 산소배관의 밸브를 열고 재빨리 가습병을 설치해 비강캐뉼라*와 연결시켜 오토야마의 코에 밀어 넣었다. 쿨럭쿨럭 기침을 하고 입술이 보라색으로 변했는데도 오토야마는 웃고 있었다. 카펫에 떨어진 담배를 밟아 끈 후쿠하라도 손뼉을 치며 웃었다. 눈꼬리에 눈물이 고일 정도로 박장대소했다.

"왜 그렇게 웃어요? 두 사람 다 바보예요? 정말 이유를 모르겠다니까!"

진구지 혼자 매서운 눈초리로 화를 냈다. 오토야마는 진심으로 즐거운 듯이, 그리고 어쩐지 쓸쓸한 듯이 웃고 콜록거리고 그리고…… 진정되자 나직이 말했다.

"몸에 안 좋은 일은…… 정말로 안 좋아지면 더는 할 수 없구나."

후쿠하라가 입꼬리만 움직여 웃으며 오토야마를 내려다보았다.

"더 늦기 전에, 후쿠하라, 네 마음이 바뀌기를…… 기도할게."

오토야마는 싱긋 웃었다.

"얼굴 볼 수 있어서 다행이었어. 잘 지내라."

오토야마가 손을 들어 보이자 후쿠하라도 한쪽 손을 올려 인사했다.

진구지가 휠체어를 밀었다. 부원장실에 서 있는 장신의 실루엣. 아무 말도 하지 않는 후쿠하라를 남겨놓고 오토야마는 밖으로 나왔다.

휠체어가 굴러가는 소리만 대그락대그락 울려 퍼졌다.

---

* 산소를 공급하기 위한 튜브.

1월 2일

"키리코 선생님. 새해 복 많이 받으세요. 그리고 다짜고짜 이런 얘기 하긴 좀 그렇지만, 오토야마 선생님의 수술 준비는 다 됐어요? 내일이잖아요."

제2의국에서 진구지가 물었다. 키리코는 끄덕였다.

"그래. 어떻게든 될 것 같아."

"결국 아무도 도와준다고 나서지는 않네요."

"어쩔 수 없지. 마취는 내가 할 거야. 조수는 진구지 간호사가 해줘야겠어."

"마취의도 없어요? 무슨 만화 같은 이야기네요."

"나머지는 기자재와 수술실인데……."

"후쿠하라 선생님이 수술실도 사용하지 못하게 했다는 것 같던데요?"

"이대로라면 이곳을 소독하고 여기서 수술하는 수밖에 없지……."

키리코는 제2의국을 둘러보며 고민했다. 진구지는 한숨을 쉬었다. 그리고 말했다.

"그만두세요. 절대 안 돼요. 안전성 면에서도 단호히 반대예요."

"하지만 달리 장소가 없으면 어쩔 수 없어."

"키리코 선생님의 교섭 능력에는 정말 두 손 들었어요. 애당초 기대도 하지 않았지만요. 정말로 혼자서는 수술실 하나도 확보하지 못하시네요."

말없이 고개만 숙이는 키리코에게 진구지는 가슴 호주머니에서 무언가를 꺼내더니 손바닥 위에 올려 내밀었다.

"여기요. 이걸 쓰세요."

"……이게 뭐야?"

"제2수술실 여벌 열쇠예요. 몰래 만들었어요."

"진구지……."

"마지막 수단이에요. 여기서 수술하는 건 간호사로서 절대 용납할 수 없으니까 비상조치를 취했어요. 모쪼록 저한테서 받았다는 건 비밀로 해주세요. 어디까지나 책임은 키리코 선생님이 지는 쪽으로 부탁드려요."

그 은색 열쇠를 꼭 안고 키리코는 진구지를 보았다.

"진구지 간호사, 고마워……. 정말 고마워."

진구지는 과장스럽게 한숨을 푹 내쉬었다.

"키리코 선생님이 너무 무능하니까 그렇잖아요. 저한테 이런 일까지 시키다니. 됐으니까 고마워할 시간이 있으면 내일 수술을 위한 이미지 트레이닝이라도 하세요."

키리코는 말없이 끄덕였다.

눈에는 단호한 결의가 깃들어 있었다.

해가 바뀐 지 얼마 안 되는 날이라 바에 손님이라고는 한 사람뿐이었다.

조용한 실내에 담배 연기가 일렁였다.

후쿠하라는 담배를 물고 숨을 내쉬었다. 평소보다 쓰고 거칠게 느껴졌다.

깨를 젓가락으로 집었다. 다른 깨 위에 올리려고 했지만 젓가락 사이에서 툭 떨어졌다. 다시 한 번. 이번에는 올리기는 했지만 이내 굴러떨어지고 말았다.

아무리 해도 잘 되지 않았다.

후쿠하라는 유리잔을 한 번 더 잡고 심호흡하며 눈을 감았다.

내일은 카츠이 분지의 수술이 있다. 개복담낭절제술. 어려운 수술은 아니지만 그래도 수술을 할 때에는 무슨 일이 일어날지 모른다. 평소와 다름없이 머릿속으로 술식을 떠올리며 시간을 1초라도 단축하고 출혈을 한 방울이라도 줄이는 방법을 생각했다.

재떨이 위에서 담배가 희미한 소리를 내며 타고 있었다.

담배.

오토야마가 피우지 못하게 된 담배.

더 늦기 전에, 라…….

후쿠하라는 눈을 뜨고 연기가 피어오르는 담배를 잡아 끄트머리를 바라보았다. 암과의 인과관계가 과학적으로 증명되었지만 그럼에도 공공연히 판매되는 기호품이다.

더 늦기 전에 해라. 이제는 그럴 수 없게 된 남자가 목숨을 걸고 그렇게 말했다.

담배를 비벼 끄고 후쿠하라는 머리를 벅벅 긁었다.

난 대체 뭘 하고 있는 거야. 쓸데없는 생각이나 하고 있을 때가 아니야. 집중해, 집중……. 내일은 중요한 수술이 있어.

생각해봐. 효과는 엄청날 거야. 정계와 재계에 뿌리를 내리면…… 돈과 지위도 자연히 따라오게 되겠지. 추잡한 이기심이 깃든 돈이지만 그 양은 어마어마해.

이용해주겠어. 철저하게 이용해주지.

야비한 아버지의 방식을 전면적으로 부정했던 옛날과는 다르다. 나는 현명해졌고 어떤 사람이든 받아들일 수 있는 도량을 갖췄다.

뇌물이든 뭐든 다 받아줄 것이다. 당연히, 금액에 따라 수술 순서도 앞당겨줄 것이며 특별실을 이용해 내가 책임지고 집도할 것이다. 얼마든지 가지고 와라.

부자들의 수술을 끼워 넣기는 하겠지만 다른 사람들을 뒷전으로 미룰 생각은 없다. 그럼 어떻게 하느냐고? 내가 두 배로 일하면 그만이다. 나는 그렇게 할 수 있다.

가난해서 수술비를 내지 못한다고? 그렇다면 공짜로 해줄 수 있다. 내 주머니에서 수술비를 내줄 것이다. 돈을 쏟아부으며 자기 수술을 우선적으로 하려고 하는 추잡한 인간들이 낸 돈이니 사양할 필요도 없다.

그렇게 해서 몇 배로 일한 돈으로 최첨단 의료 기계를 갖출 것이다. 우수하고 신념을 가진 의사를 모아 육성할 것이다. 어떤 병이든 조기에 발견해 모조리 고쳐줄 것이다. 검사 비용? 그런 것은 내가 내주면 그만이다. 암이라도 일찌감치 절제해버리면 문제가 안 된다. 바로 퇴원할 수 있다. 건강하게 집에서 가족과 함께 살 수 있는 시간이 늘어난다. 몇 년이나 입원해서 죽음의 공포에 떨며 부작용과 싸울 필요도 없어진다. 환자의 고통을 애초에 뿌리부터 끊어버리는 것이다.

그렇다. 모든 것이 선순환을 이루며 돌아간다.

가슴에 이상만 품고 덧없이 소리만 질러봐야 현실은 달라지지 않는다. 돈과 권력을 손에 넣을 때 비로소 이상을 현실로 구현할 수 있다.

한 걸음 앞에 그런 미래가 와 있다. 내가 줄곧 바라온 골인 지점.

손만 뻗으면 닿는다──.

후쿠하라는 젓가락을 움켜쥐고 다시 깨를 집으려고 했다.

손가락이 떨렸다. 깨는 또 떨어졌다.

후쿠하라는 이를 악물었다.

왜 그래, 후쿠하라. 뭘 두려워하는 거야. 뭐가 마음에 걸리는 거야.

내일…… 키리코는 정말로 수술을 할 생각일까. 그 누구의 도움도 없이. 그 수술은 오토야마의 수명을 깎아내기만 할 뿐이야. 그만두게 할 방법은 없을까?

오토야마…….

나는 아직도 널 구하고 싶단 말이다.

깨는 집지 못했다. 몇 번을 해도 들어 올리지 못했다.

1월 3일

수술 날이 다가왔다.

오토야마는 아침부터 진정이 되지 않았다. 벌써부터 손목시계를 풀고 수술복으로 갈아입고 떨리는 손을 누르며 기다리고 있었다. 오토야마의 수술은 다른 모든 수술이 끝난 뒤인 심야에 진행하기로 결정했다.

날이 저물었다. TV에서는 유난히 추운 날이라고 보도했다. 난방이 잘되는 병원 안에 있는데도 바깥에서 불어대는 바람 소리만 들어도 몸이 얼어붙을 것 같았다. 창문에는 성에가 끼어 있고 그 너머에서는 하얀 입김을 내뿜으며 사람들이 오가고 있었다.

목 아래쪽이 매우 크게 부풀어 있는 느낌이 들었다. 거울에 비춰보면 생각만큼 그렇게 크지는 않았지만 본인에게는 무척 갑갑하게 느껴졌다. 숨을 쉴 때마다, 무언가를 삼키려고 할 때마다 목에 걸리면서 극심한 통증이 덮쳐왔다. 귀 아래쪽이 욱신욱신 아프고 이명이 단속적으로 생겼다.

암이다. 암이 오토야마의 목을 집어삼키고 있다.

제2의국의 하얀 벽. 복도에 붙어 있는 원내 감염 예방 포스터. 은색으로 반짝이는 수도꼭지. 직원 연락용 노트. 안쪽 대기실에 놓여 있는 너덜너덜해진 그림책. 아이와 손을 잡고 가는 엄마. 마음이 안정이 되지 않는지 두리번두리번하며 대기실에 앉아 있는 할아버지.

모든 것이 눈에 들어왔다. 그럴 때마다 오토야마는 찬찬히 시간을 들여 그것을 물끄러미 보았다.

뭔가 특별히 재미가 있는 것은 아니지만 일상의 여러 모습이 오토야마의 마음을 사로잡고 놓아주지 않았다.

카와스미 마리에도 이런 기분을 느꼈을까.

죽음을 각오하면 모든 것이 어쩐지 신기하게 보인다. 마치 처음 이 세상에 태어난 때 같다.

오후 6시가 지났다.

환자가 한 사람, 또 한 사람씩 줄어갔다. 병실로 가거나 집으로 돌아가는 것이다. 고요해진 원내에서는 이따금 직원들이 오갈 뿐이었다. 이윽고 9시가 되자 전등이 꺼졌다.

시간의 흐름이 느린 것 같기도 하고 빠른 것 같기도 했다. 하지만 확실하게 다가오는 미래에 오토야마의 심장은 긴장하여 박동이 빨라졌다.

"오토야마 선생님의 수술은 예정대로 진행하려는 모양이에요."

진구지가 보낸, 손으로 직접 쓴 메모를 펼쳐 보았다. 그리고 다시 구깃구깃 뭉쳤다. 부원장실에서 후쿠하라는 계속 그 동작만 되풀이하고 있었다. 앉아 있어도 진정이 되지 않고 서 있어도 무언가 마음에 들지 않았다. 의미도 없이 실내를 왔다 갔다 하다 이따금 카츠이 분지의 진료 기록을 훑어보았다. 하지만 눈동자만 이리저리 굴릴 뿐, 글자가 머릿속에 들어오지 않았다.

집중하려고 하면 할수록 키리코의 수술이 마음에 걸렸다. 오토야마의 상태가 걱정되었다.

책상을 주먹으로 내려쳐보았다. 새카만 커피를 진하게 내려 마셔보았다.

그 녀석들은 정말로 하려는 걸까. 의미도 없고 단지 어렵기만 할 뿐인 수술을. 그것이 의료라고 믿고 모든 것을 적으로 돌리면 서까지…….

후쿠하라는 크게 숨을 들이마시고 내쉬었다.

그리고 느닷없이 웃었다.

우스웠다. 정말로 웃음밖에 나오지 않았다. 더 이상 이상론조 차도 아니었다. 그냥 폭주일 뿐이다.

그런 녀석들과 함께 병원을 바꿀 수 있다고 생각했던 옛날의 나는 얼마나 어리석었던가.

멋대로 하라지. 얼토당토않은 수술을 하다 실패해서 목숨을 잃어도 다 자업자득이다. 키리코는 의사 생명이 끝장나고 말 것이다. 아무래도 상관없다. 그것 역시 당연한 결말이다.

차라리 후련하다.

마침내 마음이 식고 차분해졌다. 쏟아지며 쌓이던 토사가 차갑게 응고되듯이 후쿠하라의 뱃속에 단단한 결의가 생겼다.

너희는 거기서 힘이 다해 쓰러져 있으면 된다.

나는 훨씬 더 위로 갈 것이다. 이 손으로 꿈을 쟁취할 것이다.

후쿠하라는 한 번 더 카츠이 분지의 진료 기록을 들고 읽어보 았다. 아까보다도 훨씬 평온한 마음으로 읽을 수 있었다.

저녁 9시.

"오토야마 선생님, 슬슬 시간 됐어요. 어쨌든 수술 전의 규정이 니 물어볼게요. 변은 보셨나요?"

"응."

"좋아요. 그럼 수술실로 가요."

마스크를 쓴 진구지가 스트레처*로 옮겨주었다. 링거를 단 채 오토야마는 천천히 실려 갔다. 바퀴가 드르륵 굴러가는 소리 외에 병원 안은 거의 무음이었다.

"침착하시네요?"

진구지의 말에 오토야마는 고개를 끄덕였다.

"그런가……? 후련하기는 해. 후쿠하라와 키리코에게…… 하고 싶은 말은 다 했으니까."

"오토야마 선생님은 두 분이 화해하길 바라시죠? 그래서 일부러 키리코 선생님의 계획을 후쿠하라 선생님에게 집도하게 하려고 하셨죠? 결국 이루어지지 않아서 아쉬워요."

"뭐, 그런 셈이지……."

오토야마는 웃었다.

"괜찮아요. 키리코 선생님도 손끝은 야무져요. 수술 연습도 철저히 하셨고요. 틀림없이 잘될 거예요."

"그래……. 고마워."

"두 분이 화해하면 좋겠네요."

"그들은 근본적으로는 똑같아……. 난 믿어. 언젠가 틀림없이 두 사람이 손을 마주잡을 때가 올 거야……."

그리고 나직하게 말했다.

"……그 순간을 이 눈으로 보기 힘들 것 같아서…… 조금 아쉽지만. 천국에서 기대하고 있어야지……."

---

* 환자 이송용 침대차.

진구지는 모호하게 웃고 말없이 스트레처를 밀었다.

"어머!"

진구지가 문득 걸음을 멈추었다.

외래 대기실 앞의 긴 복도, 한쪽 벽면이 유리창으로 된 곳이 있다.

"어쩐지 조용하다 싶더니 눈이 오네요."

오토야마도 고개를 돌려 옆을 보았다.

"아아……. 그러게."

어둠 속에서 하얀 눈송이가 소리도 없이 떨어졌다. 어디까지나 끝도 없이 파묻어버릴 듯이 조용히 쌓이고 있었다.

"마사카즈, 마중 온 차가 왔구나."

"알겠습니다. 지금 내려갈게요."

원장에게 전화로 대답하고 후쿠하라는 코트를 걸쳤다. 수술복과 기구 등의 수술 도구가 가득 들어 있는 가방을 들었다. 그곳에도 준비는 되어 있다고 하지만 만일의 경우에 대비하여 자신도 가지고 가기로 했다.

정치가 카츠이 분지는 까다로운 성격이라고 들었다. 자택으로 외과의를 불러 수술을 시키는 정도니 어지간히 고집스러운 사람일 것이다. 조심하느라 그런 것이겠지만 당연히 수술은 병원에서 하는 것이 가장 안전하다.

하지만 상관없다. 돈의 힘만 믿고 고집을 부리는 멍청이가 있기 때문에 성실하고 가난한 사람들을 구할 수 있으니까.

실패해서는 안 되는 수술이다. 하지만 후쿠하라는 자신이 있었다. 아무런 문제도 없다. 평소와 다름없이 하면 그만이다.

인적 없는 직원용 계단을 내려갔다. 한 걸음씩 단단히 디디며. 그렇다. 자신감 넘치게 걸어야 한다. 나는 시치주지 병원 외과부장이자 부원장, 젊은 에이스니까. 그리고 이 한 걸음 한 걸음이 눈부신 미래로 이어져 있으니까.

뒷문으로 나오자 새카만 리무진이 멈춰 있는 것이 보였다. 옆에는 운전사가 서 있었다. 바로 앞에는 카츠이 분지의 비서인 듯한 안경을 낀 남자, 그리고 나이가 들어서도 오히려 위엄을 내뿜고 있는 전통 기모노 차림의 아버지가 있었다.

"준비는 다 되었겠지, 마사카즈?"

"네."

좋아, 하고 아버지는 고개를 끄덕였다. 그 새하얀 콧수염이 살짝 흔들렸다.

"후쿠하라 선생님, 오늘은 모쪼록 잘 부탁드립니다."

비서가 말하며 머리를 숙였다.

"아닙니다, 저야말로 잘 부탁드립니다. 제게 맡겨주셔서 대단히 감사합니다. 의사로서 최선을 다하겠습니다."

후쿠하라도 정중히 머리를 숙였다. 예의바르면서 비굴하지 않게.

"눈이 내리니 발밑 조심하십시오."

운전사가 말하며 가방을 받아들었다. 후쿠하라는 고개를 끄덕였다. 확실히 가랑눈이 내리며 쌓이고 있었다. 하지만 우산을 쓸 정도는 아니었다. 후쿠하라는 서류가방만 들고 차양 밖으로 나왔다.

문득 불빛이 꺼진 시치주지 병원을 대수롭지 않게 돌아보았다. 그리고 숨을 삼켰다.

"……마사카즈?"

아버지의 목소리가 들렸다.

"애야, 마사카즈!"

후쿠하라는 깜짝 놀라 아래를 보았다.

"무슨 일이냐?"

"아뇨. 아무것도 아닙니다."

아무것도 아니다. 아무것도 아니다……. 스스로를 타이르려 했지만 심장이 세차게 두방망이질 쳤다. 아버지에게로 눈길을 돌린 지금도 망막에 선명하게 영상이 새겨져 있었다. 외래 대기실 앞의 긴 복도에서 스트레처에 누워 있는 오토야마의 모습이. 언젠가 아침 햇살 속에서 이야기를 나누었던 때와 조금도 변하지 않은, 반짝거리는 눈으로 바깥을 바라보고 있는 친구가 보였다.

"마사카즈."

아버지의 목소리가 멀리서 들려왔다.

"애, 마사카즈! 뭐하는 짓이야!"

그 목소리는 점점 노성으로 바뀌어 갔다.

"고개를 들어! 얘가 대체 무슨 생각인 게야?"

무릎이 떨리며 찌르는 듯한 냉기가 퍼져 나갔다.

후쿠하라는 가방을 내던지고 무릎을 꿇고 아버지를 향해 머리를 숙이고 있었다. 신음하듯이 말했다.

"죄송합니다. 소중한 친구의 목숨이 위급한 상황이라 그쪽으로 가봐야 합니다. 이 수술은 할 수 없습니다."

"마사카즈, 이 자식이 이제 와서……! 내 얼굴에 먹칠을 할 셈이냐!"

아버지가 버럭버럭 호통을 쳤다. 지팡이로 머리를 내리쳤다. 눈과 진흙이 날아오르며 후쿠하라의 몸에 튀었다.

"사죄의 뜻이라고 하기엔 뭣하지만 저 같은 젊은 의사보다 훨씬 더 우수한 다른 의사를 소개하겠습니다. 담낭절제술 경험도 많으시니 저보다도 더 적임자라고 생각합니다……."

거의 비명에 가까운 소리까지 포함해 온갖 목소리가 후쿠하라에게 쏟아졌다.

후쿠하라는 이마를 땅바닥에 붙인 채 그 말들을 어쩐지 남의 일처럼 듣고 있었다.

이미 불빛이 꺼진 제2수술실 앞에서 키리코는 주변 상황을 살폈다. 그리고 호주머니에서 열쇠를 꺼내어 어둠 속을 더듬으며 열쇠구멍에 넣었다. 찰칵 소리가 나며 문이 열렸다.

휴 하고 한숨을 내쉬었을 때 등 뒤에서 전기불이 켜졌다.

"여벌 열쇠인가? 몰래 만들었군."

"……후쿠하라."

돌아보자 창문을 등지고 후쿠하라가 서 있었다. 입고 있는 코트는 눈으로 젖어 있고 진흙으로 얼룩져 있었다. 어디서부터 달려왔는지 머리카락은 땀으로 젖어 있고 어깨를 들썩이며 숨을 몰아쉬고 있었다.

그 박력에 키리코는 순간 주춤했다.

"말려도 소용이 없다는 뜻이겠지?"

조용히 내리는 눈 속에서 후쿠하라가 싸늘한 눈빛으로 이쪽을 보고 있었다.

"……그래. 오토야마가 바라는 일이야. 난 할 거야."

"오토야마의 생명을 단축하는 수술을 하겠다고?"

빈정대는 목소리였다.

"오토야마가…… 오토야마답게 죽기 위한 수술이야."

키리코도 마음을 단단히 먹고 맞받아쳤다. 고요한 겨울밤, 두 사람은 복도에 마주서서 서로를 노려보았다.

"키리코, 네가 하려고 하는 일이 얼마나 무서운 일인지 아직도 모르겠어?"

적개심이 가득한 후쿠하라의 목소리에 키리코는 순간 입을 다물었다. 하지만 눈을 감고…… 천천히 입을 열어 대답했다.

"나도, 무서워."

"……뭐?"

키리코는 눈을 떴다. 두 눈은 똑바로 후쿠하라를 향하고 있었다.

"이 이야기를 받아들이기까지 정말 많이 고민했어. 지금도 계속 망설이고 있어. 하지만…… 망설이고 있기 때문에 한 걸음 앞으로 나아갈 거야. 오토야마를 위해."

후쿠하라는 키리코를 쳐다보았다. 오랜만에 만나는 느낌이었다.

이 녀석이 이런 얼굴을 하고 있었던가? 그런 생각이 드는 것은 제대로 본 적이 없어서 그런 것일 뿐일까?

이 눈이다.

아주 투명한 눈을 가졌다고 생각했다. 홍채는 색소가 연해 꽃잎 같은 무늬가 도드라져 보였다. 하지만 그 눈은 무언가를 꿰뚫어보고 있었다. 후쿠하라가 계속 바라보고 목표해온 것과는 다른 무언가를.

——네 방식만으로는 넘지 못하는 벽도 있어.

오토야마의 목소리가 들려오는 듯했다.

후쿠하라는 눈길을 거두고 살짝 아래를 보았다.

"더 늦기 전에, 라⋯⋯."

아무도 듣지 못할 만큼 작은 소리로 후쿠하라는 중얼거렸다. 말꼬리는 어둠 속으로 사라져갔다.

얼마 동안 침묵이 이어졌다. 멀리서 드르륵드르륵 소리가 났다. 스트레처가 가까이 다가오는 소리다.

눈이 하얀빛을 뿜어내고 있었다. 달도 없는데 저 눈은 무엇을 반사하며 빛나는 것일까. 희미하고 아련한 순백의 빛이 두 의사를 비추고 있었다. 무언가를 질문하듯이, 무언가를 시험하듯이.

후쿠하라는 고개를 들고 말없이 키리코 쪽으로 걸어갔다. 피를 뒤집어쓰며 명계의 입구에서 싸워온 두 사람의 거리가 가까워지더니 순간 교차하면서 다시 멀어졌다. 공기가 살짝 흐트러지며 가운이 흔들렸다.

등 뒤에 있는 키리코에게 후쿠하라가 물었다.

"키리코, 하인두 수술 경험은 있어?"

"연습은 했어. 문제없어."

"그렇겠지……. 하지만 나한테는 못 미쳐."

키리코는 돌아보며 눈을 동그랗게 떴다.

시선 끝에서 후쿠하라가 코트를 벗고 재킷을 벗어던졌다. 소독된 수술복을 입고 모자를 쓰고 마스크를 착용했다.

역전의 외과의가 무영등 빛 아래 역광을 받으며 그곳에 서 있었다.

"후쿠하라……, 너……!"

"조수, 잘 부탁한다."

후쿠하라는 그대로 수술실로 들어가 장갑을 끼고 기도하듯이 양손을 들었다.

스트레처로 수술실에 들어온 오토야마에게 무영등을 비추었다. 눈부신 그 빛에 무심코 얼굴을 찡그렸다. 하지만 내려다보는 두 사람의 얼굴을 보고 눈이 휘둥그레졌다.

"이름을 말씀해주세요."

그 목소리.

"후, 후쿠하라……!"

녹색 수술복으로 몸을 감싼 키가 큰 집도의. 마스크 너머로도 알 수 있는 높고 오똑한 코. 모자 아래의 짙고 남자다운 눈썹과 투지를 불태우는 눈동자. 틀림없이 후쿠하라 마사카즈다. 하얀 장갑을 낀 가늘고 긴 손가락을 똑바로 펴고 있었다. 강하고 믿음 직하고 커다란 손.

틀림없다.

"이봐, 정신 차려. 네 이름 말이야."

"오토야마…… 하루오입니다."

후쿠하라가 고개를 끄덕였다.

"이름 확인 완료."

자신을 내려다보는 얼굴이 하나 더 있었다.

"지금부터 오토야마 하루오의 하인두 부분 절제술을 합니다. 마취."

마찬가지로 수술복을 입은 키리코 슈지가 조용한 목소리로 말했다. 냉정하면서도 평온함과 상냥함이 깃든 부드러운 그 눈빛.

옆에 있는 진구지가 링거를 확인하고 밸브에 이어져 있는 실리콘 마스크를 들고 다가왔다.

"키리코. 후쿠하라. 둘 다……."

거기까지 말하고 나머지는 말로 나오지 않았다. 눈물이 쏟아지며 천장이 일그러졌다. 진구지가 오토야마의 입에 마스크를 댔다. 차가운 가스가 흘러들어왔다.

두 의사. 그리고 두 친구가 지켜보는 가운데 오토야마는 의식을 잃었다. 감긴 눈에서 눈물이 한 방울 굴러떨어졌다.

1월 10일

수술 후에는 온몸이 아파서 움직일 수도 없었다.

입에는 산소, 팔에는 링거, 하반신에는 배뇨용 카테터가 삽입되어 관에 매인 채 지내는 나날이 이어졌다. 하지만 하루하루 지날 때마다 조금씩 관이 줄어들었다. 몸도 조금씩이지만 자유로워졌다. 암세포가 완전히 제거된 것은 아니므로 회복이 눈부신 수준이라고는 할 수 없었다. 하지만 오토야마는 신기하게도 자신이 좋은 방향으로 나아가고 있다고 실감했다.

그날, 침대 위에 누워 있는데 두 의사가 나란히 병실로 들어왔다. 후쿠하라와 키리코였다. 그 조합은 무척 그립게도 느껴졌고, 오래전부터 익숙하게 보아온 모습 같기도 했다. 뒤에는 진구지의 모습도 보였다.

"붕대 풀자."

후쿠하라와 진구지가 지켜보는 가운데 키리코가 오토야마의 붕대를 조심스럽게 풀었다.

"……훌륭해, 후쿠하라."

무심코 키리코가 말했다. 섬세한 봉합흔은 애처로워 보이면서도 동시에 아름다웠다.

"네 지시도 나쁘지 않았어."

"후쿠하라, 이제 말을 해도 된다고 생각해?"

"그래. 먼저 작은 소리부터 시작해야 하지만."

의견을 나누는 후쿠하라와 키리코. 두 사람의 모습을 오토야마는 물끄러미 바라보았다. 눈꺼풀 뒤에 깊이 아로새겨두고 싶었다.

키리코가 이쪽을 보고 물었다.

"목소리는 나와?"

오토야마는 목을 길게 빼고 비틀어 보았다. 어쩐지 이상한 느낌이었다. 계속 목소리를 내지 않도록 해와서인지 순간적으로 말하는 법이 생각나지 않았다. 자신의 목인데도 다른 사람의 목 같았다.

"괜찮을 거야. 조심스럽게 내봐."

후쿠하라가 재촉하자 오토야마는 목을 가볍게 눌렀다. 그리고 천천히 숨을 내쉬었다.

"……아, ……아ㅡ. 아ㅡ."

순간적으로 숨을 삼켰다. 확실히 목소리가 나왔다. 크지는 않았지만 자연스러운 목소리였다.

오토야마는 두 의사를 올려보았다. 후쿠하라의 입꼬리가 살짝 웃고 있었다. 키리코는 아직 무표정하게 물끄러미 이쪽을 보고 있었다.

"……성공이에요."

진구지가 말했다.

키리코가 진지한 표정으로 말했다.

"진구지, 아직이야. 오토야마의 할머니가 들어도 목소리가 활기차다고 생각하는 것이 중요해."

"하지만 오토야마 선생님은 틀림없이 이런 목소리였어요."

"우리는 눈앞에서 보고 있으니까 그렇지. 하지만 전화기를 통해 목소리만 듣는 상대가 어떻게 생각할지는 또 다른 문제야."

후쿠하라가 말하자 진구지는 그렇구나 하고 고개를 끄덕였다.

"오토야마의 할머니가 건강한 오토야마의 목소리라고 느끼시지 않으면…… 의미가 없어. 모든 게 부질없어지는 거지."

키리코가 말했다. 표정은 긴장으로 딱딱하게 굳어 있었다.

"자."

키리코가 전화기를 내밀었다.

오토야마는 고개를 끄덕이더니 번호를 입력하고 귀에 댔다.

다른 소리는 전혀 나지 않는 가운데 전화를 거는 신호음만이 울려 퍼졌다. 영원히 이어지는 게 아닌가 싶을 만큼 시간이 길게 느껴졌다.

그때 신호음이 끊어졌다. 키리코가, 후쿠하라가, 진구지가. 그리고 오토야마가.

기도하는 마음으로 수화기 너머의 먼 미야기를 떠올렸다.

"여보세요?"

그리고 분명히 들려왔다.

기뻐하는, 정말로 기뻐하는 목소리.

"아이고! 하루오니?"

"……이제 더는 여한이 없어."

전화기를 옆에 있는 탁자에 돌려놓고 오토야마는 살짝 기침하며 말했다.

"오랜만에 말해서 피곤하지? 무리하지 마."

키리코가 말했다. 후쿠하라는 얼마 동안 침묵한 뒤 이윽고 입을 열었다.

"오토야마. 다시 한 번 묻지만 화학요법을 재개할 생각은 없는 거야?"

오토야마는 후쿠하라를 물끄러미 보았다. 온화하고 부드러운 표정이었다.

결심을 굳힌 얼굴이었다.

"네가 한다고만 해주면 난……."

"아니. 앞으로는 완화 케어만으로도 충분해."

"……."

후쿠하라는 고개를 숙였다. 예전처럼 불같이 화를 내지는 않았지만 그래도 원통함을 드러내며 주먹을 부르르 떨었다.

"……미안하다. 이렇게까지 했는데 너 하나 구하지 못하다니. 난 무력해."

키리코도 오토야마를 보고 침통한 표정으로 고개를 숙였다. 오토야마는 천천히 고개를 가로저었다. 그리고 말했다.

"난 이미 구원받았어."

후쿠하라는 고개를 들었다. 키리코도 역시 오토야마를 보았다.

후쿠하라는 눈을 의심했다.

"난 행복한 놈이야. 이렇게 멋진 친구들에게 둘러싸여 최고의 인생을 보냈어."

오랫동안 친구로 지내왔지만 오토야마의 이런 표정은 처음 보았다. 티끌 하나 없는 천진난만한 미소였다.

이게 뭐지.

마치 갓난아기 같다. 지극히 순수해서 보는 사람을 무조건 행복하게 만드는 천사의 미소 같았다. 황금색 빛이 뿜어져 나오는 것처럼 느껴지는 까닭은 등 뒤의 창문 밖으로 보이는 겨울 햇살 때문일까.

후쿠하라는 환자의 미소를 몇 번이나 보아왔다. 그것을 추구하며 치열하게 싸운 끝에 계속해서 손에 넣어왔다.

죽음의 심연에서 살아 돌아와 가족과 얼싸안은 노인. 마지막까지 포기하지 않고 싸워 암을 극복한 남자. 한 번 더 피구를 할 수 있게 된 뇌종양을 앓던 아이. 후쿠하라가 지금까지 보아온 수많은 기적. 그때마다 환자에게서 쏟아져 나오는 눈부신 미소…….

하지만 그것들은 모두 사람의 미소였다.

죽어가는 친구가 짓고 있는 표정은 어쩐지 성질이 다른 것처럼 느껴졌다. 이 반짝반짝 빛나는 미소……. 도저히 사람이라고는 생각할 수 없는 미소. 이것이 무엇인지 후쿠하라는 이해하지 못했다.

알고 있는 거야? 넌 머지않아 죽는다고.

강한 척하는 것이다. 아니면 우리를 배려해서 그러는 것이다. 죽음이 두렵지 않을 리 없고, 죽음이 공포가 아닐 리 없다. 하지만 그런 말은 오토야마가 보이는 미소의, 그 압도적인 빛에 가려 지워졌다.

아니, 어쩌면 이 얼굴은, 죽음을 앞두고 있기 때문……일까?

믿을 수 없는 것을 보는 기분으로 후쿠하라는 그저 서 있었다.

"오토야마……."

오토야마는 천천히 눈을 깜빡였다.

"후쿠하라. 키리코. 건강 조심해라……."

바로 눈앞의 침대에 누워 있는 오토야마가 어쩐지 멀어져가는 느낌이 들었다. 손을 내밀어 붙잡지 않으면 그대로 어딘가로 사라져버릴 것 같아 후쿠하라는 몸이 떨렸다.

그렇다. 오토야마는 틀림없이 사람에서 멀어져가고 있다. 사람이 되기 전의 상태로 돌아가겠다고, 결정해버린 것이다.

가지 마.

후쿠하라는 한 걸음 다가가며 외치려고 했다. 하지만 그러지 못했다. 무엇을 해도 소용없다는 확신을 줄 만큼 오토야마의 미소는 눈부셨다. 해쓱해진 뺨, 머리카락이 빠진 머리, 힘없는 눈. 하지만 오토야마는 아름다웠다.

"……너희들이라면 틀림없이 할 수 있을 거야."

무엇인지는 말하지 않았다. 후쿠하라는 그것이 모든 것을 잃은 사람의, 모든 것을 긍정하는 말처럼 느껴졌다.

오토야마는 입을 다물었다. 그리고 한 번 더 싱긋 웃었다.

후쿠하라는 아무 말도 할 수 없었다. 무슨 말을 해야 좋을지도 몰랐다.

다만 가슴속에 꽃잎처럼 하늘하늘 떨어지는 친구의 말을 놓치지 않도록 받아들이며 움켜쥐고…….

고개만 끄덕일 뿐이었다.

종장(終章)

3월 22일

벚꽃이 피었다.

바람이 불 때마다 꽃잎이 하늘하늘 춤추며 소용돌이를 만들고는 날아갔다.

무덤 앞에서 손을 모으고 있던 키리코의 머리카락에도 꽃잎이 몇 장 내려앉았다가 다시 떨어졌다.

기도를 마치자 키리코는 눈을 뜨고 일어섰다.

"여, 키리코."

돌아보자 묘지 입구에 후쿠하라가 뚱한 표정으로 서 있었다. 손에는 꽃다발을 들고 있었다.

"후쿠하라……."

"웬일로 휴가를 내나 했더니 여기 오려고 그랬구나."

후쿠하라는 성큼성큼 걸어서 키리코의 옆으로 다가왔다.

"같이 오자고 했어야 했나?"

"아니……."

무덤 앞에서 멈추고 후쿠하라는 조용히 꽃다발을 내려놓았다. 묘비에 새겨진 글자를 바라보며 나직이 말했다.

"……오토야마 자식. 이렇게 빨리 할머니 뒤를 쫓아갈 필요가 어디 있다고. 할머니와 손자가 잇달아 덜컥 가버리다니."

등 뒤에서 키리코도 고개를 끄덕였다.

"안심해서 맥이 빠져버렸겠지."

"어느 쪽 얘기야?"

"양쪽 다야. 건강한 오토야마의 목소리를 들은 할머니도. 편안하게 할머니를 보내드릴 수 있었던 오토야마도……."

등을 향한 채 문득 후쿠하라가 웃었다.

"마지막엔 웃으면서 갔어."

"그래."

얼마 동안 침묵이 이어졌다. 미지근한 바람이 불어오며 꽃향기를 실어왔다.

"후쿠하라……, 고맙다. 네 덕분이야. 네가 있어준 덕분에 수술은 성공했어."

후쿠하라는 고개를 가로저었다.

"혹시나 해서 말해두지만, 그때 협력했던 건 어디까지나 오토야마를 위해서였어. 네 방식을 인정한 건 아니야. 착각하지 마."

"……오토야마의 소원은 이루어졌어."

키리코는 부정당하면서도 미소 지었다. 후쿠하라는 여전히 후회가 남는 목소리로 말했다.

"단지 목소리를 되찾는다······. 그 정도의 소원밖에 이루어주지 못했어. 온갖 희생을 치른 끝에도."

후쿠하라는 한숨을 푹 내쉬었다.

"많은 것들이 부질없어졌어. 순간적으로 튀어나온 망설임 때문에 난 위로 올라갈 기회까지도 놓치고 말았어."

"고민해도 돼. 혼자서 다 하려고 하지 않아도 돼. 오토야마는 그렇게 말했어."

"혼자서 다 하려고 하지 않아도 된다, 라······."

후쿠하라는 돌아보았다. 키리코와 눈이 마주쳤다.

"······."

아무 말도 하지 않고 후쿠하라는 키리코의 색소가 옅은 홍채를 쳐다보았다.

키리코는 말했다.

"이걸로 끝이 아니야. 환자는 아직도 많이 있어. 오토야마의 몫까지 우리가 열심히 하자. 그게 남겨진 우리가 할 일이야."

"······그렇군."

후쿠하라는 고개를 숙이고 다시 무덤을 바라보더니 그 앞에 쭈그려 앉았다.

"몇 번이나 말하지만 네 방식을 인정한 건 아니야. 하지만 의견이 전혀 맞지 않는 것도 아니지······. 그렇지. 그래, 오토야마의 몫까지 우리가······."

그 뒤는 말하지 않았다.

후쿠하라는 큰 손을 합장하고 눈을 감았다.

"난 먼저 갈게."

키리코가 말했다.

"오후에 봐야 할 환자가 있거든."

대답은 없었다. 키리코는 얼마 동안 후쿠하라의 뒷모습을 바라보다 이윽고 등을 돌리며 호주머니에 손을 넣고 걸음을 옮겼다.

그 뒤에서 또다시 벚꽃 꽃잎이 소용돌이치며 날아올랐다.

따스한 분홍색 바람이 꽃잎을 날리며 춤추게 했다.

마치 멀어져가는 키리코와 후쿠하라의 거리를 채우려는 듯이.

죽음의 무게와 삶의 무게

우리는 필연적으로 많은 죽음을 접하면서 살아간다.

지구 반대편의 이름도 모르는 누군가의 죽음. 텔레비전에서 자주 보던 유명인의 죽음. 단순히 알고 지내는 누군가의 죽음. 친구의 죽음. 가족의 죽음. 반려동물의 죽음. 그리고 마지막으로 자신의 죽음.

죽음은 때로 너무나 멀고 막연하게만 느껴지다가 어느 날 갑자기 내 주변으로 성큼 다가온다. 그리고 각각의 죽음이 나에게 미치는 감정의 무게도 저마다 다를 수밖에 없다.

그것은 사람마다 죽음의 무게가 달라서 그런 것은 아니다. 단지 그 사람이 내 마음속에 얼마나 큰 자리를 차지했느냐에 따라 내 마음의 무게추의 기울기가 달라질 뿐이다. 그래서 '아직 나이도 어린데 딱해라' 하고 안타까워하는 누군가의 죽음이 다른 사람에게는 하늘이 무너지는 고통이 되기도 하고, 누군가의 가슴에는 영원히 아물지 않는 깊은 상처를 남긴 죽음이 어떤 사람에게는 '그랬구나' 하고 한숨짓고 넘어가는 일에 불과할 수도 있다. 당연한 일이다. 그 사람이 매정해서도 아니고 감정이 없어서도 아니다. 단지 감정의 거리가 그만큼 멀어서 그럴 뿐이다. 지금 이 순간 지구상 어딘가에서 눈을 감은 누군가의 죽음을 내 가족의 죽음과 같은 크기로 슬퍼할 수 있을까.

이 책의 무대는 병원이다.

병원은 병을 고치고 건강해지기 위한 곳이기도 하지만 죽음을 앞둔 사람들이 모이는 곳이기도 하다. 하나의 죽음과 관련하여 당사자를 비롯하여 가족과 의사까지 수많은 거리가 공존한다.

전혀 예상치 못한 상태에서 어느 날 갑자기 시한부 선고를 받은 세 명의 환자가 생을 마감하는 과정을 완전히 상반된 두 의사의 관점을 따라 지켜보게 된다. 한쪽은 무슨 일이 있어도 기적이 일어날 것이라고 굳게 믿으며 마지막까지 삶을 포기하지 말고 최선을 다해 맞서 싸우며 죽음을 거부해야 한다고 주장하는 의사다. 다른 한쪽은 사신이라고 불리며, 더 이상 회복할 가망이 없는 환자가 남은 시간을 의미 있게 보내기 위해 죽음을 받아들이고 능동적으로 죽음을 향해 나아가야 한다고 주장한다. 서로 상반된 지점에 있는 두 의사의 관점은 어느 한쪽이 옳고 어느 한쪽이 그르다고 단언하기 어렵다. 이 문제에 있어서만큼은 정답이 없을 것이다. 이것은 옳고 그름의 문제가 아니다. 그리고 어느 한쪽의 손을 들어줄 만큼 죽음은 자비롭지 않다. 결국 죽음은 삶과 대립하는 것처럼 보여도 삶의 일부이고 죽음의 무게가 곧 삶의 무게이기 때문이 아닐까.

피할 길 없는 죽음 앞에서 고뇌하는 환자들의 몸부림은 담백하고 간결한 문체 때문에 오히려 더 처절하다. 그리고 그 환자들을 보는 두 의사의 시선은 서로 양 극단에 있지만 양쪽 모두 차가우면서도 따뜻하다.

당신은 어떤 의사를 만나고 싶은가.

이희정

The Last Doctor Think of You Whenever They Look Up to Cherry Blossoms.
by Atsuto Ninomiya

Copyright © 2016 by Atsuto Ninomiya
Original Japanese edition published by TO Books, Inc.
Korean translation rights arranged with TO Books, Inc.
Korean translation rights © 2018 by Somy Media, Inc.

마지막 의사는 벚꽃을 바라보며 그대를 그리워한다

2018년 3월 30일 1판 1쇄 발행
2020년 11월 9일 1판 11쇄 발행

저   자 니노미야 아츠토
옮 긴 이 이희정
발 행 인 유재옥
본 부 장 조병권
담당편집자 김다솜
편집 1팀 정영길 김민지 조찬희
편집 2팀 김다솜
편집 3팀 오준영 김혜주 곽혜민
편집 4팀 성명신
디 자 인 김보라 서정원
표지디자인 이즈플러스
라 이 츠 김슬비 한주원
디 지 털 박상섭 이성호 최서윤
발 행 처 ㈜소미미디어
등   록 제2015-000008호
주   소 서울시 마포구 토정로 222, 403호(신수동, 한국출판콘텐츠센터)
판   매 ㈜소미미디어
제 작 처 코리아피앤피
마 케 팅 한민지 이주희 우희선
물   류 허석용 백철기
전   화 편집부 (070)4164-3962, 3963 기획실 (02)567-3388
              판매 및 마케팅 (070)4165-6688, Fax (02)322-7665

ISBN 979-11-6190-450-4 03830